Artículos

Letras Hispánicas

Mariano José de Larra

Artículos

Edición de Enrique Rubio

VIGESIMOSEGUNDA EDICIÓN

CÁTEDRA

LETRAS HISPÁNICAS

1.ª edición, 1981
22.ª edición, 2006

Ilustración de cubierta: Ortego, <<Plazas y esquinas de Madrid>>

© Ediciones Cátedra (Grupo Anaya, S. A.), 1981, 2006
Juan Ignacio Luca de Tena, 15. 28027 Madrid
Depósito legal: M.27.095-2006
ISBN: 84-376-0292-0
Pirnted in Spain
Impreso en Huertas I. G., S. A.
Fuenlabrada (Madrid)

Índice

INTRODUCCIÓN 9

Datos biográficos 13
Trayectoria literaria 23
  La poesía en la obra de Larra 24
  Larra autor dramático 27
    Traducciones y adaptaciones 28
    Obras originales 29
  Larra novelista 35
Artículos. Trayectoria periodística 38
  El Duende Satírico del Día 39
  El Pobrecito Hablador 43
  La Revista Española 44
  El Correo de las Damas 47
  El Observador 50
  Revista Mensajero 51
  El Español 52
  El Mundo y *El Redactor General* 53
  Artículos 54
    Artículos dramáticos y literarios 54
    Artículos de costumbres y políticos 66
Perspectivismo y contraste en Larra 79
Las fuentes literarias de Larra 83
Lengua y estilo 90
Nuestra edición 96

BIBLIOGRAFÍA

Sobre Larra 97
Principales ediciones 106

ARTÍCULOS (selección)

1. El café 111
2. ¿Quién es el público y dónde se encuentra? 127
3. Carta a Andrés escrita desde las Batuecas por
   El Pobrecito Hablador 138
4. Empeños y desempeños 151
5. El casarse pronto y mal 163
6. El castellano viejo 177
7. Vuelva usted mañana 190
8. El mundo todo es máscaras. Todo el año es Carnaval 203
9. Yo quiero ser cómico 218
10. En este país 226
11. La fonda nueva 234
12. Las casas nuevas 241
13. La educación de entonces 250
14. El sí de las niñas 257
15. ¿Entre qué gente estamos? 262
16. La vida de Madrid 272
17. La sociedad 278
18. Un reo de muerte 287
19. Una primera representación 296
20. La diligencia 308
21. El duelo 318
22. El *album* 326
23. Los calaveras. Artículo primero 333
24. Los calaveras. Artículo segundo y conclusión 340
25. Modos de vivir que no dan de vivir 350
26. El trovador 362
27. Los barateros o El desafío y la pena de muerte 369
28. Antony. Artículo primero 376
29. Antony. Artículo segundo 382
30. El día de Difuntos de 1836.................... 392
31. La Nochebuena de 1836 400
32. Necrología. Exequias del Conde de Campo-Alange . 410

Introducción

Larra, por F. de Madrazo (detalle)

La obra de Larra presenta hoy en día un interés inusitado no sólo por la personalidad del autor, mitificada y convertida casi en personaje legendario, sino por su obra, que encuentra perfecto acoplamiento en nuestros días. Generaciones pasadas y actuales se han identificado con el sentir de Larra y no sería extraño pensar que en décadas futuras estos sentimientos se pudieran repetir. Suponemos que el secreto de todo esto estriba, por un lado, en la vigente actualidad de Larra [1]. Sus artículos rezuman frescura, nos acercan y enfrentan a unos problemas que siguen vivos; sus tipos podrán llevar ropajes decimonónicos y, sin embargo, al escudriñar sus interiores los sentiremos actualizados, vivos, como seres que se mueven y respiran el mismo aire que nosotros. No se trata de desempolvar a un autor decimonónico para conocer las costumbres de nuestro pasado; no es ésa la sensación que sacamos de la lectura de Larra, sino más bien todo lo contrario. Podríamos decir que en el envés de la moneda estaría Mesonero Romanos, a través de cuyas escenas y tipos el lector podrá conocer con no pocos detalles y pormenores las costumbres de nuestros antepasados, sin embargo, sus cuadros yacen como muestrario de

---

[1] Véase, a este respecto, Juan Goytisolo, «La actualidad de Larra», *L'Europa letteraria*, II, 7, 1961; recogido en *Furgón de Cola,* París, 1967, y en la edición de Rubén Benítez, *Mariano José de Larra,* Madrid, 1979, págs. 107-118.
Véase también José Luis Varela, «Larra y nuestro tiempo», *Cuadernos Hispanoamericanos,* XLIV, 1960, págs. 349-381, y XLV, 1961, páginas. 35-50. E. Correa Calderón, «Larra y su sorprendente popularidad», *Papeles de Son Armadans,* 1974, CCXXI-CCXXII, págs. 155-165.

una época remota, como si se tratara de un panorama lleno de recuerdos y vivencias pasadas. Lo mismo podríamos decir de todos los escritores que se nominaron costumbristas en su época, incluso en el momento álgido del costumbrismo —publicación de *Los españoles pintados por sí mismos*—, ninguno ofrece la actualidad de Larra.

Por otro lado, Larra se nos presenta como hombre arquetípico del romanticismo. No aludimos a su funesta determinación de suicidarse, sino a su proyección o incursión en los distintos géneros literarios del momento. *Fígaro* no se contenta con la sola faceta de periodista, sino que actúa con el peculiar sentir literario del hombre romántico. Ejemplo de esta actitud sería la incursión de Espronceda en la novela histórica —*Sancho Saldaña*—; la novela del costumbrista Estébanez Calderón, *Cristianos y moriscos;* los artículos de Rivas en *Los españoles pintados por sí mismos;* la no menos polifacética tarea crítica e investigadora de Hartzenbusch, tan imprescindible como valiosa. Nombres encasillados en un campo concreto y específico —poesía, costumbrismo y teatro— hoy en día y que, sin embargo, en su época se adscribieron a los géneros más dispares y representativos. Por ello, no es extraño que esa proyección tan típicamente romántica se dé en nuestro autor, ofreciéndonos en amplio abanico una serie de perfiles que ayudan a conocer su auténtica vocación literaria; de ahí, sus piezas teatrales (*No más mostrador, Macías* y *El conde Fernán González y la exención de Castilla),* sus poesías, sus adaptaciones, traducciones y su novela *El doncel de don Enrique el Doliente.* Incluso, la misma inclinación por la política será otro eslabón más en esta cadena que configura una manera especial del comportamiento romántico. En este sentido, y en los anteriores, Larra se nos presenta como auténtico hombre arquetipo del romanticismo.

Datos biográficos

Mariano José de Larra nació en Madrid, el 24 de marzo de 1809, en la popular calle de Segovia, edificio de la antigua Casa de la Moneda[2] y uno de los barrios más castizos del Madrid de la época.

Hijo de don Mariano de Larra y Langelot, médico afrancesado, y de doña María de los Dolores Sánchez de Castro[3]. Tras las definitivas derrotas del ejército francés en las batallas de Vitoria y Arapiles, la familia Larra se traslada a Francia siguiendo las filas de José Bonaparte y sirviendo el padre de *Fígaro* como médico castrense en el hospital de Burdeos. Tras una serie de vicisitudes de ca-

---

[2] Puede consultarse la partida de nacimiento que publicó Carmen de Burgos *(Colombine), «Fígaro». (Revelaciones, «ella» descubierta, epistolario inédito),* epílogo de Ramón Gómez de la Serna, Madrid, 1919.

[3] El padre de Larra enviudó en el año 1806, casándose en segundas nupcias con María de los Dolores Sánchez, de origen extremeño. Para la biografía de Larra puede consultarse: Manuel Chaves, *Mariano José de Larra (Fígaro). Su tiempo. Su vida. Sus obras.* Estudio histórico, biográfico, crítico y bibliográfico, Sevilla, 1898. Julio Nombela y Campos, *Autores célebres. Larra (Fígaro),* Madrid, 1906. Carmen de Burgos, *op. cit.* Ismael Sánchez Estevan, *Mariano José de Larra (Fígaro). Ensayo biográfico,* Madrid, 1934. Gregorio C. Martí, «Nuevos datos sobre el padre de Fígaro», *Papeles de Son Armadans,* LXXII, 1974, págs. 243-250. Del mismo autor, véase también *Hacia una revisión crítica de la biografía de Larra; nuevos documentos,* Porto Alegre, 1975. José Escobar, «Un episodio biográfico de Larra, crítico teatral, en la temporada de 1834», en la *Nueva Revista de Filología Hispánica,* XXV, 1976, págs. 45-72. Susan Kirkpatrick, *Larra: el laberinto inextricable de un romántico liberal,* Madrid, 1977. José Luis Varela, «Larra voluntario realista (sobre un documento inédito y su circunstancia)», *Hispanic Review,* XLVI, 1978, págs. 407-420.

rácter bélico, el padre de Larra decide marcharse a París, ejerciendo igualmente como médico al servicio del ejército francés. Tras la derrota de Napoleón en Waterloo, el doctor Larra se ve en la obligación de ejercer como médico particular en París, gozando de un cierto prestigio que le supuso no pasar estrecheces económicas durante estos años de exilio.

A raíz de una amplia amnistía que Fernando VII concedió, en 1818, a los exiliados, la familia Larra decide regresar a Madrid. Este hecho también ha sido comentado por Arístide Rumeau[4], matizando que el regreso de los Larra se debió al favor especial del infante don Francisco de Paula, hermano de Fernando VII, como recompensa de los cuidados recibidos por parte del doctor Larra.

Tras los incipientes estudios del joven Larra en Francia, nuestro autor debe acoplarse a las exigencias de una nueva lengua y a unas enseñanzas que no eran en verdad idénticas a las del país vecino. Incluso cabe pensar que las connotaciones de la palabra *afrancesado* no facilitarían el acoplamiento del joven Larra con sus condiscípulos. La fobia contra las modas gabachas y, en general, contra todo aquello que viniera de Francia era motivo de repulsa y odio a un mismo tiempo. En este ambiente de recelo Larra inicia, a los nueve años, sus estudios en España, incidiendo en su formación esta intransigencia social[5].

---

[4] A. Rumeau, «Le premier séjour de Mariano José de Larra en France (1813-1818)», *Bulletin Hispanique,* LXIV bis, 1962.

[5] Carlos Seco Serrano apunta que «En la fobia antifrancesa coincidían entonces tirios y troyanos. Estaban aún muy vivas las pasiones desatadas por la guerra; la tacha de afrancesamiento era un pecado capital en la España recién liberada. No podemos hoy hacernos una idea clara del calvario a que se vieron sometidas, en medio del júbilo de la victoria, muchas personas cuyo único delito se había reducido, en los años de la ocupación, a aceptar una realidad inevitable, dada la precisión de seguir viviendo», *Obras de Mariano José de Larra (Fígaro),* edición y estudio preliminar de..., BAE, Madrid, 1960, vol. I, pág. VIII.

La edición de C. Seco es, hasta el momento presente, la más rigurosa, cotejando los textos de la edición *princeps* con los de la prensa del día. El

Un nuevo periplo de centros docentes protagoniza los primeros estudios de Larra: permanencia en Las Escuelas Pías de Madrid; interno en un colegio de Corella (Navarra) durante los años 1822-1823[6]; nuevo regreso a Madrid —1824— ingresando en el Colegio Imperial de los jesuitas y en los Reales Estudios de San Isidro. Su precocidad se manifiesta ya en estos años juveniles: traduce la *Ilíada* del francés —1827—, compone una *Gramática castellana* y escribe en verso una Geografía de España. Precocidad que ya hemos apuntado antes y que se repetirá años más tarde en el justo momento en que se inicia en tareas periodísticas con la fundación de *El Duende*. Su artículo «El café», escrito a los diecinueve años, es una prueba evidente de agudeza y madurez intelectual que nos asombra y admira a un mismo tiempo.

Tras estos inicios estudiantiles, Larra comienza los estudios universitarios en Valladolid[7]. En el año que cursaba leyes —1825—, Larra es protagonista de un triste episodio. Según cuenta Carmen de Burgos[8], Larra debió enamorarse de una bella mujer de mayor edad. La fémina no debió prestar gran atención a sus deseos, lo cual no era obstáculo para que *Fígaro* la idealizara y la tomara como el perfecto modelo de mujer. La nota triste se produce en el justo momento en que Larra descubre que la tal dama era la amante de su padre. Si seguimos el testimonio de Carmen de Burgos, cabe pensar que una vez más el infortunio despierta prematuramente la inge-

---

mismo crítico señala, al final de su Introducción (pág. LXXVII), que no ha querido titularla *Obras completas,* abriendo nuevas puertas a las aportaciones de la investigación actual, a sabiendas que más de un artículo de Larra yace enterrado en las hemerotecas. Decisión afortunada y que contrasta con la atrevida titulación que Melchor de Almagro San Martín ofrece en su edición con el título de *Artículos completos.*

[6] Los acontecimientos del año 1820, inicio del «trienio liberal», empujarán al padre de Larra a ejercer la medicina en Corella, permaneciendo en esta localidad hasta el año 1824.

[7] El expediente de Larra en la Universidad de Valladolid lo recoge N. Alonso Cortés, en «Un dato para la biografía de Larra», *Boletín de la Real Academia Española,* II, 1915, págs. 193-197.

[8] Carmen de Burgos, *op. cit.,* pág. 40.

nuidad del adolescente, precipitando al autor a una temprana madurez. Tras una corta estancia en Valladolid —Larra no finaliza sus estudios—, decide marcharse a Valencia a cursar Medicina, con el mismo resultado que el anterior, pues a partir de 1827 se encuentra en Madrid frecuentando no pocas tertulias literarias y componiendo y fechando una variada colección de poesías, casi siempre en versos de arte menor, que expresan las preocupaciones y sentimientos del novel escritor. Sin embargo, de un total de cincuenta y cinco composiciones conocidas, tan sólo doce llegaron a publicarse en vida del autor[9]. Después de estos comienzos literarios, *Fígaro* abandona la poesía para entregarse de lleno al periodismo, volviendo esporádicamente al verso, ya con intención intimista, bien como manifestación política.

A los veinte años de edad —agosto de 1829— decide casarse con Pepita Wetoret y Velasco, matrimonio que durará escaso tiempo, pues en 1834 Larra rompe definitivamente con su mujer[10]. Hecho ampliamente comenta-

---

[9] Véase A Rumeau, «Larra, poète. Fragments inédits. Esquisse d'un répertoire chronologique», *Bulletin Hispanique,* L, 1948, págs. 510-529, y LIII, 1950, págs. 115-130. Véase también el riguroso estudio de José Escobar, *Los orígenes de la obra de Larra,* Madrid, 1973; para el estudio de la poesía de Larra, véase cap. II, «Iniciación literaria: composiciones poéticas en verso», págs. 47-77.
Carlos Seco, *op. cit.,* recoge treinta y dos composiciones poéticas bajo el epígrafe de *Poesías selectas.*
[10] La ruptura definitiva del matrimonio de Larra pudiera tener relación directa con el relato epistolar que Luis Sanclemente enviara al marqués de Montesa, su hermano: «hace más de un año que estando celosa la mujer de Larra, notó que éste recibió un billete, y que lo metió en su pupitre. Resuelta a aclarar sus sospechas, encontró modo de abrir el pupitre, y leyó el papel, que era en efecto una cita que la de Cambronero daba a Larra para fuera de Puertas en un coche-simón. La celosa determinó vengarse y remitió el billete de la citadora a su marido Cambronero. Éste se fue con él a una querida que tenía. Esta tal, prudente y juiciosa, quiso evitar un lance, y le dijo: "Mira, tú estás faltando a tu mujer, no des escándalo porque ella te pague en la misma moneda." No obstante, el señor Cambronero acudió al punto de la cita, y encontró a su mujer y a su amante Larra, "et... il éclata"».
Larra, «de retour chez lui éclate contre sa femme». Larra se separó de su mujer, y no vivió más con ella. Véase Carlos Montilla. «A los 120 años de la muerte de Larra», *Ínsula,* núm. 123, 15 de febrero de 1957, pág. 3.

do por la crítica e identificado con el artículo «El casarse pronto y mal», publicado el 30 de noviembre de 1832 en *El Pobrecito Hablador*. Se ha insistido en una incompatibilidad de caracteres que presagiaban un matrimonio nada halagüeño. Si seguimos la semblanza que Carmen de Burgos nos ofrece de Pepita Wetoret, se puede comprender perfectamente el desenlace de este «casarse pronto y mal»:

> Su nieta doña María de Larra, que ha vivido con ella, la retrata admirablemente. Era fría, infantil, inconsciente; tenía empezadas veinte labores y jamás acabó ninguna; le gustaba todo lo bonito más que lo bello; era más capaz de admirar una figurita de biscuit en un bazar que una estatua de Miguel Ángel. Huía de la sociedad; se entretenía con cualquier futesa. Su sensibilidad extraordinaria hacía que no pudiese sufrir ni un grito, ni una palabra fuerte sin ponerse enferma. Sus mismos hijos, impresionados por su perpetuo infantilismo, la llamaban *Pepita* en vez de *mamá*. Esta criatura no podía ser la mujer de «Fígaro». Caído el velo de la ilusión, él la amó como a una amiga o a una hermana, a la que se considera y se quiere, pero nada más[11].

Precisamente en el año de la ruptura, Larra había sentido una especial admiración por la cantante Grissi, que despertó no pocas maledicencias entre las gentes de la época. Así se desprende de los artículos que *Fígaro* publicara en *La Revista Española* desde el 3 de mayo de 1834 hasta el 24 de julio; sin embargo, en el aparecido el 20 de septiembre del mismo año el tono ponderativo y elogioso desaparece totalmente[12]. Esto nos podría insi-

---

[11] Carmen de Burgos, *op. cit.*, pág. 165.

[12] El tono ponderativo puede verse en los artículos «Representación de *I Capuletti ed i Montechi*, ópera de Bellini. Salida de la señora Judith Grissi» (3 de mayo de 1834); «Representación de *Norma*, ópera seria en dos actos, de Bellini. Salida del señor Género, primer tenor» (2 de julio de 1834); «Representación de *La sonámbula*, melodrama en dos actos, de Bellini» (24 de julio de 1834). La censura aparece en el titulado «Representación de *La straniera*, ópera en dos actos, de Bellini» (20 de septiembre de 1834).

nuar un pronto y fugaz enamoramiento o tal vez una idealización que rayaba en lo sublime y que, por cualquier circunstancia, se trunca prontamente.

Bajo el telón histórico de la revolución liberal se lleva a cabo otro episodio sentimental en la vida de Larra. Esta vez se trata de Dolores Armijo, fémina dotada de una gran belleza y casada con José Cambronero. Las relaciones debieron iniciarse hacia 1832, antes de la ruptura matrimonial definitiva, continuándose de forma azarosa hasta en los umbrales del suicidio de Larra. Este tormento obsesivo por Dolores Armijo le empuja a seguirla, en abril de 1835, a Extremadura. Bajo el pretexto de acompañar al conde de Campo-Alange, nuestro autor dirige sus pasos a una dehesa extremeña, cerca de Badajoz y propiedad de Campo-Alange. Esta ausencia de Madrid fue parodiada por su entonces amigo Bretón de los Herreros en su comedia *Me voy de Madrid,* acción que disgustó a Larra y que no olvidó hasta el acto de reconciliación propiciado por el conocido empresario de teatro Juan Grimaldi y el propio Ventura de la Vega[13].

Tras su estancia en Badajoz se dirige a Lisboa[14], dete-

---

[13] Ventura de la Vega fue un fiel amigo de Larra. En el episodio de la cantante Grissi, aludido anteriormente, Larra tuvo un incidente con el actor Azcona. Dicho cómico escribe un artículo en *El Semanario Teatral* con motivo de la traducción de Bretón *El colegio de Tonnington,* parodiando en unos versos estas relaciones. Larra va a su encuentro, exigiendo una rectificación de los hechos; sin embargo, este propósito no se consigue, pues Azcona se niega a retractarse a pesar de su mal disimulado miedo. Una vez más Ventura de la Vega sale en defensa de Larra, vituperando desde las páginas de la *Gaceta de los Tribunales* a Azcona.

Un ejemplo más de esta amistad lo encontramos en el *Epistolario* de Larra. En una carta fechada en Lisboa, 3 de mayo de 1835, *Fígaro* encuentra en Ventura de la Vega no sólo el perfecto confidente, sino también la persona más indicada para solventar asuntos de extrema delicadeza.

[14] El propósito de este viaje lo explica el mismo Larra en la carta citada anteriormente. Con motivo de pedir a Ventura de la Vega cartas de recomendación para su viaje a Bruselas y París, le dice textualmente: «Y como mi viaje tiene por objeto principal tomar dinero, no me faltará con qué sostener el decoro de las recomendaciones.»

Efectivamente, las afectuosas y largas cartas que Larra escribe a sus padres desde Londres (27 de mayo de 1835) y París (7 de junio, 23 de

niéndose un día en Oporto y otro en Falmouth, para llegar a Londres el 27 de mayo. De allí marchará a Bélgica y a París, para continuar posteriormente a Burdeos. En una carta dirigida a sus padres (Burdeos, 7 de diciembre de 1835) les anuncia que «debo llegar el 15 ó 16 a Madrid, si no me detiene la nieve y la falta de carruajes. Excusado es decir que no tardaré en pasar a Navalcarnero» [15]. Ya la siguiente carta que Larra dirigiera a sus padres aparece fechada en Madrid, 8 de enero de 1836, comunicándoles que se ha mudado a la calle del Caballero de Gracia, número 21, esquina a la del Calvel, 4.º principal. De igual forma, les informa de su puesto como redactor del periódico *El Español*, «con 20.000 reales al año y la obligación de dar dos artículos por semana» [16].

Por la correspondencia epistolar mantenida entre *Fígaro* y sus padres se puede deducir fácilmente que Larra sintió la tentación de quedarse en Francia y proseguir allí su labor periodística. El éxito, una vez más, le

---

junio, 24 de septiembre, 8 de noviembre, 17 de noviembre y 26 de noviembre) nos informan del propósito de su viaje: cobrar una deuda que se le debía al padre de *Fígaro*. Diplomacia, habilidad y comportamiento de auténtico hombre de negocios rezuman estas cartas. Pensamos también que son documentos imprescindibles para seguir detenidamente todas las vicisitudes de esta época. En ellas no sólo se recogen impresiones de viaje, sino también proyectos que el propio Larra encomienda a sus padres, como por ejemplo en la carta de París (7 de junio) les encarga asuntos relacionados con el editor Delgado.

[15] E. Correa Calderón, en *Artículos varios*, Madrid, 1976, páginas 24-25, investiga estas alusiones a Navalcarnero, llegando a la conclusión, mediante documentos bien explícitos, de que el padre de Larra ejercía la medicina en este pueblo. Efectivamente, en los libros de la «Junta Local de Sanidad» se hacía constar que don Mariano de Larra y Langelot había tomado posesión como médico titular de la villa de Navalcarnero el 18 de agosto de 1834. Su comportamiento fue ejemplar, pues en la epidemia de cólera-morbo la expresada Junta le concedió un premio en metálico de doscientos reales. Dádiva que suponemos agradecerían cumplidamente los Larra, pues el propio *Fígaro*, en la carta escrita desde Madrid (8 de enero de 1836), les anuncia que «regularizaré mis envíos de dinero a ustedes, formándoles un sueldo al mes que pueda ayudarles a sufrir la mala paga de ese pueblo».

[16] Véase la carta de Larra a sus padres fechada el 8 de enero de 1836.

avalaba en los medios literarios franceses; aun así, Larra decide regresar a España motivado no sólo por quehaceres periodísticos, sino también porque había «llegado el momento de que mi partido triunfe completamente» [17]. Durante su ausencia de España Mendizábal había subido al poder. Si en un primer momento Larra es partidario del jefe del partido progresista, pronto trueca las alabanzas en dardos, inclinándose por el partido moderado de Istúriz. En realidad, Larra se identificó con el ministerio de Mendizábal por creer que con él se podría resolver la doble crisis que atenazaba a España. Por un lado, la guerra civil; por otro, el problema económico. Los juicios peyorativos que dedica a la desafortunada desamortización de Mendizábal [18] le acercarán paulatinamente a Istúriz [19]. Cuando llegó al poder Istúriz, Larra sale elegido diputado por Ávila en las elecciones de agosto de 1836; sin embargo, el Motín de la Granja [20] dejó sin efecto las elecciones, con lo cual *Fígaro* nunca pudo sentarse en el Parlamento. La *Gaceta,* del 23 de mayo, publica la anulación de dichas elecciones y anuncia la convocatoria de otras nuevas para el 24 de octubre. El desaliento cunde en el ánimo de *Fígaro;* intenta reconciliarse con Dolores Armijo. La cita tiene lugar el 13 de febrero de 1837 en la casa de Larra, pero lo que podía significar una reconciliación no fue sino un adiós definitivo. Dolores Ar-

---

[17] *Ibíd.,* 24 de septiembre de 1835. Véase también los juicios de Carlos Seco, *op. cit.,* vol. I, págs. LV-LVII.

[18] Véase «Publicaciones nuevas. *El Ministerio de Mendizábal.* Folleto, por don José de Espronceda», *El Español,* 6 de mayo de 1836.

[19] Véase Carlos Seco, *op. cit.,* vol. I, apartado «¿Larra, "ministerial" de Istúriz?», págs. LXIII-LXIV.

[20] «Mendizábal compró, materialmente, a los sargentos que intervinieron en el motín —de ellos, sólo uno, Gómez, tenía clara idea del significado y trascendencia de aquel golpe. El enlace y "agente comercial" entre el despechado Ministro y los suboficiales fue don Manuel Barrios, funcionario de Hacienda, paisano de Mendizábal y afiliado a la misma logia que él. También colaboró en los tratos Ángel Iznardi, redactor de *El Eco del Comercio.* Sabemos, incluso, lo que costó la conjura: dos onzas por cabeza. En total, treinta y seis onzas», *Ibíd.,* página LXVII.

mijo sólo quería recuperar unas cartas tan significativas como delatoras para el resto de sus días; tras acalorada y dramática entrevista, Dolores Armijo consigue su propósito. Larra, al igual que la gota que rebasa el recipiente de agua, decide quitarse la vida. Su hija Adela, de seis años de edad, cuando se disponía a dar las buenas noches a su padre, encontró el cuerpo inerte de Larra[21].

El Marqués de Molíns da noticia cumplida del suicidio de Larra desde las páginas del periódico *El Español*[22], calificándolo, entre lágrimas de dolor, de «terrible catástrofe». En general, es destacable que la prensa del momento no dedicó gran atención al suicidio de Larra. Como diría Carmen de Burgos, la prensa española, sobre todo la prensa de Madrid, ofrece «un triste espectáculo». *El Castellano* y *El Diario de Madrid* guardan un total silencio. *El Patriota Liberal* publica escasas líneas en tercera plana. *El Eco del Comercio* reseña lacónicamente el suicidio de *Fígaro*. Triste también el espectáculo que ofrecen algunos periódicos enzarzados en desdichada polémica y emborronando el nombre de Larra[23].

Sobre las vicisitudes del entierro, Carmen de Burgos nos dice:

La circunstancia de vivir el ministro de Gracia y Justicia, D. José Landero y Cochado, en el principal de la misma casa que «Fígaro», hizo que éste fuese la primera persona

---

[21] La carta de Luis de Sanclemente a su hermano el marqués de Montesa, refiriéndole pormenores del suicidio, dice así: «¡Larra se suicidó! El lunes 15, a las nueve menos cuarto de la noche, don Mariano José de Larra se tiró un pistoletazo, apoyándose una pistola entre la oreja y la sien derecha, y le salió la bala por encima de la sien izquierda, la cual bala atravesó una puerta vidriera y se clavó en la pared...», véase Carlos Montilla, art. cit., pág. 3.

Cfr. Narciso Alonso Cortés, «El suicidio de Larra», *Sumandos biográficos,* Valladolid, 1939, págs. 119-146; José Luis Varela, «Dolores Armijo, 1837: Documentos nuevos en torno a la muerte de Larra», *Studia Hispanica in Honorem R. Lapesa,* II, Madrid, 1974, págs. 601-612.

[22] *El Español,* 15 de febrero de 1837.

[23] Carmen de Burgos, *op. cit.,* págs. 253-262.

que acudió a su lado. Gracias a esto y al haber triunfado las ideas liberales, se pudo conseguir que el cadáver del suicida se enterrase en sagrado[24].

No sin cierta incertidumbre se especuló sobre el enterramiento de *Fígaro* en lugar sagrado, habida cuenta de que se trataba de un suicida. Ofrecemos unas líneas que reflejan la incertitud que envolvió a la curia:

> Su cadáver fue depositado en la bóveda de Santiago. El cura párroco de Santiago dudó de si debía enterrarse en sagrado o no. Fue a consultar al Vicario General, y el Vicario le dijo: «¿Los locos se entierran en sagrado? ¿Sí? Pues los que se suicidan están locos, y debe éste también ser enterrado en sagrado.» Vencida esta dificultad los amigos del difunto Fígaro y los del Casino, o sea reunión de la calle de la Visitación, se suscribieron para los gastos de conducción al cementerio, lápida, nicho, etc.[25].

---

[24] *Ibíd.*, pág. 247. El juzgado dio las órdenes oportunas para el entierro. En el libro de los Difuntos, folio 102 vuelto, de la entonces iglesia parroquial de Santiago y San Juan Bautista, figura la partida de defunción de Larra. Carmen de Burgos nos la ofrece íntegra: «En la Real Iglesia Parroquial de Santiago y San Juan Bautista, de esta muy Heroica Villa y Corte de Madrid, en quince días del mes de Febrero del año mil ochocientos treinta y siete, se enterró en uno de los nichos del cementerio extramuros de la Puerta de Fuencarral el cadaver de D. Mariano José de Larra, de estado casado con doña Josefa Wetoret, vecino y natural que fue de esta Corte, hijo de D. Mariano y de doña Dolores Sánchez, mi feligrés, que vivía calle de Santa Clara, casa de baños, núm. 3 nuevo, cuarto segundo. No tenía hecha disposición alguna testamentaria y declarado que fue el abintestato, el Sr. D. Benito Serrano y Aliaga, juez de primera instancia, remitió a esta parroquia un oficio con fecha catorce del referido mes y año, en el que mandaba que el cadáver del dicho don Mariano José de Larra a la mayor brevedad fuese extraído y sepultado en el Camposanto, en inteligencia que se ha suicidado de un tiro de pistola, en la noche anterior a las ocho y media, a la edad de veintisiete años, cuyo oficio queda en el archivo de esta parroquia. No pagaron derechos algunos a esta fábrica, por no haberle hecho entierro alguno; y lo firmé yo, el Teniente mayor de cura de ella, fecha ut supra.—*D. Isidoro Ulpiano Sotomayor.*—Hay una rúbrica. Raspado-mi feligrés que-vale.»

[25] Texto tomado de Carlos Seco, *op. cit.*, vol. I, pág. LXXIII.

Lo cierto es que la iglesia se vio oprimida por la corriente liberal del gobierno, permitiendo por primera vez el entierro de un suicida «en sagrado»; de ahí las connotaciones políticas que envolvieron a la ceremonia. Curiosidad y efervescencia ideológica rodearon aquel cortejo fúnebre que se dirigía a las cuatro de la tarde al cementerio de Fuencarral [26].

Trayectoria literaria

Lo más significativo y característico de la obra de Larra es, sin lugar a dudas, su producción periodística. Se trata de un escritor que ocupa uno de los lugares más privilegiados de nuestra literatura gracias al periodismo. Incluso los repertorios bibliográficos hablan por sí solos ocupando un porcentaje elevadísimo los estudios dedicados a sus artículos. Por el contrario, su labor poética queda relegada a un sector ciertamente minoritario. En un término medio podrían situarse las incursiones que Larra hace en el campo de la novela histórica —*El Doncel de don Enrique el Doliente*— y en el teatro —*No más mostrador, Macías y El conde Fernán González y la exención de Castilla*. En este último género se observa una convivencia de corrientes literarias, mezclándose una obra de corte moratiniano —*No más mostrador*— con otra de rasgos típicamente románticos —*Macías*.

---

[26] Escritores de la época lanzaron sus panegíricos ante la tumba de Larra. El primero en romper el silencio fue Roca de Togores, siguiéndole el conde de las Navas, Salas y Quiroga y José María Díaz. Alberto Lista y Zorrilla leyeron sendas composiciones poéticas. Lista, con su soneto «A la muerte de D. Mariano José de Larra»; Zorrilla, veinte años a la sazón, con la célebre y conocida composición «A la memoria desgraciada del joven literato Mariano José de Larra».
Cfr. Carmen de Burgos, *op. cit.,* págs. 247-252. Carlos Montilla, art. cit., recogido recientemente en la edición de Rubén Benítez, *op. cit.,* págs. 24-28.

El *corpus* general de su obra podría dividirse de acuerdo con las incursiones que Larra hiciera en los géneros literarios del momento. A este respecto podríamos clasificar su producción en varios apartados: poesía, artículos, novela, teatro, traducciones y adaptaciones. Incluso, actuó en alguna ocasión como prologuista, sería el caso de su prólogo a la edición castellana de *El dogma de los hombres libres. Palabras de un creyente,* por M. F. Lamennais. En este *corpus* general su labor periodística destaca del resto; Larra es esencialmente periodista, el primero que ocupa un lugar señero en nuestra literatura de este género. En este campo fijaremos nuestra atención, sin dejar por ello de ofrecer una visión general del resto de su obra.

LA POESÍA EN LA OBRA DE LARRA

La obra poética de Larra no ha merecido gran atención por parte de la crítica. No abundan los estudios al respecto y sólo de forma aislada surgen esporádicamente [27].

Las primeras composiciones poéticas de Larra son de tono elevado y con claras influencias de las generaciones anteriores. La mayor parte de sus poemas se escribieron hasta el año 1830, sintiendo Larra especial predisposición por las odas —*A la exposición primera de las Artes*

---

[27] Cfr. Kenneth H. Vanderford, «A Note on the Versification of Larra», *Philological Cuarterly,* XIII, 1934, págs. 306-309. A. Rumeau, «Larra, poète. Fragments inédits. Esquisse d'un repertoire chronologique», *Bulletin Hispanique,* L, 1948, págs. 510-529, y LIII, 1951, páginas 115-130. Véase también, del mismo autor, «Un document pour la biographie de Larra: le romance al día 1 de mayo», *Bulletin Hispanique,* XXXVII, 1935, págs. 196-208, Jonh Kenneth Leslie, «Larra's Unpublished Anacreontic», *Modern Language Notes,* LXI, 1946, páginas 345-349. Del mismo autor, «Larra's Tirteida Primera», *Hispanic Review,* XXI, 1953, págs. 37-42. José Escobar, «Un soneto político de Larra», *Bulletin Hispanique,* LXXI, 1969, págs. 280-285. Del mismo, *Los orígenes de la obra de Larra, op. cit.,* págs. 47-77.

españolas—, sonetos —*A una ramera que tomaba abortivos, A un mal artista que se atrevió a hacer el busto de doña Mariquita Zavala de Ortiz después de su fallecimiento*—, anacreónticas —como la que empieza *Toma esa sucia plata / toma, platero ese oro, / y en el ferrado yunque / suena el martillo tosco,* o aquella otra *Quiero cantar las lides / en cítara entonada / sonando el eco horrendo / de fúnebres batallas*—, letrillas —aquella que dice *Arroyito limpio, / ruin y mal pensado, / que entre guijas duras / pasas murmurando*—, octavas...

En el año 1830 Larra abandona prácticamente el verso, para perfilarse ya como periodista; sus incursiones irán esta vez al teatro y a la novela, y sólo de forma esporádica recurrirá a la poesía. A. Romeau divide la trayectoria poética de Larra desde una perspectiva cronológica[28], señalando la de 1830 como último peldaño de su quehacer poético. A partir de esta fecha sus versos serán de circunstancia o de claro matiz intimista.

J. Escobar, tras marcar el matiz político de la poesía española de principios del XIX, afirma respecto a Larra que en «su obra se repite la idea de que si la literatura ha de tener un valor trascendente ha de ser con la condición de que sea útil. En consecuencia, siempre critica con desdén lo que él llama *poesías fugitivas*»[29]. Larra no hace sino entroncar con aquel concepto de sátira que sus antecesores empleaban, siguiendo el ejemplo de Cadalso,

---

[28] A. Rumeau señala tres etapas: «Jusqu'à la fin de 1827, il afronte les genres sérieux, voire nobles. De la fin de 1827 au mois d'avril 1829, il semble avoir renoncé à la poésie: c'est le moment où il publie *El Duende Satírico del Día*. Au printemps de 1829 il redevient poète, mais il remplace la "cítara entonada" par la lyre aimable et légère de Meléndez Valdés et d'Anacréon. Cette deuxième tentative s'arrête vers la fin de la même année. En 1830, Larra a renoncé, explicitement, à la poésie. Il devient dramaturge, romancier, journaliste. S'il écrit encore des vers, ce ne sont que des vers de circonstance ou des messages intimes. Ces derniers ne sont pas les moins intéressants. Tel est le schéma de la courbe qui va être parcourue.»

De igual forma, A. Rumeau señaló los motivos o temas centrales de su poesía: *La patria* y *El entusiasmo y el amor a la gloria*.

[29] José Escobar, *op. cit.,* pág. 57.

Feijoo, Iriarte, Forner, Moratín, etc. Larra se reafirma en su concepto de «poesía útil», de poesía denunciativa y correctora de vicios. Para ello, *Fígaro* utiliza el procedimiento de los poetas satíricos latinos, idéntico al de los neoclásicos, en el que «el poeta ataca las costumbres contemporáneas comunicando sus propias preocupaciones a una supuesta segunda persona, que se llamará *Arnesto* en las sátiras de Jovellanos, *Fabio* en la *Lección poética* de *Moratín* o *Delio* en los tercetos de Larra. Generalmente, se establece un conflicto entre el "yo" del poeta y la segunda persona que aparece como contrincante. Esta segunda persona sirve meramente de apoyo para que el satírico pueda personificar en su propia voz el tema social sobre el cual hace sus reflexiones condenatorias»[30].

Aludíamos en un principio que las primeras composiciones poéticas de *Fígaro* observaban una clara dependencia de los escritores ya consagrados[31]. Tanto Quintana como Lista influirán decisivamente en Larra. El primero, por haber inclinado la poesía materna hacia temas cívicos motivados por los ideales progresistas de España; el segundo, por representar la madurez de las empresas políticas y literarias en el trienio liberal. En ambos la poesía sirve como conducto denunciativo de todo tipo de tiranía, elogiándose como contrapunto todo lo que supusiera libertad. Dos fuerzas antagónicas, conjugadas perfectamente, que formarán parte del repertorio poético de Larra. Repertorio un tanto anacrónico por los tiempos que corrían; composiciones más adecuadas para los primeros años del XIX, pues, por entonces, la literatura se inclinaba por la oda, el canto y la elegía. Ya en la época

---

[30] *Ibíd.,* pág. 59.
[31] Véase, a este respecto, el apartado que J. Escobar titula «La generación de Larra», *op. cit.,* págs. 34-45. Basándose en el panorama generacional que Julián Marías traza para la primera mitad del XIX, la primera generación —de un total de cuatro— ejerce su magisterio sobre la generación formada por Larra. Quintana y Cienfuegos actúan como maestros consagrados para los entonces noveles escritores.

de Larra el cambio es irreversible, surgiendo el periodismo ideológico como arma imprescindible. La prensa romántica es un fiel reflejo del cambio operado, siendo precisamente esta premisa una de las más significativas del periodismo romántico.

LARRA AUTOR DRAMÁTICO

Bajo este epígrafe Larra se nos presenta no sólo como autor original de piezas teatrales, sino como adaptador y traductor de no pocas obras, en su mayoría francesas. De una parte, tenemos al Larra traductor, oficio que contradice su postura ideológica como tendremos ocasión de ver. Podríamos decir, a este respecto, que *Fígaro* sintió una especial animadversión hacia la legión de traductores del momento, censurando en más de una ocasión a todo aquel aluvión de traducciones que, lejos de favorecer a nuestro teatro, lo constreñía irremediablemente. En este sentido, Larra ofrece una autocrítica, postura digna y recta, pues podría haber evadido la crítica a los traductores y adaptadores para no echarse en cara su contradicción. Incluso, dejarlas en el olvido. Ejemplos más recientes tendríamos en Maeztu o Valle-Inclán, este último con su novela *La cara de Dios,* folletín que no guardaría grato recuerdo en su memoria.

La necesidad de subsistir empujaría también a *Fígaro* a realizar estas tareas. Sabido es que el traductor de una mala novela cobraba pingües ganancias sin arriesgar nada. Actitud más cómoda y segura que el tener que escribir obras originales. Postura idéntica a la de aquellos escritores que traducían novelas de folletín o caían en la novela por entregas a sabiendas de que no iban a ser elogiados por la crítica, pero sí que sus bolsillos no estarían vacíos. Nuestra prensa romántica está plagada de adaptaciones y traducciones, circunstancia que no puede explicarse si no tenemos en cuenta este condicionamiento socio-económico.

Una de las traducciones[32] más conocidas de Larra fue *Roberto Dillon. El católico de Irlanda,* traducción del original de Victor Ducange. La acción de este melodrama escrito en prosa transcurre en Dublín, a finales del siglo XVI, en el reinado de Isabel de Inglaterra. Los dos primeros actos tienen lugar en la casa de Roberto Dillon, y el tercero en una sala de las casas consistoriales. Larra trueca el protagonismo y la época, pues en la obra de Ducange el protagonista es un calvinista de Toulouse. Larra hace que el perseguido fuera un católico y perseguidores los protestantes.

Otra traducción realizada por Larra fue la titulada *Don Juan de Austria o la vocación,* de Casimiro Delavigne, comedia en cinco actos y en prosa. La galería de personajes —Felipe II, don Juan, don Rodrigo Quesada, Pedro Gómez, Carlos V, prior, frailes, cortesanos, etc.— son auténticas caricaturas que nada tienen que ver con nuestro teatro del Siglo de Oro.

Otras traducciones fueron: *El arte de conspirar,* de Scribe, comedia en cinco actos y en prosa, y cuya acción transcurre en Copenhague, en enero de 1772. *Un desafío,* de M. Lackroy, drama en tres actos y en prosa. *Felipe,* de Scribe, comedia en dos actos, cuya acción sucede en Madrid, en casa de doña Isabel. El tema central sustenta la tesis de que el amor iguala a las clases sociales. Comedia que haría las delicias de un público poco exigente y sensiblero.

Partir a tiempo, de Scribe, comedia de un acto y en prosa en la que aparece un conflicto sentimental de tonalidades melodramáticas. El sobrino, Carlos, se enamora de su tía; cuando ésta descubre sus sentimientos y se

---

[32] Cfr. E. Herman Hespelt, «The Translated Dramas of Mariano José de Larra and their French Originals», *Hispania,* XV, 1932, páginas 117-134. José Monleón, *Larra, escritos sobre teatro,* Madrid, 1976.

siente a su vez atraída por él, decide marcharse a La Habana. *Tu amor o la muerte,* de Scribe, parodia de los suicidios por amor. Como indica J. Monleón, «se trata de un texto realmente significativo en el marco de los sublimes melodramas de la época... Estamos en la antitragedia o en la crítica de los comportamientos falsamente trágicos» [33].

En *La madrina* y *Siempre,* ambas de Scribe, aparecerán elementos harto repetitivos, como matrimonios de desigual condición social, enamoramientos entre personajes que guardan cierto parentesco, dramas en que triunfa el amor a despecho de los progenitores, etc. En definitiva, creemos que este capítulo de *Traducciones y adaptaciones* produciría más de una insatisfacción a nuestro autor.

Obras originales

La primera obra que estrenó Larra fue *No más mostrador* [34], farsa cómica que trata de ridiculizar a toda persona que intenta escapar de su clase social. En este

---

[33] José Monleón, *op. cit.,* pág. 85.
[34] Se trata de una comedia en cinco actos inspirada en *Les adieux au comptoir,* de Scribe, escrita a instancias de Juan Grimaldi, amigo y contertulio del Parnasillo. La obra de *Fígaro* fue tachada de plagio, incluso de ser una traducción de la pieza de Scribe. Larra, a raíz de un artículo publicado en el *Diario del Comercio* (mayo de 1834), escribe en la *Revista Española* un artículo, «Vindicación» (23 de mayo de 1834), a guisa explicatoria: «Deseando probar mis fuerzas en el arte dramático hace algunos años, y a la sazón que buscaba asunto para una comedia, cayó en mis manos aquel *vaudeville* en *un acto corto* de Scribe. Presumiendo, por mis limitados conocimientos, que no podría ser de ningún efecto en los teatros de Madrid, apoderéme de la idea, y haciéndola mía por derecho de conquista, escribí el *No más mostrador* en cinco actos largos; hice más: habiendo encontrado en Scribe dos o tres escenas que desconfié de escribir mejor, las aproveché, llevado también de la poca importancia que en mis cuadros iba a tener. Yo no sé si esto se puede hacer; lo que sé es que yo lo he hecho. Diose la comedia *en cinco actos,* traducida literalmente según el *Amigo de la Verdad,* de la

sentido la burguesía adinerada aparece parodiada por boca de doña Bibiana, mujer del rico comerciante don Deogracias. Doña Bibiana, deslumbrada por la nobleza, quiere casar a su hija Julia con el conde del Verde Saúco, prototipo de noble arruinado y calavera. Tras una serie de lances no poco casuísticos, las aguas vuelven a su cauce. El final rezuma felicidad por los cuatro costados; los jóvenes enamorados —pertenecientes al mismo estamento social— consiguen su propósito; doña Bibiana olvida para siempre sus aires de grandeza y don Deogracias ve cumplido con creces su único sino en la vida: honrarnos con el trabajo.

El Conde Fernán González y la exención de Castilla se trata de un drama histórico en cinco actos y en verso. Obra escrita en los años juveniles de Larra que no llegó nunca a estrenarse, imprimiéndose años más tarde por la editorial Montaner y Simón, año 1886. El soporte de la obra no es otro que el viejo tema épico de la independencia de Castilla, teniendo como telón de fondo la corte del rey don Sancho.

El drama se basa en *La más hidalga hermosura,* de Francisco de Rojas, destacándose en Larra la descripción de los dos personajes femeninos, doña Sancha —mujer de Fernán González— y doña Teresa, madre de don Sancho el Gordo, rey de León y Oviedo, encarnaciones respectivas de la abnegación y la perfidia.

Una de las piezas más interesantes del *corpus* general de su obra la constituye el drama *Macías* [35], representada

---

comedia *en un acto,* y tuvo la buena suerte de agradar», C. Seco, *op. cit.,* vol. I, pág. 400.

Hespelt señala que Larra tomó del autor francés trece escenas de las dieciséis que consta la obra; si bien, no se trata de una traducción literal, sus situaciones son idénticas a las de Scribe, art. cit., páginas 118-121. Véase también N. B. Adams, «A Note on Larra's *No más mostrador», Romance Studies Presented to William Morton Dey,* University of North Carolina Studies in the Romance Languages and Literatures, Chapel Hill, 1950, págs. 15-18.

[35] Cfr. Kenneth H. Vanderford, «Macías in Legend and Literature», *Modern Philology,* XXXI, 1933. Lomba y Pedraja, *Cuatro estudios en*

por primera vez en el teatro del Príncipe el 24 de septiembre de 1834. Esta obra, que permaneció en cartel durante cinco días consecutivos, es, desde el punto de vista cronológico, la segunda en los anales del drama romántico. El primer lugar lo ocupa *La conjuración de Venecia,* estrenada en Madrid el 23 de abril de 1834. Sin embargo, en *Macías* concurren una serie de vicisitudes que influirían directamente en el estreno de la obra, retrasándose su representación por no encontrar feliz eco en los tiempos que corrían. Larra presentó su obra, como todo autor, a la censura a finales del año 1833, impidiendo ésta su estreno por incidir en ella asuntos que podían atentar a la moral de la época. El anatema contra unos principios sociales establecidos sería suficiente para que Iglesia y Estado la incluyeran en su *Índice.* De no ser por esta causa, Larra figuraría en nuestra historia del teatro romántico como el primer autor en ofrecer su drama al público español.

Larra utiliza para su *Macías* la versión legendaria de Argote de Molina en su obra histórica *Nobleza de Andalucía;* asunto que también había sido empleado por Lope de Vega en *Porfiar hasta morir* y por Bances Candamo en *El español más amante y desgraciado.* El personaje Macías constituye, pues, un claro ejemplo de pervivencia en nuestra historia del teatro, acoplándose perfectamente a los quehaceres literarios de *Fígaro.*

Larra no hace sino utilizar un recurso —el personaje— típico de los dramaturgos del romanticismo; personaje, por otro lado, perteneciente a la Edad Media —la acción

---

torno a Larra, Madrid, 1936 (el cuarto de estos estudios está dedicado al teatro romántico). B. Varela Jácome, Prólogo al *Macías,* Madrid, 1967. J. Casalduero, «La sensualidad en el romanticismo: sobre el *Macías», Estudios sobre el teatro español,* Madrid, 1967, páginas 219-231. Reproducido en la edición de Rubén Benítez, *op. cit.,* páginas 197-206. H. StrurcKen, «Macías o enamorado. Comment on the Man as Symbol», *Hispania,* XLIV. J. Alcina Franch, *Teatro romántico,* edición a cargo de..., Barcelona, 1968. Roberto G. Sánchez, «Between Macías and Don Juan: Spanish Romantic Drama and the Mythology of Love», *Hispanic Review,* XLIV, 1976, págs. 27-44.

transcurre en los primeros días del mes de enero de 1406 y la escena en Andújar, palacio de don Enrique de Villena— y que sirve en ocasiones como pretexto para ofrecer una historia dramática. Pensamos que tras la capa mítica de este legendario Macías, Larra proyecta vivencias típicas, no sólo de su época, sino también personales. Poco importan a nuestros ojos los anacronismos[36] o el marco histórico, al que Larra no presta atención a diferencia de Martínez de la Rosa, si del drama entresacamos unos motivos esenciales del sentir de Larra. De ahí que la elección de Macías por parte de Larra no fue de forma casual, sino como ente proyector que se adecuaba perfectamente a sus sentimientos e ideario.

En cuanto a la peripecia argumental se refiere, su drama gira en torno al dramático *fatum* de los protagonistas. Fernán Pérez de Vadillo, escudero de don Enrique de Villena, apremia al padre de Elvira, Nuño Hernández, a cumplir la promesa de darle a su hija en matrimonio por haberse cumplido ya el plazo de un año, periodo impuesto a Macías para su retorno con Elvira. Dicho plazo no se cumple y Elvira debe casarse con Fernán Pérez. Macías aparece en el día fijado, justo cuando ha finalizado la ceremonia nupcial. Elvira se desmaya y Macías amenaza de muerte a su esposo. En el mismo día Macías se introduce en el aposento de su amada y le insta a huir con él. La huida no se lleva a cabo, pues con ella se caería en el deshonor que imposibilitaría todo res-

---

[36] En el *Macías*, cuya acción transcurre en 1406, se habla de los premios y honores que ha logrado dicho personaje en los juegos florales de Zaragoza presididos por don Enrique de Villena, dándose como cosa ya pasada. De igual forma, don Enrique afirma que enviará a Macías con la famosa embajada que el Gran Tamerlán de Persia envía al rey de España. Embajada que tuvo lugar en 1403. La misma visión de don Enrique de Villena, como despótico y cruel, no es menos subjetiva. Circunstancia interpretativa que se repite tanto en el drama como en la novela histórica, pues los personajes, órdenes o estados son alabados por unos y censurados por otros. Sirva el caso de la Orden del Temple, que fue censurada hasta la saciedad —Walter Scott— y reivindicada hasta en sus últimos momentos —Gil y Carrasco.

quicio de felicidad. Ante la presencia de Fernán Pérez, don Enrique de Villena y otros caballeros, Macías es apresado y conducido a prisión. Su desacato a don Enrique de Villena le acarrea esta funesta suerte. Fernán Pérez decide matar a Macías en la cárcel; Elvira, enterada, consigue entrar en ella para avisar a Macías de la conspiración; sin embargo, los hechos no sufren ninguna mutación: Macías es herido de muerte y Elvira se quita la vida con una daga.

Tras la exposición argumental, se pueden observar elementos típicos del drama romántico y, aunque Larra, en su prólogo «Dos palabras» [37], escribiera que su obra era inclasificable, por no ser comedia antigua española, ni neoclásica y menos de costumbres, carácter y melodramática, la realidad parece ser más bien otra. Duda incluso de nominar a su obra de drama romántico, pues afirma que sólo se propuso «pintar a Macías como imaginé que pudo o debió ser, desarrollar los sentimientos que experimentaría en el frenesí de su loca pasión y retratar a un hombre, ése fue el objeto de mi drama. Quien busque en él el sello de una escuela, quien le invente un nombre para clasificarlo, se equivocará» [38].

Vicente Llorens, en su estudio *El romanticismo español* [39], obra póstuma del recientemente desaparecido crítico, afirma que quien realmente se equivocaba era Larra, «puesto que cualquier otro autor podía haber dicho lo mismo de cualquier obra suya en cuanto a su motivación con independencia de determinados principios teóricos. Para mostrar luego en su realización no sólo su sello personal, sino la afinidad con otros autores de su tiempo. Ésta y otras protestas, *no infrecuentes* en la época romántica, como si los escritores tuvieran vergüenza de pasar por lo que eran, en el fondo no quería decir otra cosa sino que el autor había escrito su obra es-

[37] Carlos Seco, *op. cit.,* vol. CXXIX, pág. 257.
[38] *Ibíd.,* pág. 257.
[39] Vicente Llorens, *El romanticismo español,* Madrid, 1980.

pontánea e independientemente en vez de seguir la moda dominante» [40].

En líneas generales, podríamos decir que el eje de la obra lo constituye la pasión amorosa insatisfecha, línea seguida por el drama romántico y que termina fatalmente para los protagonistas. Sin embargo, estos finales con escenas de suicidios o muertes en manos del opresor van mitigándose con el correr de los años, observándose una conducta más en concordancia con la sociedad de la época. En la última etapa del drama romántico —a excepción del neorromanticismo de Echegaray—, los personajes se comportan más como hombres de carne y hueso que como héroes mitificados; incluso, el desenlace no tiene por qué finalizar con la muerte de los héroes [41], recuérdese el caso de Zorrilla.

En la obra de Larra existe otra veta no menos importante: la rebeldía del protagonista. Un Macías que contrasta con el poder tiránico de la nobleza y con el absolutismo de don Enrique de Villena. Si la crítica ha llegado a identificar a *Fígaro* con Macías en los momentos de su arrebatadora pasión (Elvira-Dolores Armijo), no menos cierta es su proyección ideológica en su enfrentamiento con la nobleza y con ciertos condicionamientos sociales impuestos por la sociedad.

Si, por un lado, los personajes y el marco geográfico y cronológico presentan texturas románticas, por otro, Larra adopta el esquema típico del teatro neoclásico, demostrándonos con ello la deuda y admiración por todo lo neoclásico. Prueba de ello es que se atiene a las unidades de acción, lugar y tiempo, aunque también adopte la polimetría para sus versos. Tampoco abundan las escenas de efecto, como las protagonizadas en *Don Álvaro,* ni siquiera preocupación por el colorido local, aspecto

---

[40] *Ibíd.,* pág. 348.
[41] Será el caso de Elvira en *Macías* o el de Leonor en el *Trovador* (envenenamiento); muertes violentas como la protagonizada por el *Don Álvaro,* de Rivas, o a manos de los antagonistas como sucede en el *Macías* o en el *Trovador.*

que coincide con la totalidad de sus artículos. A *Fígaro*
le preocupaba más escudriñar las almas que el registrar
minuciosamente la nota descriptiva.

LARRA NOVELISTA

Ya aludíamos con anterioridad a la incursión realizada por *Fígaro* en el campo de la novela histórica, género
que no sólo tenía una gran aceptación en la época de
Larra, sino también en años posteriores. La prensa del
momento corrobora esta especial inclinación por parte
de los lectores; prueba de ello es la aparición de periódicos que dedican la mayor parte de sus páginas a la publicación de novelas [42]. Desde una perspectiva sociológica
notamos que el público devoraba la novela romántica
con auténtica avidez; podría faltar calidad —sería necesario esperar la aparición de la novela galdosiana— en la
casi totalidad de sus autores, pero lo cierto es que el lector era fiel a la cita del autor. Fenómeno parecido ofrecerá la novela de folletín y la de entregas, de menor calidad, pero de gran aceptación, a finales de los años 30
y década de los 40 [43]; incluso, se entrecruzan entre ellas
no pocos elementos: situaciones truculentas, elementos
propios de la novela gótica o de terror, patronímicos
eufónicos, descripciones denotativas, suspensión, perso-

---

[42] Véase el caso de *La censura,* revista mensual publicada por el editor y socios de la Biblioteca Religiosa, Madrid, 1844-1853. Publicación
que se define como defensora acérrima de los intereses de la Iglesia.
Sus sátiras, además de ir encaminadas contra la prensa satírica del
momento —*El fandango, El dómine Lucas, La risa...*—, dirigirá sus
críticas contra toda publicación que pudiera atentar a la moral cristiana. Se reseñan las obras aparecidas en la época, destacándose en sus
páginas la novela histórica y la de folletín.

[43] Novelas que tuvieron su época áurea por los años 40; su éxito
desaparece paulatinamente en años posteriores, cobrando nueva actualidad en la década de los 70. Cfr. Juan Ignacio Ferreras, *La novela
por entregas,* Madrid, 1972.

najes odiosos y repulsivos hasta la saciedad, seres inmaculados que gozan del total beneplácito del lector, etc. El tema de Macías le sirve de nuevo como base de su novela *El doncel de don Enrique el Doliente*[44] que, al igual que el *Macías,* describen el apasionado amor del trovador por Elvira, dama de la corte de Enrique III, casada con el hidalgo Vadillo, servidor del marqués de Villena. Existen diferentes matizaciones de argumento entre novela y drama, pues en la novela Elvira aparece casada, iniciándose los incidentes al ser requerida de amores por el galán. El trágico final se cumple con la muerte de éste y la locura de Elvira.

La composición de esta novela[45] coincide con el punto culminante de la novela histórica, época en la que Walter Scott ejerce su magisterio de forma abrumadora. Es reveladora la confesión hecha por uno de los más significativos autores del género, Ramón López Soler, que en su prólogo a *Los bandos de Castilla* da a conocer el estilo de W. Scott[46]. Dependencia que irá menguando con el correr de los años, hacia la década de los 40, siendo *El señor*

[44] Cfr. Nicholson B. Adams, «A Note on Larra's *El Doncel*», *Hispanic Review,* IX, 1941, págs. 218-221. Juan Ignacio Ferreras, *El triunfo del liberalismo y de la novela histórica (1830-1870),* Madrid, 1970. George Lukács, *La novela histórica,* Barcelona, 1976. K. H. Vanderford, «Macías in Legend and Literature», *Modern Philology,* XXXI, 1933, páginas 35-63. G. Zellers, *La novela histórica en España (1828-1850),* Nueva York, 1938.

[45] *El doncel de don...,* edición de J. L. Varela, Madrid, 1978, página 12, documenta las vicisitudes de la publicación de esta novela, suponiendo que la fecha del compromiso editorial no debió retrasarse más allá del último trimestre de 1833.

[46] «Una serie de características del scottismo, que podríamos llamar obvias, se cumplen en los cultivadores cimeros o subalternos de la novela histórica: la atención preferente a la acción (al "laberinto de sucesos") con cierta y paralela desatención a los procesos íntimos; la información, a veces exhibicionista, otras discreta, sobre costumbres del pasado (heráldica, indumentaria, arqueología); cierta complacencia por moverse en un pasado a medias conocido, a medias intuido, con el que no se identifica el autor necesariamente; un aura difícilmente definible, pero evidente, que consiste en un tono *tory,* responsable en gran medida del atractivo ejercido por el género», *ibíd.,* pág. 30.

de Bembibre —1844— la novela maestra del género según la crítica más señalada.

La novela se resiente de los acostumbrados anacronismos propios de los autores del género, circunstancia que ha motivado en más de una ocasión agrias censuras. Pensamos que el lector de novelas históricas no debe convertirse en historiador y en recopilador de fechas, pues no hay que olvidar que estamos ante un género novelesco, en donde lo accesorio es la fecha y lo importante los caracteres de los personajes y la peripecia argumental. Cabría recordar aquellas palabras de R. López Soler cuando intentaba justificar los anacronismos en gracia a la amenidad y exactitud del relato. Aunque sus escasos conocimientos de la Edad Media[47] fueron señalados prontamente, Larra afronta el tema de los límites y atribuciones del novelista histórico, como indica J. L. Varela: «recaba para sí los fueros de la invención ("no hay crónica ni leyenda antigua" de donde proceda su novela) y el principio de la verosimilitud de lo narrado (superior o igual a las "historias verdaderas de varones doctos"). No puede, pues, descalificarse lo contado, alegando parecido o de semejanza con lo ocurrido; lo ocurrido en la historia novelesca obedece a una ley interna, que es la verosimilitud, al servicio de la cual está, por supuesto, la reconstrucción arqueológica que rodeará el núcleo legendario»[48].

La valoración de la novela por parte de la crítica no ha sido, en verdad, muy positiva; casi se ha convertido en tópico el afirmar que de no estar firmada por Larra yacería hoy en el olvido, o acaso enterrada entre aquel aluvión de novelas históricas. Pero también es cierto que acostumbrados a sus artículos se le exige la misma cali-

---

[47] «Apenas conocía la Edad Media más que por las novelas de Walter Scott y por algunos romances y retazos de crónicas que leyó superficialmente antes de ponerse a su tarea», Menéndez Pelayo, *Estudios sobre el teatro de Lope de Vega*, Madrid, Librería General de Victoriano Suárez, V, pág. 65.

[48] J. L. Varela, ed. cit., pág. 18.

dad y perfección, resultando la comparación un tanto adversa para su novela histórica; si bien es verdad que existen algunas deficiencias, éstas «son incapaces de atenuar la admiración que suscita en nosotros esta larga novela, que contiene muchas páginas escritas con auténtico estro y aun deliberado garbo cervantino y, por añadidura, redactada a los veinticuatro años en un tiempo inverosímilmente corto» [49].

Artículos. Trayectoria periodística

La palabra *artículo,* en la prensa romántica, connotará *descripciones, usos, costumbres,* etc.; sin embargo, cabe matizar que Larra está muy lejos de usar dicha palabra con las corrientes al uso. Si analizamos las principales publicaciones de la época —auténtico aluvión de diarios y revistas literarias—, tendremos la sensación de encontrarnos con un escritor costumbrista romántico distinto a sus coetáneos. Larra utiliza un medio de comunicación de vital importancia —el periódico— y se sirve de un género que gozaba de gran éxito en la época —el artículo. De ahí que su periodismo presente estrecha vinculación con las fuentes costumbristas del momento, vinculación en cuanto al tipo utilizado, pero no, por el contrario, en su análisis. A Larra no le preocupa lo exterior del personaje, sino todo lo contrario. Su análisis se dirige a mecanismos más complejos, a seres retratados interiormente, como si *Fígaro* penetrara en sus interiores para desmenuzar y escudriñar el modelo elegido. No le preocupa, ni mucho menos, lo pintoresco; no cae en un patriotismo dulzón y de fácil etiqueta. Larra siente un tremendo dolor por España, dolor consecuente que le lleva a analizar los males que aquejan a su patria y coartan su ideología de hombre liberal. La «pereza nacional», los

---

[49] *Ibíd.,* pág. 11.

tipos y costumbres que un día tendrán su losa, como diría A. Machado, serán sus modelos negativos a seguir. Su crítica nace de un profundo amor a su patria y no de terco conocimiento como tantos escritores de la época. Tal vez esto contrastara con la voz de aquellas personas que utilizaban este sentimiento como sinónimo de alabanza por todo lo que fuera español, se tratara o no de oscurantismo, de costumbres soeces, de conceptos inequívocos, etc. Patriotismo casero que contrastaba fuertemente con la actitud de Larra, con el ideario de un hombre al que nunca se le podrá tachar de no amar a su patria.

Sus artículos, como tendremos ocasión de ver, son testimonio vivo e imperecedero de una sociedad pasada que encuentra perfecto acoplamiento en las gentes de hoy. Como consecuencia lógica, sus artículos referentes a estrenos teatrales, adaptaciones, óperas..., guardan sabor decimonónico; pero no por esto descartables, pues son documentos de gran interés por registrar el fracaso o el éxito de la pieza recién estrenada, documental noticioso e imprescindible para cualquier época literaria. Por otra parte, nos ayudan a conocer su formación literaria y sus inclinaciones o preferencias por las obras de épocas pasadas y presentes.

«EL DUENDE SATÍRICO DEL DÍA»

Larra comienza su labor periodística en *El Duende Satírico del Día,* el 26 de febrero de 1828, periódico publicado primeramente en la imprenta de J. de Collado y más tarde en la de L. Amarita. Salió por cuadernos de 0^m, 119 × 0^m, 067. Larra apenas concedió importancia a esta publicación, pues en la primera edición de sus artículos excluye la totalidad de los aparecidos en *El Duende.* En la edición *princeps* figura el siguiente título: «Colección de artículos dramáticos, literarios, políticos y de costumbres publicados en los años 1832, 1833 y 1834 en

El Pobrecito Hablador, La Revista Española y el *Observador*»[50]. En el Prólogo alude a su comienzo de escritor costumbrista bajo el ministerio de Calomarde —colaborador de *El Pobrecito Hablador*—, en los tiempos de Cea —*La Revista Española*— y bajo el gobierno de Martínez de la Rosa —*El Observador*. Se observa, pues, una total exclusión de su primer intento periodístico[51], tal vez porque *Fígaro* pensara que sus artículos no reunían suficiente transfondo político-social para interesar a sus lectores.

Esta ausencia, por parte de Larra, fue secundada por la crítica más autorizada; no hay sino leer el artículo de F. Courtney Tarr, «Larra's Duende Satírico del día»: «Los biógrafos y los críticos de Larra han conocido siempre la existencia de *El Duende Satírico del Día,* pero ninguno de ellos ha hablado de esta publicación juvenil con un conocimiento directo de la serie completa, hasta que don Emilio Cotarelo y Mori publicó los cinco *cuadernos* existentes en la Biblioteca Nacional en el primer volumen de su *Postfígaro,* aparecido en 1918. Aunque el material ha estado disponible desde entonces, nadie, sin embargo, ha publicado un estudio específico sobre *El Duende Satírico del Día* desde el punto de vista de su importancia en la formación del genio de Larra y de su posición en la historia del movimiento *costumbrista*»[52].

Los escritos de *El Duende* vuelven a ocupar especial relieve a través del estudio de José Escobar, *Los orígenes de la obra de Larra,* analizando pormenorizadamente los comienzos literarios de *Fígaro.* El mismo J. Escobar opi-

---

[50] *Fígaro, Colección de...,* Madrid, Imprenta de Repullés, año 1835.
[51] En estos cuadernillos de *El Duende* Larra publica lo siguiente: «Diálogo. El duende y el librero» (26 de febrero de 1828). «El café» (26 de febrero de 1828); «Una comedia moderna: *Treinta años o la vida de un jugador*» (31 de marzo de 1828); «Correspondencia de *El Duende*» (31 de mayo de 1838); «Un periódico del día o el *Correo literario y mercantil*» (27 de septiembre de 1828); «Donde las dan las toman» (31 de diciembre de 1828).
[52] *Modern Philology,* XXV, 1928, pág. 31. Artículo reproducido en la edición de R. Benítez, *op. cit.,* págs. 143-157; cita que corresponde a nuestro texto, pág. 143.

na al respecto que, «el estudio del *Duende Satírico del Día* constituye la parte central del libro que ahora ofrecemos. Hasta ahora no se le ha prestado mucha atención a esta primera serie de artículos. Larra no incluyó ninguno de ellos en volumen aparte y apenas se conservan ejemplares de los cinco cuadernos que forman la colección»[53].

Despreocupación total de Larra por la serie de artículos aquí reseñados; sin embargo, desde que Cotarelo y Mori publicaran su totalidad, las ediciones críticas al conjunto de los artículos de Larra no han olvidado la incipiente obra de *Fígaro,* siendo quizá «El café» el más conocido del conjunto que forma la serie.

Observamos también a través de *El Duende* las intenciones de su autor. Intenciones que aparecerán reiterativamente a lo largo de su vida periodística y que señalan un marcado propósito satírico. La misma elección del título periodístico[54] revela un agudo sentido crítico por las costumbres de la época. Recordemos que el procedimiento o recurso narrativo utilizado por Vélez de Guevara no es otro sino el de mostrar, a través de sus «trancos», el comportamiento de los distintos estamentos sociales. Cuando don Cleofás libera al diablillo Cojuelo, aprisionado en una redoma, éste le recompensa trasladándole a la torre de San Salvador, y allí, a la una de la noche, «levantando a los techos de los edificios, por arte diabólico, lo hojaldrado, se descubrió la carne del pastelón de Madrid como entonces estaba». Nos encontramos con una obra, la de Vélez de Guevara, que debió impresionar profundamente a los escritores que intentaban analizar las costumbres de sus coetáneos. Por otro lado,

---

[53] J. Escobar, *op. cit.,* pág. 17. El crítico, a pie de página, señala que la única colección completa conocida está en la Biblioteca Nacional de Madrid. Se trata, en verdad, de un ejemplar raro, nuestra búsqueda ha sido infructuosa; no existe ni siquiera un ejemplar en la Hemeroteca Municipal de Madrid, ni tampoco, hasta la fecha actual, conocemos su existencia en hemerotecas de provincias ni en bibliotecas particulares.

[54] Véase la nota 1 correspondiente al artículo «El café».

El diablo Cojuelo es un fiel exponente del proceso evolutivo de la novela picaresca[55] y, al igual que ésta tiende a convertirse en novela biográfica o de aventuras con el correr de los años, lógico es pensar que al escritor le interesara un género pseudocostumbrista que hiciera desfilar por sus páginas galanes, lechuguinos, petimetres, busconas, etc. No menos significativo, y al mismo tiempo denunciativo, que aquel artículo de Mesonero Romanos «De tejas arriba», revelador no sólo en su título, sino también en su contenido.

En cuanto a sus enfoques políticos desde las páginas de *El Duente,* J. Escobar señala: «aunque la política no aparezca abiertamente en *El Duende Satírico del Día,* su impulso originario hay que relacionarlo con el espíritu —digamos como *El Pensador,* "espíritu de reforma"— que había caracterizado a la mayor parte de la prensa periódica desde su origen relativamente reciente. Los periódicos nacen al amparo del movimiento renovador de la Ilustración y se desarrollan en el siglo XIX coincidiendo con las épocas de carácter liberal»[56].

Gérmenes que no tardarán en fructificar en años posteriores y páginas que inducen a pensar en el peculiar estilo de Larra. Su artículo de crítica teatral, «Una comedia moderna: *Treinta años o la vida de un jugador*», es una incipiente prueba. «El café» y «Corridas de toros» muestran, salvo ciertas manías de citas y epígrafes, el auténtico sentir de *Fígaro.* En «El café» por el modo de abordar sus tipos; en «Corridas de toros» por denunciar toda costumbre bárbara e impropia de seres civilizados. Su desprecio por las gentes del Barquillo y del Avapiés, tipos achulapados e insolentes, será también una constante en sus artículos periodísticos.

---

[55] Cfr. A. Zamora Vicente, *Qué es la novela picaresca,* Buenos Aires, 1970.

[56] J. Escobar, *op. cit.,* pág. 102. Sobre estas matizaciones puede consultarse el apartado «La literatura periodística anterior», páginas 92-103.

El Pobrecito Hablador figura como el segundo periódico de las publicaciones de Larra. Se editó, en la imprenta de Repullés, el 17 de agosto de 1832 y dejó de publicarse en febrero de 1833. Larra utiliza una vez más el seudónimo[57], costumbre nada innovadora y que perdurará hasta la aparición del costumbrismo coincidente con la novela realista. En la serie de artículos de esta revista Larra se nos presenta como epígono de la ilustración dieciochesca, abominando de un oscurantismo impuesto por el gobierno Calomarde.

Esta serie tuvo mayor fortuna que la del *Duende,* pues los tres volúmenes de 1835 comprendían setenta y seis artículos satíricos, de costumbres y de crítica literaria aparecidos en *El Pobrecito Hablador, El Observador* y *La Revista Española.* Los dos siguientes volúmenes recogerán cuarenta artículos de *El Español* y *El Mundo.* Se observa a todas luces que la edición de 1835 pecaba de incompleta; e incluso, el propio *Fígaro* amputó no pocas líneas en la edición de Repullés. De ahí la vital importancia de cotejar los textos —periódico y edición— para una total comprensión del ideario de Larra[58].

---

[57] El seudónimo utilizado es el de *Bachiller D. Juan Pérez de Munguía.* Como autor dramático solía firmar con el seudónimo *Ramón de Arriala.* De todos los seudónimos, el más conocido tal vez sea el de *Fígaro.* Cfr. Mesonero Romanos, *Memorias de un sesentón, natural y anciano de Madrid (1832-1837),* «Los pseudónimos», Madrid, BAE, 1967, vol. V, págs. 187-190. E. Hartzenbusch, *Unos cuantos seudónimos de escritores españoles con sus correspondientes nombres verdaderos,* Madrid, 1904.

[58] Cfr. Carlos Seco Serrano, «De *El Pobrecito Hablador* a la *colección de 1835.* Los *arrepentimientos* literarios de *Fígaro»,* Ínsula, 188-189, 1962. A tenor de estas irregularidades de textos, Carlos Seco opina que «no creo yo que hayan de atribuirse estas diferencias a la vigilante censura calomardiana, que el *Pobrecito* tenía muy presente, por lo demás, al redactar sus artículos, ya la procuraba adormecer

En esta serie encontramos artículos harto significati-vos. Unas veces lanzará sus diatribas contra el comporta-miento de las gentes, contra la pereza nacional —«Vuelva usted mañana»—, contra tipos que alardean de franqueza y cordialidad y cuya sola presencia aterroriza a Larra —«El castellano viejo». Artículos tomados como trasun-to del propio *Fígaro* y que provocan el total infortunio —«El casarse pronto y mal». Páginas que entroncan con el recurso perspectivístico y que le sitúan al lado de Cadal-so —«Carta a Andrés escrita desde las Batuecas por el Pobrecito Hablador». Sátiras y denuncias contra la fal-sa erudición, contra la hipocresía, el engaño, contra un mundo en definitiva, que no hace alarde de buenas cos-tumbres y se sumerge en un círculo vicioso de mentiras y engaños. Sus artículos «Empeños y desempeños», «Sátira contra los malos versos de circunstancia», «Robos decen-tes» y «El mundo todo es máscaras. Todo el año es car-naval» son prueba evidente de ello.

«LA REVISTA ESPAÑOLA»

Tras publicar «Manía de citas y epígrafes», en *El Po-brecito Hablador* (6 de noviembre de 1832), Larra cola-bora en *La Revista Española,* desde el 7 de noviembre de 1832, como crítico teatral. Reparte, pues, sus trabajos entre estas dos publicaciones. Por ejemplo, «El castella-no viejo» aparece publicado en *El Pobrecito Hablador* el 11 de diciembre de 1832 y el 19 del mismo mes y año sale su artículo «Primera representación de la comedia en dos actos titulada *Hacerse amar con peluca o el viejo de vein-ticinco años», en La Revista Española*. Esta revista em-pezó a publicarse en la imprenta de J. Sancha; editándo-se en la última época en la de E. Fernández Angulo. Pe-

---

equilibrando audacias con lisonjeras concesiones: el hecho se percibe en determinadas notas y en las aclaraciones de que van acompañadas ciertas críticas».

riódico fundado por José María Carnerero[59], empezó a editarse el 7 de noviembre de 1832, como continuación de las *Cartas Españolas,* saliendo dos veces a la semana con ocho páginas de 0^m, 284×0^m, 218. El número de paginado varía con el correr del tiempo, suerte idéntica en cuanto a su formato y periodicidad se refiere, pues en el momento de su cese, 26 de agosto de 1836, llegaba a tener 0^m, 435×0^m, 299.

Larra continúa sus trabajos periodísticos en una publicación que gozaba de gran renombre literario. La nómina de colaboradores —Alcalá Galiano, N. Campuzano, J. Grimaldi, N. Rodrigo, Mesonero Romanos, Bretón de los Herreros, Estébanez Calderón, etc.—, encabezada por el mismo Carnerero, auguraba una feliz trayectoria. En sus años de vida pocos periódicos pudieron competir con él, *El Correo de las damas*[60], *La Aurora de España*[61], *El Siglo*[62], *El Eco del Comercio*[63], *La Abeja*[64]

---

[59] Entre J. M. Carnerero y Larra se entablaron una serie de fricciones que se relacionan con la desaparición de *El Duende.* Por aquellas fechas Carnerero, director del periódico gubernamental *El Correo,* amenazó a Larra con llevarle a los tribunales. La noticia sobre la suspensión gubernamental, motivada por la presión, fue dada por el tío de Larra y recogida por la crítica posterior. Añadiéndose incidentes no sólo ideológicos, sino económicos, que motivaron la desaparición de *El Duende.* Véase a este respecto, José Escobar, *op. cit.,* págs. 222-230 y 201-240.

[60] *El Correo de las Damas.* Se publicó primero en la imprenta de J. Sancha; más tarde en la de J. Palacios. Empezó como semanario el 3 de junio de 1833, con ocho páginas de 0^m, 169×0^m, 101.

[61] *La Aurora de España.* Madrid, imprenta de Pedro Ximénez, 1833. Cuatro páginas de 0^m, 268×0^m, 176. Bretón de los Herreros fue uno de los más destacados colaboradores.

[62] *El Siglo.* Se editó, primero, en la imprenta de M. Calero y, más tarde, en la de Repullés. Comenzó el 21 de enero de 1834 y cesó el 7 de marzo del mismo año. Constaba de cuatro páginas de 0^m, 363×0^m, 280. Espronceda, Ventura de la Vega, J. Pacheco y N. Pastor Díaz fueron, tal vez, los redactores más destacados.

[63] *El Eco del Comercio.* Madrid, 1834-1849. Presenta gran variedad de formatos, que van desde 0^m, 376×0^m, 270 hasta 0^m, 503×0^m, 344. Diario de gran duración, si tenemos en cuenta que la inmensa mayoría de los periódicos románticos vivían escasos meses y a lo sumo dos o tres años.

[64] *La Abeja.* Madrid, imprenta de T. Jordán, 1834-36. Continuación

y *El Español* [65], aparecidos en este paréntesis de vida de *La Revista Española,* fueron, tal vez, los más directos competidores. Su desaparición coincide con la fundación de otro gran periódico romántico, quizá el más significativo de la prensa ecléctica y el más consultado por historiadores y críticos, me refiero al *Semanario Pintoresco Español* (1836-1857) fundado por Mesonero Romanos.

Los artículos de Larra, en la presente publicación, protagonizan no pocas páginas de crítica teatral. Sus juicios, ya positivos como negativos, acerca de los actores, vestimenta, decorados, público, estado material del teatro, etc., se pueden seguir a través de esta publicación. Censuras que intentaban mejorar los males que padecía nuestro teatro; en ocasiones, a través de la pieza recién estrenada; en otras, bajo un género que gozaba de total aceptación, el artículo de costumbres, como sería el caso de «Yo quiero ser cómico». En esta publicación Larra escribirá una serie de artículos que serán, a partir de la edición de 1835-37, material imprescindible para conocer el pensamiento de *Fígaro.* Sus artículos «En este país» (30 de abril de 1833), «La fonda nueva» (23 de agosto de 1833), «Las casas nuevas» (13 de septiembre de 1833), «Nadie pase sin hablar al portero o los viajeros en Vitoria» (18 de octubre de 1833), «La educación de entonces» (5 de enero de 1834), «La sociedad» (16 de enero de 1835), etcétera son auténticos testimonios del peculiar y agudo costumbrismo de Larra, analizando personajes y situaciones donde lo descriptivo abre paso a lo analítico.

Reseñas críticas a los principales estrenos del teatro, tanto de corte moratiniano como de piezas melodramá-

---

de *El Universal.* Al principio, este diario presenta cuatro páginas de 0^m, 340 × 0^m, 281. Colaboradores destacados fueron, entre otros: Bravo Murillo, Bretón de los Herreros, Donoso Cortés, Río Rosas y M. Roca de Tagores.

[65] *El Español.* Empezó con cuatro páginas de 0^m, 423 × 0^m, 257, el 1 de noviembre de 1835, continuando con varias alternativas en su tamaño hasta el 31 de diciembre de 1837, que tenía 0^m,425 × 0^m, 274. Dirigieron este periódico Andrés Borrego, Juan Esteban Izaga, Francisco Pacheco y José García Villalta.

ticas. A este respecto, es interesante señalar sus juicios sobre ciertas obras para conocer no sólo los conocimientos literarios de Larra, sino también sus inclinaciones o preferencias teatrales. De ahí sus críticas elogiosas a obras como *El sí de las niñas* (9 de febrero de 1834) que manifiestan su inclinación y formación neoclásica. Agudas críticas a los escritores más representativos del momento, por ejemplo: Ventura de la Vega, Martínez de la Rosa, M. J. Quintana, M. Gorostiza, Bretón de los Herreros... Artículos referentes a conciertos, óperas —*I Capuletti ed i Montechi,* de Bellini; *Ana Bolena,* de Donizzetti, etcétera—, poesías —reseña a los versos de Martínez de la Rosa, Juan Bautista Alonso—, melodramas —*La sonámbula,* de Bellini—, dramas románticos —*La conjuración de Venecia.* Se trata, pues, de un amplio panorama crítico, imprescindible para todo aquel que quiera seguir los pasos de la vida literaria y artística de los años 30.

«EL CORREO DE LAS DAMAS»

Su labor periodística desde las páginas *La Revista Española* fue alternada por otro periódico del momento, *El Correo de las Damas.* Sus artículos pasan revista a los principales acontecimientos teatrales de la semana. En la sección de «Espectáculos Públicos. Revista Semanal», inicia su lacónica reseña con la obra *Contigo pan y cebolla* representada en el teatro del Príncipe y dando «pingües entradas». En la Cruz, la pieza *El Caballero de la triste figura,* de escaso interés y de poca aceptación por parte del público. A continuación, Larra da una noticia ocurrida en la plaza de Oriente el domingo 14 de julio de 1833, titulada por el propio *Fígaro* «Ascensión aerostática»; se trata del triste espectáculo ofrecido por un aeronauta, advirtiendo que «en las ascensiones que hemos visto hasta ahora el aeronauta no baja, porque no sube». En el epígrafe de *Rehiletes,* Larra ofrece unos

fragmentos sueltos que abarcan distintos sucesos de la
época y no carentes de mordacidad y humor:

—¿Por quién va de luto ese señor doctor? —le pregunta-
ban a un chulo al ver pasar a un médico vestido de negro.
—*Por sus enfermos,* respondió el chulo.

—¿Quién ha picado más y mejor?, preguntaba cierto
curioso a una persona que salía de una de las últimas
corridas de toros, celebradas en el caluroso julio. —*El
Sol,* respondió el preguntado sin detenerse a meditar la
contestación.

El 4 de diciembre de 1833 Larra reseña las obras
El regreso del prisionero, La fonda o la prisión de Roches-
ter y *Las aceitunas o una desgracia de Federico II,* todas
representadas en el teatro de la Cruz. La primera, de
«argumento interesante y sencillo» y, las dos restantes,
insípidas y desafortunadas, «peores que todas las comedias que se han escrito y que se han de escribir».
Godelieve Behiels, en su reciente y documentada tesis
doctoral[66], aporta nuevos datos a las colaboraciones
de Larra en la presente publicación: «Le texte anonyme
du 2 octobre est une critique de la répresentation de
La venganza sin castigo, de Moreto. Dans cet article,
on trouve à peu près les mêmes juguements que dans
l'article que Larra avait consacré à la pièce dans son
article du 26 juillet 1833»[67].

---

[66] Godelieve Behiels, *Recherches sur la critique litteraire de Mariano
José de Larra.* Thèse d'Université présenté devant l'Université de Li-
lle III, 1978. En el vol. III, «Apéndice», aporta artículos inéditos hasta el
momento. Véanse, en especial, los apartados 3, 4, 4.1, 4.2, 4.3, 4.4 y 4.5;
en ellos se recogen nuevos artículos no aparecidos en la edición de Carlos
Seco e hipótesis sobre la inclusión de los artículos de Larra en la mencionada tesis.
[67] *Ibíd.,* vol. III, pág. 629. Se refiere al artículo «Primera representación de la comedia de don Agustín Moreto *La venganza sin castigo,* re-
fundida en cinco actos con el título de *Conseguir con el desprecio lo que
no pudo el amor»,* *Revista Española,* 26 de julio de 1833.

De igual forma, G. Behiels coteja el artículo de Larra «Primera representación de la pieza nueva en un acto titulada *El regreso del prisionero»*, publicado en *La Revista Española* el 3 de diciembre de 1833, con el del 4 de diciembre del mismo año aparecido en *El Correo de las Damas,* incluyendo en la nómina de Larra el último artículo del *Correo* [68].

En *El Correo de las Damas* se publica un artículo, «El ladrón» (23 de octubre de 1833), firmado con el seudónimo *Le voleur,* seudónimo que parece revelar el nombre supuesto del mismo Larra. Ya F. Courtney Tarr había señalado, en 1929, las concomitancias de éste con el resto de los artículos de Larra, paralelismo que hacía inclinar la balanza en favor de *Fígaro.* Carlos Seco, aunque incluye la presente publicación en la sección «Artículos de atribución dudosa», afirma, sin embargo, que «tiene visos de verosimilitud» [69]; por el contrario, duda del titulado «A Ramón María de Narváez», opinando que difícilmente podrá creerse de Larra. Sánchez Estevan lo recoge en su *Catálogo* por el mero hecho de haber aparecido en el tomo III de la edición de Montevideo de 1838 [70].

Volviendo al artículo «El ladrón», nos inclinamos por el juicio de Carlos Seco, pues su estilo y tipo de censura son acordes con los escritos de Larra. El título del mismo es harto elocuente, analizando el autor a la sociedad desde esta perspectiva; para él, todo el mundo comete latrocinios:

¿Qué hombre de bien no ha infringido siquiera una vez en la vida el séptimo precepto? ¿Quién si le dieron un duro falso no lo pasa al vecino? ¿Qué tendero no vendió húmeda la sal? ¿Quién, al pasar por una viña, no arrancó un racimo? Tú, empleado, ¿por qué escribes a tu familia en papel de la oficina? ¿Por qué enseñas a escribir a tus

[68] *Ibíd.,* pág. 630.
[69] Carlos Seco, *op. cit.,* vol. IV, pág. 339.
[70] *Ibíd.,* pág. 339.

hijos con pluma del Estado? ¿Por qué hacen flores tus hijas con obleas del Gobierno? ¿Por qué te vas a paseo, por qué te finges malo mientras que te corre el sueldo? Eres un ladrón[71].

Tras las palabras denunciatorias surge el Larra de siempre, censurando a la sociedad que hace distingos entre un alto funcionario y un miserable salteador. Al primero se le ignoran sus robos; sin embargo, cuando el móvil del robo está provocado por una acuciante necesidad —el hambre—, la sociedad castiga con toda su fuerza al segundo. Sería también el caso parecido de su artículo «Los barateros», donde la sociedad permite el duelo por motivos de honra y los castiga sin piedad si ocurren dentro del recinto penitenciario.

«EL OBSERVADOR»

El 7 de octubre de 1834 Larra colabora en *El Observador,* periódico impreso en los talleres de Jordán y más tarde en los de L. Fernández de Angulo. Constaba de cuatro páginas de $0^m, 381 \times 0^m, 266$, empezando su tirada el 15 de julio de 1834 para terminar, finalmente, el 30 de abril de 1835.

Las colaboraciones de Larra en este diario no son en verdad copiosas, aunque hay que tener en cuenta que el autor alternaba sus tareas periodísticas entre este periódico y *La Revista Española.*

El paréntesis de publicaciones establecido en *El Observador* va desde el 7 de octubre de 1834 hasta enero de 1835; es decir, desde su artículo «Segunda carta de un liberal de acá a un liberal de allá» hasta la «Revista del año 1834». Nada extraño es que *Fígaro* inicie su andadura con su artículo «Segunda carta», pues el periódico *el Observador,* en su profesión de fe, se proclamaba como defensor acérrimo de los principios liberales.

---

[71] *Ibíd.,* pág. 341.

Los artículos aquí publicados van desde la crítica teatral —por ejemplo, «El diplomático», de Scribe— hasta el
artículo costumbrista. Recordando siempre el sentido
que tiene el costumbrismo en Larra. A este respecto tenemos artículos tan significativos como «¿Entre qué gentes estamos?» (1 de noviembre de 1834), «La vida de
Madrid» (12 de diciembre de 1834), «Baile de máscaras.
Billetes por embargo» (17 de diciembre de 1834), etc.

«REVISTA MENSAJERO»

A partir del 1 de marzo de 1835 *La Revista Española* y
El Mensajero de las Cortes salieron conjuntamente, circunstancia explicada por la dirección del periódico a los
suscriptores. La *Revista Mensajero* recogió, pues, una
serie de artículos que van desde el 2 de marzo de 1835
hasta el 9 de agosto del mismo año. En la presente publicación Larra utiliza, una vez más, el recurso epistolar
para poner al desnudo los males que afligen a España
—«Carta de Fígaro a su antiguo corresponsal»—; igualmente, se erige en censor de una justicia que no reparte
equitativamente sus leyes, ofreciendo, por el contrario,
un espectáculo dantesco. Si su artículo «Un reo de muerte» (30 de marzo de 1835) muestra, por un lado, un triste
y grotesco espectáculo, por otro, nos enseña el sentir de
Larra, partidario de la abolición de la pena de muerte.
Actitudes ciertamente reiterativas y que revelan a un
Larra preocupado no sólo por la reforma del sistema penitenciario —vetusto y arcaico—, sino también por determinadas leyes que permitían acabar con la vida del individuo. Con idéntico sentir aborda su artículo «El duelo».
Esta vez a través de un personaje —Carlos— que paga
las consecuencias de los devaneos de su esposa. El tal
personaje debe lavar su honra mediante el duelo y morir
en la empresa si es necesario, como en verdad ocurre.
Censura contra una costumbre impropia de seres inmersos en un extraño concepto del honor que provoca la
muerte de uno de los contendientes.

Podríamos decir que en la presente publicación Larra da cabida a un auténtico mosaico de artículos. Es decir, cabida a artículos típicamente costumbristas —«El album»—; artículos de viajes —«Impresiones de un viaje. Última ojeada sobre Extremadura: despedida a la patria»—, que trasladaban al lector a lugares insospechados en una época en que los medios de locomoción no se distinguían por su comodidad. Asunto, por otro lado, característico de la ingente nómina de escritores costumbristas. Artículos donde predominan lo histórico y arquitectónico —«Las antiguedades de Mérida y Conventos españoles»—; páginas que estudian el comportamiento de los personajes y se prescinde de toda nota colorista —«La diligencia»—, y estudio, en fin, de uno de los tipos más odiados por las gentes de entonces: *los calaveras,* estamento dividido en tristes compartimentos como si de una especie se tratara.

«EL ESPAÑOL»

Larra, en una carta que dirigiera a sus padres —8 de enero de 1836—, les comunicaba su ventajoso contrato con el periódico *El Español;* contrato en verdad asombroso, pues sumaba una cantidad —20.000 reales— poco usual para los tiempos que corrían. A cambio, Larra debía entregar al periódico dos artículos por semana. Se trata de una publicación de gran prestigio; el mismo Larra, en la carta anteriormente citada, la define como la mejor de su género en Europa. *El Español* empezó a publicarse el 1 de noviembre de 1835, siendo su formato inicial de 0 m, 423 × 0 m, 257. En las páginas de este periódico Larra ejerció, una vez más, la labor de crítica teatral, tarea que le ocupó la mayor parte de sus escritos. Críticas a obras tan representativas del romanticismo como *El trovador, Aben-Humeya, Antony, Hernani o el honor castellano, Los amantes de Teruel,* etc. Piezas desmenuzadas y analizadas con la mayor objetividad posible. Elogiando o censurando si la obra lo requería; de ahí su admiración por el entonces novel escritor García Gutiérrez o su implacable y contundente denuncia a la obra *Antony*.

Los artículos políticos ocupan la mínima parte de sus páginas. Cabría destacar el titulado «Publicaciones nuevas. El ministerio de Mendizábal. Folleto, por don José de Espronceda», dura crítica a la desamortización de Mendizábal y que Larra recomienda encarecidamente. Denuncias implacables contra los estamentos que aplican sus leyes según la condición social del individuo —«Los barateros o el desafío y la pena de muerte». Artículos que son auténtico preludio del fin de Larra y que tendremos ocasión de tratar —«El día de Difuntos de 1836», «Fígaro en el cementerio», «Necrología. Exequias del conde de Campo-Alange». Páginas que analizan el origen y las condiciones de los artículos de costumbres, como su elogioso artículo dedicado a Mesonero Romanos titulado «Panorama matritense. Cuadros de costumbres de la capital observados y descritos por un curioso parlante».

«EL MUNDO» Y «EL REDACTOR GENERAL»

Larra alternó su producción periodística de *El Español* con trabajos esporádicos enviados a las redacciones de *El Mundo* y *El Redactor General*. En estos dos periódicos se recogen artículos escritos pocos días antes de su muerte. En el primero de ellos, Larra publicó «Fígaro dado al Mundo», «Fígaro a los redactores del Mundo» y «Fígaro al estudiante». Publicación que coincide con la aparición de otro gran periódico citado anteriormente, *El Semanario Pintoresco Español,* pero de distinta periodicidad y formato, pues *El Mundo* salía diariamente y sus páginas —cuatro en total— eran de 0^m, 270×0^m, 189.

Si en *El Redactor General,* periódico que empezó a publicarse el 15 de noviembre de 1836 y con el mismo formato que la *Gaceta,* la presencia de Larra es mínima, su artículo «La Nochebuena de 1836. Yo y mi criado. Delirio filosófico» denuncia el estado anímico del autor, drama íntimo que provoca la fatal decisión de Larra.

Artículos

ARTÍCULOS DRAMÁTICOS Y LITERARIOS

Hemos insistido, en más de una ocasión, en el peculiar estilo de los artículos de Larra. Marcábamos al comienzo de nuestra edición la diferencia existente entre un Mesonero Romanos y el mismo Larra; diferencias marcadas por el peculiar enfoque de *Fígaro.* En este sentido, la mayor parte de sus artículos son un auténtico conglomerado de ideas, mezclándose entre sí vetas literarias, políticas y costumbristas. Su personalidad reformadora actuará como rictus caracterizador en sus artículos, desprendiéndose de su personalidad el ente político, moralizador y satírico. Sus artículos de crítica teatral y literaria ocupan la mayor parte de su labor periodística, circunstancia que no debe extrañar al lector, pues sabido es que la prensa romántica concede gran importancia a los sucesos teatrales del momento. Raro es el periódico que no tenga su sección de teatro, nominadas en ocasiones con distintos títulos que nos informan puntualmente de la pieza recién estrenada. Larra, desde su atalaya de crítico teatral, ofrecerá un amplio abanico de corrientes literarias que irán desde la comedia moratiniana hasta el melodrama truculento; juicios que la crítica ha desgajado para estudiar ya no la formación, sino su ideario o actitud frente al teatro de la época.

Por otro lado, no debe asombrarnos que una gran parte de sus escritos estén dedicados al teatro, género que por aquel entonces gozaba de un primer puesto entre las preferencias del público. Actitud confirmada por el auténtico aluvión de traducciones y adaptaciones que invadían la escena española; incluso, el mismo público no se conformaba con ver sólo la obra, sino que la discutía y la llevaba fuera del teatro, siendo casi elemento imprescindible de las tertulias literarias.

Larra inicia esta fecunda tarea, desde el periódico *El Duende Satírico del Día,* con el artículo «Una comedia moderna: *Treinta años o la vida de un jugador»* (31 de marzo de 1833), melodrama francés de Víctor Ducange. Páginas que representan una dura crítica contra este tipo de obras, pues a través de una amplia exposición del argumento —ocupa la totalidad del artículo—, Larra censura no sólo la inverosimilitud de la pieza, sino también los encuentros fortuitos y recursos escénicos empleados por el autor y que desembocan en desaforado aparato romántico. Los saltos en el tiempo, lo casual, el enredo, el trasiego de escenarios, el aparato eléctrico y un largo etcétera actúan negativamente en el sentir de Larra; como si echara en falta las reglas seguidas por el propio Moratín. La obra de Ducange no se acopla en el ideario literario de Larra que, preocupado por una auténtica renovación del teatro, se sentía defraudado por este comienzo romántico.

Las siguientes referencias al teatro aparecen ya en las páginas de *El Pobrecito Hablador,* a través de los artículos «¿Qué cosa es por acá el autor de una comedia?» (26 de septiembre de 1832), «¿Quién es por acá el autor de una comedia? —El derecho de propiedad» (10 de octubre de 1832) y «Reflexiones acerca del modo de hacer resucitar el teatro español» (20 de diciembre de 1832). Su extenso artículo «Reflexiones» es producto de una profunda meditación acerca de nuestro teatro que, a juicio de Larra, no debe constituir una simple diversión, sino que debe convertirse en director de las masas, en rector de la opinión pública. Un teatro catalizador y difundidor de las buenas costumbres que recuerda la finalidad ética del teatro moratiniano. *Fígaro* busca en su «Reflexión» el culpable de la situación caótica de nuestra escena, llegando a la conclusión siguiente: *el público es la primera causa del abatimiento de nuestro teatro;* solución: educar, instruir al público, instando al gobierno a que tome las medidas oportunas, insinuaciones que no tendrían feliz acogida.

Con anterioridad, Larra había inscrito su nombre en *La Revista Española* en la sección de Teatros (7 de noviembre de 1832) [72] circunstancia no interrumpida a partir de la fecha mencionada. En la presente sección no hay reseñas de crítica teatral, pero sí insistencia en el penoso estado de los teatros y en el desafortunado comportamiento de los actores. La noticia de que el Ayuntamiento deja de ser administrador de los teatros en favor del empresario particular pone punto final a la breve crónica. En realidad, su labor como crítico teatral empieza con el artículo «Primera representación de la comedia en dos actos titulada *Hacerse amar con peluca o el viejo de veinticinco años*». En este artículo Larra ofrece ya las coordenadas arquetípicas de sus recensiones críticas; es decir: personalidad del autor, fuentes de la obra, exposición detallada del argumento, comportamientos de los actores, decorados, acogida del público y valoración personal. Crítica elogiosa a Ventura de la Vega, no sólo en esta reseña crítica, sino también con motivo del estreno de *Don Quijote de la Mancha en Sierra Morena,* obra que a juicio de Larra se acercaba a la perfección. Con idéntico parecer se refiere a otra adaptación de Scribe realizada por Ventura de la Vega, titulada *Las Capas* (10 de septiembre de 1833), elogiándola y haciendo ver a los lectores que es el propio Scribe quien sostiene a nuestros teatros. Circunstancia en verdad lamentable y que denuncia la falta de ingenio y capacidad de nuestros dramaturgos.

La mayoría de los artículos de crítica teatral publicados en *La Revista Española* se escriben por los años 1833 y 1834, época en que la comedia moratiniana gozaba de

---

[72] Artículo que apareció sin firma en la citada publicación. Sánchez Estevan lo recoge en su *Catálogo* con una interrogante. Carlos Seco, aunque no lo incluye en el apartado «Artículos de atribución dudosa», lo incluye con ciertas reservas en el *corpus* general de la obra.

gran prestigio. Abundan, pues, artículos sobre piezas insertas en la corriente neoclásica, ya escritas por el propio Moratín o bien realizadas por sus continuadores. Al referirse a *La mojigata* (2 de febrero de 1834), el autor no sigue el procedimiento utilizado en artículos literarios, excluyendo la argumentación y analizándola comparativamente con *El hipócrita,* de Molière. La inclinación de Larra por las obras de Moratín es suficientemente conocida, admiración fundamentada en la finalidad ética del teatro moratiniano. Lo mismo sucede con su crítica a *El sí de las niñas* (9 de febrero de 1834), calificándola en tono sumamente elogioso, elogios no nacidos de un puro convencionalismo gacetillero, sino surgidos del profundo conocimiento de la obra de Moratín. Si acaso reseñar aquellas palabras de *Fígaro* relativas a un supuesto fallo del mismo Moratín:

> El plan está perfectamente concebido. Nada más ingenioso y acertado que valerse para convencer al tío de la contraposición de su mismo sobrino. Así no fuera éste teniente coronel, porque por mucha que fuese en aquel tiempo la sumisión de los inferiores en las familias, no parece natural que un teniente coronel fuese tratado como un chico de la escuela, ni recibiese las dos, o las tres onzas para ser bueno[73].

Su censura a este fallo moratiniano no pasó desapercibido por la crítica del momento, como si Larra temiera pecar de osado en su juicio a Moratín, afirma a renglón seguido que «confesamos que sólo con mucho miedo y desconfianza osamos encontrar defectos a un talento tan superior»[74]. Fallo más bien cometido por Larra que por Moratín, pues este último describe la sumisión y obediencia desde una perspectiva educadora. La razón so-

---

[73] *Fígaro, Colección de artículos dramáticos, literarios, políticos y de costumbres publicados en los años 1832, 1833 y 1834 en el Pobrecito Hablador, la Revista Española y el Observador,* por D. Mariano José de Larra, Madrid, Imprenta de Repullés, 1835, t. II, pág. 6.

[74] *Ibíd.,* pág. 6-7.

mete cualquier tipo de pasión humana y no son, por el contrario, los instintos quienes actúan por encima de la razón [75]. Si la admiración de Larra por Moratín es puesta ya de manifiesto, no ocurre lo mismo con sus seguidores. Sirva como botón de muestra su artículo «Los celos infundados o el marido en la chimenea» (1 de febrero de 1833), de Martínez de la Rosa, en donde tras calificar a Moratín de «coloso dramático» afirma que sus numerosos continuadores no pueden rivalizar con él. Sin embargo, aplaude este tipo de obras originales en un momento en que el furor transpirenaico inundaba la escena española de «dramas exóticos» y de «mezquinas traducciones».

En *La Revista Española* predominan artículos que versan sobre las adaptaciones y traducciones de Scribe, artículos que reseñan piezas de escritores nacionales —Bretón de los Herreros, Martínez de la Rosa, etc.— y extranjeros —Ducange, Scribe, Beaumarchais, etc.—, censurando sobre todo a V. Ducange, autor que gustaba utilizar situaciones envueltas en asesinatos, horrores, sangre..., aspectos que irritaban a *Fígaro* como tenemos ocasión de comprobar a través de sus artículos «Treinta años o la vida de un jugador» y «El verdugo de Amsterdam».Cuando estos recursos truculentos no aparecen en Ducange, Larra no duda en admirar su obra, como es el caso de su artículo «El colegio de Tonnington o la educanda».

Ante el aluvión de dramas históricos Larra no olvida la finalidad ética que perseguía el teatro neoclásico. No sin cierta reserva acepta el drama histórico, e incluso llegó a modificar su ideario preceptista con el correr de los años, aceptación condicionada por una serie de elementos que configurarían el auténtico drama romántico. Censura al drama que se resiente de veracidad histórica, de personajes acartonados que actúan más como seres irreales que de carne y hueso; preferencias por dramas dotados

---

[75] Cfr. J. Casalduero, «Forma y sentido de *El sí de las niñas*», *Nueva Revista de Filología Hispánica,* XI, 1957, págs. 35-56.

de cargazón social y que identifican la obra con el espectador, y persecución, en fin, de un teatro que pudiera atentar contra la moral, coordenada esta última arquetípica entre los escritores costumbristas. Si bien, la mayoría de estos escritores vituperan el drama romántico francés por considerarlo inmoral y corruptor no sólo de las buenas costumbres, sino también de nuestras tradiciones. En Larra el fin último es el mismo que el de estos autores, aunque el camino recorrido no sea siempre idéntico.

De la escuela romántica Larra critica el cúmulo de llantos, desmayos, muertes, declamaciones impropias y exageradas, intrigas aterradoras, falta de caracteres en los personajes, escenarios que aterran y horripilan... Clichés utilizados más como recurso que como consecuencia de la inteligencia. Cuando el autor no cae en estos extremos y desarrolla una acción en la que los caracteres de los personajes, situaciones y trama están bien trazados, el elogio surge en su artículo.

Si la crítica de Larra es en no pocas ocasiones negativa, en otras su genio irradia felicidad cuando se encuentra con la obra maestra. Tal ocurre en su artículo «El trovador», en las palabras iniciales dedicadas al autor del drama: *«Soy hijo del genio, y pertenezco a la aristocracia del talento. ¡Origen por cierto bien ilustre, aristocracia que ha de arrollar al fin todas las demás!»* [76]. Lo mismo sucede con su artículo «Los amantes de Teruel», enjuiciando al drama con toda suerte de elogios. Idéntico parecer en su artículo sobre «La Conjuración de Venecia» que, tras su puesta en escena, Larra describe como obra de gran mérito: «El plan está superiormente concebido; el interés no decae un solo punto, y se sostiene en todos los actos por medios sencillos, verosímiles, indispensables: insistimos en llamarlos indispensables, porque ésta es la perfección del arte» [77]. Si la obra de Martínez

---

[76] *Fígaro, Colección..., op. cit.*, t. IV, págs. 112-113.
[77] *Ibíd.*, págs. 69.

de la Rosa fue acogida favorablemente por Larra, no sucedió lo mismo con su *Aben-Humeya,* censurándola por los cuatro costados. Citamos uno de los muchos aspectos criticados por Larra y que el propio autor destaca:

> Y vamos a lo más importante. Un personage (*sic*) histórico oscuro no puede ser digno del teatro, sino cuando sus hechos llevan envueltos en sí el éxito o la ruina de la causa pública. Pero, ¿cuál es la lección moral o política que ha querido darnos el autor con la muerte de Aben-Humeya? [78].

Texto que nos hace recordar aquellas palabras de Montesinos en el momento de referirse a la actitud del escritor costumbrista frente al teatro romántico: «Mesonero era aún demasiado moratiniano de espíritu —como lo era el mismo Larra en ocasiones— para no admitir una finalidad ética del teatro» [79]. La alusión de Larra a *¿Cuál es la lección moral...?,* encaja perfectamente en la definición dada por Montesinos.

Si Larra presenta una gran actividad como crítico teatral desde las páginas de *La Revista Española,* no menos importante es su participación en el periódico *El Español.* Por el contrario, sus colaboraciones desde la sección «Teatros» de los periódicos *El Correo de las Damas, El Observador, Revista Mensajero, El Mundo* y *El Redactor General* no es tan prolífica, sino más bien escasa o casi nula; así, en la *Revista Mensajero,* aunque aparecen artículos de los más significativos del autor —«El hombre-globo», «Un reo de muerte», «Una primera representación», «La diligencia», «El *album*», «Los calaveras», «Modos de vivir que no dan de vivir», «Oficios menudos», etcétera—, no encontramos ninguno de crítica teatral. Lo mismo sucede con *El Mundo* o *El Redactor General,* pe-

---

[78] *Ibíd.,* t. IV, págs. 162-163.
[79] José F. Montesinos, *Costumbrismo y novela. Ensayo sobre el redescubrimiento de la realidad española,* Madrid, 1960, pág. 55.

riódicos que apenas inciden en la vida periodística de Larra, a no ser por la importancia de algunos de sus artículos (por ejemplo, «La Nochebuena de 1836. Yo y mi criado. Delirio filosófico», aparecido en *El Redactor General,* el 26 de diciembre de 1836).

El periodo que se abre desde el 5 de enero de 1836 hasta el 29 de enero de 1837, fechas muy próximas al suicidio, Larra dedicará amplia atención a los estrenos teatrales desde las páginas de *El Español.* Juicios nada inequívocos y que, con el paso del tiempo, han dado la razón a Larra. Difícil es enjuiciar una obra al calor de los hechos, donde lo emotivo o puramente circunstancial pueden influir decisivamente en el ánimo del crítico. La obra es perecedera cuando el tiempo corrobora sus excelencias. Esto último lo tenía muy presente Larra en algunas de sus críticas, afirmando que el éxito de tal o cual pieza será imperecedero si nuestras generaciones posteriores así lo confirman. Los juicios de Larra en torno a *El trovador* no pueden ser más certeros y positivos, sus últimas palabras son auténtico homenaje al entonces incipiente escritor García Gutiérrez:

> En un país donde la literatura apenas tiene más premio que la gloria, sea ése siquiera lo más lato posible; acostumbrémonos a honrar públicamente el talento, que ésa es la primera protección que puede dispensarle un pueblo, y ésa es la única también que no pueden los gobiernos arrebatarle[80].

Desde las páginas de *El Español* encontramos también juicios de obras que el tiempo ha convertido en clásicas del romanticismo. Es el caso de su crítica a *Los amantes de Teruel* (22 de enero de 1837), de Juan Eugenio Hartzenbusch:

> El drama que motiva estas líneas tiene en nuestro pobre juicio bellezas que ponen a su autor no ya fuera de

---

[80] *Fígaro, Colección..., op. cit.,* t. IV, pág. 119.

la línea del vulgo, pero que lo distinguen también entre escritores de nota. Sinceramente le debemos alabanza, y aquí citaremos de nuevo, como otras veces hemos hecho, a los que de maldicientes nos acusan: sólo se presenta el autor de *Los amantes de Teruel,* sin pandilla literaria detrás de él, sin alta posición que le abone; no le conocemos; pero nosotros, *mordaces* y *satíricos,* contamos a dicha hacer justicia al que se presenta reclamando nuestro fallo, con memoriales en la mano, como *Los amantes de Teruel.* Si la indignación afila a veces nuestra pluma, corre sobre el papel más feliz y ligera para alabar que para censurar[81].

Apreciaciones que el correr del tiempo ha ratificado.

Decíamos con anterioridad que los artículos de Larra eran difícilmente clasificables por encontrarse en ellos un auténtico conglomerado de ideas; ideas que no sólo permitían conocer su pensamiento político, literario, filosófico, etc., sino también el proceso evolutivo del ideario de Larra. De ahí, creemos, la importancia en ofrecer los artículos según fueron apareciendo en la prensa romántica y estudiarlos desde una amplia perspectiva. Es el caso de su artículo «Antony», de A. Dumas, dado a la prensa el 23 y 26 de junio de 1836. En esta crítica a la obra de A. Dumas se encuentran no pocas opiniones literarias de Larra, opiniones que llegan a ocupar más espacio de lo que él imaginaba, pues la recensión crítica a la obra de A. Dumas la hace realmente en la segunda entrega. La primera de ellas, la subtitulada «Consideraciones acerca de la moderna escuela francesa. Estudio de la España. Inoportunidad de estos dramas entre nosotros»[82]. Tras afirmar que *Antony* «merece ser combatido con todas las armas» hace profesión de fe de su ideario:

Hace años que secuaces mezquinos de la antigua rutina mirábamos con horror en España toda innovación:

---

[81] *Ibíd.,* t. V, pág. 112.
[82] *Ibíd.,* t. V, pág. 1.

encarrilados en los aristotélicos preceptos, apenas nos quedaba esperanza de restituir al genio su antigua e indispensable libertad: diose en política el gran paso de atentar al pacto antiguo, y la literatura no tardó en aceptar el nuevo impulso; nosotros, ansiosos de sacudir las cadenas políticas y literarias, nos pusimos prestamente a la cabeza de todo lo que se presentó marchando bajo la enseña del movimiento. Sin aceptar la ridícula responsabilidad de un mote de partido, sin declararnos clásicos ni románticos, abrimos la puerta a las reformas, y por lo mismo que de nadie queremos ser parciales, ni mucho menos idólatras, nos decidimos a amparar el nuevo género con la esperanza de que la literatura, adquiriendo la independencia, sin la cual no puede existir completa, tomaría de cada escuela lo que cada escuela poseyese mejor, lo que más en armonía estuviese en todas con la naturaleza, tipo de donde únicamente puede partir lo bueno y lo bello[83].

Actitud displicente ante la representación de este drama que le lleva a utilizar símiles desesperantes. Su total decepción es puesta de manifiesto definiendo la literatura francesa con el patético ejemplo de «enseñarle a un hombre un cadáver para animarle a vivir». «Antony» merece su total desaprobación y repulsa, es un grito de desesperación al encontrar el caos y la nada al final del viaje. «Antony» es repudiado por Larra desde distintas perspectivas, aunque, sin embargo, todas confluyen en una sola: sus connotaciones sociales. Pone en tela de juicio el comportamiento de una sociedad que ultraja los derechos del individuo, aun siendo un inclusero, como el protagonista del drama de A. Dumas. Para Larra el ascenso social no está reñido con el origen del individuo; cree, por el contrario, que las auténticas fuerzas del ser radican en su inteligencia. A un escritor, a un buen político, no se le exige una ascendencia privilegiada, se le exigen hechos, hechos avalados por su capacidad intelectual y no por su

---

[83] *Ibíd.,* t. V, págs. 1-2.

cuna. Sin embargo, estas fuerzas no actúan en «Antony» como Larra quisiera. Desde otra perspectiva la obra supone un alegato en favor de la ruptura de ciertos valores morales, cimiento imprescindible de la nueva España deseada por Larra. En definitiva, Larra teme la interpretación de la sociedad española, sociedad que deba abogar por un reformismo audaz, osado si se quiere, pero dentro de unos razonamientos lógicos capaces de cimentar su ideario liberal y progresista.

En el *corpus* general de su obra encontramos no pocas opiniones en torno a la situación del teatro en España —«Reflexiones acerca del modo de resucitar el teatro español», «¿Qué dice usted? ¿Que es otra cosa?», «Una primera representación», etc. Artículos dedicados a los autores, por ejemplo: «¿Qué cosa es por acá el autor de una comedia?», «¿Quién es por acá el autor de una comedia?», «Don Cándido Buenafé o el camino de la gloria»... Páginas que censuran la escasa profesionalidad de los actores, como su artículo «Yo quiero ser cómico». Los artículos de Larra se nos ofrecen como auténtico arsenal noticioso de la vida artística del Madrid de su tiempo, desprendiéndose de ellos juicios que afean y maltratan las obras de nuestro teatro. Combate la afectación de los actores —*La extranjera*—; los postizos de los comediantes, costumbre usual de la época; se manifiesta en favor del actor que hace gala de una buena dicción; le preocupa igualmente el movimiento de los actores en escena, elogiando su actitud —«El trovador»— si los desplazamientos están en consonancia con la peripecia argumental. Denuncia los repartos de actores, que lejos de beneficiar a la obra actúan como elemento negativo:

En cuanto a la repartición, hala trastrocado toda en nuestro entender una antigua preocupación de bastidores; se cree que el primer galán debe de hacer siempre el primer enamorado, preocupación que fecha desde los tiempos de Naharro, y a la cual debemos en las comedias de nuestro teatro antiguo las indispensables relaciones de dama y galán, sin las cuales no se hubiera representado tiempos atrás comedia ninguna. Sin otro motivo se ha dado el papel del *Trovador* al señor Latorre, a quien de ninguna manera convenía, como casi ningún papel tierno y amoroso. Su físico, y la índole de su talento, se prestan mejor a los caracteres duros y enérgicos: por tanto, le hubiera convenido más bien el papel del conde don Nuño. Todo lo contrario sucede con el señor Romea, que debiera haber hecho el *Trovador*.

Por la misma razón el papel de la Gitana ha estado mal dado. Esta era la creación más original, más nueva del drama, el carácter más difícil también, y por consiguiente el de mayor lucimiento; si la señora Rodríguez es la primera actriz de estos teatros, ella debiera haberlo hecho, y aunque hubiese estado fea y hubiese parecido vieja, si es que la señora Rodríguez puede parecer nunca fea ni vieja. El carácter de Leonor es de aquellos cuyo éxito está en el papel mismo; no hay más que decirlo: una actriz como la señora Rodríguez debiera despreciar triunfos tan fáciles [84].

Censuras contra la vestimenta de los actores —«Pelayo», «La amnistía», «Mi nombre y mis propósitos», etc.—, costumbre harto denunciada por Larra. Era frecuente que los trajes no coincidieran con la época representada e, incluso, se alternaran ropas de distintas épocas, creándose de esta forma un actor que más parecía un ser grotesco que otra cosa. Circunstancia dada por los escasos conocimientos históricos de los actores y por su preocupación externa, no dudando en colocarse tal o cual pieza si de esta forma su figura salía beneficiada.

Preocupación por la escenografía utilizada, ya de forma discorde con lo que se estaba representando, o bien sin guardar relación con la época en que transcurre la acción. Insistimos, Larra no sólo se limita a describir una situación escénica, sino que intenta reformarla, corregirla si es necesario. Sus primeros juicios, pues, van desde el estado de nuestros teatros —incomodidades,

---

[84] *Ibíd.,* t. IV, págs. 118-119.

ruidos, comportamiento del público, situación de servicios, audición, poca visibilidad, etc.— hasta el comportamiento de nuestros actores y autores.

Su actitud crítica va fuertemente ligada a sus ideas de hombre liberal, agrupándose todas ellas en una sola: libertad. En este sentido, su artículo «Literatura» (18 de enero de 1836) puede ser un fiel exponente de lo aquí expuesto:

> *Libertad* en literatura, como en las artes, como en la industria, como en el comercio, como en la conciencia. He aquí la divisa de la época, he aquí la nuestra, he aquí la medida con que mediremos; en nuestros juicios críticos preguntaremos a un libro: *¿nos enseñas algo? ¿nos eres la expresión del progreso humano? ¿nos eres útil? —Pues eres bueno.* No reconocemos magisterio literario en ningun país; menos en ningun hombre, menos en ninguna época, porque el gusto es relativo: no reconocemos una escuela exclusivamente buena, porque no hay ninguna absolutamente mala. Ni se crea que asignamos al que quiera seguirnos una tarea más fácil, no. Le instamos al estudio, al conocimiento del hombre: no le bastará como al *clásico* abrir a Horacio y a Boileau, y despreciar a Lope o a Shakespeare: no le será suficiente, como al romántico, colocarse en las banderas de Victor Hugo y encerrar las reglas con Moliere y con Moratin; no; porque en nuestra librería campeará el Ariosto al lado de Virgilio, Racine, al lado de Calderón, Moliere al lado de Lope; a la par, en una palabra, Shakespeare, Schiller, Goethe, Byron, Victor Hugo y Corneille, Voltaire, Chateaubriand y Lamartine[85].

ARTÍCULOS DE COSTUMBRES Y POLÍTICOS

Con anterioridad aludíamos al peculiar costumbrismo de Larra, un costumbrismo que no se limitaba a reflejar tal o cual costumbre desde una óptica meramente

---

[85] *Ibíd.*, t. IV, pág. 70.

descriptiva e incitadora al tipismo. Larra dedica escasas líneas en describir a sus tipos y menos aún en contar las excelencias de tal o cual edificio o monumento arquitectónico; ni siquiera describe el escenario habitual entre los escritores del género, que iba desde el escenario de la Puerta del Sol hasta la romería de San Isidro, pasando por el festivo ambiente de las gentes del Barquillo y del Avapiés. Larra estudia a sus tipos desde una plataforma bien distinta, lanzando consideraciones sociales, filosóficas y políticas; consideraciones que le llevan a extraer toda una serie de conclusiones acerca del comportamiento y el carácter de la sociedad. Entroncando, pues, con la tradición clásica francesa y con pensadores españoles no muy lejanos en el tiempo que influyeron positivamente en el ánimo de Larra: Feijoo, Cadalso y Jovellanos.

El primer cuadro de costumbres ofrecido por Larra data del 26 de febrero de 1828, artículo primerizo aparecido en *El Duende Satírico del Día* y al que Larra apenas concedió importancia, como lo demuestra su no inclusión en la edición *princeps*. El recurso o procedimiento utilizado por Larra no es nada innovador[86], pues la introducción de un personaje independiente y solitario que se introduce en un café y que observa atentamente sus movimientos y palabras fue recurso harto conocido; sin embargo, sí se observa ya el peculiar estilo de Larra, costumbrismo que prescindirá de toda nota colorista para ahondar en el carácter y comportamiento de esa galería de personajes que desfilan ante el autor. «El café» supone, a juicio de Tarr, el mejor artículo de los aparecidos hasta el momento, superando los incipientes comienzos literarios de *El curioso parlante*[87].

En la serie de *El Pobrecito Hablador* aparece otro ar-

---

[86] Sobre las fuentes de este artículo, aspecto que abordaremos más tarde, puede consultarse J. Escobar, *op. cit.*, págs. 140 y ss.

[87] F. Courtney Tarr, «Larra's *Duende Satírico del Día*», *Modern Philology*, XXVI, 1928-1929, págs. 31-46.

tículo —«Corrida de toros»—[88] que actúa como germen de futuros artículos. Prescindiendo del extenso comienzo erudito sobre la ascendencia de las corridas de toros, el autor muestra su disconformidad, por considerarla bárbara e impropia de pueblos civilizados. En este sentido, Larra se sitúa en la nómina de escritores que con anterioridad habían censurado la referida fiesta, como Feijoo, Clavijo, Cadalso, Tomás de Iriarte, Meléndez Valdés, Jovellanos, etc., críticas que no se interrumpen ni siquiera con la aparición de la novela realista. Recuérdese, por ejemplo, la actitud de Stein en *La Gaviota*, que se ve obligado a abandonar la plaza al no poder soportar el cruento espectáculo, reflejo o trasunto de la misma *Fernán Caballero*. Tras su oposición a este espectáculo, no menos interesante es su visión de las capas más populares, visión que se repetirá a lo largo de sus artículos. Es significativo, a este respecto, su identificación con el sentir de Jovellanos, terminando su artículo «Corrida de toros» con un texto de este autor que define a manolos y chisperos con toda suerte de adjetivos denigrativos. Lomba y Pedraja señaló acertadamente esta actitud de Larra:

> Este costumbrista, fervoroso demócrata en política, lleva dentro un gran aristócrata, tieso y altanero. Con las clases humildes del pueblo, nadie se ha mostrado más duro que él ni más despegado en este suelo de España. En materia de sociedad —dice él mismo— somos enteramente aristocráticos. Dejemos la igualdad de los hombres para la otra vida, porque en ésta no la vemos tan clara como la quieren suponer. Es lo cierto que no se observa una sola escena popular en sus cuadros. Es de admirar el desprecio con que habla siempre de mozos y criados, de menestrales y de gentes de condición servil. Comparándolos o poniéndolos a la par de animales brutos, hace mil chistes crueles a su costa. Tiene establecida

---

[88] J. Escobar, *op. cit.*, págs. 172-199. Capítulo dedicado al presente artículo, demostrándose la deuda de Larra respecto a Nicolás F. de Moratín. Tras el cotejo de textos el lector puede comprobar el plagio realizado por Larra.

rigurosamente su separación y su inferioridad con respecto a las clases cultas y principales[89].

En más de una ocasión Larra vitupera no sólo a los estamentos más populares, sino también a todo aquello que se pudiera definir como masa. En este sentido, Larra es enteramente aristocrático y no es que sus escritos estén en contradicción con su sentir liberal, sino que él superponía esa *inteligencia aristocrática* al comportamiento del pueblo, actuando la minoría selecta en beneficio del resto de la sociedad. De ahí sus continuas diatribas contra todo lo zafio y grosero, contra el lenguaje achulapado y altanero, contra toda costumbre que pecara de ruda y que, sin embargo, encontraba feliz eco entre sus coetáneos. Larra sentía y quería a su pueblo desde una perspectiva abstracta condicionada y guiada por un grupo de hombres selectos.

Desde sus artículos Larra censurará aquellas gentes que no hacen precisamente gala de recato y buenos modos. Sus artículos «La Fonda nueva», «La diligencia», «Entre qué gentes estamos», etc., serán buena prueba de ello. Obsérvese, por ejemplo, el último de los aquí citados y aparecido seis años más tarde que el titulado «Corrida de toros»:

Aquí me echó el hombre una ojeada de arriba abajo, de estas que arrebañan a la persona mirada, de estas que van acompañadas de un gesto particular de los labios, de estas que no se ven sino entre los majos del país. Nadie es más que yo, don caballero o don lechuga; sino acomoda, dejarlo. ¡Mire usted con lo que se viene el seor levosa! A ver, chico, saca un bombé nuevo; ¡ahí en el bolsillo de mi chaqueta debo tener uno!— Y al decir esto, salió una muger *(sic)* y dos o tres mozos de cuadra; y llegáronse a oír cuatro o seis vecinos y catorce o quince curiosos transeúntes, y como el calesero hablaba en majo y respondía en desvergonzado, y fumaba y escupía por el col-

---

[89] J. R. Lomba y Pedraja, *Costumbristas españoles de la primera mitad del siglo XIX,* Universidad de Oviedo, 1933, pág. 60.

millo, e insultaba a la gente decente, el auditorio daba la razón al calesero, y le aplaudía y soltaba la carcajada, y le animaba a seguir: en fin, sólo una retirada a tiempo pudo salvarnos de alguna cosa peor, por la cual se preparaba a hacernos pasar el concurso que allí se había reunido [90].

Sus críticas mordaces no sólo son exclusivas de estos tipos aquí reseñados, sino contra toda sociedad que peque de pereza, brutalidad, ineducación, hipocresía, insensatez, etc. Artículos que revelan una honda preocupación por el sistema educativo, recuérdese, por ejemplo, «El casarse pronto y mal» o «La educación de entonces». En el primero de ellos Larra ofrecerá un panorama desolador de la educación del momento, educación que empujará a sus protagonistas a encontrar una muerte desesperada y acuciada por los infortunios. Visión retrospectiva de la educación de finales del XVIII a través de dos interlocutores que Larra introduce en su artículo «La educación de entonces», visión no menos desoladora que la anterior y que inducía a sus gentes a la mojigatería y al falso pudor.

Artículos que constituyen auténtica diatriba al sistema penitenciario español y suponen un sello característico de su ideario reformista. En este sentido, Larra se muestra partidario de la reforma del sistema penitenciario, recinto que, lejos de ofrecerse como solución regeneradora del individuo, le sumerge en un auténtico caos. Corrupción de los representantes de la justicia que recuerdan las censuras suscitadas por corchetes, guindillas, jueces, etcétera, llevadas a cabo por Quevedo. De igual forma, se proclama en contra de la pena de muerte, abogando por la abolición de la misma. En definitiva, su artículo «Un reo de muerte» y «Los barateros o El desafío y la pena de muerte» [91] son fiel exponente del ideario de Larra. En el

---

[90] *Fígaro, Colección..., op. cit.,* t. II, pág. 133.

[91] Ambos artículos podrían guardar una cierta vinculación con el poema de Espronceda titulado «El reo de muerte».

primero de ellos mostrará el dantesco espectáculo y la no menos morbosa actitud de las gentes ante el paso y ajusticiamiento del preso. En el segundo artículo ofrecerá no sólo el triste espectáculo del duelo protagonizado por dos barateros, sino también el no menos desafortunado recinto penitenciario:

> Era uno de los días del mes de marzo: multitud de acusados llenaban los calabozos; los patios de la cárcel se devolvían las estrepitosas carcajadas, desquite de la desgracia, o máscara violenta de la conciencia, las soeces maldiciones y blasfemias, desahogo de la impotencia, y los sarcásticos estribillos de torpes cantares regocijo del crimen y del impudor. El juego, alimento de corazones ociosos y ávidos de acción, devoraba la existencia de los corrillos; el juego, nutrición terrible de las pasiones vehementes, cuyo desenlace fatídico y misterioso se presenta halagüeño, más que en ninguna parte, en la cárcel, donde tanta influencia tiene lo que se llama vulgarmente *destino,* en la suerte de los detenidos; el juego, símbolo de la solución misteriosa y de la verdad incierta que el hombre busca incesantemente desde que ve la luz hasta que es devuelto a la nada[92].

El duelo protagonizado por Ignacio Argumañes y Gregorio Cané, dará pie a Larra para insistir en la funesta administración de la justicia:

> Los hombres no pueden vivir sino en sociedad: y desde el momento en que aquella a que pertenecían parece segregarlos de sí, ellos se forman otra fácilmente, con sus leyes, no escritas, pero frecuentemente notificadas por la mano del más fuerte sobre la frente del más débil. He aquí lo que sucede en la cárcel. Y tienen derecho a hacerlo. Desde el momento en que la sociedad retira sus beneficios a sus asociados; desde el momento en que, olvidando la protección que les debe, los deja al arbitrio de un cómitre despótico; desde el momento en que el preso al sentar el pie en el patio de la cárcel se ve insultado, aco-

---

[92] *Fígaro, Colección...*, *op. cit.*, t. IV, págs. 146-147.

metido, robado por los seres que van a ser sus compañeros, sin que sus quejas puedan salir de aquel recinto, el detenido exclama: «Estoy fuera de la sociedad; desde hoy *mi ley es mi fuerza, o la que yo me forjé aquí.*» He aquí el resultado del desorden de las cárceles. ¿Con qué derecho la sociedad exige nada de los encarcelados, a quienes retira su protección? ¿Con qué derecho se sigue erigiendo en juez suyo, siendo los delitos cometidos dentro de aquel Argel efecto de su mismo abandono? [93].

Una justicia que permite solapadamente el duelo, pero que castiga a muerte si el duelo se lleva a cabo dentro del recinto carcelario.

Críticas a la burocracia española —«Vuelva usted mañana»—, a través del recurso perspectivístico, contrastando nuestro aparato burocrático con la diligencia de otros países. Los personajes que desfilan en este artículo son prototipos de esta pereza colectiva que frena los ímpetus inquietos y reformadores de Larra.

Páginas que censuran la rudeza y el comportamiento de individuos autodefinidos como francos y de modales a la antigua usanza. Su artículo «El castellano viejo» es, desde el comiezo hasta el desenlace del mismo, una prueba evidente de ello. Profesiones o establecimientos —«Empeños y desempeños»— que ponen al desnudo la corrupción de la sociedad de su tiempo. Sociedad que muy bien se pudiera definir con el título «del quiero y no puedo». Los personajes que aquí desfilan se ven acuciados con tal de aparentar una falsa posición, tema tratado por Galdós magistralmente, como lo demuestra su novela *La de Bringas.*

Censuras a costumbres típicas de la época, como la romántica moda de coleccionar versos y dedicatorias autógrafas de los autores más representativos del momento —«El *album*». Críticas igualmente a la nueva configuración del Madrid urbanístico —«Las casas nuevas». Tipos admirablemente descritos, como los aparecidos en «Mo-

---

[93] *Ibíd.,* t. IV, págs. 147-148.

dos de vivir que no dan de vivir» y en «Los calaveras». Artículos no menos mordaces contra los petulantes y falsos eruditos que tan acertadamente. denunciaran Cadalso y Moratín, como «Don Cándido Buenafé» y «Don Timoteo o el literato». Actitud no menos negativa contra la censura promovida por el gobierno; en su artículo «Fígaro dado al Mundo» denuncia Larra, con cierta ironía y humorismo, el aciago destino del escritor.

> *Cesar, morituri te salutant,* es decir, *ministerio Calatrava, los escritores que vas a desterrar te saludan.*
>
> Después de tomada la venia de la autoridad, sólo nos resta quitarnos la montera con desenfado, y ofrecer la primera fiera que caiga a la salud del presidente y de toda la concurrencia.
>
> Pero si nosotros caemos, caeremos al menos como hombres de mundo, moriremos cantando como *canarios,* es decir, enjaulados, ya que la suerte quiere que no haya jaulas en España sino para los vivientes de pluma, que no son otra cosa los escritores[94].

Su temperamento pesimista sobre el oficio de escritor se hace latente en varios artículos. Desde el recurso perspectivístico utilizado por Larra —«Carta a Andrés Niporesas, escrita desde las Batuecas por el Pobrecito Hablador»— hasta en artículos aparecidos en distintos momentos de su vida, «Ya soy redactor», «La polémica literaria», «Horas de invierno», etc., indican la insistencia con que Larra abordó este aspecto. El dilema, «¿no se lee en este país porque no se escribe o no se escribe porque no se lee?», es suficientemente lacónico a la par que expresivo. Todo el artículo rebosa no sólo fatalidad para el escritor, sino también incertidumbre para el mundo que rodea la figura del mismo —libreros, editores, lectores, etc. Este pesimismo, que será una constante en su vida, se

---

[94] *Ibíd.,* t. V, pág. 66. A este respecto pueden consultarse sus artículos «La alabanza o que me prohíban éste» y «Poesías de Juan Bautista Alonso».

manifiesta de forma reiterativa en los artículos arriba mencionados. Así, en «Horas de invierno», Larra llega a la desesperada conclusión:

> Escribir como escribimos en Madrid, es tomar una apuntación, es escribir en un libro de memorias, es realizar un monólogo desesperante y triste para uno solo. Escribir en Madrid es llorar, es buscar voz sin encontrarla como en una pesadilla abrumadora y violenta. Porque no escribe uno siquiera para los suyos. ¡Quiénes son los suyos! ¿Quién oye aquí? ¿Son las academias, son los círculos literarios, son los corrillos noticieros de la Puerta del Sol, son las mesas de los cafés, son las divisiones espedicionarias *(sic)*, son las pandillas de Gómez, son los que despojan, o son los despojados?[95].

Sus críticas reiterativas, a modos y comportamientos de los españoles, ha conducido a la crítica a dudar del patriotismo de Larra, patriotismo que dicho sea de paso era una auténtica constante entre los escritores costumbristas. Sus ataques reiterativos a la sociedad española compungían a no pocos de sus componentes, tachándose a Larra a la par que de antipatriota de afrancesado. Observamos que entre la gran nómina de escritores costumbristas todos intentan demostrar su patriotismo. Unos, identificándose con las capas populares, por creer que en ellas se encuentra lo genuino español. Otros, desde una visión comparativa, analizando usos y costumbres extranjeras y cotejándolas con las nuestras; ni que decir que ese patriotismo le conduce a ensalzar nuestros hábitos en detrimento de los del exterior. Y un último grupo protagonizado por escritores que, sin salir de su país, se creían aptos para hablar mal de los extranjeros, criticando las modas gabachas por creer que con esto hacían un claro favor a su patria; de igual forma alababan lo español por el mero hecho de ser español, cayera o no en un obscurantismo total. Todas estas vías re-

---

[95] *Ibíd.*, t. V, págs. 77-78.

señadas escuetamente conducían al escritor costumbrista en sus afanes patrióticos, vetas no utilizadas por Larra por creer que esto, lejos de favorecer a España, la hundía en un abismo insalvable. Sirva como botón de muestra unas líneas de Mesonero Romanos para comprobar cuán lejos estaba Larra de este patriotismo anteriormente reseñado:

> Lo mejor del mundo es la Europa (¡cosa clara!); la mejor de las naciones de Europa es la España (¿quién lo duda?); el pueblo mejor de España es Madrid (¿de veras?); el sitio más principal de Madrid es la Puerta del Sol..., ergo, la Puerta del Sol es el punto privilegiado del globo[96].

El camino elegido por el autor no es otro que el de desterrar de una vez para siempre los tipos y costumbres que hacen inviable la perfección deseada por Larra. Perfección que le lleva a censurar el comportamiento de las gentes desde sus comienzos literarios —recuérdese «El café»— hasta artículos como «El castellano viejo», «Vuelva usted mañana», «En este país», etc. Lamentos de una sociedad española que, lejos de redimirse y actuar en consonancia con el ideario de Larra, se hunde irremisiblemente. El sentir de *Fígaro* le lleva, pues, a combatir lo deleznable de nuestro país a sabiendas de que esto le granjeará no pocas antipatías; de ahí su insistencia, en ocasiones, en afirmar que no se es mal español por actuar de esta forma, sino todo lo contrario, se debe actuar con un patriotismo bien entendido capaz de resolver los problemas que aquejan a nuestro país. Postura que contrasta sobremanera con la actitud general de los escritores del momento; actitud nacida no de un vago sentimiento fatuo o pueril, sino de una profunda insatisfacción que le conduce desesperadamente a remediar los males de España. De aquí irradia su concepto patriótico,

---

[96] Mesonero Romanos, *op. cit., El Observatorio de la Puerta del Sol,* vol. II, pág. 9.

su talante contra los falsos escritores, hipócritas, adula-dores, castellanos viejos... Su sátira busca la verdad, no la hipocresía y la adulación; es, en definitiva, un camino arduo y difícil que sólo puede remediarse con la verdad y no con el halago.

Su posición ante la política del momento revela tam-bién un carácter íntegro, cláusula difícilmente aplicable a hombre alguno. Larra escribe sus artículos en una épo-ca en que la censura absolutista actuaba como freno implacable. Época en que el decir las verdades o afir-marse en un determinado ideario acarreaban no pocos sinsabores. Recuérdense las palabras de su artículo «Los barateros»:

> Cualquiera de nuestros lectores que haya estado en la cárcel, cosa que le habrá sucedido por poco liberal que haya sido... [97].

En ocasiones, abordará la cuestión política con velada ironía; en otras, frontalmente y, en ocasiones, halagando aparentemente para denunciar el hecho en cuestión. Larra no olvidaba la censura, como hemos tenido oca-sión de ver, escribiendo sus artículos desde estas singula-res facetas.

En los comienzos literarios de *Fígaro* —*El Duende Satírico del Día* y *El Pobrecito Hablador*— sólo existen veladas alusiones a la falta de libertad de expresión. Podríamos decir que sus artículos políticos aparecen ha-cia el año 1833. Los más significativos son «El ministerial», «La cuestión transparente», «Revista del año 1834», «Fí-garo de vuelta», «La calamidad europea», «La junta de Castel-Branco», «La planta nueva», «¿Qué hace en Por-tugal Su Majestad»?, «Dos liberales o lo que es entender-se», «Cartas de un liberal de acá a un liberal de allá, pri-mera contestación», «La gran verdad descubierta», «Dios nos asista», «Cartas de Fígaro», etc.

---

[97] *Fígaro, Colección..., op. cit.,* t. IV, pág. 146.

En el primero de ellos —«El ministerial»—, publicado en *La Revista Española* el 16 de septiembre de 1834, Larra nos ofrece una singular definición del hombre político, especie en verdad cambiante por las mutaciones operadas en su persona:

> Es cangrejo porque se vuelve atrás de sus mismas opiniones francamente: abeja en el chupar: reptil en el serpentear: mimbre en lo flexible: aire en el colarse: agua en seguir la corriente: espino en el agarrarse a todo: aguja imantada en girar siempre hacia su norte: girasol en mirar al que alumbra: muy buen cristiano en no votar: y seméjase, en fin, por lo mismo al camello en poder pasar largos días de abstinencia; así es que en la votación más decidida álzase el ministerial y esclama *(sic): Me abstengo:* pero, como aquel animal, sin perjuicio de desquitarse de la larga abstinencia a la primera ocasión [98].

En «La cuestión transparente», publicado en *El Observador* el 19 de octubre de 1834, escribe no sólo acerca de los empleos, sino también sobre los derechos sociales, libertad de imprenta, etc. De este último aspecto dirá:

> La de la *libertad de imprenta.* He aquí otra cuestión, oscura, negra como la boca de lobo. Encima de ella ya se distinguen algunas prohibiciones, tal cual destierro; pero al trasluz, ¿qué se ve detrás? Absolutamente nada: como dice Guzmán de la Pata de Cabra, sólo se ve que no se ve nada [99].

En «La calamidad europea» [100] Larra enumera toda una serie de infortunios o *calamidades* que se han cernido

---

[98] *Ibíd.,* t. II, págs. 114-115.
[99] *Ibíd.,* t. II, pág. 128.
[100] Recogido al igual que los dos anteriores en la edición *princeps.* Larra especifica la procedencia y fecha de los artículos publicados en esta edición; sin embargo, esta vez Larra indica que se trata de un artículo *inédito,* fechado en agosto de 1834. Carlos Seco, *op. cit.,* lo fecha en octubre del mismo año, incluyéndolo en la serie de artículos aparecidos en *El Observador.*

sobre Europa. Tras una muy particular visión de sucesos que forman parte de nuestra historia, interpreta a sus personajes desde esta faceta peculiar:

> Nace apenas la sociedad europea, y surgiendo de ella Elena, lánzase aquélla, contra el Asia, en mil frágiles barquillos a llevar a las playas troyanas el hierro y la destrucción. *Nótese que la primera calamidad europea emanó de la importancia dada a la fidelidad de una muger (sic).*
>
> El adulterio, el asesinato y el incesto reciben a su vuelta a los vencedores argivos. Cien repúblicas en seguida, ansiosas de libertad, se aherrojan mutuamente, y un ejército de persas viene hasta Maraton a sembrar el luto en la sociedad europea. *Nótese que la segunda calamidad es una intervención estrangera (sic).*
>
> Dos bandoleros famosos, Remo y Rómulo, echan los cimientos de la ciudad universal, que con las armas en las manos avasalla después y esclaviza a la Europa entera. *Nótese que el principio de la tercera calamidad fueron dos ladrones públicos* [101].

Artículos harto significativos son los dirigidos al carlismo y a los ministerios de Martínez de la Rosa y Mendizábal. Lanza sátiras implacables contra el carlismo por suponer que de él irradian auténticas, fuerzas antagónicas que impedían el progreso de España. Tanto el pretendiente como los facciosos son tachados de cobardes y ridículos, inmersos en un total obscurantismo. En sus artículos «La junta de Castel-Branco», «¿Qué hace en Portugal Su Majestad?» y «El último adiós», la figura de don Carlos y sus seguidores salen mal paradas desde el comienzo hasta el final, haciendo Larra gala de una sutil y mordaz ironía que encrespará los ánimos a cualquier seguidor del pretendiente.

En «La planta nueva» Larra analiza al faccioso de forma perspectivística, con rasgos típicamente botánicos. De esta forma, el faccioso se nos presentará como persona

---

[101] *Fígaro, Colección...*, *op. cit.*, t. II, págs. 165-166.

cobarde y dada al robo y al saqueo. Lo mismo sucede en «Nadie pase sin hablar al portero», donde un grupo de facciosos, comandados por curas, se asemejan más a una cuadrilla de salteadores que otra cosa.

Críticas a los partidos políticos del momento, como su artículo «Los tres no son más que dos y el que no es nada vale por tres», censurando a los partidos tradicionalistas, progresistas y liberal-moderado. Al primero, por considerarlo retrógrado; al segundo, por ambicioso, y al tercero, por considerarlo temeroso a la reacción absolutista. Las críticas a este último partido fueron tal vez las más insistentes y duras, en especial a partir de finales de 1834. En «Dos liberales o lo que es entenderse», censura al autor del *Estatuto Real*, pues impedía el ejercicio de las libertades y todo intento de progreso. Los ataques a Martínez de la Rosa y a Mendizábal se prodigan en sus artículos. Si en un principio Larra había acogido favorablemente el ministerio respectivo de estos gobiernos, el desengaño cunde pronto en su ánimo; de ahí su paulatino cambio producto del desengaño político. Por esta razón, Larra carga también su pluma contra Mendizábal por su forma de llegar al poder y por su nefasta desamortización, como se desprende de su comentario al artículo «El ministerio de Mendizábal. Folleto por don José de Espronceda».

Perspectivismo y contraste en Larra

Los artículos de Larra se ofrecen como amplio muestrario de tipos, usos y costumbres, observados unas veces de forma directa y en otras a través del recurso perspectivístico. Procedimientos distintos, pero que se aúnan por ser fiel exponente de la intención crítica del autor. Como apunta Baquero Goyanes, «el costumbrismo no es un arte fácil, puesto que exige de sus cultivadores algo así como una capacidad o facilidad de doble visión; percepción, por un lado, de lo más habitual y conocido y, por otro, visión nueva, enfoque nuevo, de esa conocida habitualidad» [102].

El escritor costumbrista ha de tener la habilidad de mostrar los defectos de la sociedad, corregirlos y desterrarlos de una vez para siempre. Sin embargo, la permanencia de ciertos usos y costumbres vistos por esa misma sociedad —la española—, lejos de parecernos incongruentes, son a nuestros ojos normales; de ahí que al introducirse un interlocutor perteneciente a otro país se produzca un choque de perspectivas. El interlocutor extranjero abordará nuestras costumbres desde *su* perspectiva, contrastando fuertemente con el peculiar comportamiento de nuestra sociedad. Un ejemplo claro vendría dado por el artículo «Vuelva usted mañana», en el que Larra va desengañando las buenas intenciones de su amigo extranjero a través de una amplia galería de personajes. Todos ellos harán gala de la ya conocida pereza nacional, chocando nuestro interlocutor con una barrera infranqueable —nuestros hábitos— que harán irrealizables sus propósitos.

De igual forma Larra recurre a la yuxtaposición de perspectivas opuestas [103], tal es el caso de «Cartas desde las Batuecas del Bachiller Pérez de Munguía a Andrés Niporesas», cuando Larra formula la siguiente cuestión: «No se lee en este país porque no se escribe, o no se escribe porque no se lee.» Triste dilema y no menos ensombrecedor panorama de las letras desde la peculiar óptica de Larra. Con igual desánimo resuelve la dicotomía anteriormente citada, culpando desde esta dualidad de planos a los protagonistas —autores y libreros— de estas páginas.

El escritor costumbrista puede censurar el comportamiento de sus ciudadanos a través del desdoblamiento del autor, convirtiéndose en presentador y censor de nuestros hábitos. Fórmula hábilmente utilizada por

---

[102] M. Baquero Goyanes, *Perspectivismo y contraste (De Cadalso a Pérez de Ayala),* Madrid, 1963, pág. 27.

[103] *Ibíd.,* págs. 28-29.

Larra, como lo demuestran esos diálogos sembrados de estupefacción y asombro que provocan en el lector la repulsa de los estamentos presentados. Presencia, pues, de un extranjero que desvela, con su atenta mirada escudriñadora, los defectos convertidos en costumbres; como diría Baquero Goyanes, «es, en cierto modo, un recurso semejante al que Quevedo emplea en *La hora de todos o la fortuna con seso*. En artículos como *¿Entre qué gentes estamos?*, el despertador de verdades, el anteojo desengañador es ese extranjero en España en el que el articulista de costumbres ha desdoblado su personalidad, de manera semejante a como Montesquieu o Cadalso desdoblaron también las suyas, al inventar unas perspectivas exóticas —persa o marroquí— desde las que enjuiciar costumbres europeas» [104].

El efecto perspectivístico producido por un personaje extranjero desaparece, en ocasiones, para dar entrada a otro personaje, esta vez español, capaz de producir un nuevo choque de perspectivas. Es posible que el autor costumbrista tuviera muy en cuenta la censura de nuestras costumbres realizadas por los mismos españoles. De esta forma, no se le podría tachar de antiespañol, puesto que su patriotismo impedía que otros personajes extranjeros, reales o ficticios, denunciaran nuestras costumbres. La censura de ciertos usos madrileños viene dada, en ocasiones, por el contraste creado entre el cortesano y el individuo venido de provincias. Tipos que contrastan en gran manera con los de la capital, cotejándose hábitos de uno y otro lado para ridiculizar aquellos que estaban en la mente del escritor. En otras ocasiones la denuncia viene dada por la presentación de dos personajes que, aunque conviven en un mismo marco geográfico y época, sus comportamientos, lejos de aproximarles, les distancia totalmente, creándose un abismo entre ellos dos por sus modos de pensar y actuar. Sería el caso de «El castellano viejo» [105], donde el cúmulo de infor-

---

[104] *Ibíd.*, pág. 32.
[105] Artículo muy próximo al cuento. Es frecuente la publicación de

tunios se agrupan insistentemente en la figura de Larra. Una vez abandonada la fiesta, *Fígaro* creerá recobrar la vida porque «ya no hay necios, ya no hay castellanos viejos a mi alrededor».

Otro recurso utilizado por los costumbristas para acentuar lo insignificante o cualquier aspecto nimio de la vida es el de la caricatura, «conseguida por deformación y abultamiento de rasgos, o bien por concentración, por acumulación de incidentes o pormenores» [106]. Aspectos que inciden con no poca frecuencia en los artículos costumbristas. Recuérdense, por ejemplo, las caricaturas de ascendencia quevedesca que aparecen en «Empeños y desempeños» o la acumulación de datos que Larra ofrece en «El castellano viejo». Perspectivismo y contraste que no desaparecen con el correr de los tiempos, pues observamos que el costumbrismo de la segunda mitad del XIX sigue utilizando los mismos procedimientos que los aquí reseñados; incluso se ampliará este perspectivismo con nuevos enfoques de situaciones. Como en el caso de los artículos galdosianos «La mujer del filósofo» y «Cuatro mujeres», publicadas en la colección *Las españolas pintadas por los españoles,* donde la mujer es analizada desde el oficio o profesión del marido y no por su comporta-

---

artículos que se asemejan al cuento, pues tanto la acción como el diálogo de los personajes se acerca a este género. Sería el caso de «El retrato», «La capa vieja y el baile del candil», «Los cómicos de Cuaresma», «De tejas arriba», etc., de Mesonero Romanos; «El asombro de los andaluces o Manolito Gázquez el sevillano», de E. Calderón; «El castellano viejo», «El casarse pronto y mal», «Yo quiero ser cómico», etc., de Larra. Respecto al artículo «El castellano viejo», Baquero Goyanes lo sitúa en aquella modalidad en la «que el autor finge un asunto —por esquemático que éste sea— y crea unos personajes —o bien lo transcribe del natural—, presentándonos un cuadro animado, cuya mayor o menor semejanza con el cuento estará en razón directa de la dosis argumental —peripecia— que el autor haya vertido en la acción. «En este país», «Vuelva usted mañana», «Yo quiero ser cómico» y, sobre todo, «El castellano viejo», de Larra, son buenos ejemplos de esta clase de artículos de costumbres con acción, personajes y diálogo que los asemejan a la ficción narrativa breve que es el cuento», *El Cuento español en el siglo XIX,* Madrid, CSIC, 1949, pág. 96.

[106] M. Baquero G., *op. cit.,* pág. 37.

miento o actitud [107]. Fórmulas que lejos de restringirse se irán ampliando y enriqueciendo con el correr de los tiempos, actuando en el costumbrismo romántico con singular y admirado enfoque.

Las fuentes literarias de Larra

Ya aludíamos con anterioridad a las posibles influencias habidas en Larra. Influencias que indicaban el peculiar sentido de sus composiciones poéticas y sus incursiones a la novela y al teatro. En este momento, nos ceñiremos sólo y esclusivamente a sus artículos, indicando las principales fuentes literarias utilizadas por Larra. Es evidente que si gran parte de sus artículos están enmarcados o encuadrados en escenarios suficientemente conocidos, no es menos cierto que su desarrollo indica el peculiar y personalísimo sentir de *Fígaro*. Por otro lado, el mismo autor confiesa públicamente tanto sus deudas literarias como el magisterio indiscutible de ciertos escritores extranjeros. Es interesante, a este respecto, su artículo «Panorama matritense», publicado en *El Español* el 19 de junio de 1836 y reproducido en la edición de 1835-37, para conocer el copioso material existente que influyó en nuestros escritores costumbristas. No faltan, como es lógico, los nombres de Jouy y Addison, auténticos protagonistas del costumbrismo romántico y de quienes bebieron la mayor parte de nuestros escritores costumbristas. Incluso en la segunda parte del artículo «Panorama matritense» relaciona el nombre de Mesonero Romanos y el de Jouy, influencia que lejos de ensombrecer la talla de Mesonero le ennoblece por tratarse precisamente de Jouy:

> El señor Mesonero ha estudiado y ha llegado a saber completamente su país: imitador felicísimo de Jouy, has-

---

[107] Véase mi artículo «Galdós y las colecciones costumbristas del XIX», *Actas del Segundo Congreso Internacional de Estudios Galdosianos,* vol. I, págs. 230-257.

ta en su mesura, si menos erudito, más pensador y menos superficial, ha llevado a cabo, y continúa una obra de difícil ejecución [108].

La influencia de Jouy sobre Larra aparece repetidamente en sus artículos, siendo precisamente el mismo *Fígaro* quien lo confesara públicamente. Larra recurre a todo tipo de materiales, como lo confirma en «Dos palabras» que figura al frente de *El Pobrecito Hablador,* afirmando que

cuando no se le ocurra a nuestra pobre imaginación nada que nos parezca suficiente o satisfactorio, declararemos francamente que robaremos donde podamos nuestros materiales, publicándolos íntegros o mutilados, traducidos, arreglados o refundidos, citando la fuente, o apropiándonoslos descaradamente, porque como pobres habladores hablamos lo nuestro y lo ajeno, seguros de que al público lo que le importa en lo que se le da impreso no es el nombre del escritor, sino la calidad del escrito, y de que vale más divertir con cosas ajenas que fastidiar con las propias [109].

La serie de *El Pobrecito Hablador* comienza con el artículo «¿Quién es el público y dónde se encuentra?», figurando precisamente entre paréntesis: Artículo mutilado, o sea refundido. L'Hermite de la Chaussée d'Antin [110].
El tema de las influencias habidas en Larra ha sido problema de honda preocupación, como lo demuestra el repertorio bibliográfico existente. Ya el mismo M. Chaves, en su estudio sobre Larra [111], señala las posibles fuentes. Le Gentil establece las fuentes de Larra trazando un fuerte paralelismo entre nuestro autor y Jouy:

Notons pour mémoire les analogies les plus frappantes. Il reprend *La cour des messageries (La diligencia),*

---

[108] *Fígaro, Colección..., op. cit.,* t. IV, pág. 180.
[109] *El Pobrecito Hablador,* 17 de agosto de 1832.
[110] L'Hermite de la Chaussée d'Antin, seudónimo de Jouy.
[111] M. Chaves, *op. cit.,* pág. 40.

L'exécution en Grève (Un reo de muerte), La partie de chasse (La caza), L'album, Les restaurateurs (Fonda Nueva), La maison de prêt (Empeños y desempeños), Le duel, Le carnaval, Une première représentation d'aujourd'hui, Les moeurs des salons (La sociedad, Le public...) [112].

Palabras que sirvieron de base para el posterior estudio de W. S. Hendrix, en su artículo «Notes on Jouy's Influence on Larra» [113]. El presente trabajo intenta demostrar las posibles concomitancias entre ambos, iniciando la deuda de Larra con respecto a Jouy en el artículo «¿Quién es el público y dónde se encuentra?». Según Hendrix, el mencionado artículo de Larra recibe una fuerte influencia de *Le Public*, de Jouy, ya que tanto el procedimiento de preguntar a un interlocutor como el recorrido que sus personajes realizan por las avenidas, café y teatro es prácticamente el mismo. Sin embargo, Larra presenta mayor acopio de detalles, más vivacidad y fuerza que el de Jouy.

Respecto a las fuentes de «El castellano viejo», uno de los artículos más representativos de Larra, Alan S. Trueblood [114] compara el texto de Larra con la *Sátira III,* de Boileau, analizando las analogías y concomitancias habidas entre ambas. Aunque el capítulo de semejanzas aparece cotejado con precisión, el crítico llega a la conclusión de que la intencionalidad de ambos a la hora de escribir el artículo es distinta. Boileau escribió *Le repas ridicule,* en 1664, para zaherir a los *gourmets* Broussin, Souvré y su grupo; intentaba ridiculizar a ciertas reuniones de epicúreos refinadísimos donde el mal gusto

---

[112] Le Gentil, *Le poète Manuel Bretón de los Herreros et la societé espagnole de 1830 à 1860,* París, 1909, pág. 243.

[113] *Romanic Review,* XI, 1920, págs. 37-45. Para nuestro trabajo utilizaremos la traducción al castellano de Rubén Benítez, *op. cit.,* páginas 217-225.

[114] «El castellano viejo y la sátira III de Boileau», *Nueva Revista de Filología Hispánica,* XV, 1961. Nuestras citas tomadas de la reproducción de Rubén Benítez, *op. cit.,* págs. 226-235.

literario acampaba libremente. Boileau no escribía para publicar, sino para entretener y divertir a sus compañeros de tertulia. Propósito que en nada coincide con la intención de Larra, que aspiraba a ser leído por el mayor público posible. Por otro lado, Larra «omite la discusión política y literaria satirizada por Boileau. *Fígaro,* como pez fuera del agua, se ve asediado por ser allí el único hombre de letras. Larra pinta con humor cáustico las costumbres de la burguesía española, entre ellas las de las visitas de cumpleaños, y la falta de puntualidad, característicamente española» [115]. Trueblood alude más tarde a esa deformación de la realidad utilizada por Larra en su artículo que no sólo recuerda a Quevedo, sino que presagia, incluso, la técnica esperpéntica de Valle-Inclán. La inclusión en «El castellano viejo» de aquel personaje de proporciones descomunales que ocupa el lugar de tres personas y que al fumar convierte a éste en «Cañón de su chimenea», demuestra cómo la caricatura utilizada por Larra despersonaliza la sátira por su misma exageración [116]. Por el contrario, en Boileau no encontramos rasgos que deformen esa realidad anteriormente citada. El mencionado crítico termina diciendo que,

> Sin embargo, no podría decirse que el lugar permanente que *El castellano viejo* ha venido a ocupar entre las obras literarias, cuyo tema es la «preocupación de España», deba nada esencial al apuntalamiento que recibió de la sátira de Boileau. Es, ante todo, el tino con que Larra pone en práctica sus propias exigencias de «profunda y filosófica observación» y cumple su compromiso espiritual, lo que ha hecho de este castellano un tipo permanentemente reconocible y permanentemente válido. La sátira de Boileau podría considerarse como un andamiaje de una

---

[115] *Ibíd.,* pág. 231.

[116] Juicios emitidos por el propio Trueblood, en la ya citada revista, en el año 1961. Con anterioridad, Baquero Goyanes aludía ya, en «Perspectivismo y crítica en Cadalso, Larra y Mesonero Romanos», *Clavileño,* 30, 1954, a la caricatura conseguida por deformación y abultamiento de rasgos, tal como indicara el propio Trueblood.

nueva estructura, andamiaje necesario para su elabora-
ción, pero que al fin resulta superfluo. Invirtiendo la frase de Larra, *El castellano viejo* es, decididamente, «una
capa nueva con embozos ajenos»[117].

En lo concerniente a su artículo «El *album*», el modelo
parece estar tomado de los artículos «Des Albums» y
«Recherches sur l'album», de Jouy. Larra continúa, en este sentido, los imperativos de la moda en la cuestión de
coleccionar autógrafos de los escritores más afamados de
la epoca. Costumbre recogida por Larra en su mencionado artículo al igual que Jouy lo hiciera en noviembre
de 1811.

En lo referente a su artículo «Día de difuntos», la
crítica parece relacionarlo con «Les Sépultures», de Jouy.
La visita que el escritor francés realiza al cementerio, le-
yendo los cpitafios y reflexionando sobre la muerte parece entroncar el artículo de *Fígaro* con el de Jouy. Sin embargo, insistimos en que Larra toma el marco o escenario con singular visión, recapacitando acerca del consabido tema —la muerte— con un dolor y amargura que se
aparta de toda nota colorista y descriptiva. Hendrix recuerda el nombre de Marivaux y el capítulo XII del
Diable Boiteux, de Le Sage —*Des tombeaux, des ombres
et de la Mort*—, como posibles fuentes de inspiración,
hipótesis enunciada con cierta timidez, pero que pudiera
haber influido en Larra.

Existen otras posibles similitudes entre los artículos
«Ya soy redactor», publicado en *La Revista Española* el 19
de marzo de 1833, con «Le Bureau d'un Journal». Otro
tanto ocurre entre «El mundo todo es máscara. Todo el
año es Carnaval» con «Le Carnaval et le bal de l'Opéra», en

---

[117] Alan S. Trueblood, art. cit., págs. 234-235.
Para el estudio de las fuentes del presente artículo puede consultarse
también el trabajo de Ricardo Senabre Sempere, «Boileau, inspirador
de Larra (En torno a El castellano viejo)», en *Strenae. Estudios de
Filología e Historia dedicados al profesor Manuel García Blanco,* Salamanca, 1962, págs. 437-444.

donde el recurso narrativo es prácticamente el mismo. En Jouy, el acompañante al baile de disfraces es una fémina; en nuestro escritor, un amigo es quien solicita la presencia de *Fígaro* para asistir al consabido baile. Jouy ve a la gente durmiendo, Larra se duerme y sueña que ve a través de los techos de las casas, como Cleofás en *El diablo Cojuelo*. El mundo de infidelidades, mentiras y engaños que protagonizan el cuadro de Larra le da ocasión para zaherir, una vez más, a la sociedad española, sociedad que hace gala de una audaz hipocresía.

Concomitancias entre «El duelo» y «Un duel», entre «La vida de Madrid» y «La Journée d'un jeune homme». Semejanzas en «Un reo de muerte» y «Une exécution en Grève», etcétera. Coincidencias que no oscurecen la trayectoria literaria de Larra, superando en este sentido al modelo inmediato —Jouy—; circunstancia que no ocurrió, por el contrario, con la legión de escritores costumbristas que quisieron emular al mismo Larra.

La dependencia de Larra con respecto a Jouy constituye una auténtica constante entre la crítica, señalándose esta presencia desde los comienzos literarios del escritor. Precisamente, con la aparición del primer periódico publicado por Larra —*El Duende Satírico del Día*— se señala ya la fuerte interrelación. El cotejo de títulos entre *L'Hermite de la Chaussée d'Antin et le libraire* y «El Duende y el librero» es para Lomba y Pedraja harto denunciativo; sin embargo, no hay que pensar que Larra plagiara a Jouy en todo, sino más bien que *Fígaro* toma de Jouy la idea indicada en el título, estableciendo una serie de diálogos que son sólo y exclusivamente patrimonio del propio Larra [118].

Precisamente se ha querido restar valor a determinados artículos de Larra, como por ejemplo «El café», por creerse que están adaptados o simplemente traducidos de tal o cual autor. Especulaciones que en más de una

---

[118] Véase F. Courtney Tarr, «Larra's *Duende Satírico del Día*», *Modern Philology*, XXVI, pág. 34. Consúltese también J. Escobar, *op. cit.*, págs. 135-136.

ocasión dejan entrever apasionadas y acaloradas teorías de los estudiosos del tema. En el caso de «El café», las fuentes nos conducen a Jouy, Addison, Steele, Mercier y a gran número de autores que con anterioridad habían utilizado las tertulias literarias, cafés o salones como recurso literario para sus artículos. Creemos que las palabras de J. Escobar respecto a las posibles fuentes del mencionado artículo de Larra pueden servirnos para aplicarlas a no pocas páginas de *Fígaro:*

> Algunos críticos han extremado, a veces, las aproximaciones basándose simplemente en títulos o situaciones semejantes cuya auténtica relación se debe, como hemos dicho, a recursos literarios convencionales. A nuestro modo de ver, estas dependencias generales nos revelan a Larra como continuador de ciertos procedimientos de la literatura moderna y, por ello, son más significativos que el simple inventario de modelos directos. Larra no se hace escritor importando una literatura nueva para los españoles. La génesis de su obra se produce por un desarrollo orgánico de la literatura moderna en la España de su tiempo. La originalidad de su genio contribuye a ese desarrollo y, en ciertos aspectos, a su culminación[119].

El que Larra tomara, en ocasiones, determinadas fuentes literarias no empequeñece su trayectoria literaria, pues, como ya dijimos con anterioridad, supera al modelo empleado. Si el cotejo de textos relaciona el nombre de *Fígaro* al de Jouy en una primera visión de los artículos, el estudio detenido demostrará que a Larra no le interesa lo plástico o descriptivo del tema, sino el análisis de sus tipos y los problemas que acuciaban a la España del momento. Larra podrá servirse de un modelo ya descrito; sin embargo, su enfoque irá más allá de lo meramente ambiental, de ahí la vigencia de *Fígaro* en nuestros días.

---

[119] J. Escobar, *op. cit.,* pág. 146. Para las fuentes literarias de Larra puede consultarse, del mismo autor, el cap. IV, págs. 129-199.

Lengua y estilo

En la casi totalidad de los artículos de Larra observamos una honda preocupación por la utilización de la lengua. Se convierte, en no pocas ocasiones, en infatigable censor de los que no hacen uso correcto de la misma. De ahí su profunda preocupación por la correcta dicción de las palabras y su crítica contra los actores que maltratan la lengua. Presencia de no pocas variantes fonéticas, gráficas o morfológicas en artículos que pretenden corregir su desafortunada utilización. En su artículo «Mi nombre y mis propósitos» vitupera a los actores que desconocen el perfecto dominio de la lengua, instándoles a que se aparten de una vez para siempre de esa ignorancia supina. Frecuente era que los actores dijeran *adhecsión* por *adhesión, acecta* por *acepta, adbitrio* por *arbitrio, hablaisteis* por *hablasteis, quedrá* por *querrá,* etcétera Presencia también de vulgarismos en su artículo «Yo quiero ser cómico», en boca de aquel joven interlocutor que hace gala del mayor desconocimiento lingüístico, pronunciando *diferiencia* por *diferencia, háyamos* por *hayamos, dracmático* por *dramático.*

De igual forma, Larra se muestra de acuerdo con la necesidad de renovar la lengua, aceptando, si es preciso, la utilización del neologismo. Ahora bíen, su actitud ante la presencia de nuevos préstamos idiomáticos es consecuencia de un meditado plan de estudio, rechazando el neologismo innecesario y superfluo por creer que puede actuar como corruptor de la lengua; por el contrario, si se trata de neologismos precisos e inevitables, su actitud es distinta, admitiendo en este caso su presencia. Su artículo «El *album*» es una prueba evidente de ello, aceptando el vocablo cuando la ocasión lo requiere. Del mismo modo aplaude a las naciones extranjeras que han sabido enriquecer su caudal léxico por no hacer gala, precisamente, de un purismo a ultranza, porque nunca preguntaron, como diría Larra, *¿De dónde vienes?, sino*

¿para qué sirves? Con idéntico sentir se muestra a la hora de referirse a los actores que utilizan arcaísmos en sus representaciones, voces ya en desuso y más bien propias de nuestro teatro del Siglo de Oro que de los tiempos actuales. Fluidez, armoniosidad y renovación serán para *Fígaro* premisas imprescindibles para todo buen actor y escritor.

Larra, por otro lado, se sirve de la composición y derivación de palabras en momentos en que tanto la situación humorística como la de carácter satírico lo requieren. «Su modo más frecuente de composición de palabras consiste en utilizar dos sustantivos como elementos de uno nuevo» [120], por ejemplo: *hombre gas, calavera-langosta, calavera-plaga, calavera-cura, mujer-calavera, palabras-monstruos, palabras-promesas, palabras-callos, palabra-puerco-espín, palabra-percebe,* etc. Formaciones cuyos componentes son adjetivos o un sustantivo y un adjetivo. Palabras compuestas sin ayuda de prefijos, como diría Lorenzo Rivero, «algunas constan de una forma verbal en presente y un nombre, pronombre o participio: llena-huecos, quitaguas, tápalo-todo y atornasolado. Otras envuelven un adverbio y un participio, sustantivo o adjetivo, siendo un poco más copiosas que las anteriores» [121].

Otro refuerzo típico en la lengua literaria de Larra lo constituyen los tecnicismos, aspecto aplicable no sólo a los costumbristas del momento, sino también a las colecciones costumbristas que intentaron emular los pasos

---

[120] L. Lorenzo-Rivero, *Larra: Lengua y estilo,* Madrid, 1977, páginas 54-55.

[121] *Ibíd.,* pág. 57. El citado crítico señala en páginas posteriores, la utilización que Larra hace de ciertos prefijos y sufijos que demuestran la honda preocupación que *Fígaro* prestó al lenguaje. El estudio de Lorenzo-Rivero abarca un amplio abanico de los recursos estilísticos utilizados por Larra: bimembraciones, trimembraciones, plurimembraciones, estructura melódica, dramatización de sentimientos y emociones. Matizaciones lingüísticas, préstamos, variantes idiomáticas, metáforas, rasgos caricaturescos, etc. Aspectos detenidamente estudiados y presentados con gran abundancia de ejemplos.

de *Los españoles pintados por sí mismos.* Tecnicismos pertenecientes al campo de la física, medicina, zoología, botánica, química, arquitectura, por ejemplo: aerostático, magnetismo, antídoto, apoplejía, heliotropo, topográfico, naumaquía, frontispicio [122]. Tecnicismos, por otro lado, harto repetidos en la prensa romántica, en publicaciones que, aunque eminentemente literarias, daban cabida a las ciencias anteriormente aludidas. El *Semanario Pintoresco Español* es una muestra evidente de ello, observándose incursiones de escritores costumbristas en los campos anteriormente citados.

En lo concerniente a la utilización de *vulgarismos,* Larra no hace gala de un gran conocimiento ni preocupación. En muy pocas ocasiones da entrada al vulgarismo y mucho menos al lenguaje de germanía o a los préstamos tomados del gitanismo. La utilización del vulgarismo servirá como arma ofensiva para censurar los vicios y dicción de nuestros actores románticos que no eran el reflejo, precisamente, de una perfecta educación lingüística. Fuera de este campo, el vulgarismo aparece tímidamente en muy pocas ocasiones y cuando lo utiliza lo hará de forma peyorativa. Sería el caso de aquellos personajes populares que se comportan de forma zafia y grosera, personajes que utilizan el vulgarismo como un condicionante más de su peculiar personalidad. Como si Larra quisiera ofrecernos la imagen completa del personaje en cuestión. Autores hay, no es el caso de Larra, que utilizan el vulgarismo para describir a las gentes del Barquillo o del Avapiés, pero no desde una visión peyorativa, sino como un condicionante más de la personalidad de estos tipos. Sería el caso de las célebres verbenas o romerías, o el oficio de ciertos vendedores ambulantes o cigarreras que hablaban con peculiar estilo, haciendo gala de un lenguaje achulapado y atrevido. Larra no aborda a sus personajes desde esta perspectiva, no presta atención auditiva al habla popular de Madrid, ni si-

---

[122] Para mayor amplitud del tema, puede consultarse el detenido estudio de L. Lorenzo-Rivero.

quiera muestra interés por la descripción ambiental de sus tipos, como la mayoría de los costumbristas. Lo mismo sucede con el lenguaje de germanía o los gitanismos, voces que en nada interesaron a nuestro autor. Como en el caso del artículo «Los barateros» que, lejos de ofrecérnoslo como un retrato ambiental con sus tipos y voces, nos ofrece un muestrario de su propia ideología. Larra no se limita a describir usos y costumbres, sino que plantea unos problemas de índole jurídico-social, huyendo de lo ambiental para recabar en el reformismo de nuestras leyes.

Los recursos estilísticos de Larra han sido ya estudiados desde una doble perspectiva: sincrónica y diacrónicamente. José Luis Varela, en su artículo «Sobre el estilo de Larra», considera sincrónicamente el estilo de *Fígaro,* apreciando no pocos recursos paremiológicos en sus escritos, como por ejemplo: «se me cayó el alma a los pies», «dejar en el tintero», «tomar más rienda de la que se había dado», «plantarle una fresca al lucero del alba», «las cosas han de venir siempre rodadas», «echar el muerto al vecino», «quien malas mañas ha, tarde o nunca las perderá», etc.[123]. Otros recursos frecuentes utilizados por Larra consistirían «en la quiebra de una oración o sintagma que impone irónicamente un carácter restrictivo a la afirmación del primer término»[124], la eutrapelia verbal, imágenes vulgarizantes, perspectiva naturalista.

Desde la perspectiva diacrónica, J. L. Varela traza tres etapas en el estilo de Larra[125]. La primera la protagonizarán sus colaboraciones en *El Duende Satírico del Día, El Pobrecito Hablador* y *La Revista Española,* surgiendo ya la digresión irónica con base verbal, las imágenes vulgarizantes y la perspectiva que tiende a trazar una observa-

---

[123] *Arbor,* XLVII, 1960, págs. 376-397. Artículo reproducido en la edición de Rubén Benítez, *op. cit.,* págs. 277-295. Nuestras citas corresponden a esta última publicación.

[124] *Ibíd.,* págs. 279-280.

[125] J. L. Varela, «Larra ante el poder», en *La palabra y la llama,* Madrid, 1967, págs. 107-119.

ción pseudocientífica y clínica de tipos. El orden literario social, principalmente, y el transfondo político sirven de base a estas primeras etapas. La segunda se establecería entre septiembre de 1833 —guerra carlista— y su regreso a París —enero de 1836. Se abre un paréntesis en donde el escritor político encuentra su perfecto acoplamiento y lo reflexivo se superpone al costumbrismo descriptivo de los escritores de la época. Los recursos estilísticos más frecuentes de esta época serán: digresiones irónicas con base en una palabra, enumeraciones caóticas, quiebras de sintagma y una perspectiva naturalista que se generaliza y perfecciona desde una triple vertiente protagonizada por la figura política —el ministerial—, humana —la trapera, el zapatero de portal— o social —los calaveras. Ante todos ellos Larra se atribuye las funciones del naturalista capaz de clasificar por castas o especies, emparentando el comportamiento de estas muestras experimentales con plantas o animales[126]. Técnica que se repetirá más tarde en las colecciones costumbristas, pues el mismo Galdós lo utilizará en aquella olvidada colección *Las españolas pintadas por los españoles*[127], con el artículo «Cuatro mujeres»[128]. La tercera y última etapa correspondería a su producción final, artículos que parecen presagiar el fatal desenlace. Sus páginas son auténticos soliloquios de un hombre que intuye su frustración y la identifica con la de sus conciudadanos. «Si buscamos la palabra clave, la palabra reveladora por sí misma de la verdad más desnuda, la palabra repetida como un desahogo y colmada de toda carga afectiva en estos meses de derrota, hela aquí en su contexto. "En mi corazón ya-

---

[126] *Ibíd.*, págs. 114-115.

[127] *Las españolas pintadas por los españoles. Colección de estudios acerca de los aspectos, estados, costumbres y cualidades generales de nuestras contemporáneas. Ideada y dirigida por Roberto Robert con la colaboración de...*, Madrid, Imprenta a cargo de J. E. Morete, 1871-1872, 2 vols., 310 y 308 págs., respectivamente. El artículo «Cuatro mujeres» corresponde al vol. II, págs. 97-106.

[128] Véase mi artículo «Galdós y las colecciones costumbristas del XIX», *op. cit.*, vol. I, págs. 230-257.

ce la esperanza", "en cada artículo entierro una esperanza", "agotó en su corazón la fuente de la esperanza". (Los verbos potencian al máximo esa situación: yace, enterrar, agotarse)» [129].

El estilo de Larra es mordaz, incisivo, tajante, a tono con el asunto o tema abordado. Su prosa castellana lo sitúa en un campo privilegiado en la historia de nuestra literatura. En muy pocas ocasiones notamos esa premura periodística tan usual en los anales del periodismo. Su ingenio, puesto precisamente al servicio de la palabra, hará que nos sintamos ante un autor actual, vivo, ya no sólo por la censura a los defectos o taras de índole general, sino también porque su ágil prosa cautiva y admira a la par que convence. De ahí que su estilo sirva como modelo imperecedero para aquellos que quieren seguir el difícil camino iniciado por Larra.

[129] J. L. Varela, *op. cit.*, pág. 119.

Nuestra edición

Los artículos de la presente edición se han ofrecido siguiendo un orden cronológico. Hemos querido con ello respetar el criterio de Larra y seguir textualmente las palabras que escribiera el propio *Fígaro* en el prólogo a la edición de 1835-37: «Esta colección será, pues, cuando menos un documento histórico, una elocuente crónica de nuestra llamada libertad de imprenta. He aquí la razón por qué no he seguido en ella otro orden que el de las fechas.»

En lo que a textos se refiere hemos cotejado la edición de Repullés y la de la prensa periódica del momento, señalando entre corchetes los párrafos que Larra suprimiera en la edición de 1835-37. De igual forma, las variantes existentes entre el periódico y la edición que Larra hiciera en vida van anotadas a pie de página.

Por último, los textos incluidos en la *Introducción* están tomados de la edición de 1835-37, remitiendo siempre al lector a esta edición.

Bibliografía

SOBRE LARRA

ALONSO, C., «Larra y Espronceda: dos liberales impacientes», en *Literatura y poder. España 1834-1868,* Madrid, 1971.

ALONSO CORTÉS, N., «Un dato para la biografía de Larra», *Boletín de la Real Academia Española,* II, 1915, páginas 193-197.

— «El suicidio de Larra, *Sumandos biográficos,* Valladolid, 1939.

ÁLVAREZ ARREGUI, F., «Larra en España y en América», *Ínsula,* 188-189, 1962.

ÁLVAREZ GUERRERO, O., «Larra e Hispanoamérica. Generación de 1837», *Revista de Occidente,* L, mayo, 1967.

ANZOÁTEGUI, I. B., «Carta a Mariano José de Larra», *Extremos del mundo,* 1942.

ARANGUREN, José Luis L., «Larra», *Estudios Literarios,* Madrid, 1976.

ARENAS, G. D., «Lo romántico y lo moderno en Larra», *Revista de Occidente,* XVII.

ARMIÑO, M., *Qué ha dicho verdaderamente Larra,* Madrid, 1973.

ARTILES, «Larra y el Ateneo», *Revista de la Biblioteca, Archivo y Museo del Ayuntamiento de Madrid,* VIII, 1931.

ATOCHA, S. de, *Larra,* Madrid, 1964.

AZORÍN, RIVAS y LARRA, *Razón social del romanticismo en España,* Madrid, 1916.

BANNER, J. W., «Concerning a charge of plagiarism by Mariano José de Larra», *Studies in Philology,* XLVII, Chapel Hill, 1951.

BAQUERO GOYANES, M., «Perspectivismo y crítica en Cadalso, Larra y Mesonero Romanos», *Clavileño,* V, 30, 1954.

BATTISTESSA, Ángel J., «Proposiciones para el centenario de *Fígaro*», en *Nosotros,* 11 de febrero de 1937.

BELLINI, G., *La critica del costumbrismo negli articoli de Larra,* Milán, 1957.

— *L'opera di Larra e la Spagna del primo ottocento,* Milán, 1962.

— «Larra e il suo tempo», Milán, 1967.

BENÍTEZ, R., (ed.) *Mariano José de Larra,* Madrid, 1979.

BENÍTEZ CLAROS, R., «Influencias de Quevedo en Larra», *Cuadernos de Literatura,* I, Madrid, 1947.

BERGAMÍN, J., «Larra, peregrino en su patria (1837-1937). El antifaz, el espejo y el tiro», *Hora de España,* noviembre de 1937.

BERKOWITZ, Diana C., *The Nature of Larra's Prose: An Analysis of the «Artículos»,* tesis doctoral presentada en la New York University, octubre de 1970.

BLANCO GONZÁLEZ, B., «El Madrid de Larra», *Cuadernos de Filología,* núm. 3, Mendoza (Argentina), 1969.

BOGLIANO, Jorge E., «La descendencia de Larra. El artículo de costumbres hispanoamericano (1836-1850)», *Primeras Jornadas de Lengua y Literatura hispanoamericanas,* publicado en *Acta Salmanticense,* X, I, Salamanca, 1956.

BRENT, A., «Larra's Dramatic Works», *Romances Notes,* VIII, páginas 207-212, 1967.

BURGOS, Carmen de, «Prólogo» a *El Pobrecito Hablador. Las cien mejores obras de literatura española,* V, Madrid.

— *Fígaro,* Madrid, 1919.

CABRERA, V., «El arte satírico de Larra», *Hispanófila,* 59, 1977.

CARAVACA, F., «¿Quién o qué mató a Larra?», *Les Languages Neo-Latines,* V y LVII. París, 1962.

— «Notas sobre las fuentes literarias del costumbrismo en Larra», *Revista Hispánica Moderna,* XXIX, 1963, páginas 1-22.

— «Las ideas de Larra sobre la sátira y los satíricos», *Quaderni Ibero-Americani,* XXX, 1966, págs. 4-25.

CARENAS, F., «Larra, un nuevo estilo», *Revista de Estudios Hispánicos,* IV, Alabama, 1970.

CARPINTERO, H., «Larra entre dos fuegos», *Revista de Occidente,* L, Madrid, mayo de 1967.

CENTENO, A., «La Nochebuena de 1836 y su modelo horaciano», *Modern Languages Notes,* L, 1935, págs. 441-445.

CORREA CALDERÓN, E., «Larra y sus artículos políticos», *Ínsula,* núm. 334, Madrid.

— «Larra, crítico de teatro», *Revista de Ideas Estéticas,* número 127, Madrid, 1974.

— «Larra y su sorprendente popularidad», *Papeles de Son Armadans,* CCXXI-CCXXII, 1974.

— «Nueva interpretación de Larra», *Arbor,* núms. 343-344, Madrid, 1974.

— «Trayectoria de Larra», *Estafeta Literaria,* Madrid, 1 de marzo de 1974.

CORTES, C., «Vida de Don Mariano José de Larra, conocido vulgarmente bajo el pseudónimo de Fígaro», en *Obras Completas,* Madrid, 1843.

COTARELO, E., *Postfígaro,* Madrid, 1918.

COTARELO y MORI, «Los últimos amores de Larra», *Revista de la Biblioteca, Archivo y Museo del Ayuntamiento de Madrid,* I, 1924.

CHAVES, N., *Don Mariano José de Larra. Su tiempo, su vida, sus obras,* Sevilla, 1898.

DIETRICH ARTERO, G., «Lo romántico y lo moderno en Larra», *Revista de Occidente,* Madrid, mayo 1967.

ENTRAMBASAGUAS, J. de, «El libro que vio suicidarse a Larra», *Determinación del Romanticismo español y otras cosas,* Barcelona, 1939.

ESCOBAR, J., «El *Pobrecito Hablador* de Larra y su intención satírica», *Papeles de Son Armadans,* LXIV, 1972, páginas 5-44.

— *Los orígenes de la obra de Larra,* Madrid, 1973.

— «Un episodio biográfico de Larra, crítico teatral en la temporada de 1834», en *Nueva Revista de Filología Hispánica,* XXV, 1976.

ESPINA, A., «Larra», *Revista de Occidente,* II, Madrid, 1923.

FABRA BARREIRO, G., «El pensamiento vivo de Larra», *Revista de Occidente,* L, mayo de 1967.

FARINELLI, A., «Larra», *Humanidades,* XV, La Plata, 1927.

FERNÁNDEZ DE CASTRO, J. A., «Otra lista de artículos sobre el primer centenario de Larra», *Revista Cubana,* XI, 1938.

— «Veinte artículos publicados en América sobre el centenario del suicidio de Larra», *Revista Cubana,* IX, 1937.

— «Proyección de las ideas de *Fígaro.* Larra en Rizal», *Universidad de La Habana,* XIV, 1937.

— «Larra», *Revista Bimestre Cubana,* XXXIX, La Habana, 1937.

— «Larra: Su formación intelectual», *Nosotros,* II, 1937.

FORRADELLAS AGUERAS, J., «Madrid, cementerio (Larra y Dámaso Alonso)», en *Strenae. Estudios dedicados al profesor Manuel García Blanco,* Salamanca, 1962.

FOULCHÉ-DELBOSC, R., «Cuatro artículos inéditos de don Mariano José de Larra», *Revue Hispanique,* IV, 1897.

— «Une lettre de Mariano José de Larra *(Fígaro)* à ses parents», *Revue Hispanique,* VI, 1899.

FOX, E. I., «Historical and Literary Allusion in Larra's *El hombre menguado», Hispanic Review,* XXXVIII, 1960, páginas 341-349.

GARCÍA CALDERÓN, V., «Larra écrivain français», *Revue Hispanique,* LXXII, 1928.

GIMÉNEZ CABALLERO, E., *Junto a la tumba de Larra,* Barcelona, 1971.

GÓMEZ DE LA SERNA, R., «Epílogo a *Fígaro», Alrededor del Mundo,* Madrid, 1919.

— «Ágape en honor de *Fígaro», Mis páginas preferidas,* Madrid, 1963.

GÓMEZ SANTOS, M., *Fígaro o la vida deprisa,* Madrid, 1956.

GOYTISOLO, J., «La actualidad de Larra», *L'Europa letteraria,* II, 7, 1961.

GULLÓN, R., «El diálogo de *Fígaro* con el otro», *Ínsula,* 188-189, 1962.

HENDRIX, W. S., «Notes on Jouy's Influence on Larra», *The Romanic Review,* XI, 1920, 37-45.

HERMAN HESPELT, E., «The Translated Dramas of Larra and Their French Originals», *Hispania,* XV, 1932, páginas 117-135.

HOYOS, A. del, «Larra, pobrecito hablador», *Ínsula,* XVII.

ILIE, P., «Larra's Nightmare», *Revista Hispánica Moderna,* XXXVIII, 1974-75.

ÍNSULA, 188-189, XVII, julio-agosto 1962, número dedicado a Larra.

JOHNSON, R., «Larra, M. de la Rosa and the *Colección de artículos 1835-1837», Neophilologus,* L, 1966, págs. 316-324.

KERCHEVILLE, F. M., «Larra and Liberal Thought in Spain», *Hispania,* XIV, 1931, págs. 197-204.

KIRKPATRICK, S., *Larra: el laberinto inextricable de un romántico liberal,* Madrid, 1977.

— *«Spanish Romanticism and the Liberal Project: The Crisis of Mariano José de Larra», Studies in Romanticism,* vol. 76, núm. 4, 1977.

KIRSNER, R., «Galdós and Larra», *Modern Languages Journal,* XXV, 1950, páginas 210-213.

KONITZER, E., *Larra und der Costumbrismo,* Meisenheim am Glan, 1970.

LA GUARDIA, A., «Larra: Sátira y tragedia», *Boletín de la Academia Argentina de Letras,* enero-junio de 1974, números 151-152.

LARRA, F. J., *Mariano José de Larra (Fígaro), Biografía apasionada del doliente de España. La escribió en Madrid su biznieto,* Barcelona, 1944.

LOMBA Y PEDRAJA, J. R., *Mariano José de Larra (Fígaro) como escritor político,* Madrid, 1918.

— «Notas breves, obtenidas de testimonios orales con destino a una biografía de Mariano José de Larra *(Fígaro)», Homenatge a Antoni Rubió i Lluch. Miscellánia d'estudis literaris, historics i lingüistics,* Barcelona, 1936.

— *Mariano José de Larra. Cuatro estudios que le abordan o le bordean,* Madrid, 1936.

LORENZO RIVERO, L., «La sinfonía de *Azorín* y Larra», *Hispanófila,* Chapel Hill, 1966, X.

«Paralelismo entre la crítica de Larra y Sarmiento», *Cuadernos Hispanoamericanos,* LXX, 1967.

— *Larra y Sarmiento,* Madrid, 1968.

— «Larra: Fantasía y Realidad», en *Boletín de la Real Academia Española,* LIV, 1971.

— *Larra: Lengua y estilo,* Madrid, 1977.

LOVETT, G. H., «About Larra's *afrancesamiento», Revista de Estudios Hispánicos,* IV, 1970.

LLORIS, M., «La extraña antipatía de Unamuno por Larra, *Hispania,* L, 1969.

— «Larra y la generación del 98», *Romance Notes,* X, 1969.

— «Larra o la dignidad», *Hispanic Review,* 38, núm. 2, abril de 1970.

MACE, Carol E., «The Day of the Dead of 1836: Fígaro in the Cementery», *Standford Honors Essays,* XVI, 1966, páginas 38-44.

MACHADO, A., «Miscelánea apócrifa. Palabras de Juan de Mairena», *Hora de España,* XII, Madrid, diciembre de 1937.

MAEZTU, Ramiro de, «Larra y su tiempo», *Nuevo Mundo,* 774, XV, 5 de noviembre de 1908.

MARÍAS, J., «Un escorzo del romanticismo», *Revista de la Universidad de Buenos Aires,* serie IV (1949), X, págs. 407-429.

MARICHAL, J., «La melancolía del liberal español: de Larra a Unamuno», *La Torre,* IX, 1961.

MARRAST, R., «Fígaro y *El siglo*», *Ínsula*, 188-189, julio-agosto de 1962.

MARTÍN, Gregorio C., «Nuevos datos sobre el padre de *Fígaro*», *Papeles de Son Armadans*, LXXII, 1974.

— *Hacia una revisión crítica de la biografía de Larra; nuevos documentos*, Porto Alegre, 1975.

MATEO DEL PERAL, D., «Larra: compromiso y libertad en el escribir», *Cuadernos Hispanoamericanos*, LXV, 1966, páginas 40-58.

— «Larra y el presente», *Revista de Occidente*, 50, mayo de 1967.

MATTEIS, E. de, *Una definición de Mariano José de Larra*, Buenos Aires, 1959.

MATUS, E., «Sobre el romanticismo de Larra», *Estudios Filológicos*, núm. IV, Valdivia (Chile), 1968.

MAZADE, Charles de, «Larra: un humorista español», *Revue des Deux Mondes*, 1, XXI, París, 1848.

MIRÓ LLUCH. J. M., «Aproximación a Larra», *Revista de Occidente*, Madrid, mayo de 1967.

MOLINA, A., «Permanencia de Larra», *Norte*, VII, 1966.

MONLEÓN, J., «Larra: acta de acusación», *Primer Acto*, 112, septiembre de 1969.

— *Larra, escritos sobre teatro*, Madrid, 1976.

MONNER SANS, J. M., «Notas sobre Larra, crítico literario», *Nosotros*, III, 1937.

— «Las ideas estéticas de Larra», *Estudios Literarios*, Buenos Aires, 1938.

MONTANER, C., «Larra, España y la generación del 98», *Asonante*, XXII, 1967, págs. 47-49.

MONTES HUIDOBRO, M., «La actitud diferencial en Larra: superficie y fondo de la angustia», *Hispanófila*, núm. 39, mayo de 1970.

MONTILLA, C., «Tres cartas inéditas de 1837: A los 120 años de la muerte de Larra», *Ínsula*, núm. 123, 1957.

MORENO, R. B., *Larra*, Madrid, 1951.

MUÑIZ, M., *Larra*, Madrid, 1969.

NOMBELA Y CAMPOS, *Larra*, Madrid, 1906.

NUNEMAKER, J., «El nuevo *Fígaro*», *Hispania*, XVI.

OGUIZA, Tomás, «Larra-Ganivet», *Cuadernos Hispanoamericanos*, LXIV, Madrid, 1965.

OLIVER, Miguel S., «Larra», *La Vanguardia*, Barcelona, enero-febrero de 1908.

ORIA, José A., «Alberdi *(Figarillo)*. Contribución del estudio de la influencia de Larra en el Río de la Plata», *Humanidades*, XXV, 1936.

ORTIZ SÁNCHEZ, L., «Larra, el hombre», *Revista de Occidente*, 50, mayo de 1967.

ORS, Eugenio d', «Larra», *El Valle de Josafat*, 1921. Traducción española, Madrid, 1944.

PASTOR MATEOS, E., «Larra y Madrid», *Revista de la Biblioteca, Archivo y Museo del Ayuntamiento de Madrid*, XVIII, 1949.

PENAS VARELA, E., «Las firmas de Larra», *Cuadernos Hispanoamericanos*, 361-362, julio-agosto de 1980, págs. 227-251.

PERAL, Diego M. del, «*Fígaro*, periodista político en la España del 800», *Tercer programa*, 12, 1969.

— «Larra y la lucha por la libertad de prensa», *Sistema*, 12, 1972.

PONS, J. S., «Larra et Lope de Vega», *Bulletin Hispanique*, XLII, 1940, págs. 123-131.

PROFETI, M. G., «Sulla critica litteraria di Larra», *Miscelánea di Studi Ispaniçi*, Pisa, 1964.

REVISTA DE OCCIDENTE, 50, mayo de 1967, homenaje a Larra.

REVISTA «PROMETEO», ágape organizado en honor de *Fígaro, Prometeo. Revista social y literaria*, II, V, marzo de 1909.

REYES CANO, R., «Los recursos satíricos de Quevedo en la obra costumbrista de Larra», *Prohemio*, diciembre de 1972, páginas 495-512.

RISCO, A., «Las ideas lingüísticas de Larra», en *Boletín de la Real Academia Española*, LII, 1972, págs. 467-501.

ROSSI, R., *Scrivere a Madrid*, Bari, 1973.

RUBIO, E., «Larra, crítico teatral», *Anales de Historia Contemporánea*, Universidad de Alicante, 1983, págs. 113-126.

RUIZ LAGOS, M., *Liberales en Ávila. La crisis del Antiguo Régimen (1790-1840), Cuesta, Tapia y Larra*, Diputación Provincial, 1967.

RUMEAU, A., «Un document pour la biographie de Larra: le romance *Al día 1 de Mayo*», *Bulletin Hispanique*, XXXVII, 1935, págs. 196-208.

— «Une copie manuscrite d'oevres inédites de Larra», *Hispanic Review*, LV, 1936, págs. 111-123.

— Mariano José de Larra et le baron Taylor. Voyage pittoresque en Espagne», *Revue de Littérature Comparée*, XVI, París, 1936, págs. 111-123.

— «Larra, poète. Fragments inédits», *Bulletin Hispanique*, L, 1948, págs. 510-520, y LIII, 1950, págs. 115-130.

— *Mariano José de Larra et L'Espagne à la veille du roman-*

tisme, tesis doctoral inédita, París, Sorbona, 1951, 4 vols., VII, 467 págs., notas y apéndices.

— «Una travesura de Larra o dos dramas y una comedia a un tiempo», *Ínsula,* 188-189, 1962.

— «Le premier séjour de M. J. de Larra en France», *Melànges M. Bataillon,* Bordeaux, 1962, págs. 600-612.

— «Le thêatre à Madrid à la veille du Romanticisme (1831-1834)», *Hommage à Ernest Martinenche. Études hispaniques et américaines,* París, 1968.

SÁNCHEZ ESTEBAN, I., *Mariano José de Larra, Fígaro,* Madrid, 1934.

SÁNCHEZ REBOREDO, J., «Larra y los seres irracionales», *Revista de Occidente,* 50, mayo de 1967.

SCARI, R. M., «El teatro como profesión en las reseñas de Larra», *La Torre,* núms. 75-76, enero-junio de 1972, páginas 166-172.

SEATOR, L., «Larra and Daumier», *Romance Notes,* VII, 1966-1967, págs. 139-143.

SECO SERRANO, C., «De *El Pobrecito Hablador* a la colección de 1835. Los *arrepentimientos literarios de Fígaro»,* *Ínsula,* 188-189, 1962.

SENABRE, R., «Boileau, inspirador de Larra (En torno a *El Castellano Viejo)»,* en *Strenae. Estudios dedicados al Profesor García Blanco,* Salamanca, 1962.

— «Temas franceses en Larra», *Ínsula,* julio-agosto de 1962.

TARR, F. Courtney, «Larra's *Duende Satírico del Día»,* *Modern Philology,* XVI, 1928, págs. 31-45.

— «Larra. Nuevos datos críticos y literarios», *Revue Hispanique,* LXXVII, 1929, págs. 246-249.

— *«El Pobrecito Hablador.* Estudio preliminar», *Revue Hispanique,* LXXXI, 1933, págs. 419-439.

— «More Light on Larra», *Hispanique Review,* V, 1936, páginas 89-110.

— «Mariano José de Larra (1809-1837)», *Modern Languages Journal,* XXII, 1937.

— «Reconstruction of a Decisive Period in Larra's Life», *Hispanique Review,* V, 1937, págs. 1-24.

TEICHMANN, R., «Larra: la danza macabra», *Mester,* California, mayo de 1977.

— «Las máscaras de Larra», *Ínsula,* núm. 382, septiembre de 1978, pág. 1.

TORRE, G. de, «Larra», *Sur,* Buenos Aires, junio de 1937.

— «Larra y España», *Cuadernos,* XLIII, París, 1960.

— «Larra en América», *Ínsula,* Madrid, julio-agosto de 1962.

TORRES, D.: «El españolismo de *Fígaro*», *Ínsula,* julio-agosto de 1962.

TRUEBLODD, Alan S., «El castellano viejo y la sátira III de Boileau», *Nueva Revista de Filología Hispánica,* XV, 1961, páginas 529-538.

ULLMAN, Pierre L., «Larra's Satire of Parlamentary Oratory During the Ministry of Martínez de la Rosa», *Dissertations Abstracts,* XXIII, Princeton.

— «Larra y la policía», *Insula,* núm. 193, 1962.

— «Una nueva edición de *Fígaro*», en *Revista Hispánica Moderna,* XXIX, 1963.

— *Mariano de Larra an Spanish Political Rhetorie,* Milwaukee, The University of Wisconsin Press, 1971.

UMBRAL, F., *Larra, anatomía de un dandy,* Madrid, 1965.

UNAMUNO, M. de, «Releyendo a Larra», *El Norte de Castilla,* Valladolid, 5 de diciembre de 1931.

VARELA, J. L., «Larra y nuestro tiempo», *Cuadernos Hispanoamericanos,* 1960, págs. 349-381.

— «Sobre el estilo de Larra», *Arbor,* XLVII, 1960.

— «Larra ante el poder», *Ínsula,* núm. 206, XIX, 1964, páginas 1-7, reimpreso en *La palabra y la llama,* páginas 107-119.

— «La palabra y la llama», *ABC,* Madrid, 13 de febrero de 1962, reimpreso en *La palabra y la llama,* Madrid, 1967, páginas 101-106.

— «Dolores Armijo, 1837: Documentos nuevos en torno a la muerte de Larra», en *Studia Hispanica in Honorem R. Lapesa,* II, Madrid, 1974, págs. 601-612.

— «Larra ante España». Discurso correspondiente a la solemne apertura del curso académico 1977-78, Universidad Complutense, Madrid, 1977.

— «Larra, voluntario realista (sobre un documento inédito y su circunstancia)», en *Hispanic Review,* XLVI, 1978.

— «Larra, diputado por Avila», en *Estudios sobre literatura y arte dedicados al profesor Emilio Orozco Díaz,* vol. III, Universidad de Granada, 1979, págs. 515-545.

— «Lamennais en la evolución ideológica de Larra», *Hispanic Review,* verano de 1980, págs. 287-306.

— *Larra y España,* Espasa-Calpe, Madrid, 1983.

ZÁNGARA, M., *La Nochebuena di Mariano José de Larra. Reflessi orazioni e motivi personali,* Catania, 1928.

PRINCIPALES EDICIONES

Colección de artículos dramáticos, literarios, políticos y de costumbres publicados en los años 1832, 1833 y 1834 en *El Pobrecito Hablador,* la *Revista Española* y *El Observador.* M., *Repullés,* 1835-37, 5 vols., 8.º, retrato, 5 h., 196, 4 h., 183 págs., 4 h., 192 págs. 4 h., 182 págs. 2 h., 193 págs.

Colección de artículos... Segunda edición. *M., Hijos de Catalina Piñuela y Repullés,* 1839, 3 vols., 8.º.

— *Montevideo, Impr. Oriental,* 1837-1839, 4 vols., 8.º. En el volumen III, el retrato litografiado.

— *Valparaíso,* 1844, 4.º.

— *B.,* 1857, 2 vols., 4.º, retrato, Madrid.

— *Sevilla. Perié,* 1973, 8.º, m.

— *M., Biblioteca Universal,* 1874-75, y 1910, 2 vols., 16.

— Primera edición ilustrada. *B., Biblioteca Salvatella,* 1833, 8.º, marquilla, 526 págs.

Colección de artículos filosóficos, satíricos, literarios y políticos publicados bajo el expresado pseudónimo por don Mariano de Larra... con dibujos de don Tomás Sala. Precedida de la biografía del autor por J. A. R. B., *Administración: Nueva S. Francisco, 11 y 13 (Edt. Salvatella: Imp. y Lit. de los Sucs. de N. Ramírez y C.º),* 1884, 8.º, marquilla, grabs. 1 h. 526 págs.

Artículos de costumbres. Prólogo y notas de J. R. Lomba y Pedraja. *M., «La Lectura»,* 1922 y 1923, 8.º, 326 págs. 1 h.

Artículos de crítica literaria y artística. *Íd., Íd.,* 1923, XXVIII-317 págs.

Artículos de costumbres. *M., «La Lectura». Vol. 45 de la «Biblioteca Universal» (Perlado, Páez y Cía),* 1923, y *Hernando,* 1928, 2 vols. 12, 188 págs. = 186 págs.

Artículos... Prólogo y notas de José R. Lomba y Pedraja. *M., Espasa-Calpe,* 1927-40, 3 vols., 8.º, 316 págs., 1 h., XXIX, 272 págs. = 306.

Artículos de costumbres. *M., Biblioteca Universal (Hernando),* 1932-34, 2 vols., 16, 190 págs., 192 págs.

— *M., Espasa-Calpe, Clásicos Castellanos,* 1934, 8.º, 318 páginas.

Obras completas. *M. Repullés,* 1832-1835, 13 vols., 8.º.

Obras. Única edición completa. *Caracas (Venezuela), impr. por George Corser,* 1839, 4.º menor.

Obras completas *M., Repullés,* 1840, 13 vols., 8.º La misma edición de 1832-35, con la portada cambiada.

Obras completas. Editadas por Manuel Delgado. *M., en la Impr. de Yenes,* 1843, 4 vols., 8.ª, marquilla, retrato, dib. y grab. por Hortigoza.

— *Id., Id.,* 1845, 4 vols., 8.º mayor.

Obras completas de Fígaro, *México,* 1845, 2 vols., 4.º.

— *París, Baudry, Librería Europea (Imp. E. Thunot),* 1848, 2 vols. gran 8.º, XX-560 págs. = IV-590 págs. Retrato. Esta edición es reproducción exacta de la de M., 1843.

— Prólogo de J. E. Hartzenbusch. *París, Baudry,* 1853, 2 vols., gran. 8.º, retrato, LXIII-375 págs. = 483 págs.

— *M., Imp. de D. Cipriano López,* 1855, 4 vols. 8.º marquilla.

— *B., Impr. de la «Publicidad», a cargo de A. Florats, bajada de la Cárcel, núm. 6,* 1856-1857, 4 partes en 2 vols., 8.º. Tomo I, retrato, 403 págs. 2 h.; tomo II, 458 págs.

— Segunda edición. *París, Baudry,* 1858, 2 vols., 8.º.

— *París, Garnier, hermanos,* 1870, 4 vols., 8.º, retrato. Tomo I, 584 págs. = tomo II, 471 págs. — tomo III, 2 h., 492 páginas = tomo IV, 2 h., 458 págs., 1 h.

Obras completas de Fígaro, don Mariano José de Larra. Nueva edición precedida de la vida del autor (por C. Cortés) y adornada con su retrato. *París, Librería de Garnier, Hermanos, calle des Saints-Pères, 6 (Imp. Charles Blot, rue Bleue, 7),* 1883, 4 vols., 8.º.

Obras completas, ilustradas con grabados intercalados en el texto por don J. Luis Pellicer. *B., Montaner y Simón,* 1886, fol. VIII-959 págs.

Obras escogidas. *Primera serie:* El dogma de los hombres libres. El Pobrecito Hablador, artículos. *Segunda serie:* Artículos políticos, satíricos y de costumbres. Críticas literarias. Viajes. Teatros. *B., Enciclopedia Literaria, Toledano. López y Cía (1901-02).* 2 vols., 8.º, retrato, 263 págs., 1 h., 331 pág., 1 h.

Obras completas, *B., Biblioteca Sopena* (1921), 4 vols., 8.º I: El Pobrecito Hablador, 449 págs., II: Artículos y poesías. 482 págs., III: El Doncel de D. Enrique el Doliente, 457 páginas, IV: Teatro, 469 págs., 1 h.

Obras de Larra. Madrid, *Biblioteca de Autores Españoles, Ediciones Atlas,* 1960. Edición y estudio preliminar de Carlos Seco Serrano.

Artículos

El café romántico «El Parnasillo», 1836

1

El café [1]

(Neque enim notare singulos mens est mihi,
Verum ipsam vitam et mores hominum ostendere.
Phaedr. *Fab.* Prol. I.III.) [2]

No sé en qué consiste que soy naturalmente curioso; es
un deseo de saberlo todo que nació conmigo, que siento

---

[1] Dicho artículo apareció el 26 de febrero de 1828 en *El Duende
Satírico del Día.* Este periódico salió por cuadernos de $0^m, 119 \times$
$\times 0^m, 067$, con variable número de páginas. En estos cuadernos
Larra publicó «Diálogo. El duende y el librero» (26 de febrero de 1828),
«Una comedia moderna: *Treinta años o la vida de un jugador*» (31 de
marzo de 1828), «Correspondencia de *El Duende*» (31 de marzo
de 1828), «Corrida de toros» (31 de mayo de 1828), «Correspondencia
de *El Duende*» (31 de mayo de 1828), «Un periódico del día, o el
Correo Literario y Mercantil» (27 de septiembre de 1828) y «Donde las
dan las toman» (31 de diciembre de 1828).
  La agudeza y profundidad crítica se ponen de manifiesto en estas
páginas. El mismo título del periódico no fue elegido al azar, sino
que pensamos que Larra quería entroncar con otros periódicos de
corte satírico, donde la voz *duende* ofrecía por sí sola claras connotaciones críticas. Con el título de *El Duende* aparecen en Madrid publicaciones de inequívoco matiz satírico. Recuérdense, por ejemplo, los
periódicos *El Duende de Madrid, El Duende de los cafés, el Duende
especulativo, El Duende de los ministerios,* todos ellos anteriores a
Larra. Incluso *El Duende de Madrid* apareció con el mismo título en
diferentes épocas (1735, 1787 y 1812) y siempre con matices críticos.
Veta satírica que no desaparece a lo largo de todo el siglo XIX, pues
observamos publicaciones idénticas al título y contenido que de las
aquí citadas, por ejemplo: *El Duende de la Corte, El Duende homeo-
pático, El Duende del Manzanares,* etc.
  [2] «Ni tengo la intención de señalar uno a uno / sino de mostrar la

bullir en todas mis venas, y que me obliga más de cuatro veces al día a meterme en rincones excusados por escuchar caprichos ajenos, que luego me proporcionan materia de diversión para aquellos ratos que paso en mi cuarto y a veces en mi cama sin dormir; en ellos recapacito lo que he oído, y río como un loco de los locos que he escuchado.

Este deseo, pues, de saberlo todo me metió no hace dos días en cierto café de esta corte donde suelen acogerse a matar el tiempo y el fastidio dos o tres abogados que no podrían hablar sin sus anteojos puestos, un médico que no podría curar sin su bastón en la mano, cuatro chimeneas ambulantes que no podrían vivir si hubieran nacido antes del descubrimiento del tabaco: tan enlazada está su existencia con la nicociana, y varios de estos que apodan en el día con el tontísimo y chabacano nombre de lechuguinos [3], alias, botarates, que no acertarían a alternar en sociedad si los desnudasen de dos o tres cajas de joyas que llevan, como si fueran tiendas de alhajas, en todo el frontispicio de su persona, y si les mandasen que pensaran como racionales, que accionaran y se movieran como hombres, y, sobre todo, si les echaran un poco más de sal en la mollera.

Yo, pues, que no pertenecía a ninguno de estos parti-

---

vida misma y las costumbres de los hombres», Faedro, *Fab.*, Libro II, epílogo, vs. 25-26.

[3] *Lechuguino:* tipo muy característico entre los costumbristas. Cfr. la definición dada por Mariano de Rementería y Fica en su artículo «Sobre la voz *lechuguino* y sus consecuencias», *Correo Literario y Mercantil,* Madrid, 1828, núm. 28. La definición dice así: «Verdad es que en todos los tiempos se ha designado a los jóvenes rígidos seguidores de la moda con epítetos más o menos significativos; pero ni la palabra francesa *petimetre,* ni la de *elegante,* ni otras muchas, envuelven una idea denigrativa o de desprecio como la de lechuguino y, además, tienen más relación con el objeto representado. Pero desengañémonos; la voz lechuguino no es una gracia, no es un rasgo epigramático, no es un parto de ingenio, sino un insulto.» Tipo que seguía la moda más estricta del momento y su atildamiento amaneraba el porte en más de una ocasión. Observamos artículos en donde el *lechuguino* es sinónimo de afeminado. Su extrema exquisitez era objeto de no pocas burlas, en especial entre las gentes más populares.

dos, me senté a la sombra de un sombrero hecho a manera de tejado que llevaba sobre sí, con no poco trabajo para mantener el equilibrio, otro loco cuya manía es pasar en Madrid por extranjero; seguro ya de que nadie podría echar de ver mi figura, que por fortuna no es de las más abultadas, pedí un vaso de naranja, aunque veía a todos tomar ponch o café, y dijera lo que dijera el mozo, de cuya opinión se me da dos bledos, traté de dar a mi paladar lo que me pedía, subí mi capa hasta los ojos, bajé el ala de mi sombrero, y en esta conformidad me puse en estado de atrapar al vuelo cuanta necedad iba a salir de aquel bullicioso concurso.

Se hablaba precisamente de la gran noticia que la *Gaceta* [4] se había servido hacernos saber sobre la derrota naval de la escuadra turcoegipcia. Quién, decía que la cosa estaba hecha: «Esto ya se acabó; de esta vez, los turcos salen de Europa», como si fueran chiquillos que se llevan a la escuela; quién, opinaba que las altas potencias se mirarían en ello, y que la gran dificultad no estaba en desalojar a los turcos de su territorio, como se había creído hasta ahora, sino en la repartición de la Turquía entre los aliados, porque al cabo decía, y muy bien, que no era queso; y, por último, hubo un joven ex militar de los de estos días, que cree que tiene grandes conocimientos en la Estrategia y que puede dar voto en materias de guerra por haber tenido varios desafíos a primera sangre y haberle favorecido en no sé qué encrucijada con un profundo arañazo en una mano, no sé si Marte o Venus; el cual dijo que todo era cosa de los ingleses, que era muy mala gente, y que lo que querían hacía mucho tiempo, era apoderarse de Constantinopla para hacer del Serrallo una Bolsa de Comercio, porque decía que el edificio era bastante cómodo, y luego hacerse fuertes por mar.

---

[4] Publicación que ha tenido distintos títulos, tales como *Gazeta nueva, Gazeta ordinaria de Madrid, Gaceta de la Regencia de las Españas, Gaceta del Gobierno, Gaceta de Madrid,* etc. En la época de Larra dicha publicación competía con el *Diario de Avisos,* el *Correo Literario y Mercantil* y el *Mercurio de España.*

Pero no le parezca a nadie que decían esto como quien conjetura, sino que a otro que no hubiera estado tan al corriente de la petulancia de este siglo le hubieran hecho creer que el que menos se carteaba con el Gran Señor o, por el pronto, que tenía espías pagados en los Gabinetes de la Santa Alianza[5]; riendo estaba yo de ver cómo arreglaba la suerte del mundo una copa más o menos de ron, cuando un caballero que me veía sin duda fuera de la conversación y creyó que el desprecio de las opiniones dichas era el que me hacía callar, creyéndome de su partido se arrimó con un tono tan misterioso como si fuera a descubrirme alguna conjuración contra el Estado, y me dijo al oído, con un aire de importancia que me acabó de convencer de que también estaba tocado de la políticomanía:

—No dan en el punto, amigo mío; un niño que nació en el año 11, y que nació rey, reinará sobre los griegos; las potencias aliadas le están haciendo la cama para que se eche en ella; desengañémonos (como si supiera que yo estaba engañado): el Austria no podrá ver con ojos serenos que un nieto suyo permanezca hecho un particular toda su vida. ¿Qué tal? —Como quien dice: ¿he profundizado? ¿He dado en el blanco?

Yo le dije que sí, que tenía razón, y, efectivamente, yo no tenía noticia alguna en contrario ni motivo para decirle otra cosa, y aun si no se hubiera separado de mí tan pronto, y con tanta frialdad como interés manifestó al acercarse, le hubiera aconsejado que no perdiese momentos y que hiciese saber sus intenciones a las altas potencias, las que no dejarían de tomarlas en consideración, y mucho más si, como era muy factible, no les hubiera ocurrido aún aquel medio tan sencillo y trivial de salir de rompimientos de cabeza con la Grecia.

Volví la cabeza hacia otro lado, y en una mesa bastante inmediata a la mía se hallaba un literato; a lo menos le vendían por tal unos anteojos sumamente brillantes,

---

[5] Se refiere a la Santa Alianza formada, en 1815, por los países de Francia, Austria, Prusia y Rusia.

por encima de cuyos cristales miraba, sin duda porque veía mejor sin ellos, y una caja llena de rapé, de cuyos polvos, que sacaba con bastante frecuencia y que llegaba a las narices con el objeto de descargar la cabeza, que debía tener pesada del mucho discurrir, tenía cubierto el suelo, parte de la mesa y porción no pequeña de su guirindola[6], chaleco y pantalones. Porque no quisiera que se me olvidase advertir a mis lectores que desde que Napoleón, que calculaba mucho, llegó a ser Emperador, y que se supo podría haber contribuido mucho a su elevación el tener despejada la cabeza, y, por consiguiente, los puñados de tabaco que a este fin tomaba, se ha generalizado tanto el uso de este estornudorífico, que no hay hombre, que discurra que no discurra, que queriendo pasar por persona de reconocimientos no se atasque las narices de este tan preciso como necesario polvo. Y volviendo a nuestro hombre:

—¿Es posible —le decía a otro que estaba junto a él y que afectaba tener frío porque sin duda alguna señora le había dicho que se embozaba con gracia—, es posible —le decía mirando a un folleto que tenía en las manos—, es posible que en España hemos de ser tan desgraciados o, por mejor decir, tan brutos? —En mi interior le di las gracias por el agasajo en la parte que me toca de español, y siguió—: Vea usted este folleto.

—¿Qué es?

—Me irrito; eso es insufrible —y se levantó y dio un golpe tremendo en la mesa para dar más fuerza a la expresión; golpe que hubiera sido bastante a trastornar todos los vasos si alguno hubiera habido; miréle de hito en hito, creyéndole muy interesado en alguna desgracia sucedida o un furioso digno de atar por no saber explicarse sino a porrazos, como si los trastos de nadie tuviesen la culpa de que en Madrid se publiquen folletos dignos de la indignación de nuestro hombre.

—Pero, señor don Marcelo, ¿qué folleto es ése, que altera de ese modo la bilis de usted?

---

[6] *Guirindola:* «chorrera de la camisola» (*DRAE*).

—Sí, señor, y con motivo; los buenos españoles, los hombres que amamos a nuestra patria, no podemos tolerar la ignominia de que la cubren hace muchísimo tiempo esas bandadas de seudoautores, este empeño de que todo el mundo se ha de dar a luz, ¡maldita sea la luz! ¡Cuánto mejor viviríamos a oscuras que alumbrados por esos candiles de la literatura!

Aquí, todo el mundo reparó en la metáfora; pero nuestro hombre, que se creyó aplaudido tácitamente, y seguro de que su terminillo había tenido la felicidad de reasumir toda la atención de los concurrentes, prosiguió con más entereza:

—Jamás, jamás he leído cosa peor; abra usted, amigo, abra usted, la primera hoja; lea usted: «Carta de las quejas que da el noble arte de la imprenta, por lo que le degrada el señor redactor del *Diario de Avisos*»[7]. ¿Qué dice usted ahora?

—Hombre, la verdad: el objeto me parece laudable, porque yo también estoy cansado del señor diarista.

—Sí, señor, y yo también; no hay duda que el señor diarista da mucho pábulo a la sátira y a la cólera de los

---

[7] Su primer nombre fue *Diario Noticioso, curioso-erudito y comercial, público y económico.* Comenzó a publicarse a primeros de febrero de 1758 en virtud del Real privilegio dado, en el Buen Retiro, el 17 de enero de 1758, a Manuel Ruiz de Uribe —nombre supuesto de Nipho. Lo componían cuatro páginas de 0^m, 175×0^m, 115. Desde el 4 de febrero se llamó *Diario Noticioso* y desde el 2 de enero de 1759 *Diario noticioso universal.* Sufrió varias interrupciones, cesando la publicación en diciembre de 1781. Reaparece en julio de 1786, después de obtener el permiso correspondiente el periodista Santiago Thewin, titulándose el periódico *Diario Curioso Económico y Comercial.* Fue impreso por González en cuatro páginas de 0^m, 175×0^m, 116. En enero de 1788 tomó el nombre de *Diario de Madrid;* sin embargo, el 1 de abril de 1825 se publicó bajo el nombre de *Diario de Avisos de Madrid.* El 20 de febrero de 1836 se llamó de nuevo *Diario de Madrid* y el 2 de noviembre de 1847 *Diario Oficial de Avisos de Madrid.*
Sobre esta publicación puede encontrarse abundante material noticioso en el artículo de Mesonero Romanos, «El Diario de Madrid», *Escenas Matritenses,* Madrid, BAE, 1967, vol. I, páginas 204-209. El mismo Mesonero tomó la dirección de este periódico en 1835.

hombres sensatos; pero si el diarista, con su malísima impresión y sus disparatados avisos, degrada la imprenta, no sé qué es lo que hace el señor S. C. B. cuando emplea ese noble arte en indecencias como las que escribe; lea usted y verá el cuarto o quinto renglón «todo el auge de su esplendor», el sueldo de inválidas que deben gozar las letras, gracia que después nos repite en verso, el país de los pigmeos, los ojos de linces, el anteojo de Galileo para estrellas, los tatarabuelos de las letras, y otras mil chocarrerías y machadas, tantas como palabras, que ni venían al caso ni han hecho gracia a ningún lector, y que sólo prueban que el que las forjó tenía la cabeza más mal hecha que la peor de sus décimas, si es que hay alguna que se pueda llamar mejor; pues entre usted luego... vamos... yo me sofoco... El muy prosaico, ¿pues no se le antoja decir, después de habernos malzurcido un mediano pedazo de grana ajeno entre sus miserables retales, que tiene comercio con las musas, cuando en el Parnaso no le querían ni para limpiar las inmundicias del Pegaso, no le darían entrada ni aun para recibir sus bien merecidas coces, y nos regala por muestra una cadena de décimas que no tienen más de verso que el estar partidos los renglones, y, después de mil insulseces y frías necedades, le da por imitar al señor Iriarte en el malísimo gusto de sus décimas disparatadas, como si tuviesen algo que ver los delirios de una cabeza enferma con la indolencia del señor diarista, y no ha leído la primera página del *Arte poética* de Horacio, que hasta los chicos saben de memoria, donde hubiera visto retratado su plan antes de escribirle tan descabelladamente, que no parece sino que se hicieron aquellos versos después de haber leído el folleto, aunque tengo para mí que si el señor Horacio hubiera sabido que tales hombres habían de escribir con el tiempo tales cosas, no la hubiera hecho, porque no está la miel para..., etcétera, y ¿hay quien haya dado cerca de un real (ocho cuartos, treinta y dos maravedís) por tal sarta de sandeces? ¿Por qué no le han de volver a uno su dinero? Señores, no puedo más: o ese hombre tiene mala la cabeza, o nació sin ella.

Aquí, el hombre pensó echar los bofes por la boca, y yo me lo temí cuando le interrumpió el que estaba con él.

—Efectivamente, señor don Marcelo, y yo, si fuera usted, escribiría contra esos folletistas y les cardaría las liendres muy a mi sabor.

—¿Qué dice usted? ¿Merece acaso ese hombre que se hable de él en letras de molde? Eso sería, como él dice, degradar aún más que él y el diarista el arte de la imprenta; además, que si yo me pusiera a escribir, ¿dónde habría papel? Pues qué, ¿es el único que merece semejante tratamiento? Hace mucho tiempo que nos infestan autores insulsos; digo, ¡pues, la leccioncita de modestia...! Y, vamos, que siquiera allí hay gracias, hay sales de trecho en trecho; es verdad que, como dice Virgilio, sin que parezca gana de citar, *apparent rari nantes in gurgite vasto*. Sí, señor, pocas, pero las hay; también hay majaderías; tan pronto dice que no vale nada la comedia, como que es buena; las décimas son poco mejores que las del antidiarista; y, sobre todo, señores, yo no puedo ver con serenidad que haya hombres tan faltos de sentido que se empeñen en hacer versos, como si no se pudiera hablar muy racionalmente en prosa; al menos, una prosa mala se puede sufrir; pero, en materia de versos, lean lo que dice Boileau:

Il est dans tout autre art des dégrés différents,
On peut avec honneur remplir les seconds rangs,
Mais dans l'art dangereux de rimer et d'écrire
Il n'est point de dégré du médiocre au pire[8].

Y siguió:

—Si yo escribiera no dejaría tampoco en paz al autor del «Clavel histórico de mística fragancia, o ramillete de flores cogido en el jardín espiritual en el día de

---

[8] *Il est dans tout autre art...* «Hay en cualquier arte diferentes grados, / se puede con honor llenar las segundas filas, / pero en el arte peligroso de rimar y de escribir / No hay ningún grado del mediocre al peor.»

San Juan»[9], etc., siquiera por el título estrafalario, por esa hinchada e incomprensible metáfora, que hace cabeza de tanto disparate; y dale que ha de ser en verso, y que hasta los animales van a hablar en verso; y el autor petulante de la tragedia de Luis XVI. ¡Qué bien viene aquí el *Quid feret?* [10] de Horacio! ¿Se ha visto nunca modo más arrogante de alabarse a sí mismo en un cartel que forra los edificios de media calle?, y ¿para qué?, para producir versos prosaicos y una tragedia soporífera que debía hallarse en todas las boticas en lugar de opio; no digo nada, el de *Orruc Barbarroja,* cuyo autor se nos ha querido vender, y no menos petulantemente, por segundo Homero, con decir que es ciego; eso es una lástima; lo siento mucho; pero ¿qué culpa tienen las musas para que las asiente palos talmente de ciego? Pues ¿qué le parece a usted de otro título? No hace mucho tiempo que iba yo por la calle, pensando en cosa de muy poco valor, cuando levanto la cabeza y me hallo con un cartelón más grande que yo, que decía, con unas letras que dificulto se puedan escribir mayores: *El té de las damas.* ¿Querrán ustedes creer lo que voy a decir? Precisamente yo tengo una mujer demasiado afectada del histérico, y como este mal es tan común en las señoras, vea usted que el deseo mismo me hizo consentir en que sería alguna medicina para algún mal de las mujeres; de modo que me puse tan contento, creyendo haber encontrado la piedra filosofal, y sin leer más, ni dónde se vendía siquiera, pensando hallarlo en los cafés, me dirigí al primero que encontré, interiormente regocijado de ver los adelantos que hace la Medicina: pregunté por un té que acababa de descubrirse, exclusivamente para las señoras: respondióme el mozo: «Señor, yo le sacaré a usted

---

[9] Título suficientemente expresivo que sirve para denunciar el alambicamiento de ciertos libros sagrados. La crítica que Isla hiciera en su *Fray Gerundio de Campazas* actuó positivamente no sólo en la desaparición de estos títulos, sino también en el abandono de la oratoria hueca y pomposa.

[10] *Quid feret?:* «¿Qué llevará consigo?»

té; pero hasta la presente, el que tenemos en estas casas puede servir, y ha servido siempre, para señoras y para caballeros.» Creí, pues, hallarlo en alguna lonja, donde se rieron en mis hocicos; salí de aquí, y me sucedió otro tanto en una droguería, en una botica, y, por último, desesperado de encontrarlo, volví a mi cartel y distinguí, ¡necio de mí!, con la mayor admiración, que era un libro. ¡Oh, cabeza redonda, exclamé, la que produjo este título! En España, donde las señoras ni toman té, si no es cuando se desmayan y no hay por casualidad a mano manzanilla, flores cordiales, salvia o cosa semejante de las que dicen que son buenas para tales casos, ni, por consiguiente, hablan reunidas al tomarle; pues ya que quería poner un título de cosa de comer o de beber, ¿por qué no dijo *El chocolate de las damas?* ¡Como si fuera preciso que para hablar unas señoras estuviesen tomando algo! ¡Pues no andan por ahí mil títulos rodando, que, a lo menos, no hacen reír y no puede equivocarse lo que pueda dar de sí la obra, como *Tertulias en Chinchón, Noches de invierno,* y caso que fuese para hablar de personas muertas, llamáralas primero *Tertulias en los infiernos* o *Noches en el otro mundo,* y no *El té de las damas,* título que, después de habernos abierto el apetito, nos deja con una cuarta de boca abierta!

»Pues qué, ¿le parece a usted que si yo me pusiera a escribir dejaría a nadie en paz? No, señor; tengo ya llenas las medidas; y volviendo a la «Carta», mire usted un asunto tan bonito, si podía haber criticado al señor diarista el no pasar la vista por los anuncios que le dan, para redactarlos de modo que no hagan reír, como cuando nos dice que se venden «zapatos para muchachos rusos», «pantalones para hombres lisos», «escarpines de mujer de cabra» y «elásticas de hombre de algodón». Cuando anuncia que el sombrerero Fulano de Tal, «deseando acabar cuanto antes con su corta existencia, se propone dar sus sombreros más baratos»; que «una señora viuda quisiera entrar en una casa en clase de doncella, y que sabe todo lo perteneciente a este estado». Y hay más; aquí creo que he de traer una apuntacioncita que he tenido la curiosidad de hacer de varios avisos: lean ustedes:

«El lunes 8 del corriente, por la tarde, se perdió un librito encuadernado en papel de poesías alemanas, titulado *Charitas,* 20 de octubre.»

«En la posada de la Gallega Vieja, red de San Luis, número 20, hay un coche que caben seis asientos para Vitoria, Bilbao, Bayona, etc. 8 de noviembre.»

«En la calle del Baño, número 16, cuarto segundo, se venden desde hoy hasta el 12 del corriente, desde las diez de la mañana hasta el anochecer, pinturas originales de los pintores más clásicos y de varios tamaños, a precios equitativos.»

«Un matrimonio sin hijos, que saben servir perfectamente bien, y tienen quien les abonen, desean colocarse con un sacerdote u otros cualesquiera señores, 4 de octubre.»

«El día 2 del corriente se han perdido unos papeles desde la calle del Carmen hasta la iglesia del Buen Suceso, que contienen unas fees de matrimonio y bautismo de las parroquias de Santa Cruz y San Ginés.»

«El miércoles 10 del corriente se extraviaron del palco bajo número 8, en el teatro de la Cruz, unos anteojos dobles, su autor Lemiere, metidos en una caja de tafilete encarnado. 16 de octubre.»

«Se venden medias negras inglesas de estambre lisas, de hombre y mujer de superior calidad. Idem.»

»Y sería nunca acabar; esto sólo es de octubre y noviembre. Lo del dinero está bien criticado, que yo también he tenido que poner algún aviso que otro y lo sé por mí, que no me lo han contado; y aunque no me duele el dinero cuando es preciso gastarlo, no hallo la razón por qué he de mantener con mi sueldo al señor diarista, y que el tal señor se quede riendo de mí y de cuantos tenemos la desgracia de haber perdido lo que nos hacía falta.

—Dice usted muy bien, señor don Marcelo; ha hablado usted mucho y muy bueno.

—¡Oh si hablo! Y dijera más si no me llamase mi obligación. (Esto dijo levantándose y sacando el reloj, y yo me hubiera alegrado que hubiera apuntado con una hora de adelanto, que ya me dolía la cabeza, al paso que me gustaba aquel hombre estrepitoso.) Amo —siguió—, amo demasiado a mi patria para ver con indiferencia el estado de atraso en que se halla; aquí nunca haremos nada bueno... y de eso tiene la culpa... quien la tiene... Sí, señor... ¡Ah! ¡Si pudiera uno decir todo lo que siente! Pero no se puede hablar todo... no porque sea malo, pero es tarde y más vale dejarlo... ¡Pobre España!... Buenas noches, señores.

Entre paréntesis, y antes que se me olvide, debo prevenir que la misma curiosidad de que hablé antes me hizo al día siguiente indagar, por una casualidad que felizmente se me vino a las manos, quién era aquel buen español tan amante de su patria, que dice que nunca haremos nada bueno porque somos unos brutos (y efectivamente que lo debemos ser, pues aguantamos esta clase de hipócritas); supe que era un particular que tenía bastante dinero, el cual había hecho teniendo un destino en una provincia, comiéndose el pan de los pobres y el de los ricos, y haciendo tantas picardías que le habían valido el perder su plaza ignominiosamente, por lo que vivía en Madrid, como otros muchos, y entonces repetí para mí su expresión «¡Pobre España!».

Y volviendo a mi café, levantéme cansado de haber reunido tantos materiales para mi libreta; pero quise echar un vistazo, antes de marcharme, por varias mesas: en una se hallaba un subalterno vestido de paisano, que se conocía que huía de que le vieran, sin duda porque le estaba prohibido andar en aquel traje, al que hacían traición unos bigotes que no dejaba un instante de la mano, y los torcía, y los volvía a retorcer, como quien hace cordón, y apenas dejaba el vaso en el platillo cuando acudía con mucha prisa a los bigotes, como si tuviese miedo de que se le escapasen de la cara; hablaba en tono bastante bajo y como receloso de que le escucharan, aunque estaba en un rincón bastante retirado con una que parecía joven, y en cuyo examen no me quise detener mucho porque me hice prudentemente el cargo de que sería prima suya o cosa semejante.

Otro estaba más allá, afectando estar solo con mucho placer, indolentemente tirado sobre su silla, meneando muy de prisa una pierna sin saber por qué, sin fijar la vista particularmente en nada, como hombre que no se considera al nivel de las cosas que ocupan a los demás, con un cierto aire de vanidad e indiferencia hacia todo, que sabía aumentar metiéndose con mucha gracia en la boca un enorme cigarro, que se quemaba a manera de tizón, en medio de repetidas humaradas, que más parecían salir de un horno de tejas que de boca de hombre racional, y que, a pesar de eso, formaba la mayor parte de la vanidad del que le consumía, pues le debía haber costado el llenarse con él los pulmones de hollín más de un real.

Apartéme de él porque me fastidian los hombres vanos y no tenía gana de que me sofocara el humo que despedía; y en otra mesa reparé en otra clase de tonto que compraba los amigos que le rodeaban a fuerza de sorbetes, pagaba y bebía por vanidad, y creía que todos aquellos que se aprovechaban de su locura eran efectivamente amigos, porque por cada bebida se lo repetían un millón de veces; le habían hecho creer que tenía mucho talento, soltura, gracia, etc., y de este modo le hacían hacer un papel ridículo; él no conocía que nunca se granjea sino enemigos el que ofende el amor propio de los demás haciendo siempre el gusto, porque no hay uno que no quiera hallarse en el caso de hacerle para dar a los demás en cara; y como ésta es una situación envidiable, porque todos quieren ajar a los otros, sólo engendra odio hacia aquel que de este modo nos insulta, aunque saquemos partido por el pronto de su larguez; ni preveía que el día en que se le acabara el dinero serían aquellos mismos los primeros a ridiculizarle, a reírse en sus bigotes y a no hacerle más caso que si nunca le hubieran conocido. Vi que hacía ostentación de despreciar la vuelta que el mozo le dio, al mismo tiempo que una pobre anciana se le acercaba, pidiéndole alguno de aquellos cuartos que tanto despreciaba; y, efectivamente, vi que creyó cumplir con lo que debe a la humanidad el que tiene dinero, regalándola con un seco y repetido «Perdone usted, hermana»; y dándola un empellón al levantarse, añadió:

—Vamos; ya se habrá empezado la sinfonía, y en esta ópera es preciso sacar todo el jugo posible a los 12 reales y dos cuartos. ¡También es desgracia que haya tanto pobre! ¡A mí me parte el corazón; por todas partes no halla usted sino pobres!

Al fin, dije para mí, el otro tenía la cabeza huera, pero éste tiene el corazón en la lengua.

Púseme a mirar en seguida con bastante atención a otro mozalbete muy bien vestido, cuya fisonomía me chocó, y el mozo, que gusta de hablar a veces conmigo porque le suelo dar algunos cuartos siempre que tomo algo, y que conoce mi curiosidad, se acercó y me dijo:

—¿Está usted mirando a aquel caballero?

—Sí, y quisiera saber quién es.

—Es un joven, como usted ve, muy elegante, que viene a tomar todos los días café, ponch, ron en abundancia, almuerzos, jamón, aceitunas; que convida a varios, habla mucho de dinero y siempre me dice, al salir, con una cara muy amistosa y al mismo tiempo de imperio: «Mañana le pediré a usted la cuenta», o «Pasado mañana te daré lo que te debo». Hace ya medio año que sucede esto; yo, todavía no he visto la cruz a la moneda, y le busco, y le hablo, y nada, no consigo nada, y lo peor es que tiene uno más vergüenza que él, porque no me atrevo a decirle: «Págueme usted, o no le sirvo», y resulta que se luce con mi bolsillo; ¡oh!, y si fuera el único; pero hay muchos que, a trueque de conde, marqués, caballero, y a la capa de sus vestidos, nunca pagan si no es con muy buenas palabras. Y ¿qué ha de hacer usted?

—¡Bravo! ¿Y aquel otro que está ahora hablando con él?

—Sí, señor, ya sé... aquél, ¿eh?... Si supiera usted; sólo a usted se lo diría; pero, de todos modos, no le diré cómo se llama, ni quién es, que aunque usted me ve de mozo de café, también tengo mi poquito de miramiento y no quiero ajar la opinión de nadie.

—Diga usted, que si él no cuida de la suya, ¿por qué se la ha de conservar usted, importándole mucho menos?

—Pues aquel sujeto, ahí donde usted le ve tan bien vestido, suele traerme los días que hay apretura para ver la ópera algunos billetes, que le vendo por una friolera: al duplo o al triplo, según es aquélla; da una gratificación por una o dos docenas a quien se las proporciona a poco más del justo precio, y viene a sacar veinte, cuarenta o sesenta reales en luneta; estoy seguro que la *Semíramis* le ha valido más de tres onzas; luego suena que yo soy el vendedor, porque saca con mi mano el ascua, y él gana mucho y no pierde su opinión, y yo, de quien dicen que no la tengo porque se le figura a la gente que un hombre mal vestido o que sirve a los otros por precisión está dispensado de tener honor, gano poco de dinero y no gano nada en crédito.

En esto salía yo ya, y al pasar por un pasillo me quedaba todavía que observar; tuve que hacer la vista gorda porque un mozo, creyendo que nadie le veía, estaba echando un poco de agua en una cafetera de leche, sin duda para quitarle la parte mantecosa, que siempre fastidia al paladar; y al tiempo de salir de un billar contiguo, que atravesé con mucha prisa por el humo del tabaco, la bulla y las malísimas trazas de los que pasan el día en dar tacazos a una bola al ronco y estrepitoso ruido del bombo, acompañado del continuo gritar «El 1, el 2», etcétera, y en herir los oídos de las personas sensatas con palabras tan superfluas como indecentes, tropecé, por desgracia, con un buen hombre a quien los años no dejan andar tan de prisa como él quisiera, y que, a pesar de eso, sé yo que no deja de ir hace la friolera de unos cuarenta años a su partida de billar o a ser espectador de la de los demás cuando el pulso no le permite jugar a él mismo; el tropezón fue fuerte por su natural torpeza, y no pude menos de exclamar, en la fuerza del dolor: «¿A qué vendrán estos hombres, cargados con tantos años como vicios, al billar, como si no hubiera iglesias en

Madrid, o no tuviesen casa y mujer, sobrina o ama de quien despedirse para la otra vida?»

Seguí quejándome hasta mi casa, sin ninguna gana de reír de mis observaciones como otros días, aunque siempre convencido de que el hombre vive de ilusiones y según las circunstancias, y sólo al meterme en la cama, después de apagar mi luz, y al conciliar el sueño, confesé, como acostumbro: «Este es el único que no es quimera en este mundo.»

2

¿Quién es el público y dónde se encuentra? [11]

(Artículo mutilado, o sea refundido. Hermite de la Chaussée D'antin.) [12]

> El doctor tú te lo pones,
> El Montalván no le tienes,
> Con que quitándote el don
> Vienes a quedar Juan Pérez.
>
> Epigrama antiguo contra el doctor
> don Juan Pérez de Montalván.

Yo vengo a ser lo que se llama en el mundo un buen hombre, un infeliz, un pobrecillo, como ya se echará de

---

[11] Apareció el 17 de agosto de 1832 en *El Pobrecito Hablador. Revista satírica de costumbres..., por el Bachiller D. Juan Pérez de Munguía,* Madrid, imprenta de Repullés, 1832-33. Solamente salieron catorce cuadernos en 8º, del 17 de agosto de 1832 hasta el 1 de febrero de 1833.

[12] *L'Hermite de la Chaussée d'Antin:* se trata de la colección de artículos de costumbres del escritor francés Jouy. El artículo se titula «Qu'est le public? et oú se trouvet-on?»

Los escritos de Jouy tuvieron gran resonancia entre los escritores españoles. El mismo Larra confiesa públicamente su deuda (véase «Dos palabras», en *El Pobrecito Hablador*); sin embargo, la actitud crítica de *Fígaro* llega a romper el molde del escritor francés, ofreciéndonos una visión personalísima de esa sociedad que tan agudamente satiriza.

ver en mis escritos; no tengo más defecto, o llámese sobra si se quiere, que hablar mucho, las más veces sin que nadie me pregunte mi opinión; váyase porque otros tienen el de no hablar nada, aunque se les pregunte la suya. Entremétome en todas partes como un pobrecito, y formo mi opinión y la digo, venga o no al caso, como un pobrecito. Dada esta primera idea de carácter pueril e inocentón, nadie extrañará que me halle hoy en mi bufete con gana de hablar, y sin saber qué decir; empeñado en escribir para mi público, y sin saber quién es el público. Esta idea, pues, que me ocurre al sentir tal comezón de escribir será objeto de mi primer artículo. Efectivamente, antes de dedicarle *nuestras* vigilias y tareas *quisiéramos* saber con quién *nos* las *habemos.*

Esa voz *público* que todos traen en boca, siempre en apoyo de sus opiniones, ese comodín de todos los partidos, de todos los pareceres, ¿es una palabra vana de sentido, o es un ente real y efectivo? Según lo mucho que se habla de él, según el papelón que hace en el mundo, según los epítetos que se le prodigan y las consideraciones que se le guardan, parece que debe de ser alguien. El público es *ilustrado,* el público es *indulgente,* el público es *imparcial,* el público es *respetable:* no hay duda, pues, en que existe el público. En este supuesto, ¿*quién es el público y dónde se le encuentra?*

Sálgome de casa con mi cara infantil y bobalicona a buscar al público por esas calles, a observarle, y a tomar apuntaciones en mi registro acerca del carácter, por mejor decir, de los caracteres distintivos de ese respetable señor. Paréceme a primera vista, según el sentido en que se usa generalmente esta palabra, que tengo de encontrarle en los días y parajes en que suele reunirse más gente. Elijo un domingo, y donde quiera que veo un número grande de personas llámolo público a imitación de los demás. Este día un sin número de oficinistas y de gentes ocupadas o no ocupadas el resto de la semana, se afeita, se muda, se viste y se perfila; veo que a primera hora llena las iglesias, la mayor parte por ver y ser visto; observa a la salida las caras interesantes, los talles esbeltos, los pies delicados de las bellezas devotas, les hace señas, las sigue, y reparo que a segunda hora va de casa en casa haciendo una infinidad de visitas: aquí deja un cartoncito con su nombre cuando los visitados no están o no quieren estar en casa; allí entra, habla del tiempo, que no le interesa, de la ópera, que no entiende, etc. Y escribo en mi libro: «El público oye misa, el público coquetea (permítaseme la expresión mientras no tengamos otra mejor), el público hace visitas, la mayor parte inútiles, recorriendo casas, adonde va sin objeto, de donde sale sin motivo, donde por lo regular ni es esperado antes de ir, ni es echado de menos después de salir; y el público en consecuencia (sea dicho con perdón suyo) pierde el tiempo, y se ocupa en futesas»: idea que confirmo al pasar por la Puerta del Sol [13].

Éntrome a comer en una fonda, y no sé por qué me encuentro llenas las mesas de un concurso que, juzgando por las facultades que parece tener para comer de fonda, tendrá probablemente en su casa una comida sabrosa,

---

[13] Las citas a la Puerta de Sol no sólo las prodiga Larra en sus artículos, sino que también la mayoría de los escritores costumbristas toman sus bocetos o notas a través de la Puerta del Sol. Con anterioridad a Larra dicha plaza protagonizaba no pocas páginas de escritores costumbristas, recuérdese, por ejemplo, *Un ingenio de esta corte.—De Madrid por adentro y el forastero instruido y desengañado, escrito por... quién se le dedica a la muy alta y antigua señora Mariblanca, perpetua habitadora de la gran Puerta del Sol* (Madrid, 1874). Ya en el xix Mesonero Romanos, en sus *Escenas matritenses,* escribirá «El observatorio de la Puerta del Sol», artículo que propiciará más adelante detenidos estudios acerca de los tipos que concurren en la citada Puerta del Sol.

Observamos también que la prensa romántica se ocupa de este escenario. No sólo con bellos grabados (véase, por ejemplo, los de *El Semanario Pintoresco Español*), sino también con artículos (véase J. M. de Ribes, «La Puerta del Sol», *El Laberinto,* 1843, página 11). Precisamente, a partir de esta última fecha —1843—, las *escenas* costumbristas ceden a los *tipos,* debido a la publicación de *Los españoles pintados por sí mismos;* aún así, ocupa papel primordial para los fines del escritor.

limpia, bien servida, etc., y me lo hallo comiendo volun
tariamente, y con el mayor placer, apiñado en un local
incómodo (hablo de cualquier fonda de Madrid), obs-
truido, mal decorado, en mesas estrechas, sobre mante-
les comunes a todos, limpiándose las babas con las del
que comió media hora antes en servilletas sucias sobre
toscas, servidas diez, doce, veinte mesas, en cada una de
las cuales comen cuatro, seis, ocho personas [14], por uno o
solos dos mozos mugrientos, mal encarados y con el menor agrado posible: repitiendo este día los mismos platos, los mismos guisos del pasado, del anterior y de toda
la vida; siempre puercos, siempre mal aderezados; sin
poder hablar libremente por respetos al vecino; bebiendo
vino, o por mejor decir agua teñida o cocimiento de
campeche [15] abominable. Digo para mi capote: «¿Qué
alicientes traen al público a comer a las fondas de
Madrid?» Y me contesto: «El público gusta de comer
mal, de beber peor, y aborrece el agrado, el asco y la
hermosura del local.»

Salgo a paseo y ya en materia de paseos me parece
difícil decidir acerca del gusto del público, porque si
bien un concurso numeroso, lleno de pretensiones, obstruye las calles y el salón del Prado, o pasea a lo largo
del Retiro, otro más llano visita la casa de las fieras, se
dirige hacia el río, o da la vuelta a la población por las
rondas. No sé cuál es el mejor, pero sí escribo: «Un
público sale por la tarde a ver y ser visto; a seguir sus
intrigas amorosas ya empezadas, o enredar otras nuevas;
a hacer el importante junto a los coches; a darse pisotones, y a ahogarse en polvo; otro público sale a distraerse,
otro a pasearse, sin contar con otro no menos interesante
que asiste a las novenas y cuarenta horas, y con otro no
menos ilustrado, atendidos los carteles, que concurre al

---

[14] Enumeraciones muy del gusto de Larra para producir un estado
caótico y de incomodidades insufribles.

[15] *De palo de campeche:* árbol leguminoso americano, duro,
negruzco y de olor agradable que se emplea para teñir de rojo.

teatro, a los novillos, al fantasmagórico Mantilla [16] y al Circo olímpico [17].

Pero ya bajan las sombras de los altos montes, y precipitándose sobre estos paseos heterogéneos arrojan de ellos a la gente; yo me retiro el primero, huyendo del público que va en coche o a caballo, que es el más peligroso de todos los públicos; y como mi observación hace falta en otra parte, me apresuro a examinar el gusto del público en materia de cafés. Reparo con singular extrañeza que *el público tiene gustos infundados;* le veo llenar los más feos, los más oscuros y estrechos, los peores, y reconozco a mi público de las fondas. ¿Por qué se apiña en el reducido, puerco y opaco café del Príncipe [18], y el mal servido de Venecia [19], y ha dejado arruinarse el espacioso y magnífico de Santa Catalina, y anteriormente el lindo del Tívoli, acaso mejor situados? De aquí infiero que el *público es caprichoso.*

Empero aquí un momento de observación. En esta mesa cuatro militares disputan, como si pelearan, acerca del mérito de Montes [20] y de León [21], del volapié [22] y del

---

[16] *Fantasmagórico Mantilla:* alude al espectáculo de Mantilla, la «fantasmagoría», muy popular a principios del XIX. Se realizaban proyecciones mediante una linterna mágica, dotada de movimiento hacia atrás y adelante.

[17] *Circo Olímpico,* instalado en la Plaza del Rey y al que después se le denominó con el nombre de Circo Price.

[18] Fue el café más popular de su época, concurriendo en él los más famosos escritores y artistas del momento. La célebre tertulia de «El Parnasillo» potenció la fama del Café del Príncipe.

[19] Instalado en la calle del Prado. El cervantista Navarrete, en *Misterios del corazón,* Sevilla, 1849, realiza una detallada descripción ambiental que más tarde recogerá Ramón Gómez de la Serna en *La sagrada cripta de Pombo,* II, págs. 38 y ss. «A él acuden diariamente una concurrencia numerosa y a menudo se pretende una mesa con no menos ardor que en las regiones ministeriales un empleo. No es tampoco raro ver a la puerta dos o tres coches, ocupados por personajes ilustres que toman un bizcocho a la rosa o un quesito en su propio carruaje, o que no se desdeñan de venir a sentarse modestamente donde estaban momentos antes una desenvuelta manola, un picador de toros o un chalán del Rastro.»

[20] *Montes:* Francisco Montes (1805-1851), de Chiclana. No sólo fue famoso torero, sino también autor del *Arte de torear a pie y a ca-*

pasatoro[23], ninguno sabe de tauromaquia; sin embargo, se van a matar, se desafían, se matan en efecto por defender su opinión, que en rigor no lo es.

En otra, cuatro leguleyos que no entienden de poesía, se arrojan a la cara en forma de alegatos y pedimentos mil dicterios disputando acerca del género clásico y del romántico, del verso antiguo y de la prosa moderna.

Aquí cuatro poetas que no han saludado el diapasón se disparan mil epigramas envenenados, ilustrando el punto *poco tratado* de la diferencia de la Tossi y de la Lalande[24], y no se tiran las sillas por respeto al *sagrado* del café.

Allí cuatro viejos en quienes se ha agotado la fuente del sentimiento, avaros, digámoslo así, de su época, convienen en que los jóvenes del día están perdidos, opinan que no saben *sentir* como se sentía en su tiempo, y echan abajo sus ensayos, *sin haberlos querido leer siquiera.*

Acullá un periodista *sin periodo,* y otro periodista con *periodos interminables,* que no aciertan a escribir artículos que se vendan, convienen en la manera indisputable de redactar un papel que llene con su fama sus gavetas, y en la importancia de los resultados que tal o cual

---

ballo. En la época romántica se da con gran profusión este tipo de obras a través de las conocidas *fisiologías,* género difundido en Francia y que encontró gran aceptación entre nosotros.

[21] León: Juan León (1788-1854), famoso torero de la época y maestro de Curro Cúchares.

[22] *Volapié:* Suerte que consiste en herir de corrida el espada al toro cuando éste se halla parado» *(DRAE).*

[23] *Pasatoro:* «Dícese de la manera de dar la estocada al pasar el toro, y no recibiéndolo ni a volapié» *(DRAE).*

[24] Larra publica, en *La Revista Española,* «Primera representación de *Parisina,* tragedia lírica en tres actos, del maestro Donizetti» (1 de septiembre de 1834) y «Representación de *La Straniera,* ópera en dos actos, de Bellini» (20 de septiembre de 1834). Tras afirmar que «la Tossi, Lalande, en *La Straniera,* estaban en su puesto y a su hora», elogia a otra cantante de ópera que no aparece en el artículo de Larra, pero de la que era ferviente admirador: la Grissi. De ella dirá que «es la expresión misma, es el amor desesperado, es el entusiasmo frenético del músico y del poeta».

artículo, tal o cual vindicación debe tener en el *mundo* que no los lee.

Y en todas partes muchos majaderos, que no entienden de nada, disputan de todo.

Todo lo veo, todo lo escucho, y apunto con mi sonrisa, propia de un pobre hombre, y con perdón de mi examinando: «El ilustrado público gusta de hablar de lo que no entiende.»

Salgo del café, recorro las calles, y no puedo menos de entrar en las hostelerías y otras casas públicas; un concurso crecido de parroquianos de domingo las alborota merendando o bebiendo, y las conmueve con su bulliciosa algazara; todas están llenas: en todas el Yepes y el Valdepeñas mueven las lenguas de la concurrencia, como el aire la veleta, y como el agua la piedra del molino; ya los densos vapores de Baco comienzan a subirse a la cabeza del público, que no se entiende a sí mismo. Casi voy a escribir en mi libro de memorias: «El respetable público se emborracha»; pero felizmente rómpese la punta de mi lápiz en tan mala coyuntura, y no siendo aquel lugar propio para afilarle, quédase *in pectore* [25] mi observación y mi habladuría.

Otra clase de gente entretanto mete ruido en los billares, y pasa las noches empujando las bolas, de lo cual no hablaré, porque éste es de todos los públicos el que me parece más tonto.

Ábrese el teatro, y a esta hora creo que voy a salir para siempre de dudas, y conocer de una vez al público por su indulgencia ponderada, su gusto ilustrado, sus fallos respetables. Ésta parece ser su casa, el templo donde emite sus oráculos sin apelación. Represéntase una comedia nueva; una parte del público la aplaude con furor: es sublime, divina; nada se ha hecho mejor de Moratín [26]

---

[25] *in pectore:* «para mis adentros».

[26] La actitud clara y objetiva de Larra la encontramos en sus artículos de crítica teatral, aplaudiendo tanto la comedia moratiniana como el drama romántico, siempre que el valor de las mismas las avale; por el contrario, si ambas tendencias están plagadas de infortu-

acá; otra la silba despiadadamente: es una porquería, es un sainete, nada se ha hecho peor desde Comella[27] hasta nuestro tiempo. Uno dice: «Está en prosa, y me gusta sólo por eso; las comedias son la imitación de la vida; deben escribirse en prosa.» Otro: «Está en prosa y la comedia debe escribirse en verso, porque no es más que una ficción para agradar a los sentidos; las comedias en prosa son cuentecitos caseros, y si muchos las escriben así, es porque no saben versificarlas.» Éste grita: «¿Dónde está el verso, la imaginación, la chispa de nuestros antiguos dramáticos? Todo eso es frío; moral insípida, lenguaje helado; el clasicismo es la muerte del *genio*.» Aquel clama: «¡Gracias a Dios que vemos comedias arregladas y morales! La imaginación de nuestros antiguos era desarreglada: ¿qué tenían? Escondidos, tapadas, enredos interminables y monótonos, cuchilladas, graciosos pesados, confusión de clases, de géneros; el romanticismo es la perdición del teatro: sólo puede ser hijo de una imaginación enferma y delirante.» Oído esto, vista esta discordancia de pareceres, ¿a qué me canso en nuevas indagaciones? Recuerdo que Latorre tiene un partido considerable, y que Luna[28], sin embargo, es también aplaudido sobre esas mismas tablas donde busco un gusto fijo: que en aquella misma escena los detractores de la Lalande arrojaron coronas a la Tossi, y que los apasionados de la

nios, Larra ni se declara moratiniano ni furibundo defensor de las corrientes dramáticas (véase, a este respecto, su artículo «Literatura»).

[27] Comella, Luciano Francisco (1751-1812), fecundo escritor que ensayaba todos los géneros dramáticos, calificando sus obras de tragedia, escena trágica, drama trágico, drama, drama heroico, comedia, comedia heroica, comedia musical y ópera. Escribió también para el género chico.
Moratín satirizó a este escritor de comedia heroica en su conocida obra *La comedia nueva o el café.*

[28] Latorre y Luna, famosos actores de la época de Larra. Los cita en varios de sus artículos de crítica teatral. Por ejemplo, con motivo del estreno de *La conjuración de Venecia,* afirma: «Latorre desempeñó con verdad el Rugiero», y en *La Mojigata,* aunque afirma que Luna exageró su papel, el conjunto de sus artículos es positivo hacia este actor.

Tossi despreciaron, destrozaron a la Lalande; y entonces ya renuncio a mis esperanzas. ¡Dios mío! ¿Dónde está ese público tan indulgente, tan ilustrado, tan imparcial, tan justo, tan respetable, eterno dispensador de la fama, de que tanto me han hablado; cuyo fallo es irrecusable, constante, dirigido por un buen gusto invariable, que no conoce más norma ni más leyes que las del sentido *común,* que tan pocos tienen? Sin duda el público no ha venido al teatro esta noche: acaso no concurre a los espectáculos.

Reúno mis notas, y más confuso que antes acerca del objeto de mis pesquisas, llego a informarme de personas más ilustradas que yo. Un autor silbado me dice, cuando le pregunto quién es el público: «Preguntadme más bien cuántos necios se necesitan para componer un público.» Un autor aplaudido me responde: «Es la reunión de personas ilustradas, que deciden en el teatro del mérito de las producciones literarias.»

Un escritor cuando le silban dice que el público no le silbó, sino que fue una intriga de sus enemigos, sus envidiosos, y éste ciertamente no es el público; pero si le critican los defectos de su comedia aplaudida, llama al público en su defensa; el público le ha aplaudido; el público no puede ser injusto; luego es buena su comedia.

Un periodista presume que el público está reducido a sus suscriptores, y en este caso no es grande el público de los periodistas españoles. Un abogado cree que el público se compone de sus clientes. A un médico se le figura que no hay más público que sus enfermos, y gracias a su ciencia este público se disminuye todos los días; y así de los demás; de modo que concluyo la noche sin que nadie me dé una razón exacta de lo que busco.

¿Será el público el que compra la *Galería fúnebre de espectros y sombras ensangrentadas* [29], y las poesías de

---

[29] *Galería fúnebre de espectros y sombras ensangrentadas, o sea el historiador trágico de las catástrofes del género humano; su autor, don Agustín Pérez Zaragoza y Godínez.* J. I. Ferreras, en su *Catálogo de novelas y novelistas españoles del siglo XIX,* Madrid, 1979, pá-

Salas [30], o el que deja en la librería las *Vidas de los españoles célebres* [31] y la traducción de la *Ilíada* [32] ¿El que se da de cachetes por coger billetes para oír a una cantatriz pinturera, o el que los revende? ¿El que en las épocas tumultuosas quema, asesina y arrastra, o el que en tiempos pacíficos sufre y adula?

Y esa opinión pública tan respetable, hija suya sin duda, ¿será acaso la misma que tantas veces suele estar en contradicción hasta con las leyes y con la justicia? ¿Será la que condena a vilipendio eterno al hombre juicioso que rehúsa salir al campo a verter su sangre por el capricho o la imprudencia de otro, que acaso vale menos que él? ¿Será la que en el teatro y en la sociedad se mofa de los acreedores en obsequio de los tramposos, y marca con oprobio la existencia y el nombre del marido que tiene la desgracia de tener una loca u otra cosa peor por mujer? ¿Será la que acata y ensalza al que roba mucho con los nombres de señor o de héroe, y sanciona la muerte infamante del que roba poco? ¿Será la que fija el crimen en la cantidad, la que pone el honor del hombre en el temperamento de su consorte, y la razón en la punta incierta de un hierro afilado?

¿En qué consiste, pues, que para granjear la opinión de ese público se quema las cejas toda su vida sobre su bufete el estudioso e infatigable escritor, y pasa sus días manoteando y gesticulando el actor incansable? ¿En qué consiste que se expone a la muerte por merecer sus elogios el militar arrojado? ¿En qué se fundan tantos sacrificios que se hacen por la fama que de él se espera? Sólo concibo, y me explico perfectamente, el trabajo, el estudio que se emplean en sacarle los cuartos.

---

gina 320, la define como «novela de terror o *negra* de clara influencia inglesa».

[30] Salas, Francisco Gregorio, poeta del XVIII, autor del *Observatorio rústico*.

[31] *Vida de los españoles célebres,* de Manuel José Quintana.

[32] Debe referirse a la traducción en verso que Gómez Hermosilla realizara de la *Ilíada,* en 1831.

Llega empero la hora de acostarse, y me retiro a coordinar mis notas del día; léolas de nuevo, reúno mis ideas, y de mis observaciones concluyo:

En primer lugar, que el público es el pretexto, el tapador de los fines particulares de cada uno. El escritor dice que emborrona papel, y saca el dinero al público por su bien y lleno de respeto hacia él. El médico cobra sus curas equivocadas, y el abogado sus pleitos perdidos por el bien del público. el juez sentencia *equivocadamente* al inocente por el bien del público. el sastre, el librero, el impresor, cortan, imprimen y roban por el mismo motivo; y, en fin, hasta el... Pero ¿a qué me canso? Yo mismo habré de confesar que escribo para el público, so pena de tener que confesar que escribo para mí.

Y en segundo lugar, concluyo: que no existe un público único, invariable, juez imparcial, como se pretende; que cada clase de la sociedad tiene su público particular, de cuyos rasgos y caracteres diversos y aun heterogéneos se compone la fisonomía monstruosa del que llamamos público; que éste es caprichoso, y casi siempre tan injusto y parcial como la mayor parte de los hombres que le componen; que es intolerante al mismo tiempo que sufrido, y rutinero al mismo tiempo que novelero, aunque parezcan dos paradojas; que prefiere sin razón, y se decide sin motivo fundado; que se deja llevar de impresiones pasajeras; que ama con idolatría sin *porqué,* y aborrece de muerte sin causa; que es maligno y mal pensado, y se recrea con la mordacidad; que por lo regular siente en masa y reunido de una manera muy distinta que cada uno de sus individuos en particular; que suele ser su favorita la medianía intrigante y *charlatana,* y objeto de su olvido o de su desprecio el mérito modesto; que olvida con facilidad e ingratitud los servicios más importantes, y premia con usura a quien le lisonjea y le engaña; y, por último, que con gran sinrazón queremos confundirle con la posteridad, que casi siempre revoca sus fallos interesados.

3

Carta a Andrés

escrita desde las batuecas por el pobrecito hablador [33]

(Artículo enteramente nuestro)

> Rómpanse las cadenas que embarazan los
> progresos; repruébense los estorbos, quítense los
> grillos que se han fabricado de los yerros de dos
> siglos...
>
> M. A. Gándara, *Apuntes sobre el*
> *bien y el mal de este país* [34]

De las Batuecas este año que corre.

Andrés mío:

Yo pobrecito de mí, yo Bachiller, yo batueco, y natural por consiguiente de este inculto país, cuya rusticidad pasa por proverbio de boca en boca, de región en región,

---

[33] Artículo publicado en *El Pobrecito Hablador,* el 11 de septiembre de 1832.

[34] El título exacto de esta obra es *Apuntes sobre el bien y el mal de España;* se publicó en el *Almacén de frutos literarios* en el año 1813. El *Almacén de frutos literarios* publicó, desde el año 1804 hasta el 1819, varios libros y revistas; la mayoría de ellas eran opúsculos morales, proverbios, estudios históricos y narraciones novelescas. Véase, a este respecto, J. I. Ferreras, *op. cit.,* pág. 36.

yo hablador, y careciendo de toda persona dotada de chispa de razón con quien poder dilucidar y ventilar las cuestiones que a mi embotado entendimiento se le ofrecen y le embarazan, y tú cortesano y discreto!!! ¡Qué de motivos, querido Andrés, para escribirte!

Ahí van, pues, esas mis incultas ideas, tales cuales son, mal o bien compaginadas, y derramándose a borbotones, como agua de cántaro mal tapado.

«¿No se lee en este país porque no se escribe, o no se escribe porque no se lee?»

Esa breve dudilla se me ofrece por hoy, y nada más.

Terrible y triste cosa me parece escribir lo que no ha de ser leído; empero más ardua empresa se me figura a mí, inocente que soy, leer lo que no se ha escrito.

¡Mal haya, amén, quien inventó el describir! Dale con la civilización, y vuelta con la ilustración. ¡Mal haya, amén, tanto achaque para emborronar papel!

A bien, Andrés mío, que aquí no pecamos de ese exceso. Y torna los ojos a mirar en derredor nuestro, y mira si no estamos en una balsa de aceite. ¡Oh feliz moderación! ¡Oh ingenios limpios los que nada tienen que enseñar! ¡Oh entendimientos claros los que nada tienen que aprender! ¡Oh felices aquellos, y mil veces felices, que o todo se lo saben ya, o todo se lo quieren ignorar todavía!

¡Maldito Gutenberg! ¿Qué genio maléfico te inspiró tu diabólica invención? ¿Pues imprimieron los egipcios y los asirios, ni los griegos ni los romanos? ¿Y no vivieron, y no dominaron?

¿Que eran más ignorantes, dices? ¿Cuántos murieron de esa enfermedad? ¿Qué remordimientos atormentaron la conciencia del *Omar* que destruyó la biblioteca de Alejandría? ¿Que eran más bárbaros, añades? Si crímenes, si crueldades padecían, crímenes y crueldades tienen diariamente lugar entre nosotros. Los hombres que no supieron, y los hombres que saben, todos son hombres, y lo que peor es, todos son hombres malos. Todos mienten, roban, falsean, perjuran, usurpan, matan y asesinan. Convencidos sin duda de esta importante verdad, puesto que los mismos hemos de ser, ni nos cansamos en leer, ni nos molestamos en escribir en este buen país en que vivimos.

¡Oh felicidad la de haber penetrado la inutilidad del aprender y del saber!

Mira aquel librero ricachón que cerca de tu casa tienes. Llégate a él y dile: «¿Por qué no emprende usted alguna obra de importancia? ¿Por qué no paga bien a los literatos para que le vendan sus manuscritos? —¡Ay, señor! te responderá. Ni hay literatos, ni manuscritos, ni quien los lea: no nos traen sino folletitos y novelicas de ciento al cuarto: luego tienen una vanidad, y se dejan pedir... No, señor, no. —Pero ¿no se vende? —¿Vender? Ni un libro: ni regalados los quiere nadie; llena tengo la casa... ¡Si fueran billetes para la ópera o los toros...!»

¿Ves pasar aquel autor escuálido de todos conocido? Dicen que es hombre de mérito. Anda y pregúntale: «¿Cuándo da usted a luz alguna cosita? Vamos... —¡Calle usted por Dios! te responderá furioso como si blasfemases; primero lo quemaría. No hay dos libreros hombres de bien. ¡Usureros! Mire usted: días atrás me ofrecieron una onza por la propiedad de una comedia extraordinariamente aplaudida; seiscientos reales por un Diccionario manual de Geografía, y por un Compendio de la Historia de España, en cuatros tomos, o mil reales de una vez, o que entraríamos a partir ganancias, después de haber hecho él las suyas, se entiende!!! No, señor, no. Si es en el teatro, cincuenta duros me dieron por una comedia que me costó dos años de trabajo, y que a la empresa le produjo doscientos mil reales en menos tiempo; y creyeron hacerme mucho favor. Ya ve usted que salía por real y medio diario. ¡Oh!, y eso después de muchas intrigas para que la *pasaran y representaran.* Desde entonces, ¿sabe usted lo que hago? Me he ajustado con un librero para traducir del francés al castellano las novelas de Walter Scott [35], que se escribieron original-

---

[35] Las traducciones e imitaciones de Walter Scott proliferaron, sobre todo, en la época de Larra. Es significativo que el mismo

mente en inglés, y algunas de Cooper[36], que hablan de
marina, y es materia que no entiendo palabra. Doce reales me viene a dar por pliego de imprenta, y el día que
no traduzco no como. También suelo traducir para el teatro la primer *piececilla* buena o mala que se me presenta, que lo mismo pagan y cuesta menos: no pongo mi
nombre, y ya se puede hundir el teatro a silbidos la
noche de la representación. ¿Qué quiere usted? En este
país no hay afición a esas cosas.»

   ¿Conoces a aquel señorito que gasta su caudal en tiros
y carruajes, que lo mismo baila una mazurca en un sarao
con su pantalón *colán*[37] y su *clac*[38], hoy en traje diplomático, mañana en polainas y con chambergo[39], y al otro
arrastrando sable, o en breve chupetín[40], calzón y faja?
Mil reales gasta al día, dos mil logra de renta; ni un solo
libro tiene, ni lo compra, ni lo quiere. Pues publica algún folleto, alguna comedia... Prevalido de ser quien es,
tendrá el descaro de enviarte un gran lacayo aforrado en
la magnífica librea, y te pedirá prestado para leerlo, a ti,
autor que de eso vives, un ejemplar que cuesta una peseta. Ni con eso se contenta: darálo a leer a todos sus amigos y conocidos, y por aquel ejemplar leerálo toda la corte, ni más ni menos que antes de descubrirse la impren-

_____

López Soler, en *Los bandos de Castilla,* dijera en su prólogo que la
finalidad de su novela era la de «dar a conocer el estilo de Walter
Scott y manifestar que la historia de España ofrece pasajes tan bellos
y propios para despertar la atención de los lectores como los de Esco-
cia e Inglaterra».

[36] Larra define a James Fenimore Cooper de la siguiente forma:
«autor del *Espía* y del *Bravo;* el rival vencedor a veces de Walter
Scott, en su última y deplorable novela titulada *The Monikins».* Véase
la crítica que Larra hace en su artículo «Panorama matritense. Cuadros
de costumbres de la capital observados y descritos por un Curioso
Parlante», *op. cit.,* págs. 177-178.

[37] *Pantalón colán:* galicismo, del francés *collant,* «ceñido».

[38] *Clac:* del francés *claque,* «sombrero de copa alta, que por medio
de muelles puede plegarse con el fin de llevarlo sin molestia en la
mano o debajo del brazo en saraos o tertulias» *(DRAE).*

[39] *Chambergo,* de Schomberg, el mariscal que introdujo la moda
en el uniforme.

[40] *Chupetín:* diminutivo de *chupeta,* «especie de justillo o ajustador
con faldillas pequeñas» *(DRAE).*

ta, y gracias si no te pide más para regalar. Pregúntale: «¿Por qué no se suscribe a los periódicos? ¿Por qué no compra libros, ni fiados siquiera? —¿Qué quiere usted que haga?, te replicará, ¿qué tengo de comprar? Aquí nadie sabe escribir; nada se escribe: todo eso es porquería.» Como si de coro[41] supiera cuántos libros buenos corren impresos.

Por allá cruza un periodista... Llámale, grítale: «¡Don Fulano! Ese periódico, hombre, mire usted que todos hablan de él de una manera... —¿Qué quiere usted?, te interrumpe; un redactor o dos tengo buenos, que no es del caso nombrar a usted ahora; pero los[42] pago poco, y así no es extraño que no hagan todo lo que saben: a otro le doy casa, otro me escribe por la comida... —¡Hombre! ¡Calle usted! —Sí, señor; oiga usted, y me dará la razón. En otro tiempo convoqué cuatro sabios, diles buenos sueldos; redactaban un periódico lleno de ciencia y de utilidad, el cual no pudo sostenerse medio año; ni un cristiano se suscribió; nadie le leía; puedo decir que fue un secreto que todo el mundo me guardó. Pues ahora con eso que usted ve estoy mejor que quiero, y sin costarme tanto. Todavía le diría a usted más... Pero... Desengáñese usted, aquí no se lee. —Nada tengo que replicar, le contestaría yo, sino que hace usted lo que debe, y llévese el diablo las ciencias y la cultura.»

Lucidos quedamos, Andrés. ¡Pobres batuecos! La mitad de las gentes no lee porque la otra mitad no escribe, y ésta no escribe porque aquélla no lee.

Y ya ves tú que por eso a los batuecos ni nos falta salud ni buen humor, prueba evidente de que entrambas cosas ninguna falta nos hacen para ser felices. Aquí pensamos como cierta señora, que viendo llorar a una su parienta porque no podía mantener a su hijo en un colegio, «Calla, tonta, le decía: mi hijo no ha estado en ningún

---

[41] *De coro:* del latín *cor,* «de memoria».
[42] El loísmo surge en algunas páginas de Larra. Defecto generalizado y que, en ocasiones, obedece a los mismos linotipistas de la época.

colegio, y a Dios gracias bien gordo se cría y bien robusto.»

Y para confirmación de esto mismo, un diálogo quiero referirte que con cuatro batuecos de éstos tuve no ha mucho, en que todos vinieron a contestarme en sustancia una misma cosa, concluyendo cada uno a su tono y como quiera:

—Aprenda usted la lengua del país —les decía—. Coja usted la gramática.

—La *parda* es la que yo necesito —me interrumpió el más desembarazado, con aire zumbón y de chulo, fruta del país—: lo mismo es decir las cosas de un modo que de otro.

—Escriba usted la lengua con corrección.

—¡Monadas! ¿Qué más dará escribir vino con *b* que con *v*? ¿Si pasará por eso de ser vino?

—Cultive usted el latín.

—Yo no he de ser cura, ni tengo de decir misa.

—El griego.

—¿Para qué, si nadie me lo ha de entender?

—Dése usted a las matemáticas.

—Ya sé sumar y restar, que es todo lo que puedo necesitar para ajustar mis cuentas.

—Aprenda usted física. Le enseñará a conocer los fenómenos de la Naturaleza.

—¿Quiere usted todavía más fenómenos que los que está uno viendo todos los días?

—Historia natural. La botánica le enseñará el conocimiento de las plantas.

—¿Tengo yo cara de herbolario? Las que son de comer, guisadas me las han de dar.

—La zoología le enseñará a conocer los animales y sus...

—¡Ay! ¡Si viera usted cuántos animales conozco ya!

—La mineralogía le enseñará el conocimiento de los metales, de los...

—Mientras no me enseñe dónde tengo de encontrar una mina, no hacemos nada.

—Estudie usted la geografía.

—Ande usted, que si el día de mañana tengo que hacer un viaje, dinero es lo que necesito, y no geografía; ya sabrá el postillón[43] el camino, que ésa es su obligación, y dónde está el pueblo a donde voy.

—Lenguas.

—No estudio para intérprete: si voy al extranjero, en llevando dinero ya me entenderán, que ésa es la lengua universal.

—Humanidades, bellas letras...

—¿Letras? de cambio: todo lo demás es broma.

—Siquiera un poco de retórica y poesía.

—Sí, sí, véngame usted con coplas; ¡para retórica estoy yo! Y si por las comedias lo dice usted, yo no las tengo de hacer: traduciditas del francés me las han de dar en el teatro.

—La historia.

—Demasiadas historias tengo yo en la cabeza.

—Sabrá usted lo que han hecho los hombres...

—¡Calle usted por Dios! ¿Quién le ha dicho a usted que cuentan las historias una sola palabra de verdad? ¡Es bueno que no sabe uno lo que pasa en casa..!

Y por último concluyeron:

—Mire usted —dijo el uno—, déjeme usted de quebraderos de cabeza; mayorazgo soy, y el saber es para los hombres que no tienen sobre qué caerse muertos.

—Mire usted —dijo otro—, mi tío es general, y ya tengo una charretera a los quince años; otra vendrá con el tiempo, y algo más, sin necesidad de quemarme las ce-

---

[43] *Postillón:* el postillón o mozo que va a caballo delante de los que corren la posta y, en general, todos los tipos que guían o conducen carruajes son estudiados detenidamente por los costumbristas. Recuérdense, entre otros, los artículos «El cochero» y «El calesero», de Cipriano Arias y Juan Martínez Villergas, respectivamente, que aparecieron en 1843 en *Los españoles pintados por sí mismos,* o el de Calvo Rodríguez, «El tartanero», en *Los valencianos pintados por sí mismos.* El mismo Mesonero Romanos dedica no pocas páginas a todos estos tipos y carruajes de la época. Larra, inclusive, en su artículo «La diligencia», abordará estos aspectos desde una perspectiva crítica más que descriptiva.

jas; para llevar el chafarote [44] al lado y lucir la casaca no se necesita mucha ciencia.

—Mire usted —dijo el tercero—, en mi familia nadie ha estudiado, porque las gentes de la sangre azul no han de ser médicos ni abogados, ni han de trabajar como la canalla... Si me quiere usted decir que don *Fulano* se granjeó un grande empleo por su ciencia y su saber, ¡buen provecho! ¿Quién será él cuando ha estudiado? Yo no quiero degradarme.

—Mire usted —concluyó el último—, verdad es que yo no tengo grandes riquezas, pero tengo tal cual letra; ya he logrado *meter la cabeza* en rentas por empeños de mi madre; un amigo nunca me ha de faltar, ni un empleíllo de mala muerte; y para ser oficinista no es preciso ser ningún catedrático de Alcalá ni de Salamanca.

Bendito sea Dios, Andrés, bendito sea Dios, que se ha servido con su alta misericordia aclararnos un poco las ideas en esté particular. De estas poderosas razones trae su origen el no estudiar, del no estudiar nace el no saber, y del no saber es secuela indispensable ese hastío y ese tedio que a los libros tenemos, que tanto redunda en honra y provecho, y sobre todo en descanso de la patria.

—¿Pues no da lástima —me decía otro batueco días atrás— ver la confusión de papeles que se cruzan y se atropellan por todas partes en esos países cultos que se llaman? ¡Válgame Dios! ¡Qué flujo de hablar y qué caos de palabras, y qué plaga de papeles, y qué turbión de libros, que ni el entendimiento barrunta cómo hay plumas que los escriban, ni números que los cuenten, ni oficinas que los impriman, ni paciencia que los lea! ¿Y con aquello se han de mantener un sinnúmero de hombres, sin más oficio ni beneficio que el de literatos? Y dale con las ciencias y dale con las artes, y vuelta con los adelantos y torna con los descubrimientos. ¡Oh siglo gárrulo y lenguaraz! ¡Mire usted qué mina han descubierto!

¡Qué de ventajas, Andrés, llevamos en esto a los de-

---

[44] *Chafarote:* aumentativo del árabe *safra* o *sifra*. Es un sable o espada que suele ser corvo hacia la punta.

más! Muérense miserables aquí los autores malos, y digo malos, porque buenos no los hay[45]; y lo que es mejor, lo mismo se han muerto los buenos, cuando los ha habido, y volverán a morirse cuando los vuelva a haber; ni aquí se enriquecen los ingenios pobres con la lectura de los discretos ricos, ni tienen aquí más vanidad fundada que la que siempre traen en el estómago, pues por no hacerlos orgullosos nadie los alaba, ni les da que comer. ¡Oh idea cristiana! Ni aquí prospera nadie con las letras, ni se cruzan los libros y periódicos en continua batalla; aquí las comedias buenas no se representan sino muy de tarde en tarde, sin otra razón que porque no las hay a menudo, y las malas ni se silban ni se pagan, por miedo de que se lleguen a hacer buenas todos los días. Aquí somos tan bien criados, y tanto gustamos de ejercer la hospitalidad, que vaciamos el oro de nuestros bolsillos para los extranjeros. ¡Oh desinterés! Aquí se trata mal a los actores medianos, y *peor a los mejores* por no ensoberbecerlos. ¡Oh deseo de humildad! No se les da siquiera pre-

---

[45] «No comprendemos en estas proposiciones generales, *tal cual joven aplicado, tal cual poeta original, tal cual hombre de nota,* que se esfuerzan por salir del común oprobio que nos alcanza, descollando entre el general abatimiento, y luciendo como menuda luciérnaga entre las tinieblas de oscura noche. ¿Qué significan estas contadas excepciones? Por mucho favor que les haga tal conducta, y por muchos elogios que merezca, no basta ese número tan corto para destruir la triste verdad general, que de medio a medio nos coge y nos abruma.

Ni menos tratamos de olvidar en nuestros folletos los elogios y agradecimiento que merece de nuestra parte el ilustrado Gobierno que nos rige, y que tanto impulso da al adelanto de la prosperidad y de la ilustración; antes bien clara se manifiesta nuestra intención de cooperar a su misma benéfica idea con nuestros débiles conatos. ¿Pero acaso puede enderezarse en un día el vicio de tantos años y aun siglos?, ¿puede ser dado a la penetración, ni a la fuerza del mejor Gobierno, romper tan pronto, ni desvanecer del todo tantos obstáculos como oponen la educación descuidada, las ideas viciadas, y un sinnúmero, en fin, de circunstancias que no son de nuestra inspección, y que gravitan en nuestro mal? luengos remedios necesitarán acaso tan largos males. Esperemos que algún día hemos de ver triunfar sus esfuerzos y cooperaremos todos en el ínterin con los nuestros» *(Nota del autor).*

cio por no ahitarlos. ¡Oh caridad! Y a la par se exige de
ellos que sean buenos. ¡Oh indulgencia! No es aquí, en
fin, profesión el escribir, ni afición el leer; ambas cosas
son pasatiempo de gente vaga y mal entretenida: que no
puede ser hombre de provecho quien no es por lo menos
tonto y mayorazgo.

¡Oh tiempo y edad venturosa! No paséis nunca, ni tengan nunca las letras más amaparo[46], ni se hagan jamás
comedias, ni se impriman papeles, ni libros se publiquen, ni lea nadie, ni escriba desde que salga de la escuela.

Que si me dices, Andrés, que se escribe y se lee, por
los muchos carteles que por todas partes ves, diréte que
me saques tres libros buenos del país y del día, y de lo
demás no hagas caso, que no es más ni mejor el agua de
una cascada por mucho estruendo que meta, ni eso es
otra cosa que el espantoso ruido de los famosos batanes
del hidalgo manchego; después de visto, un poco de agua
sucia; ni escribe, en fin, todavía quien sólo escribe pa-
lotes.

Así que, cuando la anterior proposición senté, no
quise decir que no se escribiese, sino que no se escribía
bien, ni que no fuese el de emborronar papel el pecado
del día, pecado que no quiera Dios perdonarle nunca; ni
quiero yo negar la triste verdad de que no hay día que algún libro malo no se publique, antes lo confieso, y de
ello y de ellos me pesa y tengo verdadero dolor, como si
los compusiera yo. Pero todo ese atarugamiento y prisa
de libros, reducido está, como sabemos, a un centón de
novelitas fúnebres y melancólicas, y de ninguna manera
arguye la existencia de una literatura nacional, que no
puede suponerse siquiera donde la mayor parte de lo que

---

[46] «Reproducimos las ideas de nuestra nota número 1 (se refiere a
la anterior). Algún excelentísimo señor pudiéramos nombrar amigo de
las letras y de las artes y mecenas de literatos y artistas, y de buena
gana le nombraríamos a no temer ofensas de su modestia; empero si
bien esto basta a probar que hay algún protector, no así convence de
que haya protección. Demos a Dios lo que es de Dios y al César lo
que es del César.» *(Nota del autor.)*

se publica, sino el todo, es traducido, y no escribe el que sólo traduce, bien como no dibuja quien estarce[47] y pasa el dibujo ajeno a otro papel al trasluz de un cristal. Lo cual es tan verdad, que no me dejaría mentir ni decir cosa en contrario todo ese enjambre de autorzuelos, a quienes pudiéramos aplicar los tercetos del rey de Artieda:

> Como las gotas que en verano llueven,
> Con el ardor del sol, dando en el suelo,
> Se convierten en ranas y se mueven:
> Con el calor del gran señor de Delo
> Se levantan del polvo poetillas
> Con tanta habilidad, que es un consuelo.

Y más que me cuentes entre ellos, y por tanto me reconvengas, pues si me preguntas por qué me entremeto yo también en embadurnar papel, sin saber más que otros, te recordaré aquello de «donde quiera que fueren, haz lo que vieres». Así, si fuese a país de cojos, pierna de palo me pondría; y ya que en país de autorcillos y traductores he nacido y vivo, autorcillo y traductor quiero y debo, y no puedo menos de ser, pues ni es justo singularizarme, y que me señalen con el dedo por las calles, ni depende además del libre albedrío de cada uno el no contagiarse en una epidemia general. Ni a nadie hagas cargos tampoco por lo de traductor, pues es forzoso que se eche muletas para ayudarse a andar quien nace sin pies, o los trae trabados desde el nacer.

Y si me añades que no puede ser de ventaja alguna el ir atrasado con respecto a los demás, te diré que lo que no se conoce no se desea ni echa menos; así suele el que va atrasado creer que va adelantado, que tal es el orgullo de los hombres, que nos pone a todos una venda en los ojos para que no veamos ni sepamos por dónde vamos, y te citaré a este propósito el caso de una buena vieja que

---

[47] *Estarce:* «traspasar el dibujo ya picado a otra parte, estregando sobre él una mazorquilla de carbón molido» *(Dicc. de Autoridades).*

un pueblo, que no quiero nombrarte, ha de vivir todavía, la cual vieja era de estas muy leídas de los lugares; estaba suscrita a la *Gaceta,* y la había de leer siempre desde la Real orden hasta el último partido vacante, de seguido, y sin pasar nunca a otra sin haber primero dado fin de la anterior. Y es el caso que vivía y leía la vieja (al uso del país) tan despacio y con tal sorna, que habiéndose ido atrasando en la lectura, se hallaba el año 29, que fue cuando yo la conocí, en las *Gacetas* del año 23, y nada más; hube de ir un día a visitarla, y preguntándola qué nuevas tenía, al entrar en su cuarto, no pudo dejarme concluir; antes arrojándose en mis brazos con el mayor alborozo y soltando la *Gaceta* que en la mano a la sazón tenía: «¡Ay, señor de mi alma!, me gritaba con voz mal articulada y ahogada en lágrimas y sollozos, hijos de su contento, ¡ay señor de mi alma! ¡Bendito sea Dios, que ya vienen los franceses, y que dentro de poco nos han de quitar esa pícara Constitución, que no es más que un desorden y una anarquía!». Y saltaba de gozo, y dábase palmadas repetidas; esto en el año 29, que me dejó pasmado de ver cuán de ilusión vivimos en este mundo, y que tanto da ir atrasado como adelantado, siempre que nada veamos, ni queramos ver por delante de nosotros.

Más te dijera, Andrés, en el particular, si más voluntad tuviese yo de meterme en mayores honduras; empero sólo me limitaré a decirte para concluir que no sabemos lo que tenemos con nuestra feliz ignorancia, porque el vano deseo de saber induce a los hombres a la soberbia, que es uno de los siete pecados mortales, por el plano resbaladizo de nuestro amor propio; de este feo pecado nació, como sabes, en otros tiempos la ruina de Babel, con el castigo de los hombres y la confusión de las lenguas, y la caída asimismo de aquellos fieros titanes, gigantazos descomunales, que por igual soberbia escalaron también el cielo, sea esto dicho para confundir la Historia Sagrada con la profana, que es otra ventaja de que gozamos los ignorantes, que todo lo hacemos igual.

De que podrás inferir, Andrés, cuán dañoso es el saber, y qué verdad es todo cuanto arriba te llevo dicho acerca de las ventajas que en ésta como en otras cosas a los demás hombres llevamos los batuecos, y cuánto debe regocijarnos la proposición cierta de que:

«En este país no se lee porque no se escribe, y no se escribe porque no se lee»;

que quiere decir en conclusión que aquí ni se lee ni se escribe; y cuánto tenemos por fin que agradecer al cielo, que por tan raro y desusado camino nos guía a nuestro bien y eterno descanso, el cual deseo para todos los habitantes de este incultísimo país de las Batuecas, en que tuvimos la dicha de nacer, donde tenemos la gloria de vivir, y en el cual tendremos la paciencia de morir. Adiós, Andrés.

Tu amigo, el *Bachiller*.

4

Empeños y desempeños [48]

(Artículo parecido a otros) [49]

Pierde, pordiosea
El noble, engaña, empeña, malbarata,
Quiebra y perece, y el logrero goza
Los pingües patrimonios...

JOVELLANOS.

En prensa tenía yo mi imaginación no ha muchas mañanas [50], buscando un tema nuevo sobre que dejar correr libremente mi atrevida sin hueso, que ya me pedía conversación, y acaso nunca lo hubiera encontrado a no ser por la casualidad que contaré; y digo que no lo hu-

---

[48] Se publicó en *El Pobrecito Hablador* el 26 de spetiembre de 1832.

[49] Actitud reiterativa de Larra al confesar sus fuentes o semejanzas con otros artículos. En esta ocasión se refiere al artículo de Jouy titulado «La maison de pret», incluido en *L'Hermite de la Chaussée d'Antin*. Como afirma Montesinos, en *Costumbrismo y novela. Ensayo sobre el redescubrimiento de la realidad española*, Madrid, 1972, página 41, «Se diría que en un principio todos trabajan con el libro de Jouy sobre la mesa».

Larra, en «Revista del año 1834», en *Colección...*, t. II, página 183, nos dice: «La cosa segunda que vi fue que al hacer este sueño no había hecho más que un plagio imprudente a un escritor de más mérito que yo. Di las gracias a Jouy, me acabé de despertar, y me preparé a ver en el próximo y naciente 1835 una segunda edición de los errores de 1834.»

[50] Carnaval del año 1832.

biera encontrado, porque entre tantas apuntaciones y notas como en mi pupitre tengo hacinadas, acaso dos solas contendrán cosas que se puedan decir, o que no deban por ahora dejarse de decir[51].

Tengo un sobrino, y vamos adelante, que esto nada tiene de particular. Este tal sobrino es un mancebo que ha recibido una educación de las más escogidas que en este nuestro siglo se suelen dar; es decir esto que sabe leer, aunque no en todos los libros, y escribir, si bien no cosas dignas de ser leídas; contar no es cosa mayor, porque descuida el cuento de sus cuentas en sus acreedores, que mejor que él se las saben llevar; baila como discípulo de Veluci[52]; canta lo que basta para hacerse de rogar y no estar nunca en voz; monta a caballo como un centauro, y da gozo ver con qué soltura y desembarazo atropella por esas calles de Madrid a sus amigos y conocidos; de ciencias y artes ignora lo suficiente para poder hablar de todo con maestría. En materia de bella literatura y de teatro no se hable, porque está abonado, y si no entiende la comedia, para eso la paga, y aun la suele silbar; de este modo da a entender que ha visto cosas mejores en otros países, porque ha viajado por el extranjero a fuer de bien criado. Habla un[53] poco de francés y de italiano siempre que había de hablar español, y español no lo habla, sino lo maltrata; a eso dice que la lengua española es la suya, y que puede hacer con ella lo que más le viniere en voluntad. Por supuesto que no cree en Dios, porque quiere pasar por hombre de luces; pero en cambio cree en chalanes y en mozas, en amigos y en rufianes. Se me olvidaba: no hablemos de su pundonor, porque éste es tal que por la menor bagatela, sobre si lo miraron, sobre si no lo miraron, pone una estocada en el corazón de su mejor amigo con la más singular gracia y desenvoltura que en esgrimidor alguno se ha conocido.

---

51 En la primera versión, *que no deban dejarse por ahora de decir.*

52 La grafía de este famoso maestro de baile era no poco dispar en las reseñas periodísticas de la época. Indistintamente, se escribía Belluzi, Velucci o Veluci.

53 En la versión inicial, *su poco de francés.*

Con esta exquisita crianza, pues, y vestirse de vez en cuando de majo, traje que lleva consigo el *¿qué se me da a mí?* y el *¡aquí estoy yo!* ya se deja conocer que es uno de los gerifaltes que más lugar ocupan en la corte, y que constituye uno de los adornos de la sociedad de *buen tono* de esta capital de qué sé yo cuántos mundos.

Éste es mi pariente, y bien sé yo que si su padre le viera había de estar tan embobado con su hijo como lo estoy yo con mi sobrino, por tanta buena cualidad como en él se ha llegado a reunir. Conoce mi Joaquín esta mi fragilidad y aun suele prevalerse de ella.

Las ocho serían y vestíame yo, cuando entra mi criado y me anuncia a mi sobrino.

—¿Mi sobrino? Pues debe de ser la una.

—No, señor, son las ocho no más.

Abro los ojos asombrado y me encuentro a mi elegante de pie, vestido y en mi casa a las ocho de la mañana.

—Joaquín, ¿tú a estas horas?

—¡Querido tío, [muy] buenos días!

—¿Vas de viaje?

—No, señor.

—¿Qué madrugón [54] es éste?

—¿Yo madrugar, tío? Todavía no me he acostado.

—Vengo de casa de la marquesita del Peñol: hasta ahora ha durado el baile. Francisco se ha ido a casa con los seis dominós [55] que he llevado esta noche para mudarme.

—¿Seis no más?

—No más.

—No se me hacen muchos.

—Tenía que engañar a seis personas.

—¿Engañar? Mal hecho.

—Querido tío, usted es muy antiguo.

—Gracias, sobrino: adelante.

—Tío mío, tengo que pedirle a usted un gran favor.

---

[54] En la primera versión, *madrugar*.

[55] *Dominós:* del francés *domino.* «Traje talar con capucha, que ya sólo tiene uso en las funciones de máscara» *(DRAE).*

—¿Seré yo la séptima persona?

—¡Querido tío!; ya me he quitado la máscara.

—Di el favor—, y eché mano de la llave de mi gaveta.

—En el día no hay rentas que basten para nada; tanto baile, tanto... en una palabra, tengo un compromiso. ¿Se acuerda usted de la repetición[56] Breguet que me vio usted días pasados?

—Sí, que te había costado cinco mil reales.

—No era mía.

—¡Ah!

—El marqués de*** acababa de llegar de París; quería mandarla limpiar, y no conociendo a ningún relojero en Madrid le prometí enviársela al mío.

—Sigue.

—Pero mi suerte lo dispuso de otra manera; tenía yo aquel día un compromiso de honor; la baronesita y yo habíamos quedado en ir juntos a Chamartín a pasar un día; era imposible ir en su coche, es demasiado conocido...

—Adelante.

—Era indispensable tomar yo un coche, disponer una casa y una comida de campo... A la sazón me hallaba sin un cuarto; mi honor era lo primero; además[57], que andan las ocasiones por las nubes.

—Sigue.

—Empeñé la repetición de mi amigo.

—¡Por tu honor!

—Cierto.

—¡Bien entendido! ¿Y ahora?

—Hoy como con el marqués, le he dicho que la tengo en casa compuesta, y...

—Ya entiendo.

—Ya ve usted, tío..., esto pudiera producir un lance muy desagradable.

—¿Cuánto es?

---

[56] *Repetición:* del latín *repetitio,* «mecanismo que sirve en el reloj para que dé la hora siempre que se toca un muelle» *(DRAE).*

[57] En la versión primera, *además de.*

—Cien duros.

—¿Nada más? No se me hace mucho.

Era claro que la vida de mi sobrino, y su honor [sobre todo] se hallaban en inminente riesgo. ¿Qué podía hacer un tío tan cariñoso, tan amante de su sobrino, tan rico y sin hijos? Conté, pues, sus cien duros, es decir, los míos.

—Sobrino, vamos a la casa donde está empeñada la repetición.

—*Quand il vous plaira* [58] querido tío.

Llegamos al café, una de las lonjas de empeño [59], digámoslo así, y comencé a sospechar desde luego que esta aventura había de producirme un artículo de costumbres.

—Tío, aquí será preciso esperar.

—¿A quién?

—Al hombre que sabe la casa.

—¿No la sabes tú?

—No, señor: estos hombres no quieren nunca que se vaya con ellos.

—¿Y se les confían repeticiones de cinco mil reales?

—Es un honrado corredor que vive de este tráfico. Aquí está.

---

[58] *Quan il vous plaira:* «Cuando os plazca». Es frecuente en Larra y, en general, en todos los escritores costumbristas la utilización de ciertos préstamos. El francés, seguido del italiano, ocupa el primer puesto entre la gente que presumía de exquisitez y buen gusto. Con cierta insistencia los costumbristas no sólo atacaron esta manía, sino también los usos y costumbres que del país galo nos invadían. El término peyorativo de *gabacho* por «francés» es corriente entre los escritores del género costumbrista, que veían desaparecer las costumbres tradicionales con gran nostalgia (véase el caso de Mesonero o el de A. Flores, por ejemplo).

Aspecto, por otro lado, ya destacado suficientemente por la crítica (véanse, los trabajos de Lomba y Pedraja, Montesinos, Correa Calderón, J. L. Varela, Ucelay de Cal, Baquero Goyanes...) y sobre el que no vamos a insistir. Si acaso decir que muchos de estos escritores atacaron estos préstamos sin darse cuenta de que incurrían en ellos involuntariamente.

[59] En la versión primera existe una nota a pie de página: «Sin que nos dé su permiso la Academia no nos atrevemos a usar de la palabra nueva *bolsa:* otros son menos concienzudos.»

—¿Este es el honrado corredor?

Y entró un hombre como de unos cuarenta años, si es que se podía seguir la huella del tiempo en una cara como la debe de tener precisamente el judío errante, si vive todavía desde el tiempo de Jesucristo. Rostro acuchillado con varios chirlos y jirones tan bien avenidos y colocados de trecho en trecho, que más parecían nacidos en aquella cara, que efectos de encuentros desgraciados; mirar bizco, como de quien mira y no mira; barbas independientes, crecidas y que daban claros indicios de no tener con las navajas todo aquel trato y familiaridad que exige el aseo; ruin sombrero con oficios de quitaguas; capa de éstas que no tapan lo que llevan debajo, con muchas[60] cenefas de barro de Madrid; botas o zapatos, que esto no se conocía, con más lodo que cordobán[61]; [manos de cerdo], uñas de escribano, y una pierna, de dos que tenía, que por ser coja, en vez de sustentar la carga del cuerpo, le servía a éste de carga, y era de él sustentada, por donde del tal corredor se podía decir exactamente aquello de que *tripas llevan pies;* metal de voz además que a todos los ruidos desapacibles se asemejaba, y aire, en fin, misterioso y escudriñador[62].

—¿Está eso, señorito?

—Está; tío, déselo usted.

—Es inútil; yo no entrego mi dinero de esta suerte.

—Caballero, no hay cuidado.

—No lo habrá, ciertamente, porque no lo daré.

Aquí empezó una de votos y juramentos del honrado corredor, de quien tan injustamente se desconfiaba, y de

---

[60] En la versión inicial, *anchas.*

[61] *Cordobán* (de Córdoba, ciudad de fama en la preparación de estas pieles), «piel curtida de macho cabrío o de cabra» *(DRAE).*

[62] Caricatura de clara ascendencia quevedesca. Como diría Baquero Goyanes: «Las cosas, los hechos, los seres triviales, dejan de serlo para la mirada del escritor, atento y satírico. Un procedimiento muy utilizado con el que cargar de énfasis lo minúsculo, destrivializar lo trivial, es el de la caricatura, conseguida por deformación y abultamiento de rasgos, o bien por concentración, por acumulación de incidentes o pormenores», *Perspectivismo y Contraste (De Cadalso a Pérez de Ayala),* Madrid, 1963, pág. 37.

lamentaciones deprecatorias de mi sobrino, que veía escapársele de las manos su repetición por una etiqueta de esta especie; pero yo me mantuve firme, y le fue preciso ceder al hebreo mediante una honesta gratificación que con sus votos canjeamos.

En el camino, nuestro *cicerone*, más aplacado, sacó de la faltriquera un paquetillo, y mostrándomelo secretamente:

—Caballero —me dijo al oído—, cigarros habanos, cajetillas, cédulas de... y otras frioleras, por si usted gusta.

—Gracias, honrado corredor.

Llegamos por fin, a fuerza de apisonar con los pies calles y encrucijadas, a una casa y a un cuarto cuarto, que alguno hubiera llamado guardilla a haber vivido en él un poeta.

No podré explicar cuán mal se avenían a estar juntas unas con otras, y en aquel tan incongruente desván, las diversas prendas que de tan varias partes allí se habían venido a reunir. ¡Oh, si hablaran todos aquellos cautivos! El deslumbrante vestido de la belleza, ¿qué de cosas diría dentro de sus límites ocurridas? ¿Qué el collar, muchas veces importuno, con prisa desatado y arrojado con despecho? ¿Qué sería escuchar aquella sortija de diamantes, inseparable compañera de los hermosos dedos de marfil de su hermoso dueño? ¡Qué diálogo pudiera trabar aquella rica capa de [embozos de] chinchilla con aquel chal de cachemira! Desvié mi pensamiento de estas locuras, y parecióme bien que no hablasen. Admiréme sobremanera al reconocer en los dos prestamistas que dirigían toda aquella máquina a dos personas que mucho de las sociedades conocía, y de quien [63] nunca hubiera presumido que pelecharan [64] con [65] aquel comercio; avergonzáronse ellos algún tanto de

---

[63] *Quienes,* en la versión inicial.
[64] *Pelecharán:* de *pelechar,* intr. «cambiar de pluma las aves» *(DRAE).*
[65] En la primera impresión, *en.*

hallarse sorprendidos en tal ocupación, y fulminaron una mirada de éstas que llevan en sí [toda] una larga reconvención sobre el israelita que de aquella manera había comprometido su buen nombre, introduciendo profanos, no iniciados, en el santuario de sus misterios.

Hubo de entrar mi sobrino a la pieza inmediata, donde se debía buscar la repetición y contar el dinero: yo imaginé que aquél debía de ser lugar más a propósito todavía para aventuras que el mismo puerto Lápice[66]: calé el sombrero hasta las cejas, levanté el embozo hasta los ojos, púseme a lo oscuro, donde podía escuchar sin ser notado, y di a mi observación libre rienda que encaminase por do más le plugiese. Poco tiempo habría pasado en aquel recogimiento, cuando se abre la puerta y un joven vestido modestamente pregunta por el corredor.

—Pepe, te he esperado inútilmente; te he visto pasar, y he seguido tus huellas. Ya estoy aquí y sin un cuarto; no tengo recurso.

—Ya le he dicho a usted que por ropas es imposible.

—¡Un frac nuevo!, ¡una levita poco usada! ¿No ha de valer esto más de diez y seis duros que necesito?

—Mire usted, aquellos cofres, aquellos armarios están llenos de ropas de otros como usted; nadie parece a sacarlas, y nadie da por ellas el valor que se prestó.

—Mi ropa vale más de cincuenta duros: te juro que antes de ocho días vuelvo por ella.

—Eso mismo decía el dueño de aquel surtú[67] que ha pasado en aquella percha dos inviernos; y la que trajo aquel chal, que lleva aquí dos carnavales, y la...

—¡Pepe, te daré lo que quieras; mira: estoy comprometido; no me queda más recurso que tirarme un tiro!

Al llegar aquí el diálogo, eché mano de mi bolsillo, diciendo para mí: «No se tirará un tiro por diez y seis duros un joven de tan buen aspecto. ¿Quién sabe si no

---

[66] Puerto Lápice: alusión al *Quijote*. Véase el cap. VII de la primera parte.

[67] *Surtú:* «gabán». Galicismo que la lengua ha rechazado posteriormente.

habrá comido hoy su familia, si alguna desgracia...?»
Iba a llamarle, pero me previno Pepe diciendo[68]:

—¡Mal hecho!

—Tengo que ir esta noche sin falta a casa de la señora de W***, y estoy sin traje: he dado palabra de no faltar a una persona *respetable*. Tengo que buscar además un dominó para una *prima mía,* a quien he prometido acompañar.

Al oír esto solté insensiblemente mi bolsa en mi faltriquera, menos poseído ya de mi ardiente caridad.

—¡Es posible! Traiga usted una alhaja.

—Ni una me queda; tú lo sabes: tienes mi reloj, mis botones, mi cadena.

—¡Diez y seis duros!

—Mira, con ocho me contento.

—Yo no puedo hacer nada en eso; es mucho.

—Con cinco me contento, y firmaré los diez y seis, y te daré ahora mismo uno de gratificación.

—Ya sabe usted que yo deseo servirle, pero como no soy el dueño... ¿A ver el frac?

Respiró el joven, sonrióse el corredor; tomó el atribulado cinco duros, dio de ellos uno, y firmó diez y seis, contento con el buen negocio que había hecho.

—Dentro de tres días vuelvo por ello. Adiós. Hasta pasado mañana.

—Hasta el año que viene—. Y fuese cantando el especulador.

Retumbaban todavía en mis oídos las pisadas y *le fioriture*[69] del atolondrado, cuando se abre violentamente la puerta, y la señora de H...Z., y en persona, con los ojos encendidos y toda fuera de sí, se precipita en la habitación.

—¡Don Fernando!

A su voz salió uno de los prestamistas, caballero de no mala figura y de muy galantes modales.

—¡Señora!

---

[68] *Diciéndole,* en la primera versión.
[69] *Le fioriture,* italianismo, «filigrana, floreos».

—¿Me ha enviado usted esta esquela?

—Estoy sin un maravedí; mi amigo no la conoce a usted —es un hombre ordinario— y como hemos dado ya más de lo que valen los adornos [70] que tiene usted ahí...

—Pero ¿no sabe usted que tengo repartidos los billetes para el baile de esta noche? Es preciso darle, o me muero del sofoco.

—Yo, señora...

—Necesito indispensablemente mil reales, y retirar, siquiera hasta mañana, mi diadema de perlas y mis brazaletes para esta noche: en cambio vendrá una vajilla de plata y cuanto tengo en casa. Debo a los músicos tres noches de función; esta mañana me han dicho decididamente que no tocarán si no los pago. El catalán me ha enviado la cuenta de las velas, y que no enviará más mientras no le satisfaga [71].

—Si yo fuera solo...

—¿Reñiremos? ¿No sabe usted que esta noche el juego sólo puede producir...? [¿No lleva usted parte en la banca?] [72].

—¡Nos fue tan mal la otra noche!

—¿Quiere usted más billetes? No me han dejado más que [estos] seis. Envíe usted a casa por los efectos que he dicho.

—Yo conozco...; por mí...; pero aquí pueden oírnos; entre usted en ese gabinete.

Entráronse y se cerró la puerta tras ellos.

Siguióse a esta escena la de un jugador perdidoso que había perdido el último maravedí, y necesitaba armarse para volver a jugar; dejó un reloj, tomó diez, firmó quince, y se despidió diciendo: «Tengo corazonada; voy a sacar veinte onzas en media ora, y vuelvo por mi reloj.» Otro jugador ganancioso vino a sacar unas sortijas del

---

[70] En el primer texto, *aderezos*.

[71] En la versión inicial, *mientras no se la satisfaga*.

[72] Lomba y Pedraja, en *Artículos de costumbres,* Madrid, Clásicos Castellanos, 1971, pág. 56, añade al texto de la edición de 1835 la frase que va entre corchetes, a fin de que el diálogo tenga sentido.

tiempo de su prosperidad: algún empleado vino a tomar su mesada adelantada sobre su sueldo, pero descabalada de los crecidos intereses: algún necesitado verdadero se remedió, si es remedio comprar un duro con dos; y sólo mentaré en particular al criado de un personaje que vino por fin a rescatar ciertas alhajas que había más de tres años que cautivas en aquel Argel estaban. Habíanse vendido las alhajas, desconfiados ya los prestamistas de que nunca las pagaran, y porque los intereses estaban a punto de traspasar su valor. No quiero pintar la grita· y la zalagarda [73] que en aquella bendita casa se armó. Después de dos años de reclamaciones inútiles, hoy venían por las alhajas; ayer se habían vendido. Juró y blasfemó el criado y fuese, prometiendo poner el remedio de aquel atrevimiento en manos de quien más conviniese.

¿Es posible que se viva de esta manera? Pero ¿qué mucho, si el artesano ha de parecer artista, el artista empleado, el empleado título, el título grande, y el grande príncipe? ¿Cómo se puede vivir haciendo menos papel que el vecino? ¡Bien haya el lujo! ¡Bien haya la vanidad!

En esto salía ya del gabinete la bella convidadora: habíase secado el manantial de sus lágrimas.

—Adiós, y no falte usted a la noche —dijo misteriosamente una voz penetrante y agitada.

—Descuide usted; dentro de media hora enviaré a Pepe —respondió una voz ronca y mal segura. Bajó los ojos la belleza, compuso sus blondos cabellos, arregló su mantilla, y salió precipitadamente.

A poco salió mi sobrino, que después de darme las gracias, se empeñó tercamente en hacerme admitir un billete para el baile de la señora H...Z. Sonriente, nada dije a mi sobrino, ya que nada había oído, y asistí al baile. Los músicos tocaron, las luces ardieron. ¡Oh, elocuencia de la belleza! ¡Oh, utilidad de los usureros!

No quisiera acabar mi artículo sin advertir que

---

[73] *Zalagarda:* del antiguo francés *eschargarde,* y éste del franco *skara,* tropa, y *wahta,* guardia. «Alboroto repentino de gente ruin para espantar a los que están descuidados» *(DRAE).*

reconocí en el baile al famoso prestamista, y en los hombros de su mujer el chal magnífico que llevaba tres carnavales en el cautiverio; y dejó de asombrarme desde entonces el lujo que en ella tantas veces no había comprendido.

Retiréme temprano, que no le sientan bien a mis canas ver entrar a Febo en los bailes; acompañóme mi sobrino, que iba a otra concurrencia. Bajé del coche y nos despedimos. Parecióme no encontrar en su voz aquel mismo calor afectuoso, aquel interés con que por la mañana me dirigía la palabra. Un *adiós* bastante indiferente me recordó que aquel día había hecho un favor, y que el tal favor ya había pasado. Acaso había sido yo tan necio como loco mi sobrino. No era mucho, decía yo, que un joven los pidiera; ¡pero que los diera un viejo!

Para distraer estas melancólicas imaginaciones, que tan triste idea dan de la humanidad, abrí un libro de poesías, y acertó a ser en aquel punto en que dice Bartolomé de Argensola:

> De estos niños Madrid vive logrado.
> Y de viejos tan frágiles como ellos,
> Porque en la misma escuela se han criado.

5

El casarse pronto y mal

(Artículo del Bachiller) [74]

[Habrá observado el lector, si es que nos ha leído, que ni seguimos método, ni observamos orden, ni hacemos sino saltar de una materia en otra, como aquel que no entiende ninguna, cuándo en mala prosa, cuándo en versos duros, ya denunciando a la pública indignación necios y viciosos, ya afectando conocimiento del mundo en aplicaciones generales frías e insípidas. Efectivamente, tal es nuestro plan, en parte hijo de nuestro conocimiento del público, en parte hijo de nuestra nulidad.

—No tienen más defecto esos cuadernos —nos decía días pasados un hombre pacato [75]— que esa audacia incomprensible, ese atrevimiento cínico con que usted descarga su maza sobre las cosas más sagradas. Yo soy hombre moderado, y no me gusta que se ofenda a nadie. Las sátiras han de ser generales, y esa malignidad no puede ser hija sino de una alma más negra que la tinta con que escribe.

—Déme usted un abrazo —exclamaba otro de esos que por no haberse purificado lo ven todo con ojos de indignación—; así me gusta: esa energía nos sacará de

_____

[74] Artículo publicado en *El Pobrecito Hablador* el 30 de noviembre de 1832.

[75] *Pacato:* del latín *pacare.* «De condición nimiamente pacífica, tranquila y moderada» *(DRAE).*

nuestro letargo; duro en ellos. ¡Bribones!... Sólo una cosa me ha disgustado en sus números de usted; ese quinto número, en que ya empieza usted a adular.

—¿Yo adular? ¿Es adular decir la verdad?

—Cuando la verdad no es amarga, es una adulación manifiesta; corríjase usted de ese defecto, y nada de alabar, aunque sea una cosa buena, que ése no es el camino del bolsillo del público.

—Economice usted los versos —me dice otro—; pasó el siglo de la poesía y de las ilusiones: el público de las Batuecas no está ahora para versos. Prosa, mordaz y nada más.

—¡Qué buena idea —me dice otro— esa de las satirillas en tercetos! ¿Y seguirán? Es preciso resucitar el gusto a la poesía: al fin, siempre gustan más las cosas mientras mejor dichas están.

—¡Política —clama otro—; nada de ciencias ni artes! ¡En un país tan instruido como éste, es llevar agua al mar!

—¡Literatura —grita aquél—; renazca nuestro Siglo de Oro! Abogue usted siempre por el teatro, que ése es asunto de la mayor importancia,

—Déjese usted de artículos de teatros —responde un comerciante—. ¿Qué nos importa a los batuecos que anden rotos los poetas, y que se traduzca o no? ¡Cambios, y bolsa, y vales y créditos, y bienes N...[76], y empréstitos!

¡Dios mío! Dé usted gusto a toda esta gente, y escriba usted para todos. Escriba usted un artículo jovial y lleno de gracia y mordacidad contra los que mandan, en el mismo día en que sólo agradecimiento les puede uno profesar. Escriba usted un artículo misantrópico cuando acaban de darle un empleo. ¿Hay cosa entonces que vaya mal? ¿Hay mandón que le parezca a uno injusto, ni cosa que no esté en su lugar, ni nación mejor gobernada que aquella en que tiene uno un empleo? Escriba usted un

---

[76] *Bienes N...:* alusión a los *bienes nacionales,* producto de la desamortización de Mendizábal y que el mismo Larra trató en su artículo «El ministerio de Mendizábal».

artículo gratulatorio para agradecer a los vencedores el día en que se paró el carro de sus esperanzas, y en que echaron su memorial debajo de la mesa. ¿Hay anarquía como la de aquel país en que está uno cesante[77]? Apelamos a la conciencia de los que en tales casos se hayan hallado. Que den diez mil duros de sueldo a aquel frenético que me decía ayer que todas las cosas iban al revés, y que mi patriotismo me ponía en la precisión de hablar claro: verémosle clamar que ya se pusieron las cosas al derecho, y que ya da todo más esperanzas. ¿Se mudó el corazón humano? ¿Se mudaron las cosas? ¿Ya no serán los hombres malos? ¿Ya será el mundo feliz? ¡Ilusiones! No, señor; ni se mudarán las cosas, ni dejarán los hombres de ser tontos, ni el mundo será feliz. Pero se mudó su sueldo, y nada hay más justo que el que se mude su opinión.

Nosotros, que creemos que el interés del hombre suele tener, por desgracia, alguna influencia en su modo de ver las cosas; nosotros, en fin, que no creemos en hipocresías de patriotismo, le excusamos en alguna manera, y juzgamos que *opinión* es, *moralmente,* sinónimo

---

[77] El cesante es uno de los tipos más estudiados por los costumbristas románticos. Recuérdese el tema de la cesantía en el artículo «El empleado», de Gil y Zárate, publicado en *Los españoles pintados por sí mismos,* o aquel Homobono Quiñones, protagonista del artículo de M. Romanos titulado «El cesante». El mismo A. Flores, en su *Ayer, hoy y mañana,* presenta en no pocos cuadros esta figura.

Si en todos estos autores el *cesante* aparece como tipo aislado, Galdós lo introducirá en su mundo novelesco dotado ya de vida propia. Recuérdese a Ramón Villamil, cesante crónico que aparece episódicamente en *Fortunata y Jacinta* con el apodo de Ramsés II; o don José Ido del Sagrario, novelista por entregas, cesante y pálido como un cirio que aparece en *El doctor Centeno, Tormento, Lo prohibido* y *Fortunata y Jacinta;* o aquel alto empleado que estuviera en Cuba, llamado Aguado, de *La incógnita* y *Realidad;* el mismo don Simón Babel, de *Ángel Guerra;* don Basilio Andrés de la Caña, auténtico personaje que conoce sucesivas cesantías en su trasiego novelesco de *El doctor Centeno, Fortunata y Jacinta, Miau* y *Ángel Guerra;* o los Cornelio Malibrán y Orsini, don Manuel José Ramón del Pez, Gonzalo Torres y Juan Pablo Rubín, conocedores todos del amargo pan de la cesantía.

de *situación*. Así que, respetando, como respetamos, a los que no participan de nuestro modo de pensar, daremos, para agradar a todos, en la carrera que hemos emprendido, artículos de todas clases, sin otra sujeción que la de ponernos siempre de parte de lo que nos parezca verdad y razón, en prosa y verso, fútiles o importantes, humildes o audaces, alegres y aun a veces tristes, según la influencia del momento en que escribamos; y basta de exordio: vamos al artículo de hoy, que será de costumbres, por más que confesemos también no tener para este género el buen talento del *Curioso Parlante*[78], ni la chispa de Jouy, ni el profundo conocimiento de Addison[79].]

Así como tengo aquel sobrino de quien he hablado en mi artículo de empeños y desempeños[80], tenía otro [también] no hace mucho tiempo, que en esto suele venir a parar el tener hermanos. Éste era hijo de una mi hermana, la cual había recibido aquella educación que se daba en España no hace ningún siglo: es decir, que en casa se rezaba diariamente el rosario, se leía la vida del santo, se

---

[78] *El Curioso Parlante,* seudónimo que corresponde a Mesonero Romanos. Existe un auténtico aluvión de seudónimos en el costumbrismo romántico que puede dificultar, a primera vista, la labor de identificación del autor, sobre todo si se trata de escritores de segunda fila que hoy desgraciadamente yacen en el olvido. Para la identificación es imprescindible el raro ejemplar de E. Hartzenbusch, *Unos cuantos seudónimos de escritores españoles con sus correspondientes nombres verdaderos,* Madrid, 1904. También puede consultarse el repertorio que J. I. Ferreras, *op cit.,* ofrece, al final de su detenido estudio. Véase también el trabajo de J. Sempere Congost, «El seudónimo en la literatura española», en *Estudios Literarios dedicados al profesor Mariano Baquero Goyanes,* Murcia, 1974, páginas 487-494.

[79] Addisson fundó, junto con Richard Steele, el diario *The Spectator* que, aunque sólo duró menos de un año y medio, sirvió de modelo a la prensa del XVIII. Su influencia en Clavijo y Fajardo es de sobra conocida y la admiración que sintieron Larra y Mesonero Romanos también queda patente en sus escritos.

[80] En la versión inicial, *aquel sobrino de quien hablé en mi cuarto número.*

oía misa todos los días, se trabajaba los de labor, se paseaba [solo] las tardes de los de guardar, se velaba hasta las diez, se estrenaba vestido el domingo de ramos [se cuidaba de que no anduviesen las niñas balconeando], y andaba siempre señor padre, que entonces no se llamaba *papá*, con la mano más besada que reliquia vieja, y registrando los rincones de la casa, temeroso de que las muchachas, ayudadas de su cuyo, hubiesen a las manos algún libro[81] de los prohibidos, ni menos aquellas novelas que, como solía decir, a pretexto de inclinar a la virtud, ensañan desnudo el vicio. No diremos que esta educación fuese mejor ni peor que la del día; sólo sabemos que vinieron los franceses, y como aquella buena o mala educación no estribaba en mi hermana en principios ciertos, sino en la rutina y en la opresión doméstica de aquellos terribles padres del siglo pasado, no fue necesaria mucha comunicación con algunos oficiales de la guardia imperial para echar de ver que si aquel modo de vivir era sencillo y arreglado, no era sin embargo el más divertido. ¿Qué motivo habrá, efectivamente, que nos persuada que debemos en esta corta vida pasarlo mal, pudiendo pasarlo mejor? Aficionóse mi hermana de las costumbres francesas, y ya no fue el pan pan, ni el vino vino; casóse, y siguiendo en la famosa jornada de Vitoria la suerte del tuerto Pepe Botellas[82], que tenía dos ojos muy hermosos y nunca bebía vino, emigró a Francia.

Excusado es decir que adoptó mi hermana las ideas del siglo; pero como esta segunda educación tenía tan

---

[81] En la primera versión, *temeroso de que la muchacha, ayudada de su cuyo, no hubiese nunca en las manos ningún...*

[82] Sobre la figura de José Bonaparte se escribieron no pocas invectivas. Parece ser que por utilizar monóculo y cerrar instintivamente el otro ojo las gentes de Madrid pensaron que era tuerto, inventando una copla alusiva: «Ya viene por la Ronda / José Primero / con un ojo postizo / y el otro huero»; o aquellas otras coplas que aluden a su fama de ebrio: «Pepe Botellas / baja al despacho... / No puedo ahora / que estoy borracho. / Pepe Botellas / no andas con tino / naturalmente / lo impide el vino»; «No quiere Pepe / ninguna bella / quiere acostarse / con la botella».

malos cimientos como la primera, y como quiera que esta débil humanidad nunca sepa detenerse en el justo medio, pasó del Año Cristiano a Pigault Lebrun[83], y se dejó de misas y devociones, sin saber más ahora porque las dejaba que antes porque las tenía. Dijo que el muchacho se había de educar como convenía; que podría leer sin orden ni método cuanto libro le viniese a las manos, y qué sé yo qué más cosas decía de la ignorancia y del fanatismo, de las luces y de la ilustración, añadiendo que la religión era un convenio social en que sólo los tontos entraban de buena fe, y del cual el muchacho no necesitaba para mantenerse bueno; que *padre* y *madre* eran cosa de brutos, y que a *papá* y *mamá* se les debía tratar de *tú,* porque no hay amistad que iguale a la que une a los padres con los hijos (salvo algunos secretos que guardarán siempre los segundos de los primeros, y algunos soplamocos que darán siempre los primeros a los segundos): verdades todas que respeto tanto o más que las del siglo pasado, porque cada siglo tiene sus verdades, como cada hombre tiene su cara.

No es necesario decir que el muchacho, que se llamaba Augusto, porque ya han caducado los nombres de nuestro calendario, salió despreocupado, puesto que la despreocupación es la primera preocupación de este siglo.

Leyó, hacinó, confundió; fue superficial, vano, presumido, orgulloso, terco, y no dejó de tomarse más rienda de la que se le había dado. Murió, no sé a qué propósito, mi cuñado, y Augusto regresó a España con mi hermana, toda aturdida de ver lo brutos que estamos por acá todavía los que no hemos tenido como ella la dicha de emigrar; y trayéndonos entre otras cosas noticias ciertas de cómo no había Dios, porque eso se sabe en Francia de muy buena tinta. Por supuesto que no tenía el muchacho quince años y ya galleaba en las sociedades, y citaba, y se metía en cuestiones, y era hablador y raciocinador como

---

[83] Pigault Lebrun, Charles (1753-1835), afamado escritor francés por su excesivo erotismo.

todo muchacho bien educado; y fue el caso que oía hablar todos los días de aventuras escandalosas, y de los amores de Fulanito con la Menganita, y le pareció en resumidas cuentas cosa precisa para hombrear, enamorarse.

Por su desgracia acertó a gustar a una joven, personita muy bien educada también, la cual es verdad que no sabía gobernar una casa, pero se embaulaba en el cuerpo en sus ratos perdidos, que eran para ella todos los días, una novela sentimental, con la más desatinada afición que en el mundo jamás se ha visto; tocaba su poco de piano y cantaba su poco de aria de vez en cuando, porque tenía una bonita voz de contralto. Hubo guiños y apretones desesperados de pies y manos, y varias epístolas recíprocamente copiadas de la Nueva Eloísa[84]; y no hay más que decir sino que a los cuatro días se veían los dos inocentes por la ventanilla de la puerta y escurrían su correspondencia por las rendijas, sobornaban con el mejor fin del mundo a los criados, y por último, un su amigo, que debía de quererle muy mal, presentó al señorito en la casa. Para colmo de desgracia, él y ella, que habían dado principio a sus amores porque no se dijese que vivían sin su trapillo, se llegaron a imaginar primero, y a creer después a pies juntillas, como se suele muy mal decir, que estaban verdadera y terriblemente enamorados. ¡Fatal credulidad! Los parientes, que previeron en qué podía venir a parar aquella inocente afición ya conocida, pusieron de su parte todos los esfuerzos para cortar el mal, pero ya era tarde. Mi hermana, en medio de su despreocupación y de sus luces, nunca había podido desprenderse del todo de cierta afición a sus ejecutorias y blasones, porque hay que advertir dos cosas: 1.ª Que hay despreocupados por este estilo; y 2.ª Que somos nobles, lo que equivale a decir que desde la más remota antigüedad nuestros abuelos no han trabajado para comer. Conservaba mi hermana este apego a la nobleza, aunque no conservaba bienes; y ésta es una de las razo-

---

[84] Alusión a la obra de Juan Jacobo Rousseau.

nes porque estaba mi sobrinito destinado a morirse de hambre si no se le hacía meter la cabeza en alguna parte, porque eso de que hubiera aprendido un oficio, ¡oh!, ¿qué hubieran dicho los parientes y la nación entera? Averiguóse, pues, que no tenía la niña [85] un origen tan preclaro, ni más dote que su instrucción novelesca y sus *duettos* [86], fincas que no bastan para sostener el boato de unas personas de su clase. Averiguó también la parte contraria que el niño no tenía empleo, y dándosele un bledo de su nobleza, hubo aquello de decirle:

—Caballerito, ¿con qué objeto entra usted en mi casa?

—Quiero a Elenita —respondió mi sobrino.

—¿Y con qué fin, caballerito?

—Para casarme con ella.

—Pero no tiene usted empleo ni carrera...

—Eso es cuenta mía [87].

—Sus padres de usted no consentirán...

—Sí, señor; usted no conoce a mis papás.

—Perfectamente; mi hija será de usted en cuanto me traiga una prueba de que puede mantenerla, y el permiso de sus padres; pero en el ínterin, si usted la quiere tanto, excuse por su mismo decoro sus visitas...

—Entiendo.

—Me alegro, caballerito.

Y quedó nuestro Orlando hecho una estatua, pero bien decidido a romper por todos los inconvenientes.

Bien quisiéramos que nuestra pluma, mejor cortada, se atreviese a trasladar al papel la escena de la niña con la mamá; pero diremos, en suma, que hubo prohibición

---

[85] En la versión inicial, *que la niña no tenía.*

[86] *Duettos,* italianismo, diminutivo de *dúo.* Se refiere a cancioncillas interpretadas por dos personas.

[87] Situación muy parecida a la que ofreciera Mesonero Romanos, en su artículo «El Romanticismo y los románticos», o al de A. Flores, «D. Liborio de Cepeda», aparecido en el periódico *El Laberinto,* vol. I, 247-251. En los tres escritores existe el problema de la dote y la consiguiente subsistencia; sin embargo, el desenlace es opuesto. Larra acaba con la vida de sus héroes, mientras que Mesonero Romanos y A. Flores le dan una tonalidad jocosa y hasta grotesca.

de salir y de asomarse al balcón, y de corresponder al mancebo; a todo lo cual la malva respondió con cuatro desvergüenzas acerca del libre albedrío y de la libertad de la hija para escoger marido, y no fueron bastantes a disuadirla las reflexiones acerca de la ninguna fortuna de su elegido: todo era para ella tiranía y envidia que los papás tenían de sus amores y de su felicidad; concluyendo que en los matrimonios era lo primero el amor, que en cuanto a comer, ni eso hacía falta a los enamorados, porque en ninguna novela se dice que coman las Amandas y los Mortimers, ni nunca les habían de faltar unas sopas de ajo.

Poco más o menos fue la escena de Augusto con mi hermana, porque aunque no sea legítima consecuencia, también concluía de que los padres no deben tiranizar a los hijos, que los hijos no deben obedecer a los padres: insistía en que era independiente; que en cuanto a haberle criado y educado, nada le debía, pues lo había hecho por una obligación imprescindible; y a lo del ser que le había dado, menos, pues no se lo había dado por él, sino por las razones que dice nuestro Cadalso, entre otras lindezas sutilísimas de este jaez.

Pero insistieron también los padres, y después de haber intentado infructuosamente varios medios de seducción y rapto, no dudó nuestro paladín, vista la obstinación de las familias, en recurrir al medio en boga de sacar a la niña por el vicario. Púsose el plan en ejecución, y a los quince días mi sobrino había reñido ya decididamente con su madre; había sido arrojado de su casa, privado de sus cortos alimentos, y Elena depositada en poder de una potencia neutral; pero se entiende, de esta especie de neutralidad que se usa en el día; de suerte que nuestra Angélica y Medoro se veían más cada día, y se amaban más cada noche. Por fin amaneció el día feliz; otorgóse la demanda; un amigo prestó a mi sobrino algún dinero[88], uniéronse con el lazo conyugal, estableció-

88 En la versión primera existe una nota a pie de página: «El *Bachiller* comete aquí un error crasísimo. Ignora que, según nuestras

ronse en su casa, y nunca hubo felicidad igual a la que aquellos buenos hijos disfrutaron mientras duraron los pesos duros del amigo.

Pero ¡oh, dolor!, pasó un mes y la niña no sabía más que acariciar a Medoro, cantarle una aria, ir al teatro y bailar una mazurca; y Medoro no sabía más que disputar. Ello sin embargo, el amor no alimenta, y era indispensable buscar recursos.

Mi sobrino salía de mañana a buscar dinero, cosa más difícil de encontrar de lo que parece, y la vergüenza de no poder llevar a su casa con qué dar de comer a su mujer, le detenía hasta la noche. Pasemos un velo sobre las escenas horribles de tan amarga posición. Mientras que Augusto pasa el día lejos de ella en sufrir humillaciones, la infeliz consorte gime luchando entre los celos y la rabia. Todavía se quieren; pero en casa donde no hay harina todo es mohína; las más inocentes expresiones se interpretan en la lengua del mal humor como ofensas mortales; el amor propio ofendido es el más seguro antídoto del amor, y las injurias acaban de apagar un resto de la antigua llama que amortiguada en ambos corazones ardía; se suceden unos a otros los reproches; y el infeliz Augusto insulta a la mujer que le ha sacrificado su familia y su suerte, echándole en cara aquella desobediencia a la cual no ha mucho tiempo él mismo la inducía; a los continuos reproches se sigue en fin el odio.

¡Oh, si hubiera quedado aquí el mal! Pero un resto de honor mal entendido que bulle en el pecho de mi sobrino, y que le impide prestarse para sustentar a su familia a ocupaciones groseras, no le impide precipitarse en el juego, y en todos los vicios y bajezas, en todos los peligros que son su consecuencia. Corramos de nuevo, corramos un velo sobre el cuadro a que dio la locura la primera pincelada, y apresurémonos a dar nosotros la última.

___

leyes, uno de los obstáculos de esta clase de matrimonios es la distancia y diferencia de clases. ¡Plegue al cielo que esto no sea más que una distracción!»

En este miserable estado pasan tres años, y ya tres hijos más rollizos que sus padres alborotan la casa con sus juegos infantiles. Ya el himeneo y las privaciones han roto la venda que ofuscaba la vista de los infelices: aquella amabilidad de Elena es coquetería a los ojos de su esposo; su noble orgullo, insufrible altanería; su garrulidad divertida y graciosa, locuacidad insolente y cáustica; sus ojos brillantes se han marchitado, sus encantos están ajados, su talle perdió sus esbeltas formas, y ahora conoce que sus pies son grandes y sus manos feas; ninguna amabilidad, pues, para ella, ninguna consideración. Augusto no es a los ojos de su esposa aquel hombre amable y seductor, flexible y condescendiente; es un holgazán, un hombre sin ninguna habilidad, sin talento alguno, celoso y soberbio, déspota y no marido... en fin, ¡cuánto más vale el amigo generoso de su esposo, que les presta dinero y les promete aún protección! ¡Qué movimiento en él! ¡Qué actividad! ¡Qué heroísmo! ¡Qué amabilidad! ¡Qué adivinar los pensamientos y prevenir los deseos! ¡Qué no permitir que ella trabaje en labores groseras! ¡Qué asiduidad y qué delicadeza en acompañarla los días enteros que Augusto la deja sola! ¡Qué interés, en fin, el que se toma cuando le descubre, por su bien, que su marido se distrae con otra...!

¡Oh poder de la calumnia y de la miseria! Aquella mujer que, si hubiera escogido un compañero que la hubiera podido sostener, hubiera sido acaso una Lucrecia, sucumbe por fin a la seducción y a la falaz esperanza de mejor suerte.

Una noche vuelve mi sobrino a su casa; sus hijos están solos.

—¿Y mi mujer? ¿Y sus ropas?

Corre a casa de su amigo. ¿No está en Madrid? ¡Cielos! ¡Qué rayo de luz! ¿Será posible? Vuelve a la policía, se informa. Una joven de tales y tales señas con un supuesto hermano han salido en la diligencia para Cádiz. Reúne mi sobrino sus pocos muebles, los vende, toma un asiento en el primer carruaje y hételе persiguiendo a los fugitivos. Pero le llevan mucha ventaja y no es posible alcanzarlos hasta el mismo Cádiz. Llega; son las diez de la noche; corre a la fonda que le indican, pregunta, sube precipitadamente la escalera, le señalan un cuarto cerrado por dentro; llama; la voz que le responde le es harto conocida y resuena en su corazón; redobla los golpes; una persona desnuda levanta el pestillo. Augusto ya no es un hombre, es un rayo que cae en la habitación; un chillido agudo le convence de que le han conocido; asesta una pistola, de dos que trae, al seno de su amigo, y el seductor cae revolcándose en su sangre; persigue a su miserable esposa, pero una ventana inmediata se abre y la adúltera, poseída del terror y de la culpa, se arroja, sin reflexionar, de una altura de más de sesenta varas[89]. El grito de la agonía le anuncia su última desgracia y la venganza más completa; sale precipitado del teatro del crimen, y encerrándose, antes de que le sorprendan, en su habitación, coge aceleradamente la pluma y apenas tiene tiempo para dictar a su madre la carta siguiente:

«Madre mía: Dentro de media hora no existiré; cuidad de mis hijos, y si queréis hacerlos verdaderamente despreocupados, empezad por instruirlos... Que aprendan en el ejemplo de su padre a respetar lo que es peligroso despreciar sin tener antes más sabiduría. Si no les podéis dar otra cosa mejor, no les quitéis una religión consoladora. Que aprendan a domar sus pasiones y a respetar a aquellos a quienes lo deben todo. Perdonadme mis faltas: harto castigado estoy con mi deshonra y mi crimen; harto cara pago mi falsa preocupación. Perdonadme las lágrimas que os hago derramar. Adiós para siempre.»

Acabada esta carta, se oyó otra detonación que resonó en toda la fonda, y la catástrofe que le sucedió me privó para siempre de un sobrino, que, con el más bello corazón, se ha hecho desgraciado a sí y a cuantos le rodean.

No hace dos horas que mi desgraciada hermana, después de haber leído aquella carta, y llamándome para

---

[89] Sesenta varas, equivalentes a unos cincuenta metros.

mostrármela, postrada en su lecho, y entregada al más funesto delirio, ha sido desahuciada por los médicos.

«Hijo..., despreocupación..., boda..., religión..., infeliz...», son las palabras que vagan errantes sobre sus labios moribundos. Y esta funesta impresión, que domina en mis sentidos tristemente, me ha impedido dar hoy a mis lectores otros artículos más joviales que para mejor ocasión les tengo reservados.

[Réstanos ahora saber si este artículo conviene a este país, y si el vulgo de lectores está en el caso de aprovecharse de esta triste anécdota. ¿Serán más bien las ideas contrarias a las funestas consecuencias que de este fatal acontecimiento se deducen las que deben propalarse? No lo sabemos. Sólo sabemos que muchos creen por desgracia que basta una ilustración superficial, cuatro chanzas de sociedad y una educación falsamente despreocupada para hacer feliz a una nación. Nosotros *declaramos* positivamente que nuestra intención al pintar los funestos efectos de la poca solidez de la instrucción de los jóvenes del día ha sido persuadir a todos los españoles que debemos tomar del extranjero lo bueno, y no lo malo, lo que está al alcance de nuestras fuerzas y costumbres, y no lo que les es superior todavía. Religión verdadera, bien entendida, virtudes, energía, amor al orden, aplicación a lo útil, y menos desprecio de muchas cualidades buenas que nos distinguen aun de otras naciones, son en el día las cosas que más nos pueden aprovechar. Hasta ahora, una masa que no es ciertamente la más numerosa, quiere marchar a la par de las más adelantadas de los países más civilizados; pero esta masa que marcha de esta manera no ha seguido los mismos pasos que sus maestros; sin robustez, sin aliento suficiente para poder seguir la marcha rápida de los países civilizados, se detiene hijadeando, y se atrasa continuamente; da de cuando en cuando una carrera para igualarse de nuevo, caminando a brincos como haría quien saltase con los pies trabados, y semejante a un mal taquígrafo, que no pudiendo seguir la viva voz, deja en el papel inmensas lagunas, y no alcanza ni escribe nunca más que la última palabra. Esta masa, que se llama despreocupada en nuestro país, no es, pues, más que el eco, la última palabra de Francia no más. Para esta clase hemos escrito nuestro artículo; hemos pintado los resultados de esta despreocupación superficial de querer tomar simplemente los efectos sin acordarse de que es preciso empezar por las causas; de intentar, en fin, subir la escalera a tramos: subámosla tranquilos, escalón por escalón, si queremos llegar arriba. «¡Que otros van a llegar antes!», nos gritarán. ¿Qué mucho les responderemos, si también echaron a andar antes? Dejadlos que lleguen; nosotros llegaremos después, pero llegaremos. Mas si nos rompemos en el salto la cabeza, ¿qué recurso nos quedará?

Deje, pues, esta masa la loca pretensión de ir a la par con quien tantas ventajas le lleva; empiécese por el principio: educación, instrucción. Sobre estas grandes y sólidas bases se ha de levantar el edificio. Marche esa otra masa, esa inmensa mayoría que se sentó hace tres siglos; deténgase para dirigirla la arrogante menoría, a quien engaña su corazón y sus grandes deseos, y entonces habrá alguna remota vislumbre de esperanza.

Entretanto, nuestra misión es bien peligrosa: los que pretenden marchar delante, y la echan de ilustrados, nos llamarán acaso del *orden del apagador,* a que nos gloriamos de no pertenecer, y los contrarios no estarán tampoco muy satisfechos de nosotros. Éstos son los inconvenientes que tiene que arrostrar quien piensa marchar igualmente distante de los dos extremos: allí está la razón, allí la verdad; pero allí el peligro. En fin, algún día haremos nuestra profesión de fe: en el entretanto quisiéramos que nos hubieran entendido. ¿Lo conseguiremos? Dios sea con nosotros; y si no lo lográsemos, prometemos escribir otro día para todos[90].]

---

[90] Tanto la parte inicial como la final, que va entre corchetes, la suprimió Larra en la edición *princeps,* pensando tal vez que las digresiones eran excesivas y pudiera perder agilidad el artículo. De todas formas, lo usual en el cuadro de costumbres era una introducción sobre el tema a tratar y unas conclusiones que intentaban moralizar al lector. Cuando se abusaba de esto, el artículo perdía todo interés.

6

El castellano viejo [91]

Ya en mi edad pocas veces gusto de alterar el orden
que en mi manera de vivir tengo hace tiempo establecido, y fundo esta repugnancia en que no he abandonado
mis lares ni un solo día para quebrantar mi sistema, sin
que haya sucedido el arrepentimiento más sincero al des-
vanecimiento de mis engañadas esperanzas. Un resto,
con todo eso, del antiguo ceremonial que en su trato
tenían adoptado nuestros padres, me obliga a aceptar a
veces ciertos convites a que parecería el negarse grosería,
o por lo menos ridícula afectación de delicadeza.

Andábame días pasados por esas calles a buscar materiales para mis artículos. Embebido en mis pensamientos, me sorprendí varias veces a mí mismo riendo como
un pobre hombre de mis propias ideas y moviendo maquinalmente los labios; algún tropezón me recordaba de
cuando en cuando que para andar por el empedrado de
Madrid no es la mejor circunstancia la de ser poeta ni fo-
lósofo; más de una sonrisa maligna, más de un gesto de
admiración de los que a mi lado pasaban, me hacía reflexionar que los soliloquios no se deben hacer en público; y no pocos encontrones que al volver las esquinas di
con quien tan distraída y rápidamente como yo las
doblaba, me hicieron conocer que los distraídos no

---

[91] Se publicó en *El Pobrecito Hablador* el 11 de diciembre de 1832.

entran en el número de los cuerpos elásticos, y mucho menos de los seres gloriosos e impasibles. En semejante situación de mi espíritu, ¿qué sensación no debería producirme una horrible palmada que una gran mano, pegada (a lo que por entonces entendí) a un grandísimo brazo[92], vino a descargar sobre uno de mis hombros[93], que por desgracia no tienen punto alguno de semejanza con los de Atlante?

[Una de esas interjecciones que una repentina sacudida suele, sin consultar el decoro, arrancar espontáneamente de una boca castellana, se atravesó entre mis dientes, y hubiérale echado redondo a haber estado esto en mis costumbres, y a no haber reflexionado que semejantes maneras de anunciarse, en sí algo exageradas, suelen ser las inocentes muestras de afecto o franqueza de este país de *exabruptos*.]

No queriendo dar a entender que desconocía este enérgico modo de anunciarse, ni desairar el agasajo de quien sin duda había creído hacérmele más que mediano, dejándome torcido para todo el día, traté sólo de volverme por conocer quién fuese tan mi amigo para tratarme tan mal; pero mi castellano viejo es hombre que cuando está de gracias no se ha de dejar ninguna en el tintero. ¿Cómo diría el lector que siguió dándome pruebas de confianza y cariño? Echóme las manos a los ojos y sujetándome por detrás: «¿Quién soy?», gritaba, alborozado con el buen éxito de su delicada travesura. «¿Quién soy?» «Un animal [irracional]», iba a responderle; pero me acordé de repente de quién podría ser, y sustituyendo cantidades iguales: «Braulio eres», le dije.

Al oírme, suelta sus manos, ríe, se aprieta los ijares, alborota la calle y pónenos a entrambos en escena.

—¡Bien, mi amigo![94]. ¿Pues en qué me has conocido?

—¿Quién pudiera sino tú...?

---

[92] Larra parodia de Cervantes la graciosa frase «una gran mano pegada a un grandísimo brazo», *Quijote*, I, XVII.

[93] En la versión inicial, uno de *mis dos hombros*.

[94] En la primera impresión, *Bachiller*.

—¿Has venido ya de tu Vizcaya?

—No, Braulito, no he venido.

—Siempre el mismo genio. ¿Qué quieres? es la pregunta del español[95]. ¡Cuánto me alegro de que estés aquí! ¿Sabes que mañana son mis días?

—Te los deseo muy felices.

—Déjate de cumplimientos entre nosotros; ya sabes que yo soy franco y castellano viejo: el pan pan y el vino vino; por consiguiente exijo de ti que no vayas a dármelos; pero estás convidado.

—¿A qué?

—A comer conmigo.

—No es posible.

—No hay remedio.

—No puedo —insisto ya temblando.

—¿No puedes?

—Gracias.

—¿Gracias? Vete a paseo; amigo, como no soy el duque de F..., ni el conde de P...

¿Quién se resiste a una [alevosa] sorpresa de esta especie? ¿Quién quiere parecer vano?

—No es eso, sino que...

—Pues si no es eso —me interrumpe—, te espero a las dos: en casa se come a la española; temprano. Tengo mucha gente; tendremos al famoso X. que nos improvisará de lo lindo; T. nos cantará de sobremesa una rondeña con su gracia natural; y por la noche J. cantará y tocará alguna cosilla.

Esto me consoló algún tanto, y fue preciso ceder; un día malo, dije para mí, cualquiera lo pasa; en este mundo, para conservar amigos es preciso tener el valor de aguantar sus obsequios.

—No faltarás, si no quieres que riñamos.

—No faltaré —dije con voz exánime y ánimo decaído, como el zorro que se revuelve inútilmente dentro de la trampa donde se ha dejado coger.

---

95 En la versión primera, *del batueco*.

—Pues hasta mañana. [mi Bachiller]—: y me dio un torniscón por despedida.

Vile marchar como el labrador ve alejarse la nube de su sembrado, y quedéme discurriendo cómo podían entenderse estas amistades tan hostiles y tan funestas.

Ya habrá conocido el lector[96], siendo tan perspicaz como yo le imagino, que mi amigo Braulio está muy lejos de pertenecer a lo que se llama gran mundo y sociedad de buen tono; pero no es tampoco un hombre de la clase inferior, puesto que es un empleado de los de segundo orden, que reúne entre su sueldo y su hacienda cuarenta mil reales de renta; que tiene una cintita atada al ojal y una crucecita a la sombra de la solapa; que es persona, en fin, cuya clase, familia y comodidades de ninguna manera se oponen a que tuviese una educación más escogida y modales más suaves e insinuantes. Mas la vanidad le ha sorprendido por donde ha sorprendido casi siempre a toda o a la mayor parte de nuestra clase media, y a toda nuestra clase baja. Es tal su patriotismo, que dará todas las lindezas del extranjero por un dedo de su país. Esta ceguedad le hace adoptar todas las responsabilidades de tan inconsiderado cariño; de paso que defiende que no hay vinos como los españoles, en lo cual bien puede tener razón, defiende que no hay educación como la española, en lo cual bien pudiera no tenerla; a trueque de defender que el cielo de Madrid es purísimo, defenderá que nuestras manolas son las más encantadoras de todas las mujeres; es un hombre, en fin, que vive de exclusivas, a quien le sucede poco más o menos lo que a una parienta mía, que se muere por las jorobas sólo porque

---

96 Es usual que el escritor, en sus escritos, dialogue con el público. Técnica utilizada tanto en los artículos de costumbres como en la novela histórica, de folletín y por entregas del periodo romántico. Incluso, esta permanente comunicación autor-lector pervive a lo largo de toda la centuria decimonónica, siendo un fiel exponente la novela española de la segunda mitad del xix. También se observa que en la etapa áurea de la novela por entregas y de folletín —1840—, el autor se dirige en ocasiones a un público femenino.

tuvo un querido que llevaba una excrecencia bastante visible sobre entrambos omoplatos[97].

No hay que hablarle, pues, de estos usos[98] sociales, de estos respetos mutuos, de estas reticencias urbanas, de esa delicadeza de trato que establece entre los hombres una preciosa armonía, diciendo sólo lo que debe agradar y callando siempre lo que puede ofender. Él se muere *por plantarle una fresca al lucero del alba,* como suele decir, y cuando tiene un resentimiento, se le *espeta a uno cara a cara.* Como tiene trocados todos los frenos, dice de los cumplimientos que ya sabe lo que quiere decir *cumplo y miento;* llama a la urbanidad hipocresía, y a la decencia monadas; a toda cosa buena le aplica un mal apodo; el lenguaje de la finura es para él poco más que griego: cree que toda la crianza está reducida a decir *Dios guarde a ustedes* al entrar en una sala, y añadir *con permiso de usted* cada vez que se mueve; a preguntar a cada uno por toda su familia, y a despedirse de todo el mundo; cosas todas que así se guardará él de olvidarlas como de tener pacto con franceses. En conclusión, hombres de éstos que no saben levantarse para despedirse sino en corporación con alguno o algunos otros, que han de dejar humildemente debajo de una mesa su sombrero, que llaman *su cabeza,* y que cuando se hallan en sociedad por desgracia sin un socorrido bastón, darían cualquier cosa por no tener manos ni brazos, porque en realidad no[99] saben dónde ponerlos, ni qué cosa se puede hacer con los brazos en una sociedad.

---

[97] Todo este párrafo, «Es tal su patriotismo... emtrambos omoplatos», es el que Baquero Goyanes define como perspectiva rotunda, «cerradamente española, pero de un españolismo que el escritor costumbrista puede considerar caducado», *op. cit.,* págs. 35-36.

El patriotismo de Larra nada tiene de sensiblero. Critica nuestras costumbres cuando hay motivo para ello, e igualmente alaba usos y costumbres del extranjero cuando éstos pueden proporcionar mejoras. Lo cual no es muy frecuente entre los escritores costumbristas, que alaban lo español por el mero hecho de ser español, sin darse cuenta del lado negativo; o incluso, ponderarlas hasta límites insospechados.

[98] En la primera impresión, *conveniencias.*

[99] En la primera edición, *ni.*

Llegaron las dos, y como yo conocía ya a mi Braulio, no me pareció conveniente acicalarme demasiado para ir a comer; estoy seguro de que se hubiera picado: no quise, sin embargo, excusar un frac de color y un pañuelo blanco, cosa indispensable en un día de días [y] en semejantes casas; vestíme sobre todo lo más despacio que me fue posible, como se reconcilia al pie del suplicio el infeliz reo, que quisiera tener cien pecados más cometidos que contar para ganar tiempo; era citado a las dos y entré en la sala a las dos y media.

No quiero hablar de las infinitas visitas ceremoniosas que antes de la hora de comer entraron y salieron en aquella casa, entre las cuales no eran de despreciar todos los empleados de su oficina, con sus señoras y sus niños, y sus capas, y sus paraguas, y sus chanclos, y sus perritos [100]; dejóme en blanco los necios cumplimientos que se dijeron al señor de los días; no hablo del inmenso círculo con que guarnecía la sala el concurso de tantas personas heterogéneas, que hablaron de que el tiempo iba a mudar, y de que en invierno suele hacer más frío que en verano. Vengamos al caso: dieron las cuatro y nos hallamos solos los convidados. Desgraciadamente para mí, el señor de X., que debía divertirnos tanto, gran conocedor de esta clase de convites, había tenido la habilidad de ponerse malo aquella mañana; el famoso T. se hallaba oportunamente comprometido para otro convite; y la señorita que tan bien había de cantar y tocar estaba ronca, en tal disposición que se asombraba ella misma de que se la entendiese una sola palabra, y tenía un panadizo en un dedo. ¡Cuántas esperanzas desvanecidas!

—Supuesto que estamos los que hemos de comer —exclamó don Braulio—, vamos a la mesa, querida mía.

—Espera un momento —le contestó su esposa casi al oído—, con tanta visita yo he faltado algunos momentos de allá dentro y...

---

[100] Presencia de la nota caricaturesca, a través de una hábil seriación polisindética, para producir la hilaridad, véase Baquero Goyanes, *op. cit.*, pág. 38.

—Bien, pero mira que son las cuatro.

—Al instante comeremos.

Las cinco eran cuando nos sentábamos a la mesa.

—Señores —dijo el anfitrión al vernos titubear en nuestras respectivas colocaciones—, exijo la mayor franqueza; en mi casa no se usan cumplimientos. ¡Ah, Fígaro! [101], quiero que estés con toda comodidad; eres poeta, y además estos señores, que saben nuestras íntimas relaciones, no se ofenderán si te prefiero; quítate el frac, no sea que le manches.

—¿Qué tengo de manchar? —le respondí, mordiéndome los labios.

—No importa, te daré una chaqueta mía; siento que no haya para todos.

—No hay necesidad.

—¡Ah!, sí, sí, ¡mi chaqueta! Toma, mírala; un poco ancha te vendrá.

—Pero, Braulio...

—No hay remedio, no te andes con etiquetas.

Y en esto me quita él mismo el frac, *velis nolis,* y quedo sepultado en una cumplida chaqueta rayada, por la cual sólo asomaba los pies y la cabeza, y cuyas mangas no me permitirían comer probablemente. Dile las gracias: ¡al fin el hombre creía hacerme un obsequio!

Los días en que mi amigo no tiene convidados se contenta con una mesa baja, poco más que banqueta de zapatero, porque él y su mujer, como dice, ¿para qué quieren más? Desde la tal mesita, y como se sube el agua del pozo [102], hace subir la comida hasta la boca, adonde llega goteando después de una larga travesía; porque pensar que estas gentes han de tener una mesa regular, y estar cómodos todos los días del año, es pensar en lo excusado. Ya se concibe, pues, que la instalación de una gran mesa de convite era un acontecimiento en aquella casa; así que, se había creído capaz de contener catorce personas que éramos una mesa donde apenas podrían

---

[101] En la primera versión, *Bachiller.*
[102] En la primera versión, *de un.*

comer ocho cómodamente. Hubimos de sentarnos de medio lado como quien va a arrimar el hombro a la comida, y entablaron los codos de los convidados íntimas relaciones entre sí con la más fraternal inteligencia del mundo. Colocáronme, por mucha distinción, entre un niño de cinco años, encaramado en unas almohadas que eran preciso enderezar a cada momento porque las ladeaba la natural turbulencia de mi joven adlátere, y entre uno de esos hombres que ocupan en el mundo el espacio y sitio de tres, cuya corpulencia por todos lados se salía de madre de la única silla en que se hallaba sentado, digámoslo así, como en la punta de una aguja. Desdobláronse silenciosamente las servilletas, nuevas a la verdad, porque tampoco eran muebles en uso para todos los días, y fueron izadas por todos aquellos buenos señores a los ojales de sus fraques como cuerpos intermedios entre las salsas y las solapas.

—Ustedes harán penitencia, señores —exclamó el anfitrión una vez sentado—; pero hay que hacerse cargo de que no estamos en Genieys[103]—; frase que creyó preciso decir. Necia afectación es ésta, si es mentira, dije yo para mí; y si verdad, gran torpeza convidar a los amigos a hacer penitencia.

Desgraciadamente no tardé mucho en conocer que había en aquella expresión más verdad de la que mi buen Braulio se figuraba. Interminables y de mal gusto fueron los cumplimientos con que para dar y recibir cada plato nos aburrimos unos a otros.

—Sírvase usted.
—Hágame usted el favor.
—De ninguna manera.
—No lo recibiré.
—Páselo usted a la señora.
—Está bien ahí.
—Perdone usted.

---

[103] *Genieys.* Era la fonda más elegante del Madrid de la época. Reemplazó a la antigua *Posada del Dragón.* Instalada en la calle de la Reina, su hospedaje costaba 25 reales diarios.

—Gracias.

—Sin etiqueta, señores —exclamó Braulio, y se echó el primero con su propia cuchara.

Sucedió a la sopa un cocido surtido de todas las sabrosas impertinencias de este engorrosísimo, aunque buen plato; cruza por aquí la carne; por allá la verdura; acá los garbanzos; allá el jamón; la gallina por derecha; por medio el tocino; por izquierda los embuchados de Extremadura. Siguióle un plato de ternera mechada, que Dios maldiga, y a éste otro y otros y otros; mitad traídos de la fonda, que esto basta para que excusemos hacer su elogio, mitad hechos en casa por la criada de todos los días, por una vizcaína auxiliar tomada al intento para aquella festividad y por el ama de la casa, que en semejantes ocasiones debe estar en todo, y por consiguiente suele no estar nada.

—Este plato hay que disimularle —decía ésta de unos pichones—; están un poco quemados.

—Pero, mujer...

—Hombre, me aparté un momento, y ya sabes lo que son las criadas.

—¡Qué lástima que este pavo no haya estado media hora más al fuego! Se puso algo tarde.

—¿No les parece a ustedes que está algo ahumado este estofado?

—¿Qué quieres? Una no puede estar en todo.

—¡Oh, está excelente! —exclamábamos todos deján-donoslo en el plato—. ¡Excelente!

—Este pescado está pasado.

—Pues en el despacho de la diligencia del fresco dije-ron que acababa de llegar. ¡El criado es tan bruto!

—¿De dónde se ha traído este vino?

—En eso no tienes razón, porque es...

—Es malísimo.

Estos diálogos cortos iban exornados con una infini-dad de miradas furtivas del marido para advertirle conti-nuamente a su mujer alguna negligencia, queriendo dar-nos a entender [a todos] entrambos a dos que estaban muy al corriente de todas las fórmulas que en semejantes casos se reputan finura, y que todas las torpezas eran hijas de los criados, que nunca han de aprender a servir. Pero estas negligencias se repetían tan a menudo, servían tan poco ya las miradas, que le fue preciso al marido recurrir a los pellizcos y a los pisotones; y ya la señora, que a duras penas había podido hacerse superior hasta entonces a las persecuciones de su esposo, tenía la faz encendida y los ojos llorosos.

—Señora, no se incomode usted por eso —le dijo el que a su lado tenía.

—¡Ah! les aseguro a ustedes que no vuelvo a hacer estas cosas en casa; ustedes no saben lo que es esto: otra vez, Braulio, iremos a la fonda y no tendrás...

—Usted, señora mía, hará lo que...

—¡Braulio! ¡Braulio!

Una tormenta espantosa estaba a punto de estallar: empero todos los convidados a porfía probamos a aplacar aquellas disputas, hijas del deseo de dar a entender la mayor delicadeza, para lo cual no fue poca parte la manía de Braulio y la expresión concluyente que dirigió de nuevo a la concurrencia acerca de la inutilidad de los cumplimientos, que así llamaba él a estar bien servido y al saber comer. ¿Hay nada más ridículo que estas gentes que quieren pasar por finas en medio de la más crasa ignorancia de los usos [104] sociales; que para obsequiarle le obligan a usted a comer y beber por fuerza, y no le dejan medio de hacer su gusto? ¿Por qué habrá gentes que sólo quieren comer con alguna más limpieza los días de días?

A todo esto, el niño que a mi izquierda tenía, hacía saltar las aceitunas a un plato de magras con tomate, y una vino a parar a uno de mis ojos, que no volvió a ver claro en todo el día; y el señor gordo de mi derecha había tenido la precaución de ir dejando en el mantel, al lado de mi pan, los huesos de las suyas, y los de las aves que había roído; el convidado de enfrente, que se preciaba de trinchador, se había encargado de hacer la

---

[104] En la primera versión, *las conveniencias.*

autopsia de un capón, o sea gallo, que esto nunca se supo: fuese por la edad avanzada de la víctima, fuese por los ningunos conocimientos anatómicos del victimario, jamás parecieron las coyunturas. «Este capón no tiene coyunturas», exclamaba el infeliz sudando y forcejeando, más como quien cava que como quien trucha. ¡Cosa más rara! En una de las embestidas resbaló el tenedor sobre el animal como si tuviera escama, y el capón, violentamente despedido, pareció querer tomar su vuelo como en sus tiempos más felices, y se posó en el mantel tranquilamente como pudiera en un palo de un gallinero.

El susto fue general y la alarma llegó a su colmo cuando un surtidor de caldo, impulsado por el animal furioso, saltó a inundar mi limpísima camisa: levántase rápidamente a este punto el trinchador con ánimo de cazar el ave prófuga, y al precipitarse sobre ella, una botella que tiene a la derecha, con la que tropieza su brazo, abandonando su posición perpendicular, derrama un abundante caño de Valdepeñas sobre el capón y el mantel; corre el vino, auméntase la algazara, llueve la sal sobre el vino para salvar el mantel; para salvar la mesa se ingiere por debajo de él una servilleta, y una eminencia se levanta sobre el teatro de tantas ruinas. Una criada toda azorada retira el capón en el plato de su salsa; al pasar sobre mí hace una pequeña inclinación, y una lluvia maléfica de grasa desciende [105], como el rocío sobre los prados, a dejar eternas huellas en mi pantalón color de perla; la angustia y el aturdimiento de la criada no conocen término; retírase atolondrada sin acertar con las excusas; al volverse tropieza con el criado que traía una docena de platos limpios y una salvilla con las copas para los vinos generosos, y toda aquella máquina viene al suelo con el más horroroso estruendo y confusión. «¡Por San Pedro!», exclama dando una voz Braulio, difundida ya sobre sus facciones una palidez mortal, al paso que

---

[105] Utilización de verbos —corre, llueve, desciende...— que encajan perfectamente en la situación grotesca descrita, creando un *clímax* tremendamente caótico.

brota fuego el rostro de su esposa. «Pero sigamos, señores, no ha sido nada», añade volviendo en sí.

¡Oh honradas casas donde un modesto cocido y un principio final constituyen la felicidad diaria de una familia, huid del tumulto de un convite de día de días! Sólo la costumbre de comer y servirse bien diariamente puede evitar semejantes destrozos.

¿Hay más desgracias? ¡Santo cielo! Sí, las hay para mí, ¡infeliz! Doña Juana, la de los dientes negros y amarillos, me alarga de su plato y con su propio tenedor una fineza, que es indispensable aceptar y tragar[106]; el niño se divierte en despedir a los ojos de los concurrentes los huesos disparados de las cerezas; don Leandro me hace probar el manzanilla exquisito, que he rehusado, en su misma copa, que conserva las indelebles señales de sus labios grasientos; mi gordo fuma ya sin cesar y me hace cañón de su chimenea; por fin, ¡oh última de las desgracias!, crece el alboroto y la conversación; roncas ya las voces, piden versos y décimas y no hay más poeta que Fígaro[107].

—Es preciso.

—Tiene usted que decir algo —claman todos.

—Désele pie forzado; que diga una copla a cada uno.

—Yo le daré el pie: *A don Braulio en este día.*

—Señores, ¡por Dios!

—No hay remedio.

—En mi vida he improvisado.

—No se haga usted el chiquito.

—Me marcharé.

—Cerrar la puerta.

—No se sale de aquí sin decir algo. Y digo versos por fin, y vomito[108] disparates, y los celebran, y crece la bulla y el humo y el infierno.

A Dios gracias, logro escaparme de aquel nuevo *Pan-*

---

[106] Era una costumbre muy usual de la época. El no aceptar tal invitación suponía un detalle de mal gusto.

[107] En la primera versión, el *Bachiller.*

[108] Verbo empleado, con claras connotaciones, para manifestarnos su propio estado anímico.

demonio. Por fin, ya respiro el aire fresco y desembarazado de la calle; ya no hay necios, ya no hay castellanos viejos a mi alrededor.

¡Santo Dios, yo te doy [las] gracias, exclamo respirando, como el ciervo que acaba de escaparse de una docena de perros y que oye ya apenas sus ladridos; para de aquí en adelante no te pido riquezas, no te pido empleos, no honores; líbrame de los convites caseros y de días de días; líbrame de estas casas en que es un convite un acontecimiento, en que sólo se pone la mesa decente[109] para los convidados, en que creen hacer obsequios cuando dan mortificaciones, en que se hacen finezas, en que se dicen versos, en que hay niños, en que hay gordos, en que reina, en fin, la brutal franqueza de los castellanos viejos! Quiero que, si caigo de nuevo en tentaciones semejantes, me falte un *roastbeef,* desaparezca del *mundo el beefsteak,* se anonaden los timbales de macarrones, no haya pavos en Perigueux, ni pasteles en Perigord, se sequen los viñedos de Burdeos, y beban, en fin, todos menos yo la deliciosa espuma del Champagne.

Concluida mi deprecación mental, corro a mi habitación a despojarme de mi camisa y de mi pantalón, reflexionando en mi interior que no son unos todos los hombres, puesto que los de un mismo país, acaso de un mismo entendimiento, no tienen las mismas costumbres, ni la misma delicadeza, cuando ven las cosas de tan distinta manera. Vístome y vuelo a olvidar tan funesto día entre el corto número de gentes que piensan, que viven sujetas al provechoso yugo de una buena educación libre y desembarazada, y que fingen acaso estimarse y respetarse mutuamente para no incomodarse, al paso que las otras hacen ostentación de incomodarse, y se ofenden y se maltratan, queriéndose y estimándose tal vez verdaderamente.

---

[109] En la primera versión, *decentemente*.

7

Vuelva usted mañana [110]

(Artículo del bachiller)

Gran persona debió de ser el primero que llamó pecado mortal a la pereza; nosotros, que ya en uno de nuestros artículos anteriores estuvimos más serios de lo que nunca nos habíamos propuesto, no entraremos ahora en largas y profundas investigaciones acerca de la historia de este pecado, por más que conozcamos que hay pecados que pican en historia, y que la historia de los pecados sería un tanto cuanto divertida. Convengamos solamente en que esta institución ha cerrado y cerrará las puertas del cielo a más de un cristiano.

---

[110] Apareció en *El Pobrecito Hablador* el 14 de enero de 1833.

El título del artículo es suficientemente orientativo: intenta demostrarnos cuál funesta es la pereza del país. Larra, al igual que la mayoría de los escritores costumbristas, inicia el artículo con un título suficientemente expresivo que nos anuncia el tipo, el uso o el lugar descrito; en otras ocasiones el título es doble, unido por la conjunción o, con más valor de identidad y aclarativo que disyuntivo. También es frecuente el título que anticipa el tema, oponiéndose dos conceptos u objetos antagónicos: «El ómnibus y la calesa»; o bien aquellos que empiezan con una frase habitual: «En este país», «Vuelva usted mañana...». De igual forma existen otros artículos que remontan al lector a épocas pretéritas y con un cierto aire de añoranza por parte del autor: «La Puerta del Sol en 1850». Véase a este respecto, E. Correa Calderón, *Costumbristas españoles. Estudio preliminar y selección de textos por...,* Madrid, 1964, t. I. págs. LXXI.

Estas reflexiones hacía yo casualmente no hace muchos días, cuando se presentó en mi casa un extranjero de éstos que, en buena o en mala parte, han de tener siempre de nuestro país una idea exagerada e hiperbólica, de éstos que, o creen que los hombres aquí son todavía los espléndidos, francos, generosos y caballerescos seres de hace dos siglos, o que son aún las tribus nómadas del otro lado del Atlante [111]: en el primer caso vienen imaginando que nuestro carácter se conserva tan intacto como nuestra ruina [112]; en el segundo vienen temblando por esos caminos, y preguntan si son los ladrones que los han de despojar los individuos de algún cuerpo de guardia establecido precisamente para defenderlos de los azares de un camino, comunes a todos los países.

Verdad es que nuestro país no es de aquellos que se conocen a primera ni a segunda vista, y si no temiéramos que nos llamasen atrevidos, lo compararíamos [113] de buena gana a esos juegos de manos sorprendentes e inescrutables para el que ignora su artificio, que estribando en una grandísima bagatela, suelen después de sabidos dejar asombrado de su poca perspicacia al mismo que se devanó los sesos por buscarles causas extrañas. Muchas veces la falta de una causa determinante en las cosas nos hace creer que debe de haberlas profundas para mantenerlas al abrigo de nuestra penetración. Tal es el orgullo del hombre, que más quiere declarar en alta voz que las cosas son incomprensibles cuando no las comprende él, que confesar que el ignorarlas puede depender de su torpeza.

Esto no obstante, como quiera que entre nosotros mismos se hallen muchos en esta ignorancia de los verdaderos resortes que nos mueven, no tendremos derecho para

---

[111] Opiniones favorecidas ~por los corresponsables y escritores extranjeros que, en escasos días de permanencia en el país, se atrevían a analizar la idiosincrasia del español. Esta actitud fue duramente criticada por los costumbristas.

[112] En la primera versión, *nuestras ruinas*.

[113] En la primera versión, *comparáramos*.

extrañar que los extranjeros no los puedan tan fácilmente penetrar.

Un extranjero de éstos fue el que se presentó en mi casa, provisto de competentes cartas de recomendación para mi persona. Asuntos intrincados de familia, reclamaciones futuras, y aun proyectos vastos concebidos en París de invertir aquí sus cuantiosos caudales en tal cual especulación industrial o mercantil, eran los motivos que a nuestra patria le conducían.

Acostumbrado a la actividad en que viven nuestros vecinos, me aseguró formalmente que pensaba permanecer aquí muy poco tiempo, sobre todo si no encontraba pronto objeto seguro en que invertir su capital. Parecióme el extranjero digno de alguna consideración, trabé presto amistad con él, y lleno de lástima traté de persuadirle a que se volviese a su casa cuanto antes, siempre que seriamente trajese otro fin que no fuese el de pasearse. Admiróle la proposición, y fue preciso explicarme más claro.

—Mirad —le dije—, monsieur Sans-délai[114], que así se llamaba; vos venís decidido a pasar quince días, y a solventar en ellos vuestros asuntos.

—Ciertamente —me contestó—. Quince días, y es mucho. Mañana por la mañana buscamos un genealogista para mis asuntos de familia; por la tarde revuelve sus libros, busca mis ascendientes, y por la noche ya sé quién soy. En cuanto a mis reclamaciones, pasado mañana las presento fundadas en los datos que aquél me dé, legalizadas[115] en debida forma; y como será una cosa

---

[114] Personificación alegórica «sin tardanza». Es frecuente en Larra este tipo de personificaciones: Andrés Niporesas, Cándido Buenafé... En Mesonero Romanos recordamos a Plácido Cascabelillo, Homobono Quiñones, Teodoro Sobrepuja, Patricio Mirabajo, Aldonza Cantueso, etc. Tradición que se continúa de forma insistente en el costumbrismo coincidente con el realismo; es el caso de A. Flores que, en su *Ayer, hoy y mañana,* nos presenta a los Ambrosio Tenacillas, Cándido Retroceso, Silvestre Terror, Restituto Igualdades, Plácido Regalías, etc. La misma novela realista ofrece no pocos ejemplos de estas personificaciones tan del gusto costumbrista.

[115] En la versión inicial, *legalizados.*

clara y de justicia innegable (pues sólo en este caso haré valer mis derechos), al tercer día se juzga el caso y soy dueño de lo mío. En cuanto a mis especulaciones, en que pienso invertir mis caudales, al cuarto día ya habré presentado mis proposiciones. Serán buenas o malas, y admitidas o desechadas en el acto, y son cinco días; en el sexto, séptimo y octavo, veo lo que hay que ver en Madrid; descanso el noveno; el décimo tomo mi asiento en la diligencia, si no me conviene estar más tiempo aquí, y me vuelvo a mi casa; aún me sobran de los quince cinco días.

Al llegar aquí monsieur Sans-délai, traté de reprimir una carcajada que me andaba retozando ya hacía rato en el cuerpo, y si mi educación logró sofocar mi inoportuna jovialidad, no fue bastante a impedir que se asomase a mis labios una suave sonrisa de asombro y de lástima que sus planes ejecutivos me sacaban al rostro mal de mi grado.

—Permitidme, monsieur Sans-délai —le dije entre socarrón y formal—, permitidme que os convide a comer para el día en que llevéis quince meses de estancia en Madrid.

—¿Cómo?

—Dentro de quince meses estáis aquí todavía.

—¿Os burláis?

—No por cierto.

—¿No me podré marchar cuando quiera? ¡Cierto que la idea es graciosa!

—Sabed que no estáis en vuestro país activo y trabajador.

—¡Oh!, los españoles que han viajado por el extranjero han adquirido la costumbre de hablar mal [siempre] de su país por hacerse superiores a sus compatriotas.

—Os aseguro que en los quince días con que contáis, no habréis podido hablar siquiera a una sola de las personas cuya cooperación necesitáis.

—¡Hipérboles! Yo les comunicaré a todos mi actividad.

—Todos os comunicarán su inercia.

Conocí que no estaba el señor de Sans-délai muy dispuesto a dejarse convencer sino por la experiencia, y callé por entonces, bien seguro de que no tardarían mucho los hechos en hablar por mí.

Amaneció el día siguiente, y salimos entrambos a buscar un genealogista, lo cual sólo se pudo hacer preguntando de amigo en amigo y de conocido en conocido: encontrámosle por fin, y el buen señor, aturdido de ver nuestra precipitación, declaró francamente que necesitaba tomarse algún tiempo; instósele, y por mucho favor nos dijo definitivamente que nos diéramos una vuelta por allí dentro de unos días. Sonreíme y marchámonos. Pasaron tres días: fuimos.

—Vuelva usted mañana —nos respondió la criada—, porque el señor no se ha levantado todavía.

—Vuelva usted mañana —nos dijo al siguiente día—, porque el amo acaba de salir.

—Vuelva usted mañana —nos respondió al otro—, porque el amo está durmiendo la siesta.

—Vuelva usted mañana —nos respondió el lunes siguiente—, porque hoy ha ido a los toros.

—¿Qué día, a qué hora se ve a un español?

Vímosle por fin, y «Vuelva usted mañana —nos dijo—, porque se me ha olvidado. Vuelva usted mañana, porque no está en limpio».

A los quince días ya estuvo; pero mi amigo le había pedido una noticia del apellido Díez, y él había entendido Díaz, y la noticia no servía. Esperando nuevas pruebas, nada dije a mi amigo, desesperado ya de dar jamás con sus abuelos.

Es claro que faltando este principio no tuvieron lugar las reclamaciones.

Para las proposiciones que acerca de varios establecimientos y empresas utilísimas pensaba hacer, había sido preciso buscar un traductor; por los mismos pasos que el genealogista nos hizo pasar al traductor; de mañana en mañana nos llevó hasta el fin del mes. Averiguamos que necesitaba dinero diariamente para comer, con la mayor urgencia; sin embargo, nunca encontraba momento oportuno para trabajar. El escribiente hizo después otro tanto con las copias, sobre llenarlas de mentiras, porque un escribiente que sepa escribir no le hay en este país.

No paró aquí; un sastre tardó veinte días en hacerle un frac, que le había mandado llevarle en veinticuatro horas; el zapatero le obligó con su tardanza a comprar botas hechas; la planchadora necesitó quince días para plancharle una camisola; y el sombrerero a quien le había enviado su sombrero a variar el ala, le tuvo dos días con la cabeza al aire y sin salir de casa.

Sus conocidos y amigos no le asistían a una sola cita, ni avisaban cuando faltaban, ni respondían a sus esquelas. ¡Qué formalidad y qué exactitud!

—¿Qué os parece de esta tierra, monsieur Sans-délai? —le dije al llegar a estas pruebas.

—Me parece que son hombres singulares...

—Pues así son todos. No comerán por no llevar la comida a la boca.

Presentóse con todo, yendo y viniendo días, una proposición de mejoras para un ramo que no citaré, quedando recomendada eficacísimamente.

A los cuadro días volvimos a saber el éxito de nuestra pretensión.

—Vuelva usted mañana —nos dijo el portero—. El oficial de la mesa no ha venido hoy.

—Grande causa le habrá detenido —dije yo entre mí. Fuímonos a dar un paseo, y nos encontramos, ¡qué casualidad!, al oficial de la mesa en el Retiro, ocupadísimo en dar una vuelta con su señora al hermoso sol de los inviernos claros de Madrid.

Martes era el día siguiente, y nos dijo el portero:

—Vuelva usted mañana, porque el señor oficial de la mesa no da audiencia hoy.

—Grandes negocios habrán cargado sobre él —dije yo.

Como soy el diablo y aun he sido duende, busqué ocasión de echar una ojeada por el agujero de una cerradura. Su señoría estaba echando un cigarrito al brasero, y con una charada del *Correo*[116] entre manos que le debía costar trabajo el acertar[117].

—Es imposible verle hoy —le dije a mi compañero—; su señoría está en efecto ocupadísimo.

Dionos audiencia el miércoles inmediato, y ¡qué fatalidad! el expediente había pasado a informe, por desgracia, a la única persona enemiga indispensable de monsieur y de su plan[118], porque era quien debía salir en él perjudicado. Vivió el expediente dos meses en informe, y vino tan informado como era de esperar. Verdad es que nosotros no habíamos podido encontrar empeño para una persona muy amiga del informante. Esta persona tenía unos ojos muy hermosos, los cuales sin duda alguna le hubieran convencido en sus ratos perdidos de la justicia de nuestra causa.

Vuelto de informe se cayó en la cuenta en la sección de nuestra bendita oficina de que el tal expediente no correspondía a aquel ramo; era preciso rectificar este pequeño error; pasóse al ramo, establecimiento y mesa correspondiente, y hétenos, caminando después de tres meses a la cola siempre de nuestro expediente, como hurón que busca el conejo, y sin poderlo sacar muerto ni vivo de la huronera. Fue el caso al llegar aquí que el expediente salió del primer establecimiento y nunca llegó al otro.

—De aquí se remitió con fecha de tantos —decían en uno.

—Aquí no ha llegado nada —decían en otro.

—¡Voto va! —dije yo a monsieur Sans-délai, ¿sabéis que nuestro expediente se ha quedado en el aire como el alma de Garibay[119], y que debe de estar ahora posado como una paloma sobre algún tejado de esta activa población?

---

[116] Suponemos que Larra debe aludir al periódico *Correo Literario y Mercantil,* aunque también por estas fechas se editaba el *Correo de las Damas.*

[117] En la versión inicial, *le debía costar trabajo acertar.*

[118] En la versión inicial, *de monsieur y su plan.*

[119] *Como el alma de Garibay.* Las gentes decían que su alma no había ido al infierno ni al cielo, sino que estaba vagando, convertida en fantasma. Quevedo cita esta frase en *La visita de los chistes.*

Hubo que hacer otro. ¡Vuelta a los empeños! ¡Vuelva a la prisa! ¡Qué delirio!

—Es indispensable —dijo el oficial con voz campanuda—, que esas cosas vayan por sus trámites regulares.

Es decir, que el toque estaba, como el toque del ejercicio militar, en llevar nuestro expediente tantos o cuantos años de servicio.

Por último, después de cerca de medio año de subir y bajar, y estar a la firma o al informe, o a la aprobación, o al despacho, o debajo de la mesa, y de *volver* siempre mañana, salió con una notita al margen que decía:

«A pesar de la justicia y utilidad del plan del exponente, negado» [120].

—¡Ah, ah!, monsieur Sans-délai —exclamé riéndome a carcajadas—; éste es nuestro negocio.

Pero monsieur Sans-délai se daba a todos los diablos.

—¿Para esto he echado yo mi viaje tan largo? ¿Después de seis meses no habré conseguido sino que me digan en todas partes diariamente: *Vuelva usted mañana,* y cuando este dicho *mañana* llega en fin, nos dicen redondamente que *no?* ¿Y vengo a darles dinero? ¿Y vengo a hacerles favor? Preciso es que la intriga más enredada se haya fraguado para oponerse a nuestras miras.

—¿Intriga, monsieur Sans-délai? No hay hombre capaz de seguir dos horas una intriga. La pereza es la verdadera intriga; os juro que no hay otra; ésa es la gran causa oculta; es más fácil negar las cosas que enterarse de ellas.

Al llegar aquí, no quiero pasar en silencio algunas razones de las que me dieron para la anterior negativa, aunque sea una pequeña digresión.

—Ese hombre se va a perder —me decía un personaje muy grave y muy patriótico.

---

[120] En la primera versión aparece una nota a pie de página: «Ya se supone que esto es ideal todo, como debe serlo en artículos generales de costumbres. Si bien puede suceder, no sabemos que haya sucedido cosa semejante a persona determinada. Nunca creemos de más estas satisfacciones.»

—Esa no es una razón —le repuse—: si él se arruina, nada, nada se habrá perdido en concederle lo que pide; él llevará el castigo de su osadía o de su ignorancia.

—¿Cómo ha de salir con su intención?

—Y suponga usted que quiere tirar su dinero y perderse, ¿no puede uno aquí morirse siquiera, sin tener un empeño para el oficial de la mesa?

—Puede perjudicar a los que hasta ahora han hecho de otra manera eso mismo que ese señor extranjero quiere [121].

—¿A los que lo han hecho de otra manera, es decir, peor?

—Sí, pero lo han hecho.

—Sería lástima que se acabara el modo de hacer mal las cosas. ¿Con que, porque siempre se han hecho las cosas del modo peor posible, será preciso tener consideraciones con los perpetuadores del mal? Antes se debiera mirar si podrían perjudicar los antiguos al moderno.

—Así está establecido; así se ha hecho hasta aquí; así lo seguiremos haciendo.

—Por esa razón deberían darle a usted papilla todavía como cuando nació.

—En fin, señor Fígaro [122], es un extranjero.

—Y por qué no lo hacen los naturales del país?

—Con esas socaliñas [123] vienen a sacarnos la sangre.

—Señor mío —exclamé, sin llevar más adelante mi paciencia—, está usted en un error harto general. Usted es como muchos que tienen la diabólica manía de empezar siempre por poner obstáculos a todo lo bueno, y el que pueda que los venza. Aquí tenemos el loco orgullo de no saber nada, de quererlo adivinar todo y no reconocer maestros. Las naciones que han tenido, ya que no el saber, deseos de él, no han encontrado otro remedio que el de recurrir a los que sabían más que ellas. Un extran-

---

[121] En su primera versión, *quiere hacer*.
[122] En su primera versión, *Bachiller*.
[123] *Socaliñas:* «Ardid o artificio con que se saca a uno lo que no está obligado a dar» *(DRAE).*

jero —seguí— que corre a un país que le es desconocido, para arriesgar en él sus caudales, pone en circulación un capital nuevo, contribuye a la sociedad, a quien hace un inmenso beneficio con su talento y su dinero, si pierde es un héroe; si gana es muy justo que logre el premio de su trabajo, pues nos proporciona ventajas que no podíamos acarrearnos solos. Ese extranjero que se establece en este país, no viene a sacar de él el dinero, como usted supone; necesariamente se establece y se arraiga en él, y a la vuelta de media docena de años, ni es extranjero ya ni puede serlo; sus más caros intereses y su familia le ligan al nuevo país que ha adoptado; toma cariño al suelo donde ha hecho su fortuna, al pueblo donde ha escogido una compañera; sus hijos son españoles, y sus nietos lo serán; en vez de extraer el dinero, ha venido a dejar un capital suyo que traía, invirtiéndole y haciéndole producir; ha dejado otro capital de talento, que vale por lo menos tanto como el del dinero; ha dado de comer a los pocos o muchos naturales de quien ha tenido necesariamente que valerse; ha hecho una mejora, y hasta ha contribuido al aumento de la población con su nueva familia. Convencidos de estas importantes verdades, todos los Gobiernos sabios y prudentes han llamado a sí a los extranjeros: a su grande hospitalidad ha debido siempre la Francia su alto grado de esplendor; a los extranjeros de todo el mundo que ha llamado la Rusia, ha debido el llegar a ser una de las primeras naciones en muchísimo menos tiempo que el que han tardado otras en llegar a ser las últimas; a los extranjeros han debido los Estados Unidos... Pero veo por sus gestos de usted —concluí interrumpiéndome oportunamente a mí mismo— que es muy difícil convencer al que está persuadido de que no se debe convencer. ¡Por cierto, si usted mandara, podríamos fundar en usted grandes esperanzas! [La fortuna es que hay hombres que mandan más ilustrados que usted, que desean el bien de su país, y dicen: «Hágase el milagro, y hágalo el diablo.» Con el Gobierno que en el día tenemos, no estamos ya en el caso de sucumbir a los ignorantes o a los malintencionados, y quizá ahora se logre que las cosas vayan a mejor, aunque despacio, mal que les pese a los batuecos.]

Concluida esta filípica, fuime en busca de mi Sansdélai.

—Me marcho, señor Fígaro —me dijo—. En este país *no hay tiempo* para hacer nada; sólo me limitaré a ver lo que haya en la capital de más notable.

—¡Ay! mi amigo —le dije—, idos en paz, y no queráis acabar con vuestra poca paciencia; mirad que la mayor parte de nuestras cosas no se ven.

—¿Es posible?

—¿Nunca me habéis de creer? Acordáos de los quince días...

Un gesto de monsieur Sans-délai me indicó que no le había gustado el recuerdo.

—*Vuelva usted mañana* —nos decían en todas partes—, porque hoy no se ve.

—Ponga usted un memorialito para que le den a usted permiso especial.

Era cosa de ver la cara de mi amigo al oír lo del memorialito: representábasele en la imaginación el informe, y el empeño, y los seis meses, y... Contentóse con decir:

—*Soy extranjero* [124]. ¡Buena recomendación entre los amables compatriotas míos!

Aturdíase mi amigo cada vez más, y cada vez nos comprendía menos. Días y días tardamos en ver [a fuerza de esquelas y de *volver,*] las pocas rarezas que tenemos guardadas. Finalmente, después de medio año largo, si es que puede haber un medio año más largo que otro, se restituyó mi recomendado a su patria maldiciendo de esta tierra, y dándome la razón que yo ya antes me tenía, y llevando al extranjero noticias excelentes de nuestras costumbres [125]; diciendo sobre todo que en seis meses no había podido hacer otra cosa sino *volver siempre mañana,* y que a la vuelta de tanto *mañana,* eternamente futu-

---

[124] En su primera versión, *soy un extranjero.*

[125] En la edición primera, *nuestros batuecos.*

ro, lo mejor, o más bien lo único que había podido hacer bueno, había sido marcharse.

¿Tendrá razón, perezoso lector (si es que has llegado ya a esto que estoy escribiendo), tendrá razón el buen monsieur Sans-délai en hablar mal de nosotros y de nuestra pereza? ¿Será cosa de que *vuelva* el día de *mañana* con gusto a visitar nuestros hogares? Dejemos esta cuestión para mañana, porque ya estarás cansado de leer hoy: si mañana u otro día no tienes, como sueles, pereza de volver a la librería, pereza de sacar tu bolsillo, y pereza de abrir los ojos para ojear las hojas que tengo que darte todavía [126], te contaré cómo a mí mismo, que todo esto veo y conozco y callo mucho más, me ha sucedido muchas veces, llevado de esta influencia, hija del clima y *de otras causas,* perder de pereza más de una conquista amorosa: abandonar más de una pretensión empezada, y las esperanzas de más de un empleo, que me hubiera sido acaso, con más actividad, poco menos que asequible; renunciar, en fin, por pereza de hacer una visita justa o necesaria, a relaciones sociales que hubieran podido valerme de mucho en el transcurso de mi vida; te confesaré que no hay negocio que no pueda hacer hoy que no deje para mañana; te referiré que me levanto a las once, y duermo siesta; que paso haciendo el quinto pie de la mesa de un café, hablando o roncando, como buen español, las siete y las ocho horas seguidas; te añadiré que cuando cierran el café, me arrastro lentamente a mi tertulia diaria (porque de pereza no tengo más que una), y un cigarrito tras otro me alcanzan clavado en un sitial, y bostezando sin cesar, las doce o la una de la madrugada; que muchas noches no ceno de pereza, y de pereza no me acuesto; en fin, lector de mi alma, te declararé que de tantas veces como estuve en esta vida desesperado, ninguna me ahorqué y siempre fue de pereza. Y concluyo por hoy confesándote que ha más de tres meses que tengo, como la primera entre mis apuntaciones, el título de este artículo, que llamé: *Vuelva usted mañana;* que

---

[126] En la edición primera, *Los pocos folletos que tengo que darte.*

todas las noches y muchas tardes he querido durante ese tiempo escribir algo en él, y todas las noches apagaba mi luz diciéndome a mí mismo con la más pueril credulidad en mis propias resoluciones: ¡*Eh! mañana le escribiré!* Da gracias a que llegó por fin este mañana, que no es del todo malo; pero ¡ay de aquel mañana que no ha de llegar jamás!

[NOTA.—Con el mayor dolor anunciamos al público de nuestros lectores que estamos ya a punto de concluir el plan reducido que en la publicación de estos cuadernos nos habíamos creado. Pero no está en nuestra mano evitarlo. Síntomas alarmantes nos anuncian que el hablador padece de la lengua: fórmasele un frenillo que le hace hablar más pausada y menos enérgicamente que en su juventud. ¡Pobre Bachiller! Nos figuramos *que morirá por su propia voluntad,* y recomendamos por esto a nuestros apasionados y a sus preces este pobre *enfermo de aprensión,* cansado ya de hablar.]

8

El mundo todo es máscaras. Todo el año es Carnaval [127]

(Artículo del bachiller)

> ¿Qué gente hay allá arriba, que anda tal estrépito? ¿Son locos?
>
> MORATÍN, *Comedia nueva.*

No hace muchas noches que me hallaba encerrado en mi cuarto, y entregado a profundas meditaciones filosóficas, nacidas de la dificultad de escribir diariamente para el público. ¿Cómo contentar a los necios y a los discretos, a los cuerdos y a los locos, a los ignorantes y los entendidos que han de leerme, y sobre todo a los dichosos y a los desgraciados, que con tan distintos ojos suelen ver una misma cosa?

. . . .

Animado con esta reflexión, cogí la pluma y ya iba a escribir nada menos que un elogio de todo lo que veo a mi alrededor, el cual pensaba rematar con cierto discurso encomiástico acerca de lo adelantado que está el arte de la declamación en el país, para contentar a todo el que se me pusiera por delante, que esto es lo que conviene en estos tiempos tan valentones que corren; pero

---

[127] Apareció en *El Pobrecito Hablador* el 14 de marzo de 1833.

tropecé con el inconveniente de que los hombres sensatos habían de sospechar que el dicho elogio era burla, y esta reflexión era más pesada que la anterior.

Al llegar aquí arrojé la pluma, despechado y decidido a consultar todavía con la almohada si en los términos de lo lícito me quedaba algo que hablar, para lo cual determiné verme con un amigo, abogado *por más señas,* lo que basta para que se infiera si debe de ser hombre entendido, y que éste, registrando su *Novísima* y sus *Partidas* [128], me dijese para de aquí en adelante qué es lo que me está prohibido, pues en verdad que es mi mayor deseo ir con la corriente de las cosas sin andarme a buscar *cotufas en el golfo* [129], ni el mal fuera de mi casa, cuando dentro de ella tengo el bien.

En esto estaba ya para dormirme, a lo cual había contribuido no poco el esfuerzo que había hecho para componer mi elogio de modo que tuviera trazas de cosa formal: pero Dios no lo quiso así, o a lo que yo tengo por más cierto, un amigo que me alborotó la casa, y que se introdujo en mi cuarto dando voces en los términos siguientes, u otros semejantes:

—*¡Vamos a las máscaras,* Bachiller! —me gritó.

—¿A las máscaras?

—No hay remedio; tengo un coche a la puerta, ¡a las máscaras! Iremos a algunas casas particulares, y concluiremos la noche en uno de los grandes bailes de suscripción [130].

—Que te diviertas; yo me voy a acostar.

—¡Qué despropósito! No lo imagines; precisamente te traigo un dominó [131] negro y una careta.

—¡Adiós! Hasta mañana.

---

[128] *Novísima:* alude a la recopilación de las leyes de España en el año 1805; Las Siete Partidas, famoso código recopilado por Alfonso el Sabio.

[129] *Buscar cotufas en el Golfo:* «pedir cosas imposibles».

[130] *Baile de suscripción:* significa que el beneficio económico se destinaba a fines benéficos. Entronca con las primeras hermandades de nuestros corrales del teatro del Siglo de Oro.

[131] Véase «Empeños y desempeños», nota 55.

—¿Adónde vas? Mira, mi querido Munguía, tengo interés en que vengas conmigo; sin ti no voy, y perderé la mejor ocasión del mundo...

—¿De veras?

—Te lo juro.

—En ese caso, vamos, ¡Paciencia! Te acompañaré.

De mala gana entré dentro de un amplio ropaje, bajé la escalera, y me dejé arrastrar al compás de las exclamaciones de mi amigo, que no cesaba de gritarme:

—¡Cómo nos vamos a divertir! ¡Qué noche tan deliciosa hemos de pasar!

Era el coche alquilón; a ratos parecía que andábamos tanto atrás como adelante, a modo de quien pisa nieve; a ratos que estábamos columpiándonos en un mismo sitio; llegó por fin a ser tan completa la ilusión, que temeroso yo de alguna pesada burla de carnaval, parecida al viaje de D. Quijote y Sancho en el Clavileño[132], abrí la ventanilla más de una vez, deseoso de investigar si después de media hora de viaje estaríamos todavía a la puerta de mi casa, o si habríamos pasado ya la línea, como en la aventura de la barca del Ebro[133].

Ello parecerá increíble, pero llegamos, quedándome yo, sin embargo, en la duda de si habría andado el coche hacia la casa o la casa hacia el coche; subimos la escalera, verdadera imagen de la primera confusión de los elementos: un Edipo, sacando el reloj y viendo la hora que era; una vestal, atándose una liga elástica y dejando a su criado los chanclos y el capote escocés para la salida; un romano coetáneo de Catón dando órdenes a su cochero para encontrar su landó[134] dos horas después; un indio no conquistado todavía por Colón, con su papeleta

---

[132] *Clavileño:* véase *Quijote,* II, cap. XLI. Famoso caballo de madera en el que don Quijote y Sancho realizaron su imaginario viaje por los aires.

[133] *La barca del Ebro, Quijote,* II, cap. XXIX.

[134] *Landó:* del francés *landau.* «Coche de cuatro ruedas, con capotas delantera y trasera, para poderlo usar descubierto o cerrado» *(DRAE).*

impresa en la mano y bajando de un birlocho [135]; un Oscar acabando de fumar un cigarrillo de papel para entrar en el baile; un moro santiguándose asombrado al ver el gentío; cien dominós, en fin, subiendo todos los escalones sin que se sospechara que hubiese dentro quien los moviese, y tapándose todos las caras, sin saber los más para qué, y muchos sin ser conocidos de nadie.

Después de un molesto reconocimiento del billete y del sello y la rúbrica y la contraseña, entramos en una salita que no tenía más defecto que estar las paredes demasiado cerca unas de otras; pero ello es más preciso tener máscaras que sala donde colocarlas. Algún ciego alquilado para toda la noche, como la araña y la alfombra, y para descansarle un *piano, tan piano* [136] que nadie lo consiguió oír jamás, eran la música del baile, donde nadie bailó. Poníanse, sí, de vez en cuando a modo de parejas la mitad de los concurrentes, y dábanse con la mayor intención de ánimo sentados encontrones a derecha e izquierda, y aquello era el bailar, si se nos permite esta expresión.

Mi amigo no encontró lo que buscaba, y según yo llegué a presumir, consistió en que no buscaba nada, que es precisamente lo mismo que a otros muchos les acontece. Algunas madres, sí, buscaban a sus hijas, y algunos maridos a sus mujeres; pero ni una sola hija buscaba a su madre, ni una sola mujer a su marido.

—Acaso —decían— se habrán quedado dormidas entre la confusión en alguna otra pieza...

—Es posible —decía yo para mí— pero no es probable.

Una máscara vino disparada hacia mí.

—¿Eres tú? —me preguntó misteriosamente.

—Yo soy —le respondí, seguro de no mentir.

—Conocí el dominó; pero esta noche es imposible: Pa-

---

[135] *Birlocho:* del italiano *biroccio.* «Carruaje ligero y sin cubierta, de cuatro ruedas y cuatro asientos, dos en la testera y dos enfrente, abierto por los costados y sin portezuelas.»

[136] *Piano, tan piano:* «piano, tan suave».

quita está ahí, mas el marido se ha empeñado en venir; no sabemos por dónde diantres ha encontrado billetes.

—¡Lástima grande!

—¡Mira tú qué ocasión! Te hemos visto, y no atreviéndose a hablarte ella misma, me envía para decirte que mañana sin falta os veréis en la *Sartén* [137]... Dominó encarnado y lazos blancos.

—Bien.

—¿Estás?

—No faltaré.

—¿Y tu mujer, hombre? —le decía a un ente rarísimo que se había vestido todo de cuernecitos de abundancia, un dominó negro que llevaba otro igual del brazo.

—Durmiendo estará ahora; por más que he hecho, no he podido decidirla a que venga; no hay otra más enemiga de diversiones.

—Así, descansas tú en su virtud: ¿piensas estar aquí toda la noche?

—No, hasta las cuatro.

—Haces bien.

En esto se había alejado el de los cuernecillos, y entreoí estas palabras:

—Nada ha sospechado.

—¿Cómo era posible? Si salí una hora después que él...

—¿A las cuatro ha dicho?

—Sí.

—Tenemos tiempo. ¿Estás segura de la criada?

—No hay cuidado alguno, porque...

Una oleada cortó el hilo de mi curiosidad; las demás palabras del diálogo se confundieron con las repetidas voces de: *¿Me conoces? Te conozco*, etc.

¿Pues no parecía estrella mía haber traído esta noche un dominó igual al de todos los amantes, más feliz por cierto que Quevedo, que se parecía de noche a cuantos esperaban para pegarlos?

—¡Chis! ¡Chis! Por fin te encontré —me dijo otra más-

---

[137] *Sartén:* teatro de la calle de la Sartén.

cara esbelta asiéndome del brazo, y con su voz tierna y agitada por la esperanza satisfecha—. ¿Hace mucho que me buscabas?

—No por cierto, porque no esperaba encontrarte.

—¡Ay! ¡Cuánto me has hecho pasar desde antes de anoche! No he visto hombre más torpe; yo tuve que componerlo todo; y la fortuna fue haber convenido antes en no darnos nuestros nombres, ni aun por escrito. Si no...

—¿Pues qué hubo?

—¿Qué había de haber? El que venía conmigo era Carlos mismo.

—¿Qué dices?

—Al ver que me alargabas el papel, tuve que hacerme la desentendida y dejarlo caer, pero él le vio y le cogió. ¡Qué angustias!

—¿Y cómo saliste del paso?

—Al momento me ocurrió una idea. ¿Qué papel es ese?, le dije. Vamos a verle; será de algún enamorado: se lo arrebato, veo que empieza *querida Anita:* cuando no vi mi nombre, respiré; empecé a echarlo a broma. ¿Quién será el desesperado?, le decía riéndome a carcajadas; veamos. Y él mismo leyó el billete, donde me decías que esta noche nos veríamos aquí, si podía venir sola. ¡Si vieras cómo se reía!

—¡Cierto que fue gracioso!

—Sí, pero, por Dios, *don Juan, de estas, pocas.*

Acompañé largo rato a mi amante desconocida, siguiendo la broma lo mejor que pude... El lector comprenderá fácilmente que bendije las máscaras, y sobre todo el talismán de mi impagable dominó.

Salimos por fin de aquella casa, y no pude menos de soltar la carcajada al oír a un máscara que a mi lado bajaba:

—¡Pesia a mí —le decía a otro—; no ha venido; toda la noche he seguido a otra creyendo que era ella, hasta que se ha quitado la careta. ¡La vieja más fea de Madrid! No ha venido; en mi vida pasé rato más amargo. ¿Quién sabe si el papel de la otra noche lo habrá echado todo a perder? Si don Carlos lo cogió...

—Hombre, no tengas cuidado.

—¡Paciencia! Mañana será otro día. Yo con ese temo⌐ me he guardado muy bien de traer el dominó cuyas señas le daba en la carta.

—Hiciste bien.

—Perfectísimamente —repetí yo para mí, y salíme riendo de los azares de la vida.

Bajamos atropellando un rimero[138] de criados y capas tendidos aquí y allí por la escalera. La noche no dejó de tener tampoco algún contratiempo para mí. Yo me había llevado la querida de otro; en justa compensación otro se había llevado mi capa, que debía parecerse a la suya, como se parecía mi dominó al del desventurado querido. «Ya estás vengado, exclamé, oh burlado mancebo.» Felizmente yo, al entregarla en la puerta, había tenido la previsión de despedirme de ella tiernamente para toda mi vida. ¡Oh previsión oportuna! Ciertamente que no nos volveremos a encontrar mi capa y yo en este mundo perecedero; había salido ya de la casa, había andado largo trecho, y aun volvía la cabeza de rato en rato hacia sus altas paredes, como Héctor al dejar a su Andrómaca[139], diciendo para mí: «Allí quedó, allí la dejé, allí la vi por la última vez.»

Otras casas recorrimos, en todas el mismo cuadro: en ninguna nos admiró encontrar intrigas amorosas, madres burladas, chasqueados esposos o solícitos amantes. No soy de aquellos que echan de menos la acción en una buena cantatriz, o alaban la voz de un mal comediante, y por tanto, no voy a buscar virtudes a las máscaras. Pero nunca llegué a comprender el afán que por asistir al baile había manifestado tantos días seguidos don Cleto, que hizo toda la noche de una silla cama y del estruendo arrullo: no entiendo todavía a don Jorge cuando dice que estuvo en la función, habiéndole visto desde que entró hasta que salió en derredor de una mesa en un

---

[138] *Rimero:* «montón».

[139] *Ilíada,* libro VI. Héctor, antes de ir a luchar con Aquiles, se des-, pide afectuosamente de su esposa Andrómaca.

verdadero *ecarté* [140]. Toda la diferencia estaba en él con respecto a las demás noches, en ganar o perder vestido de mamarracho [141]. Ni me sé explicar de una manera satisfactoria la razón en que se fundan para creer ellos mismos que se divierten un enjambre de máscaras que vi buscando siempre, y no encontrando jamás, sin hallar a quien embromar ni quien los embrome, que no bailan, que no hablan, que vagan errantes de sala en sala, como si de todas les echaran, imitando el vuelo de la mosca, que parece no tener nunca objeto determinado. ¿Es por ventura un apetito desordenado de hallarse donde se hallan todos, hijo de la pueril vanidad del hombre? ¿Es por aturdirse a sí mismos y creerse felices por espacio de una noche entera? ¿Es por dar a entender que también tienen un interés y una intriga? Algo nos inclinamos a creer lo último, cuando observamos que los más de éstos os dicen, si los habéis conocido: «¡Chitón! ¡Por Dios! No digáis nada a nadie.» Seguidlos, y os convenceréis de que no tienen motivos ni para descubrirse ni para taparse. Andan, sudan, gastan, salen quebrantados del baile... nunca empero se les olvida salir los últimos, y decir al despedirse:

—¿Mañana es el baile en Solís? Pues hasta mañana.

—¿Pasado mañana es en San Bernardino? ¡Diez onzas diera por un billete!

Ya que sin respeto a mis lectores me he metido en estas reflexiones filosóficas, no dejaré pasar en silencio antes de concluirlas la más principal que me ocurría. ¿Qué mejor careta ha menester don Braulio que su hipocresía? Pasa en el mundo por un santo, oye misa todos los días, y reza sus devociones; a merced de esta máscara que tiene constantemente adoptada, mirad cómo engaña, cómo intriga, cómo murmura, cómo roba... ¡Qué empeño de no parecer Julianita lo que es! ¿Para eso sólo se pone un rostro de cartón sobre el suyo? ¿Teme que sus facciones delaten su alma? Viva tranquila; tampoco ha me-

---

[140] *Ecarté:* del francés *écarté.* «Juego de naipes.»
[141] *Mamarracho:* en la primera edición *moharracho.*

nester careta. ¿Veis su cara angelical? ¡Qué suavidad! ¡Qué atractivo! ¡Cuán fácil trato debe de tener! No puede abrigar vicio alguno. Miradla por dentro, observadores de superficies: no hay día que no engañe a un nuevo pretendiente; veleidosa, infiel, perjura, desvanecida, envidiosa, áspera con los suyos, insufrible y altanera con su esposo: ésa es la hermosura perfecta, cuya cara os engaña más que su careta. ¿Veis aquel hombre tan amable y tan cortés, tan comedido con las damas en sociedad? ¡Qué deferencia! ¡Qué previsión! ¡Cuán sumiso debe ser! No le escojas sólo por eso para esposo, encantadora Amelia; es un tirano grosero de la que le entrega su corazón. Su cara es también más pérfida que su careta; por ésta no estás expuesta a equivocarte, porque nada juzgas por ella; ¡pero la otra...! Imperfecta discípula de Lavater [142], crees que debe ser tu clave, y sólo puede ser un pérfido guía, que te entrega a tu enemigo.

Bien presumirá el lector que al hacer estas metafísicas indagaciones, algún pesar muy grande debía afligirme, pues nunca está el hombre más filósofo que en sus malos ratos: el que no tiene fortuna se encasqueta su filosfía, como un falto de pelo su *bisoñé;* la filosofía es, efectivamente, para el desdichado lo que la peluca para el calvo; de ambas maneras se les figura a entrambos que ocultan a los ojos de los demás la inmensa laguna que dejó en ellos por llenar la naturaleza madrastra.

Así era: un pesar me afligía. Habíamos entrado ya en uno de los principales bailes de esta corte; el continuo transpirar, el estar en pie la noche entera, la hora avanzada y el mucho cavilar, habían debilitado mis fuerzas en tales términos que el hambre era a la sazón mi maestro de filosofía. Así de mi amigo, y de común acuerdo nos de-

---

[142] *Lavater* (1741-1801): filósofo suizo que se hizo famoso por el ardor de sus sermones y por su sistema de conocer la inclinación y el carácter de los humanos estudiando su fisonomía. Larra alude también a este escritor en su novela *El doncel de don Enrique el Doliente. Historia caballeresca del siglo XV,* Madrid, Repullés, 1834, vol. I, página 117. Las noticias de Larra acerca de Lavater pudieran venir de Balzac, a quien tanto admiraba.

cidimos a cenar lo más espléndidamente posible. ¡Funesto error! Así se refugiaban máscaras a aquel estrecho local, y se apiñaban y empujaban unas a otras, como si fuera de la puerta las esperase el más inminente peligro. Iban y venían los mozos aprovechando claros y describiendo sinuosidades, como el arroyo que va buscando para correr entre las breñas las rendijas y agujeros de las piedras. Era tarde ya; apenas había un plato de que disponer; pedimos, sin embargo, de lo que había, y nos trajeron varios restos de manjares que alguno que había cenado antes que nosotros había tenido la previsión de dejar sobrantes. *Hicimos semblante* [143] de comer, según decían nuestros antepasados, y como dicen ahora nuestros vecinos, y pagamos como si hubiéramos comido. Esta ha sido la primera vez en mi vida, salí diciendo, que me ha costado dinero un rato de hambre.

Entrámonos de nuevo en el salón de baile, y cansado ya de observar y de oír sandeces, prueba irrefragable de lo reducido que es el número de hombres dotados por el cielo con travesura y talento, toda mi ambición se limitó a conquistar con los codos y los pies un rincón donde ceder algunos minutos a la fatiga. Allí me recosté, púseme la careta para poder dormir sin excitar la envidia de nadie, y columpiándose mi imaginación entre mil ideas opuestas, hijas de la confusión de sensaciones encontradas de un baile de máscaras, me dormí, mas no tan tranquilamente como lo hubiera yo deseado.

Los fisiólogos saben mejor que nadie, según dicen, que el sueño y el ayuno, prolongado sobre todo, predisponen la imaginación débil y acalorada del hombre a las visiones nocturnas y aéreas, que vienen a tomar en nuestra irritable fantasía formas corpóreas cuando están nuestros párpados aletargados por Morfeo. Más de cuatro que han pasado en este bajo suelo por haber visto realmente lo que realmente no existe, han debido al sueño y al ayuno sus estupendas apariciones. Esto es precisamen-

---

[143] *Hicimos semblante:* galicismo que equivale a «hicimos como si comiésemos».

te lo que a mí me aconteció, porque al fin, según expresión de Terencio, *homo sum et nihil humani a me alienum puto* [144]. No bien había cedido al cansancio, cuando imaginé hallarme en una profunda oscuridad; reinaba el silencio en torno mío; poco a poco una luz fosfórica fue abriéndose paso lentamente por entre las tinieblas, y una redoma mágica se me fue acercando misteriosamente por sí sola, como un luminoso meteoro. Saltó un tapón con que venía herméticamente cerrada, un torrente de luz se escapó de su cuello destapado, y todo volvió a quedar en la oscuridad. Entonces sentí una mano fría como el mármol que se encontró con la mía; un sudor yerto me cubrió; sentí el crujir de la ropa de una fantasma bulliciosa que ligeramente se movía a mi lado, y una voz semejante a un leve soplo me dijo con acentos que no tienen entre los hombres signos representativos: *Abre los ojos, Bachiller; si te inspiro confianza, sígueme;* el aliento me faltó, flaquearon mis rodillas; pero la fantasma despidió de sí un pequeño resplandor, semejante al que produce un fumador en una escalera tenebrosa aspirando el humo de su cigarro, y a su escasa luz reconocí brevemente a Asmodeo, héroe del *Diablo Cojuelo* [145].

---

[144] Famosa frase que Terencio escribió en su *Heautontimorumenos,* acto I, v. 25.

[145] No es casualidad que Larra escoja, en estas líneas, la obra de Vélez de Guevara. La trayectoria de la novela picaresca nos demuestra que ésta se impregna de nuevos elementos que la convierten, en ocasiones, en novelas pseudoautobiográficas, de aventuras o costumbristas. Aunque reúnen los requisitos necesarios para rotularlas picarescas, la intención del autor es otra. Como sucede en la de Vélez de Guevara, que lo descriptivo-costumbrista es un buen aliciente para los mismos costumbristas del romanticismo. Recuérdese también el caso de Mesonero Romanos, en su artículo «De tejas arriba», y el de tantos escritores que siguen el mismo procedimiento para pintar la sociedad de la época. Pero tampoco debemos olvidar la influencia de Le Sage, pues en su *Diable Boiteux* el personaje se llama Asmodée; incluso algunos tipos, como el del joven de sesenta años que «viste pantorrillas postizas» se parece al joven sexagenario de Lesage. Véase, a este respecto, William S. Hendrix, «Notas sobre las influencias de Jouy en Larra», *Romanic Review,* XI, 1920.

—Te conozco —me dijo—, no temas; vienes a observar el carnaval en un baile de máscaras. ¡Necio!, ven conmigo; do quiera hallarás máscaras, do quiera carnaval, sin esperar al segundo mes del año.

Arrebatóme entonces insensible y rápidamente, no sé si sobre algún dragón alado, o vara mágica, o cualquier otro bagaje de esta especie. Ello fue que alzarme del sitio que ocupaba y encontrarnos suspendidos en la atmósfera sobre Madrid, como el águila que se columpia en el aire buscando con vista penetrante su temerosa presa, fue obra de un instante. Entonces vi al través de los tejados como pudiera al través del vidrio de un excelente anteojo de larga vista.

—Mira —me dijo mi extraño *cicerone*—. ¿Qué ves en esa casa?

—Un joven de sesenta años disponiéndose a asistir a una *suaré* [146]; pantorrillas postizas, porque va de calzón; un frac diplomático; todas las maneras afectadas de un seductor de veinte años; una persuasión, sobre todo, indestructible de que su figura hace conquistas todavía...

—¿Y allí?

—Una mujer de cincuenta años.

—Obsérvala; se tiñe los blancos cabellos.

—¿Qué es aquello?

—Una caja de dientes; a la izquierda una pastilla de color; a la derecha un *polisón* [147].

—¡Cómo se ciñe el corsé! Va a exhalar el último aliento.

—Repara su gesticulación de coqueta.

—¡Ente execrable! ¡Horrible desnudez!

—Más de una ha deslumbrado tus ojos en algún sarao, que debieras haber visto en ese estado para ahorrarte algunas locuras.

—¿Quién es aquel más allá?

—Un hombre que pasa entre vosotros los hombres por

---

[146] *Suaré:* del galicismo *soirée*, «sarao», velada, reunión al anochecer.

[147] *Polisón:* «armazón, que atado a la cintura, se ponían las mujeres para que abultasen los vestidos por detrás» *(DRAE).*

sensato; todos le consultan: es un célebre abogado; la librería que tiene al lado es el disfraz con que os engaña. Acaba de asegurar a un litigante con sus libros en la mano que su pleito es imperdible; el litigante ha salido; mira cómo cierra los libros en cuanto salió, como tú arrojarás la careta en llegando a tu casa. ¿Ves su sonrisa maligna? Parece decir: venid aquí, necios; dadme vuestro oro; yo os daré papeles, yo os haré frases. Mañana seré juez; seré el intérprete de Temis[148]. ¿No te parece ver al loco de Cervantes, que se creía Neptuno[149]? Observa más abajo: un moribundo; ¿oyes cómo se arrepiente de sus pecados? Si vuelve a la vida, tornará a las andadas. A su cabecera tiene a un hombre bien vestido, un bastón en una mano, una receta en la otra: *O la tomas, o te pego. Aquí tienes la salud,* parece decirle, *yo sano los males, yo los conozco;* observa con qué seriedad lo dice; parece que lo cree él mismo; parece perdonarle la vida que se le escapa ya al infeliz. *No hay cuidado,* sale diciendo; ya sube en su bombé; ¿oyes el chasquido del látigo?

—Sí.

—Pues oye también el último *ay* del moribundo, que va a la eternidad, mientras que el doctor corre a embromar a otro con su disfraz de sabio[150]. Ven a ese otro barrio.

—¿Qué es eso?

—Un duelo. ¿Ves esas caras tan compungidas?

—Sí.

—Míralas con este anteojo.

—¡Cielos! La alegría rebosa dentro, y cuenta los días que el decoro le podrá impedir salir al exterior.

—Mira una boda; con qué buena fe se prometen los novios eterna constancia y fidelidad.

* * *

---

[148] *Temis:* diosa de la justicia en la mitología griega.

[149] *Neptuno:* dios de la mitología griega. Era el gran señor del Océano y, en general, de todas las Aguas. Hijo de Cronos y Rea, se le conocía también con el nombre de Poseidón.

[150] Concomitancias elocuentes entre Larra y Quevedo. Su sátira contra los representantes de la justicia, escribanos, médicos, etc., son una inequívoca muestra.

—¿Quién es aquél?

—Un militar; observa cómo se paga de aquel oro que adorna su casaca. ¡Qué de trapitos de colores se cuelga de los ojales! ¡Qué vano se presenta! *Yo sé ganar batallas,* parece que va diciendo.

—¿Y no es cierto? Ha ganado la de ***

—¡Insensato! Esa no la ganó él, sino que la perdió el enemigo.

—No es lo mismo.

—¿Y la otra de ***?

—La casualidad... Se está vistiendo de grande uniforme, es decir, disfrazando; con ese disfraz todos le dan V. E.; él y los que así le ven, creen que ya no es un hombre como todos.

* * *

—Ya lo ves; en todas partes hay máscaras todo el año; aquel mismo amigo que te quiere hacer creer que lo es, la esposa que dice que te ama, la querida que te repite que te adora, ¿no te están embromando toda la vida? ¿A qué, pues, esa prisa de buscar billetes? Sal a la calle y verás las máscaras de balde. Sólo te quiero enseñar, antes de volverte a llevar donde te he encontrado —concluyó Asmodeo—, una casa donde dicen especialmente que no las hay este año. Quiero desencantarte.

Al decir esto pasábamos por el teatro.

—Mira allí —me dijo— a un autor de comedia. Dice que es un gran poeta. Está muy persuadido de que ha escrito los sentimientos de Orestes y de Nerón y de Otelo... ¡Infeliz! ¿Pero qué mucho? Un inmenso concurso se lo cree también. ¡Ya se ve! Ni unos ni otros han conocido a aquellos señores. Repara y ríete a tu salvo. ¿Ves aquellos grandes palos pintados, aquellos lienzos corredizos? Dicen que aquello es el campo, y casas, y habitaciones, ¡y qué más sé yo! ¿Ves aquel que sale ahora? Aquél dice que es el grande sacerdote de los griegos, y aquel otro Edipo, ¿los conoces tú?

—Sí; por más señas que esta mañana los vi en misa.

—Pues míralos; ahora se desnudan, y el gran sacerdote, y Edipo, y Yocasta, y el pueblo tebano entero, se van a cenar sin más acompañamiento, y dejándose a su patria entre bastidores, algún carnero verde, o si quieres un excelente *beefstek* hecho en casa de Genyeis[151]. ¿Quieres oír a Semíramis?[152]

—¿Estás loco, Asmodeo? ¿A Semíramis?

—Sí; mírala; es una excelente conocedora de la música de Rossini. ¿Oíste qué bien cantó aquel adagio? Pues es la viuda de Nino[153]; ya expira; a imitación del cisne, canta y muere.

Al llegar aquí estábamos ya en el baile de máscaras; sentí un golpe ligero en una de mis mejillas. *¡Asmodeo!,* grité. Profunda oscuridad; silencio de nuevo en torno mío. *¡Asmodeo!,* quise gritar de nuevo; despiértame empero el esfuerzo. Llena aún mi fantasía de mi nocturno viaje, abro los ojos, y todos los trajes apiñados, todos los países me rodean en breve espacio; un chino, un marinero, un abate, un indio, un ruso, un griego, un romano, un escocés... ¡Cielos! ¿Qué es esto? ¿Ha sonado ya la trompeta final? ¿Se han congregado ya los hombres de todas las épocas y de todas las zonas de la tierra, a la voz del Omnipotente, en el valle de Josafat...? Poco a poco vuelvo en mí, y asustando a un turco y una monja entre quienes estoy, exclamo con toda la filosofía de un hombre que no ha cenado, e imitando las expresiones de Asmodeo, que aún suenan en mis oídos: *El mundo todo es máscaras: todo el año es carnaval.*

---

151 Véase el artículo «El castellano viejo», nota 103.

152 *Semíramis:* reina de Asiria y Babilonia, muerta en 824 a. de C.

153 *Nino:* fundador del imperio asirio; estaba casado con Semíramis. Larra alude a la ópera Semirámide, de Rossini, estrenada en Venecia en 1823.

9

Yo quiero ser cómico [154]

Anch'io son pittore [155]

No fuera yo Fígaro, ni tuviera esa travesura y maliciosa índole que malas lenguas me atribuyen, si no sacara a la luz pública cierta visita que no ha muchos días tuve en mi propia casa.

Columpiábame en mi mullido sillón, de éstos que dan vueltas sobre su eje, los cuales son especialmente de mi gusto por asemejarse en cierto modo a muchas gentes que conozco, y me hallaba en la mayor perplejidad sin saber cuál de mis numerosas apuntaciones elegiría para un artículo que me correspondía injerir aquel día en la *Revista* [156]. Quería yo que fuese interesante sin ser mordaz, y conocía toda la dificultad de mi empeño, y sobre

---

[154] Apareció, en *La Revista Española,* el 1 de marzo de 1833. Comenzó esta revista el 7 de noviembre de 1832 —Larra colabora en la sección «Teatros»—, como continuación de las *Cartas Españolas.* Salía dos veces a la semana, con ocho páginas de 0^m, 284×0^m, 218; desde el 21 de junio de 1833 salió con cuatro páginas de 0^m, $315 \times \times 0^m$, 212; desde el 2 de junio de 1833, de nuevo con ocho páginas; el 27 de septiembre, tres veces a la semana y con dos páginas de 0^m, 374×0^m, 276; el 1 de abril de 1834 se convirtió en diario. Cesó el 26 de agosto de 1836, habiendo llegado a tener 0^m, 435×0^m, 299. Periódico fundado por José María Carnerero.

[155] *Anch'io son pittore:* italiano, «también yo soy pintor».

[156] *Revista, La Revista Española.*

todo que fuese serio, porque no está siempre un hombre de buen humor, o de buen talante, para comunicar el suyo a los demás. No dejaba de atormentarme la idea de que fuese histórico, y por consiguiente verídico, porque mientras yo no haga más que cumplir con las obligaciones de fiel cronista de los usos y costumbres de mi siglo, no se me podrá culpar de mal intencionado, ni de amigo de buscar pendencias por una sátira más o menos.

Hallábame, como he dicho, sin saber cuál de mis notas escogería por más inocente, y no encontraba por cierto mucho que escoger, cuando me deparó felizmente la casualidad materia sobrada para un artículo, al anunciarme mi criado a un joven que me quería hablar indispensablemente.

Pasó adelante el joven haciéndome una cortesía bastante zurda, como de hombre que necesita y estudia en la fisonomía del que le ha de favorecer sus gustos e inclinaciones, o su humor del momento, para conformarse prudentemente con él; y dando tormento a los tirantes y rudos músculos de su fisonomía para adoptar una especie de careta que desplegase a mi vista sentimientos mezclados de afecto y de deferencia, me dijo con voz forzadamente sumisa y cariñosa:

—¿Es usted el redactor llamado *Fígaro?*

—¿Qué tiene usted que mandarme?

—Vengo a pedirle un favor... ¡Cómo me gustan sus artículos de usted!

—Es claro... Si usted me necesita...

—Un favor de que depende mi vida acaso... ¡Soy un apasionado, un amigo de usted!

—Por supuesto... siendo el favor de tanto interés para usted...

—Yo soy un joven...

—Lo presumo.

—Que *quiero ser cómico,* y dedicarme al teatro.

—¿Al teatro?

—Sí, señor... como el teatro está cerrado ahora...

—Es la mejor ocasión.

—Como estamos en cuaresma, y es la época de ajustar

para la próxima temporada cómica, desearía que usted me recomendase...

—¡Bravo empeño! ¿A quién?

—Al Ayuntamiento.

—¡Hola! ¿Ajusta el Ayuntamiento?

—Es decir, a la empresa.

—¡Ah! ¿Ajusta la empresa?

—Le diré a usted... según algunos, esto no se sabe... pero... para cuando se sepa.

—En ese caso, no tiene usted prisa, porque nadie la tiene...

—Sin embargo, como yo quiero [157] ser cómico...

—Cierto. ¿Y qué sabe usted? ¿Qué ha estudiado usted?

—¿Cómo? ¿Se necesita saber algo?

—No; para ser actor, ciertamente, no necesita usted saber cosa mayor...

—Por eso; yo no quisiera singularizarme; siempre es malo entrar con ese pie en una corporación.

—Ya le entiendo a usted; usted quisiera [158] ser cómico aquí, y así será preciso examinarle por la pauta del país. ¿Sabe usted castellano?

—Lo que usted ve..., para hablar; las gentes me entienden...

—Pero la gramática, y la propiedad, y...

—No, señor, no.

—Bien, ¡eso es muy bueno! Pero sabrá usted desgraciadamente el latín, y habrá estudiado humanidades, bellas letras...

—Perdone usted.

—Sabrá de memoria los poetas clásicos, y los comprenderá, y podrá verter sus ideas en las tablas.

—Perdone usted, señor. Nada, nada. ¿Tan poco favor me hace usted? Que me caiga muerto aquí si he leído una sola línea de eso, ni he oído hablar tampoco... mire usted...

---

[157] En la primera versión, *quisiera.*
[158] En la primera versión, *quiere.*

—No jure usted. ¿Sabe usted pronunciar con afectación todas las letras de una palabra, y decir unas voces por otras, *actitud* por *aptitud,* y *aptitud* por *actitud, diferiencia* por *diferencia, háyamos* por *hayamos, dracmático* por *dramático,* y otras semejantes?

—Sí, señor, sí, todo eso digo yo.

—Perfectamente; me parece que sirve usted para el caso. ¿Aprendió usted historia?

—No, señor; no sé lo que es.

—Por consiguiente, no sabrá usted lo que son trajes, ni épocas, ni caracteres históricos...

—Nada, nada, no señor.

—Perfectamente.

—Le diré a usted...; en cuanto a trajes, ya sé que en siendo muy antiguo, siempre a la romana [159].

—Esto es: aunque sea griego el asunto.

—Sí señor: si no es tan antiguo, a la antigua francesa o a la antigua española; según... ropilla, trusas [160], capacete [161], acuchillados [162], etc. Si es más moderno o del día, levita a la Utrilla [163] en los calaveras, y polvos, casacón [164] y media en los padres.

—¡Ah! ¡Ah! Muy bien.

—Además, eso en el ensayo general se le pregunta al

---

[159] Larra criticó en más de una ocasión esta costumbre tan generalizada en su época y en años posteriores. Esto tendría sus disculpas en las comedias caseras, donde la voluntad se imponía a cualquier tipo de exigencias, pero no en los actores profesionales que actuaban con gran negligencia al respecto.

[160] *Trusas:* del francés *trouses,* «gregüescos con cuchilladas, por lo común a lo largo, que llegaban o se sujetaban a mitad del muslo» *(DRAE).*

[161] *Capacete:* del latín capax-ācis, «pieza de la armadura, que cubría y defendía la cabeza» *(DRAE).*

[162] *Acuchillados:* «aplícase al vestido o parte de él con aberturas semejantes a cuchilladas, bajo las cuales se ve otra tela distinta de la de aquél» *(DRAE).*

[163] *Utrilla:* famoso sastre madrileño en la época de Larra. Sus patrones seguían lo más atrevido de la moda de París y Londres.

[164] *Casacón:* aumentativo de *casaca,* «vestidura ceñida al cuerpo, con mangas que llegan hasta la muñeca y con faldones hasta las corvas» *(DRAE).*

galán o a la dama, según el sexo de cada uno que lo pregunta, y conforme a lo que ellos tienen en sus arcas, así...

—¡Bravo!

—Porque ellos suelen saberlo.

—¿Y cómo presentará usted un carácter histórico?

—Mire usted; el papel lo dirá, y luego, como el muerto no se ha de tomar el trabajo de resucitar sólo para desmentirle a uno... Además, que gran parte del público suele estar tan enredada como nosotros...

—¡Ah! ya... Usted sirve para el ejercicio. La figura es la que no...

—No es gran cosa; pero eso no es esencial.

—Y de educación,. de modales y usos de sociedad, ¿a qué altura se halla usted?

—Mal; porque si va a decir verdad, yo soy un pobrecillo: yo era escribiente en una mala administración; me echaron por holgazán y me quiero meter a cómico porque se me figura a mí que es oficio en que no hay nada que hacer...

—Y tiene usted razón.

—Todo lo hace el apunte, y... por consiguiente, no conozco esos señores usos de sociedad que usted dice, ni nunca traté a ninguno de ellos.

—Ni conocerá usted el mundo, ni el corazón humano.

—Escasamente.

—¿Y cómo representará usted tantos caracteres distintos?

—Le diré a usted: si hago de rey, de príncipe o de magnate, ahuecaré la voz, miraré por encima del hombro a mis compañeros, mandaré con mucho imperio...

—Sin embargo, en el mundo esos personajes suelen ser muy afables y corteses, y como están acostumbrados, desde que nacen, a ser obedecidos a la menor indicación, mandan poco y sin dar gritos...

—Sí, pero ¡ya ve usted!, en el teatro es otra cosa.

—Ya me hago cargo.

—Por ejemplo, si hago un papel de juez, aunque esté

delante de señoras o en casa ajena, no me quitaré el sombrero, porque en el teatro la justicia está dispensada de tener crianza; daré fuertes golpes en el tablado con mi bastón de borlas, y pondré cara de caballo, como si los jueces no tuviesen entrañas...

—No se puede hacer más.

—Si hago de delincuente me haré el perseguido, porque en el teatro todos los reos son inocentes...

—Muy bien.

—Si hago un papel del pícaro, que ahora están en boga, cejas arqueadas, cara pálida, voz ronca, ojos atravesados, aire misterioso, apartes melodramáticos... Si hago un calavera, muchos brincos y zapatetas, carreritas de pies y lengua, vueltas rápidas y habla ligera... Si hago un barba [165], andaré a compás, como un juego de escarpias, me temblarán siempre las manos como perlático [166] o descoyuntado; y aunque el papel no apunte más de cincuenta años, haré del tarato [167] y decrépito, y apoyaré mucho la voz con intención marcada en la moraleja, como quien dice a los espectadores: «Allá va esto para ustedes.»

—¿Tiene usted grandes calvas para los barbas?

—¡Oh! disformes; tengo una que me coge desde las narices hasta el colodrillo [168]; bien que ésta la reservo para las grandes solemnidades. Pero aun para [el] diario tengo otras, tales que no se me ve la cara con ellas.

—¿Y los graciosos?

—Esto es lo más fácil: estiraré mucho la pata, daré grandes voces, haré con la cara y el cuerpo todos los raros visajes y estupendas contorsiones que alcance, y saldré [siempre] vestido de arlequín...

—Usted hará furor.

—¡Vaya si haré! Se morirá el público de risa, y se hun-

---

[165] *Barba:* del latín *barba,* «comediante que hace el papel de viejo o anciano» *(DRAE).*

[166] *Perlático:* de *paralítico,* «que padece de *perlesía:* privación o disminución del movimiento de partes del cuerpo» *(DRAE).*

[167] *Tarato:* decadente, enfermo.

[168] *Colodrillo:* de *colodra,* parte posterior de la cabeza.

dirá la casa a aplausos. Y especialmente, en toda clase
de papeles, diré directamente al público todos los apartes, monólogos, gracias y parlamentos de intención o lucimiento que en mi parte[169] se presenten.

—¿Y memoria?

—No es cosa la que tengo; y aun ésa no la aprovecho,
porque no me gusta el estudio. Además, que eso es cuenta del apuntador. Si se descuida, se le lanza de vez en
cuando un par de miradas terribles, como diciendo al
público: *¡Ven ustedes qué hombre!*

—Esto es; de modo que el apuntador vaya tirando del
papel como de una carreta, y sacándole a usted la relación del cuerpo como una cinta. De esa manera, y
hablando él altito, tiene el público el placer de oír a un
mismo tiempo dos ejemplares de un mismo papel[170].

—Sí, señor; y, en fin, cuando uno no sabe su relación,
se dice cualquier tontería, y el público se la ríe. ¡Es tan
guapo el público! ¡Si usted viera!

—Ya sé, ¡ya!

—Vez hay que en una comedia en verso añade uno un
párrafo en prosa: pues ni se enfada, ni menos lo nota[171].
Así es que no hay nada más común que añadir...

—¡Ya se ve, que hacen muy bien! Pues, señor, usted
es cómico, y bueno. ¿Usted ha representado anteriormente?

—¡Vaya! En comedias caseras. He alborotado con el
García y el *Delincuente honrado*[172].

---

169 En la primera versión, *en el papel.*

170 Larra no sólo critica la vestimenta, los textos, los malos olores
del teatro que provienen de las letrinas, los estornudos, voces, etc.,
sino que también vitupera la costumbre del apuntador que, desde su
concha, recitaba el papel con tal ímpetu que los espectadores podían
oírle perfectamente. Incluso, el actor, si no le había oído bien, detenía
su actuación y le preguntaba al apuntador, contestándole éste con
igual brío.

171 En la primera versión, *ni lo nota, ni menos se enfada.*

172 *Delincuente honrado:* comedia sentimental escrita en 1773, de
resultas de una disputa literaria suscitada en la tertulia sevillana de
Olavide. Véase: *Obras,* de D. Gaspar Melchor de Jovellanos, BAE,
XLVI, págs. 77-78.

—No más, no más; le digo a usted que usted será cómico. Dígame usted, ¿sabrá usted hablar mal de los poetas y despreciarlos, aunque no los entienda; alabar las comedias por el lenguaje, aunque no sepa lo que es, o por el verso mas que no entienda siquiera lo que es prosa?

—¿Pues no tengo de saber, señor? Eso lo hace cualquiera.

—¿Sabrá usted quejarse amargamente, y entablar una querella criminal contra el primero que se atreva a decir en letras de molde que usted no lo hace todas las noches sobresalientemente? ¿Sabrá usted decir de los periodistas que quién son ellos para?...

—Vaya si sabré; precisamente ese es el tema nuestro de todos los días. Mande usted otra cosa.

Al llegar aquí no pude ya contener mi gozo por más tiempo, y arrojándome en los brazos de mi recomendado:

—¡Venga usted acá, mancebo generoso —exclamé todo alborozado—; venga usted acá, flor y nata de la andante comiquería: usted ha nacido en este siglo de hierro de nuestra gloria dramática para renovar aquel siglo de oro, en que sólo comían los hombres bellotas y pacían a su libertad por los bosques, sin la distinción del *tuyo* y *del mío!* ¡Usted será cómico, en fin, o se han de olvidar las reglas que hoy rigen en el ejercicio!

Diciendo éstas y otras razones, despedí a mi candidato, prometiéndole las más eficaces recomendaciones.

10

En este país [173]

Hay en el lenguaje vulgar frases afortunadas que nacen en buena hora y que se derraman por toda una nación, así como se propagan hasta los términos de un es-
tanque las ondas producidas por la caída de una piedra
en medio del agua. Muchas de este género pudiéramos
citar, en el vocabulario político sobre todo; de esta clase
son aquellas que, halagando las pasiones de los partidos, han resonado tan funestamente en nuestros oídos
en los años que van pasados de este siglo, tan fecundo
en mutaciones de escena y en cambio de decoraciones.
Cae una palabra de los labios de un perorador en un pequeño círculo, y un gran pueblo, ansioso de palabras, la
recoge, la pasa de boca en boca, y con la rapidez del
golpe eléctrico un crecido número de máquinas vivientes
la repite y la consagra, las más veces sin entenderla, y
siempre sin calcular que una palabra sola es, a veces, pa-
lanca suficiente a levantar la muchedumbre, inflamar
los ánimos y causar en las cosas una revolución.

Estas voces favoritas han solido siempre desaparecer
con las circunstancias que las produjeran. Su destino es,
efectivamente, como sonido vago que son, perderse en
la lontananza, conforme se apartan de la causa que las
hizo nacer. Una frase, empero, sobrevive siempre entre

---

[173] Se publicó en *La Revista Española* el 30 de abril de 1833.

nosotros, cuya existencia es tanto más difícil de conce-
bir, cuanto que no es de la naturaleza de esas de que
acabamos de hablar; éstas sirven en las revoluciones a
lisonjear a los partidos y a humillar a los caídos, objeto
que se entiende perfectamente, una vez conocida la generosa condición del hombre; pero la frase que forma el
objeto de este artículo se perpetúa entre nosotros, siendo sólo un funesto padrón de ignominia para los que la
oyen y para los mismos que la dicen; así la repiten los
vencidos como los vencedores, los que no pueden como
los que no quieren extirparla; los propios, en fin como
los extraños.

En este país... Ésta es la frase que todos repetimos a
porfía, frase que sirve de clave para toda clase de expli-
caciones, cualquiera que sea la cosa que a nuestros ojos
choque en mal sentido. *¿Qué quiere usted?*, decimos,
¡en este país! Cualquier acontecimiento desagradable
que nos suceda, creemos explicarle perfectamente con la
frasecilla: *¡Cosas de este país!* que con vanidad pronun-
ciamos y sin pudor alguno repetimos.

¿Nace esta frase de un atraso reconocido en toda la
nación? No creo que pueda ser éste su origen, porque
sólo puede conocer la carencia de una cosa el que la
misma cosa conoce: de donde se infiere que si todos los
individuos de un pueblo conociesen su atraso, no
estarían realmente atrasados. ¿Es la pereza de imaginación o de raciocinio, que nos impide investigar la verdadera razón de cuanto nos sucede, y que se goza en tener
una muletilla siempre a mano con que responderse a sus
propios argumentos, haciéndose cada uno la ilusión de
no creerse cómplice de un mal, cuya responsabilidad
descarga sobre el estado del país en general? Esto parece
más ingenioso que cierto.

Creo entrever la causa verdadera de esta humillante
expresión. Cuando se halla un país en aquel crítico momento en que se acerca a una transición, y en que, saliendo de las tinieblas, comienza a brillar a sus ojos un
ligero resplandor, no conoce todavía el bien, empero ya
conoce el mal, de donde pretende salir para probar cual-

quiera otra cosa que no sea lo que hasta entonces ha tenido. Sucédele lo que a una joven bella que sale de la adolescencia; no conoce el amor todavía ni sus goces; su corazón, sin embargo, o la naturaleza, por mejor decir, le empieza a revelar una necesidad que pronto será urgente para ella, y cuyo germen y cuyos medios de satisfacción tiene en sí misma, si bien los desconoce todavía; la vaga inquietud de su alma, que busca y ansía, sin saber qué, la atormenta y la disgusta de su estado actual y del anterior en que vivía; y vésela despreciar y romper aquellos mismos sencillos juguetes que formaban poco antes el encanto de su ignorante existencia.

Éste es acaso nuestro estado, y éste, a nuestro entender, el origen de la fatuidad que en nuestra juventud se observa: el *medio saber* reina entre nosotros; no conocemos el bien, pero sabemos que existe y que podemos llegar a poseerle, si bien sin imaginar aún el cómo. Afectamos, pues, hacer ascos de lo que tenemos, para dar a entender a los que nos oyen que conocemos cosas mejores, y nos queremos engañar miserablemente unos a otros, estando todos en el mismo caso.

Este *medio saber* nos impide gozar de lo bueno que realmente tenemos, y aun nuestra ansia de obtenerlo todo de una vez nos ciega sobre los mismos progresos que vamos insensiblemente haciendo. Estamos en el caso del que, teniendo apetito, desprecia un sabroso almuerzo con la esperanza de un suntuoso convite incierto, que se verificará, o no se verificará, más tarde. Sustituyamos sabiamente a la esperanza de mañana el recuerdo de ayer, y veamos si tenemos razón en decir a propósito de todo: *¡Cosas de este país!*

Sólo con el auxilio de las anteriores reflexiones pude comprender el carácter de don Periquito, ese petulante joven, cuya instrucción está reducida al poco latín que le quisieron enseñar y que él no quiso aprender; cuyos viajes no han pasado de Carabanchel; que no lee sino en los ojos de sus queridas, los cuales no son ciertamente los libros más filosóficos; que no conoce, en fin, más ilustración que la suya, más hombres que sus amigos, cortados por la misma tijera que él, ni más mundo que el salón del Prado, ni más país que el suyo. Este fiel representante de gran parte de nuestra juventud desdeñosa de su país, fue no ha mucho tiempo objeto de una de mis visitas.

Encontréle en una habitación mal amueblada y peor dispuesta, como de hombre solo; reinaba en sus muebles y sus ropas, tiradas aquí y allí, un espantoso desorden de que hubo de avergonzarse al verme entrar.

—Este cuarto está hecho una leonera —me dijo—. ¿Qué quiere usted?, en este país...— y quedó muy satisfecho de la excusa que a su natural descuido había encontrado.

Empeñóse en que había de almorzar con él, y no pude resistir a sus instancias: un mal almuerzo mal servido reclamaba indispensablemente algún nuevo achaque, y no tardó mucho en decirme:

—Amigo, en este país no se puede dar un almuerzo a nadie; hay que recurrir a los platos comunes y al chocolate.

—Vive Dios —dije yo para mí—, que cuando en este país se tiene un buen cocinero y un exquisito servicio y los criados necesarios, se puede almorzar un excelente *beefsteak* con todos los adherentes de un almuerzo *à la fourchette*[174]; y que en París los que pagan ocho o diez reales por un *appartement garni*[175], o una mezquina habitación en una casa de huéspedes, como mi amigo don Periquito, no se desayunan con pavos trufados ni con Champagne.

Mi amigo Periquito es hombre pesado como los hay en todos los países, y me instó a que pasase el día con él; y yo, que había empezado ya a estudiar sobre aquella máquina como un anatómico sobre un cadáver, acepté inmediatamente.

Don Periquito es pretendiente, a pesar de su notoria inutilidad. Llevóme, pues, de ministerio en ministerio:

---

[174] *À la fourchette:* «desayuno fuerte».
[175] *Appartement garni:* francés, «vivienda amueblada».

de dos empleos con los cuales contaba, habíase llevado el uno otro candidato que había tenido más empeños que él.

—¡Cosas de España!— me salió diciendo, al referirme su desgracia.

—Ciertamente —le respondí, sonriéndome de su injusticia—, porque en Francia y en Inglaterra no hay intrigas; puede usted estar seguro de que allá todos son unos santos varones, y los hombres no son hombres.

El segundo empleo que pretendía había sido dado a un hombre de más luces que él.

—¡Cosas de España! —me repitió.

—Sí, porque en otras partes colocan a los necios —dije yo para mí.

Llevóme en seguida a una librería, después de haberme confesado que había publicado un folleto, llevado del mal ejemplo. Preguntó cuántos ejemplares se habían vendido de su peregrino folleto, y el librero respondió:

—Ni uno.

—¿Lo ve usted, Fígaro? —me dijo—: ¿Lo ve usted? En este país no se puede escribir. En España nada se vende; vegetamos en la ignorancia. En París hubiera vendido diez ediciones.

—Ciertamente —le contesté yo—, porque los hombres como usted venden en París sus ediciones.

En París no habrá libros malos que no se lean, ni autores necios que se mueran de hambre.

Desengáñese usted: en este país no se lee —prosiguió diciendo.

Y usted que de eso se queja, señor don Periquito, usted, ¿qué lee? —le hubiera podido preguntar—. Todos nos quejamos de que no se lee, y ninguno leemos.

¿Lee usted los periódicos? —le pregunté, sin embargo.

No, señor; en este país no se sabe escribir periódicos. ¡Lea usted ese *Diario de los Debates,* ese *Times!*

Es de advertir que don Periquito no sabe francés ni inglés, y que en cuanto a periódicos, buenos o malos, en fin, los hay, y muchos años no los ha habido.

Pasábamos al lado de una obra de esas que hermosean continuamente *este país,* y clamaba:

—¡Qué basura! En este país no hay policía.

En París las casas que se destruyen y reedifican no producen polvo.

Metió el pie torpemente en un charco.

—¡No hay limpieza en España! —exclamaba.

En el extranjero no hay lodo.

Se hablaba de un robo:

—¡Ah! ¡País de ladrones! —vociferaba indignado. Porque en Londres no se roba; en Londres, donde en la calle acometen los malhechores a la mitad de un día de niebla a los transeúntes.

Nos pedía limosna un pobre:

—¡En este país no hay más que miseria! —exclamaba horripilado. Porque en el extranjero no hay infeliz que no arrastre coche.

Ibamos al teatro, y:

—¡Oh qué horror! —decía mi don Periquito con compasión, sin haberlos visto mejores en su vida—. ¡Aquí no hay teatros!

Pasábamos por un café.

—No entremos. ¡Qué cafés los de este país! —gritaba.

Se hablaba de viajes:

—¡Oh! Dios me libre; ¡en España no se puede viajar! ¡Qué posadas! ¡Qué caminos!

¡Oh infernal comezón de vilipendiar este país que adelanta y progresa de algunos años a esta parte más rápidamente que adelantaron esos *países modelos,* para llegar al punto de ventaja en que se han puesto!

¿Por qué los don Periquitos que todo lo desprecian en el año 33, no vuelven los ojos a mirar atrás, o no preguntan a sus papás acerca del tiempo, que no está tan distante de nosotros, en que no se conocía en la Corte más botillería que la de Canosa [176], ni más bebida

---

[176] *Botillería de Canosa:* una de las más famosas botillerías del Madrid antiguo, situada en la Carrera de San Jerónimo. Frecuentemente citada por los costumbristas.

que la leche helada; en que no había más caminos en España que el del cielo; en que no existían más posadas que las descritas por Moratín en *El sí de las niñas,* con las sillas desvencijadas y las estampas del Hijo Pródigo, o las malhadadas ventas para caminantes asendereados; en que no corrían más carruajes que las galeras y carromatos catalanes; en que los *chorizos*[177] y *polacos*[178] repartían a naranjazos los premios al talento dramático, y llevaba el público al teatro la bota y la merienda para pasar a tragos la representación de las comedias de figurón y dramas de Comella[179]; en que no se conocía más ópera que el *Marlborough* (o Mambruc, como dice el vulgo) cantado a la guitarra; en que no se leía más periódico que el *Diario de Avisos*[180], y en fin... en que...

Pero acabemos este artículo, demasiado largo para nuestro propósito: no vuelvan a mirar atrás porque habrían de poner un término a su maledicencia y llamar prodigiosa la casi repentina mudanza que en *este país* se ha verificado en tan breve espacio.

Concluyamos, sin embargo, de explicar nuestra idea claramente, más que a los don Periquitos que nos rodean pese y avergüence.

Cuando oímos a un extranjero que tiene la fortuna de pertenecer a un país donde las ventajas de la ilustración se han hecho conocer con mucha anterioridad que en el nuestro, por causas que no es de nuestra inspección examinar, nada extrañamos en su boca, si no es la falta de consideración y aun de gratitud que reclama la hospitalidad de todo hombre honrado que la recibe; pero cuando oímos la expresión despreciativa que hoy merece nuestra sátira en bocas de españoles, y de españoles,

---

[177] *Chorizos:* partidarios del Teatro del Príncipe. Así llamados por el enfado de un actor, Manuel Palomino, que debía comer en escena unos chorizos que no llegaron a tiempo.

[178] *Polacos:* sí llamados los partidarios del Teatro de la Cruz, entusiastas que capitaneaba el fraile trinitario Padre Polaco, de ahí su nombre.

[179] *Comella,* véase el artículo «Quién es el público...», nota 27.

[180] *Diario de Avisos,* véase el artículo «El café», nota 7.

sobre todo, que no conocen más país que este mismo suyo, que tan injustamente dilaceran, apenas reconoce nuestra indignación límites en que contenerse.

[En el día es menos que nunca acreedor *este país* a nuestro desprecio. Hace años que el Gobierno, granjeándose la gratitud de sus súbditos, comunica a muchos ramos de prosperidad cierto impulso benéfico, que ha de completar por fin algún día la grande obra de nuestra regeneración.]

Borremos, pues, de nuestro lenguaje la humillante expresión que no nombra a *este país* sino para denigrarle: volvamos los ojos atrás, comparemos y nos creeremos felices. Si alguna vez miramos adelante y nos comparamos con el extranjero, sea para prepararnos un porvenir mejor que el presente, y para rivalizar en nuestros adelantos con los de nuestros vecinos: sólo en este sentido opondremos nosotros en algunos de nuestros artículos el bien de fuera al mal de dentro.

Olvidemos, lo repetimos, esa funesta expresión que contribuye a aumentar la injusta desconfianza que de nuestras propias fuerzas tenemos. Hagamos más favor o justicia a nuestro país, y creámosle capaz de esfuerzos y felicidades. Cumpla cada español con sus deberes de buen patricio, y en vez de alimentar nuestra inacción con la expresión de desaliento: *¡Cosas de España!,* contribuya cada cual a las mejoras posibles. Entonces este país dejará de ser tan mal tratado de los extranjeros, a cuyo desprecio nada podemos oponer, si de él les damos nosotros mismos el vergonzoso ejemplo.

11

La fonda nueva [181]

Preciso es confesar que no es nuestra patria el país donde viven los hombres para comer: gracias, por el contrario, si se come para vivir: verdad es que no es éste el único punto en que manifestamos lo mal que nos queremos: no hay género de diversión que no nos falte; no hay especie de comodidad de que no carezcamos. «¿Qué país es éste?», me decía no hace un mes un extranjero que vino a estudiar nuestras costumbres. Es de advertir, en obsequio de la verdad, que era francés el extranjero, y que el francés es el hombre del mundo que menos concibe el monótono y sepulcral silencio de nuestra existencia española.

—Grandes carreras de caballos habrá aquí —me decía desde el amanecer—: no faltaremos.

—Perdone usted —le respondía yo—; aquí no hay carreras.

—¿No gustan de correr los jóvenes de las primeras casas? ¿No corren aquí siquiera los caballos?...

—Ni siquiera los caballos.

—Iremos a caza.

—Aquí no se caza: no hay dónde, ni qué.

—Iremos al paseo de coches.

[181] Se publicó, por vez primera, en *La Revista Española* el 23 de agosto de 1833.

—No hay coches.

—Bien, a una casa de campo a pasar el día.

—No hay casas de campo; no se pasa el día.

—Pero habrá juegos de mil suertes diferentes, como en toda Europa... Habrá jardines públicos donde se baile; más en pequeño, pero habrá sus *Tívolis*[182], sus *Ranelagh*[183], sus *Campos Elíseos*... habrá algún juego para el público.

—No hay nada para el público: el público no juega.

Es de ver la cara de los extranjeros cuando se les dice francamente que el público español, o no siente la necesidad interior de divertirse, o se divierte como los sabios (que en eso todos lo parecen), con sus propios pensamientos. Creía mi extranjero que yo quería abusar de su credulidad, y con rostro entre desconfiado y resignado:

—Paciencia —me decía por fin—: nos contentaremos con ir a los bailes que den las casas de buen tono y las suarés[184]...

—Paso[185], señor mío —le interrumpí yo—: ¿con que es bueno que le dije que no había gallinas y se me viene pidiendo...? En Madrid no hay bailes, no hay suarés. Cada uno habla o reza, o hace lo que quiere en su casa con cuatro amigos muy de confianza, y basta.

Nada más cierto, sin embargo, que este tristísimo cuadro de nuestras costumbres. Un día solo en la semana, y eso no todo el año, se divierten mis compatriotas: el lunes, y no necesito decir en qué[186]: los demás días

---

[182] Tívoli, Mesonero Romanos en su *Manual de Madrid. Descripción de la Corte y de la Villa* (versión de 1831), vol. I, pág. 27, afirma que el café Tívoli, situado en el Prado «podía competir con los más brillantes de su clase en el extranjero».

[183] *Ranelagh.* Famoso jardín inglés. Daniel Defoe, en su novela *Moll Flanders,* habla de los «jardines de Ranelagh».

[184] *Suarés.* Véase el artículo «El mundo todo es máscaras. Todo el año es Carnaval», nota 146.

[185] *Paso:* del latín *passus,* «despacio».

[186] En la época de Larra, las corridas de toros se celebraban el lunes. Unos años más tarde A. Flores en su artículo «Una semana en Madrid», publicado en el periódico *El Laberinto,* vol. I, año 1843, página 6, nos informa de que Madrid quedaba por unas horas desier-

examinemos cuál es el público recreo. Para el pueblo bajo, el día más alegre del año redúcese su diversión a calzarse las castañuelas (digo calzarse porque en ciertas gentes las manos parecen pies), y agitarse violentamente en medio de la calle, en corro, al desapacible son de la agria voz y del desigual pandero. Para los elegantes todas las corridas de caballos, las partidas de caza, las casas de campo, todo se encierra en dos o tres tiendas de la calle de la Montera. Allí se pasa alegremente la mañana en contar las horas que faltan para irse a comer, si no, hay sobre todo gordas noticias de Lisboa [187], o si no dan en pasar muchos lindos talles de quien murmurar, y cuya opinión se pueda comprometer, en cuyos casos varía mucho la cuestión y nunca falta quehacer.

¿Qué se hace por la tarde en Madrid? Dormir la siesta. ¿Y el que no duerme, qué hace? Estar despierto; nada más. Por la noche, es la verdad, hay un poco de teatro, y tiene un elegante el desahogo inocente de venir a silbar un rato la mala voz del bufo caricato, o a aplaudir la linda cara de la *altra prima dona;* pero ni se proporciona tampoco todos los días, ni se divierte en esto sino un muy reducido número de personas, las cuales, entre paréntesis, son siempre las mismas, y forman un pueblo chico de costumbres extranjeras, embutido dentro de otro grande de costumbres patrias, como un cucurucho menor metido en un cucurucho mayor.

En cuanto a la pobre clase media, cuyos límites van perdiéndose y desvaneciéndose cada vez más, por arriba en la alta sociedad, en que hay de ella no pocos intrusos, y por abajo en la capa inferior del pueblo, que va conquistando sus usos, esa sólo de una manera se divierte. ¿Llegó un día de días? ¿Hubo boda? ¿Nació un niño? ¿Diéronle un empleo al amo de la casa, que en

---

ta, abandonando su oficio más de un empleado o comerciante; incluso, algunos elegían este día para descansar y poder así asistir a la corrida de toros.

[187] *Noticias de Lisboa:* alude a los acontecimientos políticos de Portugal que dieron el triunfo al partido constitucional y el trono a la reina doña María de la Gloria de Braganza.

España ese es el grande alegrón que hay que recibir? Sólo de un modo se solemniza. Gran coche de alquiler, decentemente regateado; pero más gran familia: seis personas coge el coche a lo más. Pues entre papá, entre mamá, las dos hijas, dos amigos íntimos convidados, una prima que se apareció allí casualmente, el cuñado, la doncella, un niño de dos años y el abuelo; la abuela no entra porque murió el mes anterior. Ciérrase la portezuela entonces con la misma dificultad que la tapa de un cofre apretado para un largo viaje, y *a la fonda*. La esperanza de la gran comida, a que se va aproximando el coche mal que bien, aquello de andar en alto, el rubor de las jóvenes que van sentadas sobre los convidados, y la ausencia sobre todo del diurno puchero, alborotan a nuestra gente en tal disposición, que desde media legua se conoce el coche que lleva a la fonda a una familia de enhorabuena.

Tres años seguidos he tenido la desgracia de comer de fonda en Madrid, y en el día sólo el deseo de observar las variaciones que en nuestras costumbres se verifican con más rapidez de lo que algunos piensan, o el deseo de pasar un rato con amigos, pueden obligarme a semejante despropósito. No hace mucho, sin embargo, que un conocido mío me quiso arrastrar fuera de mi casa a la hora de comer.

—Vamos a comer a la fonda.

—Gracias; mejor quiero no comer.

—Comeremos bien: iremos a Genieys [188]: es la mejor fonda.

—Linda fonda: es preciso comer de seis o siete duros para no comer mal. ¿Qué aliciente hay allí para ese precio? Las salas son bien feas; el adorno ninguno: ni una alfombra, ni un mueble elegante, ni un criado decente, ni un servicio de lujo, ni un espejo, ni una chimenea, ni una estufa en invierno, ni agua de nieve en verano, ni... ni Burdeos, ni Champagne... Porque no es Burdeos el Valdepeñas, por más raíz de lirio que se le eche.

---

[188] *Genieys*. Véase «El castellano viejo», nota 103.

—Iremos a *Los Dos Amigos* [189].

—Tendremos que salirnos a la calle a comer, o a la escalera, o llevar una cerilla en el bolsillo para vernos las caras en la sala larga.

—A cualquiera otra parte. Crea usted que hoy nos van a dar bien de comer.

—¿Quiere usted que le diga yo lo que nos darán en cualquier fonda adonde vayamos? Mire usted: nos darán en primer lugar mantel y servilletas puercas, vasos puercos, platos puercos y mozos puercos: sacarán las cucharas del bolsillo, donde están con las puntas de los cigarros; nos darán luego una sopa que llaman de yerbas, y que no podría acertar a tener nombre más alusivo; estofado de vaca a la italiana, que es cosa de todos los días, vino de la fuente; aceitunas magulladas; frito de sesos y manos de carnero, hechos aquéllos y éstos a fuerza de pan: una polla que se dejaron otros ayer, y unos postres que nos dejaremos nosotros para mañana.

—Y también nos llevarán poco dinero, que aquí se come barato.

—Pero mucha paciencia, amigo mío, que aquí se aguanta mucho.

No hubo, sin embargo, remedio: mi amigo no daba cuartel, y estaba visto que tenía [el] capricho de comer mal un día. Fue preciso, pues, acompañarle, e íbamos a entrar en *Los Dos Amigos,* cuando llamó nuestra atención un gran letrero nuevo que en la misma calle de Al-

---

[189] *Los dos amigos:* Mesonero Romanos en su *Manual..., * páginas 26-27 incluye a «Los dos amigos» en los apartados de «Fondas y Cafés». Como fonda, costaba alrededor de veinte reales diarios y competía con las fondas denominadas la Fontana de Oro, la de San Luis, la Gran Cruz de Malta, la de Europa, la de Genieys, etc. En todas ellas, incluida la citada por Larra, se podía comer por diez reales, aproximadamente.

Como café era uno de los más importantes. Mesonero Romanos lo incluye al lado de los mejores de su época —La Aduana, La Estrella, Venecia, Santa Ana, etc.—; dicho café estaba situado en la calle de Alcalá.

calá y sobre las ruinas del antiguo figón de Perona[190], dice *Fonda del Comercio.*

—¿Fonda nueva? Vamos a ver.

En cuanto al local, no les da el naipe a los fondistas para escoger local; en cuanto al adorno, nos cogen acostumbrados a no pagarnos de apariencias; nosotros decimos: ¡como haya que comer, aunque sea en el suelo! Por consiguiente, nada nuevo en este punto en la fonda nueva.

Chocónos, sin embargo, la diferencia de las caras de ahora, y que hace medio año se veían en aquella casa. Vimos elegantes, y dionos esto excelente idea. Realmente hubimos de confesar que la fonda nueva es la mejor; pero es preciso acordarnos[191] de que la *Fontana*[192] era también la mejor cuando se instaló: ésta será, pues[193], otra *Fontana* dentro de un par de meses. La variedad que hoy en [los] platos se encuentra cederá a la fuerza de las circunstancias: lo que nunca podrá perder será el servicio: la fonda nueva no reducirá nunca el número de sus mozos, porque es difícil reducir lo poco: se ha adoptado en ella el principio admitido en todas: un mozo para cada sala, y una sala para cada veinte mesas.

Por lo demás no deja de ofrecer un cuadro divertido para el observador oscuro el aspecto de una fonda. Si a su entrada hay ya una familia en los postres, ¿qué efecto le hace al que entra frío y sereno el ruido y la algazara de aquella gente toda alborotada porque ha comido? ¡Qué miserable es el hombre! ¿De qué se ríen tanto? ¿Han dicho alguna gracia? No, señor; se ríen de que han comido, y la parte física del hombre triunfa de la moral, de la sublime, que no debiera estar tan alegre sólo por haber comido.

---

[190] *Figón de Perona:* antigua casa de comidas situada en la calle de Alcalá y que más tarde se convirtió en la Fonda del Comercio.

[191] En la versión inicial, *acordarse.*

[192] *La Fontana de Oro:* café situado en la Carrera de San Jerónimo y a la que Mesonero define en tono elogioso.

[193] En la versión inicial, *ésta, pues, será también.*

Allí está la familia que trajo el coche... ¡Apartemos la vista y tapemos los oídos por no ver, por no oír!

Aquel joven que entra venía a comer [por el modesto precio] de medio duro; pero se encontró con veinte conocidos en una mesa inmediata: dejóse coger también por la negra honrilla, y sólo por los testigos pide de a duro. Si como son sólo conocidos fuera una mujer a quien quisiera conquistar la que en otra mesa comiera, hubiera pedido de a doblón: a pocos amigos que encuentre, el infeliz se arruina. ¡Necio rubor de no ser rico! ¡Mal entendida vergüenza de no ser calavera!

¿Y aquel otro? Aquel recorre todos los días a una misma hora varias fondas: aparenta buscar a alguien; en efecto, algo busca; ya lo encontró: allí hay conocidos suyos; a ellos derecho; primera frase suya:

—¡Hombre! ¿Ustedes por aquí?

—Coma usted con nosotros —le responden todos. Excúsase al principio; pero si había de comer solo... Un amigo a quien esperaba no viene...

—Vaya, comeré con ustedes —dice por fin, y se sienta. ¡Cuán ajenos estaban sus convidadores de creer que habían de comer con él! Él, sin embargo, sabía desde la víspera que había de comer con ellos: les oyó convenir en la hora, y es hombre que come los más días de oídas, y algunos por haber oído.

¿Qué pareja es la que sin mirar a un lado ni a otro pide un cuarto al mozo, y...? Pero es preciso marcharnos: mi amigo y yo hemos concluido de comer; cierta curiosidad nos lleva a pasar por delante de la puerta entornada donde ha entrado a comer sin testigos aquel oscuro matrimonio..., sin duda... Una pequeña parada que hacemos alarma a los que no quieren ser oídos, y un portazo dado con todo el mal humor propio de un misántropo, nos advierte nuestra indiscreción y nuestra impertinencia. «Paciencia, salgo diciendo: todo no se puede observar en este mundo; algo ha de quedar oscuro en un cuadro; sea esto lo que quede en negro en este artículo de costumbres de la *Revista Española*.»

12

Las casas nuevas [194]

La constancia es el recurso de los feos —dice la célebre
Ninón de Lenclós [195] en sus lindas cartas al marqués de
Sevigné— [196]; las personas de mérito, que saben que dondequiera han de encontrar ojos que se prenden de ellas,
no se curan de conservar la prenda conquistada; los feos,
los necios, los que viven seguros de que difícilmente
podrán encontrar quien llene el vacío de su corazón, se
adhieren al amor, que una vez por acaso encontraron,
como las ostras a las peñas que en el mar las sostienen y
alimentan. Éstos son generalmente los que, temerosos
de perder el bien, que conocen no merecer, preconizan
la constancia, la erigen en virtud, y hacen con ella el
tormento de una vida que deben llenar la variedad y la
sucesión de sensaciones tan vivas como diferentes.

Aquella máxima de coqueta, al parecer ligera, si no es
siempre cierta, porque no a todos les es dado el poder
ser inconstantes, es, sin embargo, profunda y filosófica,
y aun puede, fuera del amor, encontrar más de una

---

[194] Apareció, por primera vez, en *La Revista Española* el 13 de septiembre de 1833.

[195] Ninón de Lenclós (1620-1705): escritora francesa y anfitriona de
tertulias literarias.

[196] Marqués de Sevigné (1624-1651): marido de María de Rabutin-Chantal. Duelista, jugador y corrompido, gastó parte de la fortuna de
su mujer y murió en un desafío.

exacta aplicación. Pero mi propósito no es hundirme en consideraciones metafísicas acerca del amor; tengamos lástima al que le ha dejado tomar incremento en su corazón, y pasemos como sobre ascuas sobre tan quisquilloso argumento. El hecho es que no tenía yo la edad todavía de querer ni de ser querido, cuando entre otras varias obras francesas que en mis manos cayeron, hacía ya un papel muy principal la de la famosa cortesana citada. Chocóme aquella máxima, y fuese pueril vanidad, fuese temor de que por apocado me tuviesen, adoptéla por regla general de mis aficiones. Tuve que luchar en un principio con la costumbre, que es en el hombre hija de la pereza y madre de la constancia. El hombre, efectivamente, se contenta muchas veces con las cosas tales cuales las encuentra, por no darse a buscar otras, como se figura acaso difícil encontrarlas; una vez resignado por pereza, se aficiona por costumbre a lo que tiene y le rodea; y una vez acostumbrado, tiene la bondad de llamar constancia a lo que es en él casi naturaleza. Pero yo luché, y al cabo de poco tiempo de ese empeño en cerrar mi corazón a las aficiones que pudieran llegar a dominarle, agregado esto a la necesidad de viajar y variar de objetos, en que las revoluciones del principio del siglo habían puesto a mi familia, lograron hacer de mí el ser más veleidoso que ha nacido. Pesándome de ver a las mismas gentes todos los días, no hay amigo que me dure una semana; no hay tertulia adonde pueda concurrir un mes entero; no hay hermosa que me lo parezca todos los días, ni fea que no me encante una vez siquiera al mes; esto me hace disfrutar de inmensas ventajas, porque sólo se puede soportar a las gentes los quince primeros días que se las conoce. ¡Qué de atenciones en ellos! ¡Qué de sinceros ofrecimientos! ¿Pasaron aquéllos? ¿Se intimó la amistad? ¡Adiós!, como ya de cualquier modo tienen cumplido con usted, todos son desaires, todas crudas y acedas respuestas. Pesándome de comer siempre los mismos alimentos, hoy como a la francesa, mañana a la inglesa, un día ceno y otro meriendo: ni tengo horas fijas, ni hago comida con concierto. Y esto tiene la ventaja de predisponerme para el cólera. Pesándome de hablar siempre en español, tengo amigos franceses sólo para hablar en francés una hora al día: me trato con los operistas para hablar una vez a la semana en italiano: aprendí griego por conocer una lengua que no habla nadie: y sufro las impertinencias de un inglés, a quien trato, por darme a entender en el idioma en que decía Carlos V que hablaría a los pájaros. Pesándome de que me llamen todos los días, desde el año 9 en que nací, por el mismo apellido, cien veces dejé aquel con que vine al mundo, y ora fui el *Duende satírico,* ora el *Pobrecito hablador,* ora el *Bachiller Munguía,* ora *Andrés Niporesas,* ora *Fígaro,* ora[197]... y qué sé yo los muchos nombres que me quedarán aún que tomar en los muchos años que, Dios mediante, tengo hecho propósito, de vivir en este bajo suelo; porque si alguna cosa hay que no me canse es el vivir: y si he de decir la verdad, consiste esto en que, a fuerza de meditar, he venido a conocer que sólo viviendo podré seguir variando. Por último, y vengamos al asunto, pesándome de vivir todos los días en una misma casa, la vista de un cuarto desalquilado hace en mi ánimo el mismo efecto que produce la picadura del pez en el corazón del anhelante pescador que le tiende el cebo. Corro a mi casa, pongo en movimiento a mi familia, hágome la ilusión de que emprendo un viaje, y de cuartel en cuartel, de calle en calle, de manzana en manzana, y hasta de piso en piso, recorro alegremente y reconozco los más recónditos escondrijos y rincones de esta populosa ciudad. Si la casa es grande: «¡Qué hermosura! —exclamo—: esto es vivir con desahogo, esto es lujo y magnificencia.» Si es chica: «Gracias a Dios —me digo— que salí de esos eternos caserones que nunca bastan muebles para ellos; ésta es a lo menos recogida, reducida, propia, en fin, del hombre, tan reducido tam-

---

[197] Relación numerosa de los seudónimos utilizados por Larra. Costumbre muy del gusto romántico que irá desapareciendo, o al menos utilizándose en menor cuantía, hacia la segunda mitad del XIX.

bién y limitado.» Si es cuarto bajo: «No tiene escalera —digo—, y el hombre no ha nacido para vivir en las estrellas.» Si es alto el piso: «¡Bendito sea Dios, qué claridad, qué ventilación, y qué pureza de aires!» Si es caro: «¿Qué importa?, lo primero es tener buena habitación.» Si es barato: «Mejor; con eso emplearé en galas lo que había de invertir en mi vivienda.»

Nadie, pues, más feliz que yo, porque en cuanto a las habladurías y murmuraciones del mundo perecedero, así me cuido de ellas como de ir a la Meca. Pero es el caso que tengo un amigo que es de esos hombres que se dejan impresionar fácilmente por la última persona que oyen, de esos caracteres débiles, flojos, apáticos, irresolutos, de reata, en fin, que componen el mayor número en este mundo, que nacieron por consiguiente para obedecer, callar y ser constantemente víctimas, y cuya debilidad es la más firme columna de los fuertes.

Oyóme este amigo las reflexiones que anteceden, y vean ustedes a mi hombre descontento ya con cuanto le rodea: ya que no lo puede mudar todo, quiere cuando menos mudar de casa, y hétele buscando conmigo papeles en los balcones de barrio en barrio, porque ésta es muy de antiguo la señal que distingue las habitaciones alquilables de este capital, sin que yo haya podido dar hasta ahora con el origen de esta conocida costumbre, ni menos con la de poner los papeles en las esquinas de los balcones cuando la casa es sólo alquilable para huéspedes.

Las casas antiguas, dijimos, que van desapareciendo de Madrid rapidísimamente, están reducidas a una o dos enormes piezas y muchos callejones interminables; son demasiado grandes; son oscuras por lo general, a causa de su mala repartición y combinación de entradas, salidas, puertas y ventanas.

Dirijímonos, pues, a ver las casas nuevas; esas que surgen de la noche a la mañana por todas las calles de Madrid; esas que tienen más balcones que ladrillos y más pisos que balcones: esas por medio de las cuales se agrupa la población de esta coronada villa, se apiña, se sobrepone y se aleja de Madrid, no por las puertas, sino por arriba, como se marcha el chocolate de una chocolatera olvidada sobre las brasas. La población que se va colocando sobre los límites que encerraron a nuestros abuelos, me hace el efecto del helado que se eleva fuera de la copa de los sorbetes. El caso es el mismo: la copa es pequeña y el contenido mucho.

Muchas casas y muy lindas vimos. Mi amigo observó con razón que se sigue en todas el método antiguo de construcción: sala, gabinete y alcoba pegada a cualquiera de estas dos piezas: y siempre en la misma cocina, donde se preparan los manjares, colocado inoportuna y puercamente el sitio más desaseado de la casa. ¿No pudiera darse otra forma de construcción a las casas, de suerte que este sitio quedase separado de la vivienda, como en otros países lo hemos visto constantemente observado? ¿No pudieran llegarse a desusar esos vidrios horribles, desiguales, pequeños, unidos por plomos, generalmente invertidos en las vidrieras? ¿No se les podrían sustituir vidrios de mejor calidad, de más tamaño, y unidos entre sí con sutiles listones de madera, que harían siempre mejor efecto a la vista y darían más entrada a la luz? ¿No convendría desterrar esas pesadas maderas que cierran los balcones, llenas de inútiles rebajos y costosas labores, sustituyéndoles puertas-ventanas de hojas más delgadas y lisas? ¿No pudiera introducirse el uso de las comodísimas chimeneas [198] para las casas sobre todo más espaciosas, como se hallan adoptadas en toda Europa? ¿Tanto perderíamos en ol-

---

[198] Aparentemente, estas líneas no revisten hoy en día importancia; sin embargo, desde la perspectiva de la época ambos elementos, brasero-chimenea, eran objeto de ardorosa polémica. La casi totalidad de los costumbristas desprecian la *chimenea* por sus connotaciones de «producto» extranjerizante, alabando el *brasero* hasta límites insospechados y pueriles. Un buen ejemplo es el de Mesonero Romanos, en su artículo «Al amor de la lumbre o el brasero», vol. 1, págs. 181-184, en el que hace una auténtica apología del brasero. Larra, siempre Larra, como diría Montesinos, actúa con personalísimo juicio sin importarle las opiniones ajenas.

vidar los mezquinos y miserables braseros que nos abrasan las piernas, dejándonos frío el cuerpo y atufándonos con el pestífero carbón [199], y que son restos de los sahumadores orientales introducidos en nuestro país por los moros? ¿Qué mal haríamos en desterrar los canalones salientes, cuyo objeto parece ser el de reunir sobre el pobre transeúnte, además del agua que debía naturalmente caerle del cielo, toda la que no debía caerle, y en sustituirles los conductos vertederos semejantes a los de Correos, pegados a la pared?

Los caseros, más que al interés público consultan el suyo propio: *aprovechemos terreno;* ese es su principio; *apiñemos gente en estas diligencias paradas, y vivan todos como de viaje;* cada habitación es en el día un baúl en que están las personas empaquetadas de pie, y las cosas en la posición que requiere su naturaleza; tan apretado está todo, que en caso de apuro todo podría viajar junto sin romperse. Las escaleras son cerbatanas, por donde pasa la persona como la culebra que se roza entre dos piedras para soltar su piel. Un poco más de hombre o un poco menos de escalera, y serán una sola cosa hombre y escalera.

Pero sigamos la historia de mi amigo. No bien hubo visto la blancura de una de las casas nuevas, la monería de las acomodadas piececitas, el estado de novedad de las habitaciones del piso tercero, alborózase y:

—¡*Este cuarto es mío!* —exclama.

—Pero acabémosle de ver.

—Nada: inútil; quiero *casa nueva, casa nueva:* no hay remedio.

De allí a media hora estábamos ya en casa del casero. Inútil es decir que el casero tenía mala cara; todos la tienen: es la primera cosa que hacen en comprando casa; a lo menos tal nos parece siempre a los inquilinos, sin que esto sea decir que no pueda ser ilusión de óptica.

—¿Qué tiene usted que mandarme?...

---

[199] En la primera versión, *con pestífero carbón.*

—¿Usted es el dueño de la casa que se está haciendo?...

—Sí, señor.

—Hay varios cuartos en la casa.

—Están dados.

—¡Cómo! si no están hechos...

—Ahí verá usted.

—¿Pero no habría?...

—Un tercero queda.

—Bueno, he dicho que quiero *casa nueva*.

—No es tampoco de los más altos, caballero; no tiene más que noventa y tres escalones y un tramito.

—Ya se ve que no es mucho; se baja uno a Madrid en un momento; quiero *casa nueva*.

—¿Pagará usted adelantado?

—Hombre, ¿adelantado? A mí nadie me paga adelantado.

—Pues déjelo usted.

—¡Ah! no, eso no; bien; pagaré ¿un mes?

—Tres meses o seis.

—Pero, hombre...

—Dejarlo.

—No; bien, bien; ¿cuánto renta? Es tercero y tiene pocas piezas y estrechas, y...

—Diez reales diarios; dé usted gracias que no se le pone en doce.

—¡Diez reales!

—Si no acomoda...

—Sí señor, sí. ¡Cómo ha de ser! *¡Casa nueva!*

—Fiador.

—¿Fiador?

—Y abonado.

—Bueno; ¡paciencia! Tengo amigos; el marqués de...

—¿Marqués? No, no, señor.

—El coronel de...

—¿Militar? Menos.

—Un mayordomo de semana.

—¿Tiene fuero? No, señor.

—Pero hombre, ¿adónde he de ir a buscar? [200]
—Ha de tener casa abierta.
—Pero si yo no me trato con taberneros, ni...
—Pues dejarlo.
—¡Voto va!

No hubo más remedio que buscar el fiador; ya daba mi amigo la mudanza a todos los diablos. Venciéronse, por fin, las dificultades; ya cogió las llaves, y cogió al celador, y cogió el padrón, y cogió... ¿qué había de coger por último? El cielo con las manos, lectores míos. Comenzó la mudanza; el sofá no cupo por la escalera; fue preciso izarle por el balcón, y en el camino rompió los cristales del cuarto principal, los tiestos del segundo, y al llegar al tercero, una de sus propias patas, que era precisamente la que le había estorbado: si se hubiera roto al principio, pleito por menos: fue preciso pagar los daños. El bufete entró como taco en escopeta, haciendo más allá la pared a fuerza de rascarle el yeso con las esquinas; la cama de matrimonio tuvo que quedarse en la sala, porque fue imposible meterla en la alcoba; el hermano de mi amigo, que es tan alto como toda la casa, se levantó un chichón, en vez de levantar la cabeza, con el techo, que estaba hombre en medio con el piso. En fin, mal que bien, estuvo ya la casa adornada; pero ¡oh desgracia! mi amigo tiene un suegro sumamente gordo; verdad es que es monstruoso; y es hombre que ha menester dos billetes en la diligencia para viajar; como a éste no se le podía romper pata como al sofá, no hubo forma de meterlo en casa. ¿Qué medio en este conflicto? ¿Reñir con él y separarse porque no cabe en casa? No es decente. ¿Meterlo por el balcón? No es para todos los días. ¡Santo Dios! ¡Que no se hagan las casas en el día para los hombres gordos! En una palabra, desde

---

[200] Para alquilar una casa era imprescindible dar el nombre de un fiador abonado y pagar medio año por adelantado. Cumplido esto, al inquilino no se le podía despojar del piso, teniendo que comprar por su cuenta los muebles, o bien alquilarlos, cosa usual por aquel entonces.

ayer están los trastos dentro; mi amigo en la escalera mesándose[201] los cabellos, luchando entre la casa nueva y el amor filial; y el viejo en la calle esperando, o a perder carnes, o a ganar casa.

---

[201] *Mesándose:* del latín *mesum,* supino de *metere,* «arrancándose».

13

La educación de entonces [202]

¿Tan fácil les parece a vuesas mercedes hinchar un perro?, decía el loco de Cervantes; y ¿tan fácil les parece a vuesas mercedes hinchar dos columnas de la *Revista* todos los domingos?, puedo decir yo con más razón.

No todo ha de ser *Teatros* [203], no ha de ser *Facciosos* todo. *¡Costumbres, pues, Costumbres!* He aquí una exigencia más difícil de satisfacer de lo que parece. ¿Tiene en el día nuestro pueblo y tienen sus costumbres un carácter fijo y determinado, o tiene cada familia sus costumbres, según la posición que ha ocupado en este medio siglo anterior? Mucho me temo que sea ésta la verdad, y que nos hallemos en una de aquellas transiciones en que suele mudar un gran pueblo de ideas, de usos y de costumbres; el observador más perspicaz puede apenas distinguir las casi imperceptibles líneas que separan el pueblo español del año 8 del año 20, y a éste del año 33. Paréceme, por otra parte, que esta gran revolución

---

[202] Se publicó en *La Revista Española* el 5 de enero de 1834.

[203] *Teatros.* La labor de Larra como crítico teatral en las páginas de *La Revista Española* es, en verdad, copiosa. Podemos seguir, a través de ellas el éxito de la pieza recién estrenada o el estruendoso fracaso de la misma. Tanto las obras de Ventura de la Vega, Moratín, Gorostiza, Martínez de la Rosa, Bretón de los Herreros, etc., como adaptaciones y refundiciones fueron detalladamente reseñadas por Larra.

de ideas y esta marcha progresiva se hace sólo por secciones: descártase hacia adelante en cada época marcada una gran porción de la familia española. ¿Qué, sin embargo, algún descarte que hacer? A esta pregunta pueden responder las gavillas que perturban todavía nuestra tranquilidad, en representación del tiempo antiguo. Cerca está el día, sin embargo, en que volveremos atrás la vista y no veremos a nadie: en que nos asombraremos de vernos todos de la otra parte del río que estamos en la actualidad pasando.

He aquí las ideas que revolvía en mi cabeza uno de estos días en que el mal humor, que habitualmente me domina, me daba todo el aspecto de un filósofo y me había sacado a pasear maquinalmente por la ronda.

Paseaban delante de mí dos figuras, de las cuales no tardé por su vestido en deducir la opinión y el partido. Los dos llevaban peluca rubia, caña de Indias por bastón, calzón y zapato con hebilla... Poco se ve de esto ya; pero se ve.

—¡Buen tiempo hemos alcanzado, y bravo siglo, señor don Lope de Antaño! —decía el uno cuando yo llegué a poderlos oír.

—¿Quién nos lo había de decir, señor don Pedro Josué de Arrierán? [204] —reponía el otro—. ¡Qué furor de educación, y de luces y reformas! ¡Válgame Dios qué de ideítas nuevas de quita y pon, qué poca estabilidad en las cosas!...

—¡Ya! ¡Si hay hombres que tratan de persuadirnos a que no se puede vivir sin todos esos alifafes...!

—Ahí está, señor don Pedro. Se les figura a estos hombres de ahora que hasta que ellos han venido a abrirnos los ojos no había en nuestra patria cosa con cosa. Yo no me comprometeré a decir lo que había; pero yo me acuerdo, porque no hace tantos años, que no había en este país caminos, ni diligencias, ni barullos;

---

[204] Lope de Antaño, José de Arrierán: patronímicos suficientemente expresivos que aluden a la personalidad de nuestros interlocutores.

había menos artes todavía que ahora, si cabe, y me tenía usted a mí y a otros con nuestros destinos en regla rebosando salud y alegría. Se distinguían las clases hasta en el vestir: que ahora no parece sino que todos somos hijos de un mismo padre. No había esa ilustración ni esa industria. ¡Mire usted qué pedrada! No había más fábricas que la de medias de Toledo, y la de navajas prohibidas de Albacete, como quien dice; pero éramos más españoles, aunque quieren decir que éramos más... ¡Qué tiempos aquéllos! Yo quiero referirle a usted la vida que hacía. En primer lugar, tenía yo veinte años y sabía leer y escribir y las cuatro cuentas: ya era un hombre; pues no había pensar que hubiese visto nunca risueña la cara de mi padre: le tenía más miedo que a una tempestad. Raro era el día que no llevaba yo un par de zurras por cualquier friolera, con lo cual andaba tan en punto que más parecía lana vareada que cuerpo de persona. ¡Qué tiempos aquéllos! Así me entró el latín. ¿Ir yo a tertulias? ¿Eh? ¿Como ahora, que cuenta un mocoso apenas dos lustros y se entra de rondón en el mundo, y enamora a las muchachas como si tuviera sesenta años? ¡No señor! En una ocasión se me antojó galantear a una criada que enfrente de mi casa vivía, porque al fin los muchachos siempre han de ser muchachos, y ¿sabe usted lo que hacía? Como estaba recogido y encerrado ya a las ocho de la noche, tenía que atar mis sábanas y mi manta, y por la ventana de mi habitación me iba bonitamente descolgando hasta la calle, donde hablábamos y tal. Sí señor: como que una noche se soltó la sábana y me rompí este pie; desde entonces, ni él ha vuelto a entrar en caja, ni he dejado yo un solo momento de ser cojo. Tal porrazo me granjeó la vigilancia de mi padre. ¡Qué tiempos aquéllos, y cuánto tengo que agradecerle! ¿Había yo de haber hablado a sabiendas suyas con una joven? ¡Jesús! Mire usted: a los treinta años me casé. ¿Querrá usted creer que nunca le había visto la cara a la novia, ni ella, que tan recogida vivía como yo, me la había visto a mí? Ni conocíamos nuestro carácter, ni... Nos lo dieron todo hecho[205]; así fue que después nos llevamos siempre muy mal mi mujer y yo. Por supuesto que luego que me casé sucedía en mi casa lo propio que en la de mi padre: ¡si viera usted qué tundas le pego a mi chico! La letra, con sangre entra[206]; él podrá no salir bien enseñado, pero saldrá bien apaleado. ¡Eso es cariño; lo demás es cuento! ¡Nunca pude llevar en paciencia la inconstancia del siglo! Una sola oficina he tenido en toda mi vida; una sola peluca; un mismo sastre; un zapatero no más; una propia tertulia. Y he leído, si señor; he sido muy aficionado a leer, aquí donde usted me ve. En casa tengo *El viajero universal*[207] a no ser once tomos que me faltan, y todos los *Mercurios*[208] desde el año 70, y las gacetas y los diarios muy bien encuadernados, que nunca los dejaba de la mano como no fuese para reñir algún rato con mi Angelita, porque, eso sí; no era uno como esos maridos de ahora, que se dejan los días y las noches a sus mujeres a merced del primer boquirrubio que pasa y entra; nosotros siempre estábamos juntos como un

---

[205] La réplica a este sistema educativo, hecho ley en el XVIII, habla por sí solo. Las consecuencias no pueden ser más funestas; desgraciadamente, no existe un don Diego moratiniano que hable con juicio y deplore el abuso de autoridad de los progenitores.

[206] Lema, que llevó a la perfección el dómine Cabra con sus discípulos y que era usual en la época de Larra.

[207] *El viajero universal, o noticia del mundo antiguo y nuevo:* obra escrita en francés por Laporte y traducida al castellano, corregido el original, e ilustrado con notas por D. P. E. P. (Pedro Estala Pbro.). *Con licencia en Madrid en las Imprentas Real y de Fermín Villalpando,* 1796-1801, 39 tomos en 8.º, y 4 más de «Suplemento».

[208] Alude al *Mercurio histórico y político, en que se contiene el estado presente de la Europa. Traducido del francés al castellano de El Mercurio de el Haya, por M. Le-Margne,* Se editó, en sus comienzos, en la imprenta de M. Fernández; en su última etapa, lo publicaba la Imprenta Nacional.

Aunque apareció en enero de 1738 con 0^m, 114×0^m, 047, el personaje de Larra nos dice *todos los Mercurios desde el año 70.* En esta fecha este periódico se llamaba *Mercurio de España,* siendo su formato de 0^m, 163×0^m, 094.

También existía otro periódico con el nombre *Mercurio Español. Colección de noticias políticas, mercantiles y literarias,* publicado en la imprenta Repullés, con ocho páginas de 0^m, 167×0^m, 099.

juego de pendiente. En eso consistía el reñir; porque como no nos podíamos ver...

—Ésa es, señor don Lope, ésa es la vida arreglada que hay que hacer, y no la baraúnda ni la educación de ahora. Yo lo que sé decir a usted es que me acuerdo también de un tiempo en que no se encontraba un libro por un ojo de la cara, como no fuese el Astete, el *Observatorio rústico* [209] de Salas (que es todo un libro) y otras cosillas sanas e instructivas al mismo tiempo; pues no se movía una paja en toda la Monarquía. Y ¡qué enseñanza! En aquellos tiempos ponía usted a su muchacho, si lo tenía, en la Escuela Pía o cosa semejante, y sabía usted que le enseñaban latín y su buen carácter de letra, que era un primor; y no le parezca a usted: todo esto, en poco menos de diez o doce años. ¡Ya ve usted! Pues ¿ahora? ¿Eh? Ha de saber el niño en un abrir y cerrar de ojos francés, inglés, italiano, matemáticas, historia, geografía, baile, esgrima, equitación, dibujo... ¡Qué sé yo! Sin conocer que eso no es para nuestro carácter. Sin ir más lejos, yo tengo un sobrino cuyo padre dio también en la flor de las reformas y de las ideas nuevas. Le puso al muchacho tanto divino ayo, y maestro, y pedagogo, que no tenía un momento en el día para rebullirse. Y ¿qué sucedió? ¿Qué había de suceder? Se quedó el muchacho pálido, seco como un esparto... Daba lástima verlo. ¡Y dale, que había de estudiar, y que había de...! Pues estudio fue, que... En fin, dos meses hace no más que murió.

—¿Qué dice usted? ¡Angelito! ¿Y murió de estudiar?

—No, señor; murió de un cólico; pero voy a lo que es...

—Por supuesto. ¡Qué lástima!

—Es claro. ¿Y para qué es toda esa prisa? Para que el niño sepa y alterne en una sociedad en cuanto le apunte el bozo [210], y baile y hable con el tiempo en público, y...

---

[209] *Observatorio rústico*: del agudo epigramático extremeño Francisco Gregorio de Salas. El tema del *beatus ille* horaciano protagoniza estos poemas de Salas.

[210] *Bozo*: del latín *buccěus*, «vello».

—¡Bravo, señor don Pedro, bravo! No se puede decir más.

—Pues, ¿y las muchachas, qué recogidas se criaban, en un santo temor de Dios, sin novelicas, ni óperas, ni zarandajas? Verdad es que eran un poco más hipócritas: pero ¡mire usted qué malo! A lo menos no daban que decir. En el día, los libricos empiezan a alborotarlas los cascos, se acaloran, y al primer querido que concluye la obra que empezaron los libros, ¡paf! sólo el diablo sabe lo que anda: se le casan a usted, si es que se le casan, poco menos que sin pedirle licencia. Verdad es que yo conocí aun en aquellos tiempos más de cuatro... de las cuales una se escapó con un mozalbete a quien quería, porque la tenían oprimida sus padres; otra cogió una pulmonía que la echó al hoyo en pocos días, de ver al cuyo a deshoras por la reja (porque no se entraban los hombres en las casas de honor con la facilidad que ahora); otra que se aficionó del criado de su casa más de lo que a su recato y buen nombre convenía, porque no veía a alma nacida, y hubo lo que Dios fue servido y se murieron sus padres de pesadumbre: y otra, por fin, se murió ella misma de tristeza en un convento, donde la metieron por fuerza sus padres, llenos de prudencia, por miedo de que se perdiese en el siglo [211]... Sí señor, esto es verdad, porque la carne siempre ha sido flaca; pero tenía usted a lo menos el gusto de saber que no habían sido los libros los que le habían pervertido a aquellas inocentes criaturas.

—¡Oh, y qué bien dice usted, señor don Pedro! Yo le juro a usted por la verídica pintura que ante los ojos me

---

[211] Situaciones típicas de la época. Por las trazas con que se desenvuelven los personajes de Larra, no es extraño el desenlace de esta fémina. A tenor de los condicionamientos sociales, el primogénito heredaba el mayorazgo, el segundo una canonjía, al tercero se le enviaba a la milicia, el cuarto estudiaba leyes y así sucesivamente. Entre las féminas, la primera regentaba el mayorazgo y al resto se le buscaba un matrimonio ventajoso o ingresaba en un convento. La elección de la orden religiosa no se haría al azar, sino teniéndose en cuenta la limpieza de sangre y la dote de la nueva religiosa.

acaba de poner, que he de emplear lo poco que valgo en hacer por que no sigan adelante sin remedio de todas las cabezas, trastornando nuestras costumbres y nuestro modo de vivir, sino que volvamos a nuestro primitivo estado.

—A bien, señor don Lope, que el pandero está en buenas manos. ¿Le parece a usted que nuestros amigos se dormirán en las pajas? ¡Como ellos puedan!...

—Dios lo quiera, señor don Pedro, como usted y yo se lo rogaremos para paz nuestra, aumento de nuestros sueldos, educación de nuestras familias y bien general de nuestros compatriotas; por cuya verdadera felicidad entendida de este modo y no de otro alguno, me dejaría yo arrancar una a una todas las muelas, aunque no me han quedado en la boca sino dos, de resultas de las fluxiones que me han acometido desde estas malditas reformas...

Llegaba aquí el diálogo, y nosotros insensiblemente, ellos hablando y yo escuchando, llegábamos ya a las puertas del convento de Atocha [212]; a este punto, fueme imposible porque se entraron devotamente en él mis dos interlocutores, y yo volvíme hacia Madrid diciendo para mí: «¡He aquí los hombres de entonces! ¡He aquí, en fin, un artículo de costumbres mejor que todos los que yo acertara a hacer!»

[212] El único convento del Madrid de la época con este nombre es el de Nuestra Señora de Atocha, de padres dominicos, fundado por fray Hurtado de Mendoza, confesor de Carlos I.

14

Representación de
El sí de las niñas

Comedia de don Leandro Fernández de Moratín [213]

En el día podemos decir que han desaparecido muchos de los vicios radicales de la educación que no podían menos de indignar a los hombres sensatos de fines del siglo pasado, y aun de principios de éste. Rancias costumbres, preocupaciones antiguas hijas de una religión mal entendida y del espíritu represor que ahogó en España, durante siglos enteros, el vuelo de las ideas, habían llegado a establecer una rutina tal en todas las cosas, que la vida entera de los individuos, así como la marcha del gobierno, era una pauta, de la cual no era lícito siquiera pensar en separarse. Acostumbrados a no discurrir, a no sentir nuestros abuelos por sí mismos, no permitían discurrir ni sentir a sus hijos [214]. La educación escolástica de la univer-

---

[213] Se publicó en *La Revista Española* el 9 de febrero de 1834.

[214] Censura la coacción moral que sufrían los jóvenes del XVIII. El progenitor educaba y casaba a sus hijos movido por fines egoístas. Si en *El sí de las niñas* el recto juicio de don Diego se impone al final, en *El viejo y la niña* no sucede lo mismo. Tipos y educaciones, como aparecen en *El barón* y *La mojigata,* debían repeler a hombres como *Fígaro,* de ahí sus palabras en estos preliminares del artículo.

sidad era la única que recibían los hombres; y si una
niña salía del convento a los veinte años para dar su
mano a aquel que le designaba el interés paternal, se
decía que estaba bien criada; era bien criada si sacri-
ficaba su porvenir al capricho o a la razón de estado:
si abrigaba un corazón franco y sensible, si por desgracia había osado ver más allá que su padre en el
mundo, cerrábanse las puertas del convento para ella,
y había de elegir por fuerza el Esposo divino que la
repudiaba o que no la llamaba a sí por lo menos.
Moratín quiso censurar este abuso, y asunto tan digno
de él no podía menos de inspirarle una gran composición. De estas breves reflexiones se puede inferir
que *El sí de las niñas* no es una de aquellas comedias de carácter, destinada, como *El Avaro* o *El Hipócrita* [215], a presentar eternamente al hombre de todos
los tiempos y países un espejo en que vea y reconozca
su extravío o su ridícula pasión; es una verdadera comedia de época, en una palabra, de circunstancias enteramente locales, destinada a servir de documento
histórico o de modelo literario. En nuestro entender
es la obra maestra de Moratín y la que más títulos
le granjea a la inmortalidad.

El plan está perfectamente concebido. Nada más
ingenioso y acertado que valerse para convencer al tío
de la contraposición de su mismo sobrino. Así no fuera
éste teniente coronel, porque por mucha que fuese en
aquel tiempo la sumisión de los inferiores en las familias, no parece natural que un teniente coronel fuese
tratado como un chico de la escuela, ni recibiese las
dos o las tres onzas [216] para *ser bueno* [217]. Acaso la di-

---

[215] *El avaro* o *El hipócrita,* obras de Molière. *El hipócrita* la tradujo al castellano Marchena, en el año 1820. Ambas gozaban de gran
popularidad; como es sabido, el mismo Moratín tradujo y adaptó no
pocas comedias de Molière, entre otras, *El médico a palos, El enfermo de aprensión* y *La escuela de los maridos.*

[216] En la primera versión, *Las dos y las tres onzas.*

[217] *Para ser bueno.* La actitud sumisa de don Carlos chocó fuertemente a la crítica del momento y a la de Larra, como si realmente exis-

ferencia de las costumbres haga más chocante esta observación en nuestros días, y nos inclinamos a creer esto, porque confesamos que sólo con mucho miedo y desconfianza osamos encontrar defectos a un talento tan superior. El contraste entre el carácter maliciosamente ignorante de la vieja[218] y el desprendido y juicioso de don Diego[219] es perfecto. Las situaciones, sobre todo, del tercer acto, tan bien preparado por los dos anteriores, que pudieran llamarse de exposición, porque toda la comedia está encerrada en el tercer acto, son asombrosas, y desaniman al escritor que empieza. Esta es la ocasión de hacer una observación esencial. Moratín ha sido el primer poeta cómico que ha dado un carácter lacrimoso y sentimental a un género en que sus antecesores sólo habían querido presentar la ridiculez. No sabemos si es efecto del carácter de la época en que ha vivido Moratín, en que el sentimiento empezaba a apoderarse del teatro, o si es un resultado de profundas y sabias meditaciones. Esta es una diferencia esencial que existe entre él y Molière. Este habla siempre del entendimiento, y le convence presentándole el lado risible de las cosas. Moratín escoge ciertos personajes para cebar con ellos el ansia de reír del vulgo: pero parece dar otra importancia[220], para sus espectadores más delicados a las situaciones de sus

---

tiera incompatibilidad entre la citada sumisión y el grado militar que ostentaba. Joaquín Casalduero, en «Forma y sentido de *El sí de las niñas*», *Nueva Revista de Filología Hispánica,* XI, 1957, páginas 35-36, demuestra que don Carlos actúa con auténtico sacrificio y dominio de sí mismo, inserto en un mundo donde los hombres pueden dominarse y someter sus pasiones a la razón, porque la naturaleza no es sólo instinto. Véase también L. Fernández de Moratín, *La comedia nueva, El sí de las niñas,* ed. de J. Dowling y René Andioc, Madrid, 1969, págs. 147-150.

[218] Se refiere a doña Irene, madre de Paquita.

[219] Alusión al acto III, escena XIII, cuando don Diego dice: «Esto resulta del abuso de autoridad, de la opresión que la juventud padece, y éstas son las seguridades que dan los padres y los tutores, y esto lo que se debe fiar en el sí de las niñas», Leando Fernández de Moratín, Madrid, BAE, 1944, pág. 441.

[220] En la primera versión, *más importancia.*

héroes. Convence por una parte con el cuadro ridículo al entendimiento; mueve por otra al corazón, presentándole al mismo tiempo los resultados del extravío, parece que se complace con amargura en poner a la boca del precipicio a su protagonista, como en *El sí de las niñas* y en *El Barón:* o en hundirle en él cruelmente, como en *El viejo y la niña,* y en *El Café.* Un escritor romántico creería encontrar en esta manera de escribir alguna relación con Víctor Hugo y su escuela, si nos permiten los clásicos ésta que ellos llamarían blasfemia.

En nuestro entender, éste es el punto más alto a que puede llegar el maestro; en el mundo está el llanto siempre al lado de la risa; parece que estas afecciones no pueden existir una sin otra en el hombre; y nada es por consiguiente más desgarrador ni de más efecto que hacernos regar con llanto la misma impresión del placer. Esto es jugar con el corazón del espectador; es hacerse dueño de él completamente, es no dejarle defensa ni escape alguno. *El sí de las niñas* ha sido oído con aplauso, con indecible entusiasmo, y no sólo el bello sexo ha llorado, como dice un periódico, que se avergüenza de sentir; nosotros los hombres hemos llorado también, y hemos reverdecido con nuestras lágrimas los laureles de Moratín, que habían querido secar y marchitar la ignorancia y la opresión. ¿Es posible que se haya creído necesario conservar en esta comedia algunas mutilaciones meticulosas?[221]. ¡Oprobio a los mutiladores de las comedias del hombre de talento! La indignación del público ha recaído sobre ellos, y tanto en *La mojigata* como en *El sí de las niñas,* los espectadores han restablecido el texto por lo bajo: felizmente la memoria no se puede prohibir.

[La ejecución ha sido buena, y hubiera sido mejor si la señora Pinto no hubiese chillado tanto: por lo demás, ha hecho su papel de un modo muy apreciable. Galindo ha dicho cosas muy bien dichas; la señora

---

[221] Esta frase interrogatoria faltaba en la primera versión.

Bravo, a quien no habíamos visto nunca feliz en papeles de sentimiento, nos ha admirado, porque ha hecho llegar repetidas veces al alma su expresión dolorosa y bien sentida. Decididamente *El sí de las niñas* se ha puesto en escena con mucho esmero: esto prueba lo que ya hemos dicho; que si bien les falta mucho a nuestros actores para llegar a la perfección del arte, saben, sin embargo, ser mejores cuando quieren. Esto nos obligará a ser más severos con ellos en lo sucesivo.]

15
¿Entre qué gentes estamos? [222]

Henos aquí refugiándonos en las costumbres; no todo ha de ser siempre política; no todos facciosos. Por otra parte, no son las costumbres el último ni al menos importante objeto de las reformas. Sirva, pues, sólo este pequeño preámbulo para evitar un chasco al que forme grandes esperanzas sobre el título que llevan al frente estos renglones, y vamos al caso.

No hace muchos días que la llegada inesperada a Madrid de un extranjero, antiguo amigo mío de colegio, me puso en la obligación [223] de cumplir con los deberes de la hospitalidad. Acaso sin esta circunstancia nunca hubiese yo solo realizado la observación sobre que gira este artículo. La costumbre de ver y oír diariamente los dichos y modales que son la moneda de nuestro trato social, es culpa de que no salte su extrañeza tan fácilmente a nuestros sentidos; mi amigo no pudo menos de abrirme el camino, que el hábito tenía cerrado a mi observación.

Necesitábamos hacer varias visitas. «¡Un carruaje!

---

[222] Apareció, por primera vez, en el diario *El Observador* el 1 de noviembre de 1834. Desde 1812 hasta 1853 existieron en Madrid tres periódicos con el mismo nombre. El nuestro corresponde al publicado en las imprentas de T. Jordán y L. Fernández de Angulo. Empezó el 15 de junio de 1834 y cesó el 30 de abril de 1835. Constaba de cuatro páginas de 0m, 381 × 0m, 266.

[223] En la primera versión, *precisión*.

—dijimos—; pero un coche es pesado; un cabriolé[224] será más ligero.» No bien lo habíamos dicho, ya estaba mi criado en casa de uno de los mejores alquiladores de esta Corte[225], sobre todo, de esos que llevan dinero por los que llaman *bombés*[226] *decentes,* donde encontró efectivamente uno sobrante y desocupado, que, para calcular cómo sería el maldecido, no se necesitaba[227] saber más. Dejó mi criado la señal que le pidieron y dos horas después ya estaba en la puerta de mi casa un birlocho[228] pardo con varias capas de polvo de todos los días y calidades, el cual no le quitaban nunca porque no se viese el estado en que estaba, y aun yo tuve para mí que lo debían de sacar en los días de aire a tomar polvo para que le encubriese las macas[229] que tendría. Que las ruedas habían rodado hasta entonces, no se podía dudar; que rodarían siempre y que no harían rodar por el suelo al que dentro fuese[230] de aquel inseguro mueble, eso era ya[231] otra cuestión; que

---

[224] *Cabriolé:* del francés *cabriolet,* coche de dos ruedas provisto de capota, para dos o tres plazas. Estos carruajes, en la época de Larra, no podían salir de los límites de Vista Alegre, Puerta de Hierro y Portazgos. Los avisos se recibían en la calle de la Reina. El precio era el siguiente: por un año, 12.000 reales de vellón; por medio, 6.500; por tres meses, 3.500; por un mes, 1.200; por quince días, 650; por un día, 50; por medio día, 28; por tres horas, 16. Por cada hora que pasaba de lo contratado se exigía un recargo de 6 reales de vellón. Véase Mesonero Romanos, *op. cit.,* vol. III, págs. 28-29.

[225] *Alquiladores de esta Corte.* Los más importantes estaban en las calles de Loreto, Baño, Huertas, Cedaceros, Tres Cruces, Silva, San Roque, los Negros y Desengaño.

[226] *Bombés:* del francés *bombée,* «carruaje muy ligero de dos ruedas y dos asientos, abierto por delante».

[227] *Necesita,* en la primera versión.

[228] *Birlocho:* del italiano *biroccio,* del latín *birotius.* «Carruaje ligero y sin cubierta, de cuatro ruedas y cuatro asientos, dos en la testera y dos enfrente, abierto por los costados y sin portezuelas» *(DRAE).*

[229] *Macas:* «defectos».

[230] *Fuese:* frecuente era el que estos carruajes volcaran ante el estupor de la gente. En no pocos artículos costumbristas se señala que más de un madrileño acudía a la Puerta del Sol a contemplar el triste espectáculo que producía el vuelco de uno de estos carruajes.

[231] En la versión inicial, *ya era.*

el caballo había vivido hasta aquel punto, no era dudoso; que viviría dos minutos más, eso era precisamente lo que no se podía menos de dudar cada vez que tropezaba con su cuerpo, no perecedero, sino ya perecido, la curiosa visual del espectador. Cierto ruido desapacible de los muelles y del eje le hacía sonar a hierro como si dentro llevara medio rastro. Peor vestido que el birlocho estaba el criado que le servía, y entre la vida del caballo y la suya no se podía atravesar concienzudamente la apuesta de un solo real de vellón; por lo mal comidos, por lo estropeados, por la poca vida, en fin, del caballo y el lacayo, por la completa semejanza y armonía que en ambos entes irracionales se notaba, hubiera creído cualquiera que eran gemelos, y que no sólo habían nacido a un mismo tiempo, sino que a un mismo tiempo iban a morir. Si andaba el birlocho era un milagro; si estaba parado, un capricho de Goya. Fue preciso conformarnos con este elegante mueble; subí, pues, a él y tomé las riendas, después de haberse sentado en él mi amigo el extranjero. Retiróse el lacayo cuando nos vio en tren de marchar, y fue a subir a la trasera; sacudí [yo] mi fusta sobre el animal, con mucho tiento por no acabarle de derrengar; mas ¿cuál fue mi admiración, cuando siento bajar el asiento y veo alzarse las varas levantando casi del suelo al infeliz animal, que parecía un espíritu desprendiéndose de la tierra? ¿Y qué dirán ustedes que era? Que el birlocho venía sin barriguera; y lo mismo fue poner el lacayo la planta sobre la zaga, que, a manera de balanza, vino a tierra el mayor peso, y subió al cielo la ligera resistencia del que *tantum pellis et ossa fuit* [232].

—Esto no es conmigo —exclamé; bajamos del birlocho, y a pie nos fuimos a quejar, y reclamar nuestra señal a casa del alquilador. Preguntamos y volvimos a preguntar, y nadie respondía, que aquí es costumbre muy recibida: pareció por fin un hombre, digámoslo así, y un hombre tan mal encarado como el bir-

---

[232] *Tantum pellis et ossa fuit:* «solamente fue piel y huesos».

locho; expúsele el caso y pedíle mi señal, en vista
de que yo no alquilaba el birlocho para tirar de él, sino
para que tirase él de mí.

—¿Qué tiene usted que pedirle a ese birlocho y a
esa jaca sobre todo? —me dijo echándome a la cara una
interjección expresiva y una bocanada de humo de un
maldito cigarro de dos cuartos.

Después de semejante entrada nada quedaba que
hablar.

—Véale usted despacio —le contesté sin embargo.

—Pues no hay otro —siguió diciendo: y volviéndome
la espalda: —¡A París por gangas!— añadió.

—Diga usted, señor grosero —le repuse, ya en el
colmo de la cólera—, ¿no se contentan ustedes con
servir de esta manera sino que también se han de
aguantar sus malos modos? ¿Usted se pone aquí para
servir o para mandar al público? Pudiera usted tener
más respeto y crianza para [con] los que son más que él.

Aquí me echó el hombre una ojeada de arriba abajo,
de ésas que arrebañan a la persona mirada, de éstas
que van acompañadas de un gesto particular de los
labios, de éstas que no se ven sino entre los majos del
país [y con interjecciones más o menos limpias][233].

—Nadie[234] es más que yo, don caballero o don lechuga; si no acomoda, dejarlo. ¡Mire usted con lo que
se viene el seor levosa![235] A ver, chico, saca un bombé

[233] El comportamiento de estos tipos fue duramente criticado por
Larra. Lomba y Pedraja, en *Costumbristas Españoles de la primera
mitad del siglo XIX*, Universidad de Oviedo, 1933, pág. 60, nos dice:
«Es de admirar el desprecio con que habla siempre de mozos y de
criados, de menestrales y de gente de condición civil. Comparándolos
o poniéndolos a la par de animales brutos, hace mil chistes crueles a
su costa.»

[234] En la versión inicial, *naide*.

[235] *Seor levosa:* seor, vulgarismo de «señor»; levosa equivale a «levita». Larra no emplea en sus escritos el lenguaje achulapado de estos
tipos; Mesonero Romanos prestó siempre mayor atención a lo
descriptivo que a lo auditivo. El costumbrista que con mayor acierto describe las variedades idiomáticas de todos los tipos populares es
A. Flores. Véase, a este respecto, mi artículo «El costumbrismo de
A. Flores», *Cuadernos Hispanoamericanos*, enero, 1980, págs. 184-196.

nuevo; ¡ahí en el bolsillo de mi chaqueta debo tener uno!

Y al decir esto, salió una mujer y dos o tres mozos de cuadra; y llegáronse a oír cuatro o seis vecinos y catorce o quince curiosos transeúntes: y como el calesero hablaba en majo y respondía en desvergonzado, y fumaba y escupía por el colmillo, e insultaba a la gente decente, el auditorio daba la razón al calesero, y le aplaudía y soltaba la carcajada, y le animaba a seguir; en fin, sólo una retirada a tiempo pudo salvarnos de algunas cosa peor, por la cual se preparaba a hacernos pasar el concurso que allí se había reunido.

—*¿Entre qué gentes estamos?* —me dijo el extranjero asombrado—. ¡Qué modos tan raros se usan en este país!

—¡Oh, es casual! —le respondí algo avergonzado de la inculpación, y seguimos nuestro camino. El día había empezado mal, y yo soy supersticioso con estos días que empiezan mal: [verdad es que en punto a educación y buenos modales, generalmente se puede asegurar que aquí todos los días empiezan mal y] acaban peor.

Tenía mi amigo que arreglar sus papeles, y fue preciso acompañarle a una oficina de Policía[236]: «¡Aquí verá usted —le dije— otra amabilidad y otra finura!» La puerta estaba abierta y naturalmente nos entrábamos; pero no habíamos andado cuatro pasos, cuando una especie de portero vino a nosotros gritándonos:

—¡Eh!, ¡Hombre! ¿Adónde va usted? Fuera.

—Éste es pariente del calesero —dije yo para mí;

---

[236] «El forastero, al llegar a Madrid, debe presentar en la puerta su pasaporte expedido con dirección a esta capital, allí se le recoge y diciendo la calle y casa adonde va a parar, se le da una papeleta para que al siguiente día se presente al comisario respectivo. Si ha de permanecer pocos días, le basta con dicha papeleta visada por el comisario; pero para obtener carta de seguridad se le manda presentarse al celador de su barrio para que le empadrone, con lo cual, y dando por fiador un vecino honrado, se le expide la carta por un mes, que después renueva por más , según se necesite», Mesonero, *op. cit.*, volumen III, pág. 32.

salímonos fuera, y, sin embargo, esperamos el turno.

—Vamos, adentro; ¿qué hacen ustedes ahí parados? —dijo de allí a un rato, para darnos a entender que ya podíamos entrar; entramos, saludamos, nos miraron dos oficinistas de arriba abajo, no creyeron que debían contestar al saludo, se pidieron mutuamente papel y tabaco, echaron un cigarro de papel, nos volvieron la espalda, y a una indicación mía para que nos despachasen en atención a que el Estado no les pagaba por fumar, sino para despachar los negocios:

—Tenga usted paciencia —respondió uno—, que aquí no estamos para servir[le] a usted.

—A ver —añadió dentro de un rato—, venga eso —y cogió el pasaporte y lo miró—: ¿Y usted quién es?

—Un [237] amigo del señor.

—¿Y el señor? Algún francés de éstos que vienen a sacarnos los cuartos.

—Tenga usted la bondad de prescindir de insultos, y ver si está ese papel en regla.

—Ya le he dicho a usted que no sea [usted] insolente si no quiere usted ir a la cárcel.

Brincaba mi extranjero, y yo le veía dispuesto a hacer un disparate.

Amigo [—le dije—], aquí no hay más remedio que tener paciencia.

—¿Y qué nos han de hacer?

—Mucho y malo.

—Será injusto.

—¡Buena cuenta!

Logré por fin contenerle.

—Pues ahora no se le despacha a usted; vuelva usted mañana.

—¿Volver?

—Vuelva usted, y calle usted.

—Vaya usted con Dios

Yo no me atrevía a mirar a la cara amigo.

—¿Quién es ese señor tan altanero —me dijo al bajar

---

[237] En la versión inicial, *El*.

la escalera— y tan fino y tan...? ¿Es algún príncipe?

—Es un escribiente que se cree la justicia y el primer personaje de la nación; como está empleado, se cree dispensado de tener crianza.

—Aquí tiene todo el mundo esos mismos modales, según voy viendo.

—¡Oh! no; es casualidad.

—*C'est drôle* [238] —iba diciendo mi amigo, y yo diciendo:

—¿Entre qué gentes estamos?

Mi amigo quería hacerse un pantalón y le llevé a casa de mi sastre. Ésta era más negra: mi sastre es hombre que me recibe con sombrero puesto, que me alarga la mano y me la aprieta: me suele dar dos palmaditas o tres, más bien más que menos, cada vez que me ve; me llama simplemente por mi apellido, a veces por mi nombre, como un antiguo amigo; otro tanto hace con todos sus parroquianos, y no me tutea, no sé por qué: eso tengo que agradecerle todavía. Mi francés nos miraba a los dos alternativamente, mi sastre se reía: yo mudaba de colores, pero estoy seguro que mi amigo salió creyendo que en España todos los caballeros son sastres o todos los sastres son [239] caballeros. Por supuesto que el maestro no se descubrió, no se movió de su asiento, no hizo gran caso de nosotros, nos hizo esperar todo lo que pudo, se empeñó en regalarnos un cigarro y en dárnoslo encendido él mismo de su boca [240]; cuantas groserías, en fin, suelen llamarse franquezas entre ciertas gentes.

Era por la mañana: la fatiga y el calor nos habían dado sed: entramos en un café y pedimos sorbetes.

—¡Sorbetes por la mañana! —dijo un mozo con voz brutal y gesto de burla—. ¡Que si quieres!

—¡Bravo! —dije [yo] para mí—. ¿No presumía yo

---

[238] *C'est drôle:* francés, «es divertido, pintoresco».
[239] Falta la palabra *son* en la primera edición.
[240] *De su boca,* falta en la primera edición.

que el día había empezado bien? Pues traiga usted dos vasos pequeños de limón...

—¡Vaya, hombre, anímese usted! Tómelos usted grandes —nos dijo entonces el mozo con singular franqueza—. ¡Si tiene usted cara de sed!

—Y usted tiene cara de morir de un silletazo —repuse yo ya incomodado—; sirva usted con respeto, calle y no se chancee con las personas que no conoce, y que están muy lejos de ser sus iguales...

Entretanto que esto pasaba con nosotros, en un billar[241] contiguo diez o doce señoritos de muy buenas familias jugaban al billar con el mozo de éste, que estaba en mangas de camisa, que tuteaba a uno, sobaba a otro, insultaba al de más allá y se hombreaba de todos: todos eran uno.

—¿Entre qué gentes estamos? —repetía yo[242] con admiración.

—*C'est drôle!* —repetía el francés.

¿Es posible que nadie sepa aquí ocupar[243] su puesto? ¿Hay tal confusión de clases y personas? ¿Para qué cansarme en enumerar los demás casos que de este género en aquel bendito día nos sucedieron? Recapitule el lector cuántos de éstos le suceden al día y le están sucediendo siempre, y esos mismos nos sucedieron a nosotros. Hable usted con tres amigos en una mesa de [un] café: no tardará mucho en arrimárse alguno que nadie del corro conozca, y con toda franqueza meterá su baza en la conversación. Vaya usted a comer a una fonda, y cuente usted con el mozo que ha de servirle como pudiera usted contar con un comensal. Él le bordará a usted la comida con chanzas groseras; él le hará a usted preguntas fraternales y amistosas..., él... Vaya usted a una tienda a pedir algo.

—¿Tiene usted tal cosa?

—No, señor; aquí no hay.

---

241 Falta la palabra *billar,* en la versión inicial.
242 En la versión inicial, *repetí yo.*
243 En la primera versión, *ocupar aquí.*

—¿Y sabe usted dónde la encontraría?

—¡Toma! ¡Qué sé yo! Búsquela usted. Aquí no hay.

—¿Se puede ver al señor de tal? —dice usted en una oficina. Y aquí es peor, pues ni siquiera contestan *no:* ¿ha entrado usted? Como si hubiera entrado un perro. ¿Va usted a ver un establecimiento público? Vea usted qué caras, qué voz, qué expresiones, qué respuestas, qué grosería. Sea usted grande de España; lleve usted un cigarro encendido. No habrá aguador ni carbonero que no le pida la lumbre, y le detenga en la calle, y le manosee y empuerque su tabaco, y se lo vuelva apagado. ¿Tiene usted criados? Haga usted cuenta que mantiene [usted a] unos cuantos amigos, ellos llaman por su apellido seco y desnudo a todos los que lo sean de usted, hablan cuando habla usted, y hablan ellos... ¡Señor! ¡Señor! ¿Entre qué gentes estamos? ¿Qué orgullo es el que impide a las clases ínfimas de nuestra sociedad acabar de reconocer el puesto que en el trato han de ocupar? ¿Qué trueque[244] es éste de ideas y de costumbres?[245]

Mi francés había hecho todas estas observaciones, pero no había hecho la principal; faltábale observar que nuestro país es el país de las anomalías; así que, al concluirse el día:

—Amigo —me dijo—, yo he viajado mucho; ni en Europa, ni en América, ni en parte alguna del mundo he visto menos aristocracia en el trato de los hombres; éste es el país adonde yo me vendría a vivir; aquí todos los hombres son unos: se cree estar en la antigua Roma. En llegando a París voy a publicar un opúsculo en que pruebe que la España es el país más dispuesto a recibir...

—Alto ahí, señor observador de un día —dije a mi extranjero interrumpiéndole—; adivino la idea de usted. Las observaciones que ha hecho usted[246] hoy son ciertas;

---

[244] En la primera versión, *trastorno.*

[245] En la edición inicial, *y costumbre.*

[246] En la versión primera, *que usted ha hecho.*

la observación general empero que de ellas deduce usted
es falsa: ésa es una anomalía como otras muchas que
nos rodean, y que sólo se podrían explicar entrando
en pormenores que no son del momento: éste es, desgraciadamente, el país menos dispuesto a lo que usted
cree, por más que le parezcan a usted todos unos.
No confunda usted la debilidad de la senectud con la
de la niñez: ambas son debilidad; las causas son no
obstante diferentes; esa franqueza, esa aparente confusión y nivelamiento extraordinario no es el de una sociedad que acaba, es el de una sociedad que empieza;
porque yo llamo empezar...

—¡Oh! Sí, sí, entiendo. *C'est drôle! C'est drôle!*
—repetía mi francés.

—Ahí verá usted —repetía yo— entre qué gentes
estamos.

16

La vida de Madrid [247]

Muchas cosas me admiran en este mundo: esto prueba que mi alma debe pertenecer a la clase vulgar, al justo medio de las almas; sólo a las muy superiores, o a las muy estúpidas les es dado no admirarse de nada. Para aquéllas no hay cosa que valga algo; para éstas, no hay cosa que valga nada. Colocada la mía a igual distancia de las unas y de las otras, confieso que vivo todo de admiración, y estoy tanto más distante de ellas cuanto menos concibo que se pueda vivir sin admirar. Cuando en un día de esos, en que un insomnio prolongado, o un contratiempo de la víspera preparan al hombre a la meditación, me paro a considerar el destino del mundo; cuando me veo rodando dentro de él con mis semejantes por los espacios imaginarios, sin que sepa nadie para qué, ni adónde; cuando veo nacer a todos para morir, y morir sólo por haber nacido; cuando veo la verdad igualmente distante de todos los puntos del orbe donde se la anda buscando, y la felicidad siempre en casa del vecino a juicio de cada uno; cuando reflexiono que no se le ve el fin a este cuadro halagüeño, que según todas las probabilidades tampoco tuvo principio; cuando pregunto a todos y me responde cada cual quejándose

---

[247] Se publicó, por vez primera, en *El Observador* el 12 de diciembre de 1834.

de su suerte; cuando contemplo que la vida es un análisis de contradicciones, de llanto, de enfermedades, de errores, de culpas y de arrepentimientos, me admiro de varias cosas. Primera, del gran poder del Ser Supremo, que haciendo marchar el mundo de un modo dado, ha podido hacer que todos tengan deseos diferentes y encontrados, que no suceda más que una sola cosa a la vez, y que todos queden descontentos. Segunda, de su gran sabiduría en hacer corta la vida. Y tercera, en fin, y de ésta me asombro más que de las otras todavía, de ese apego que todos tienen, sin embargo, a esta vida tan mala. Esto último bastaría a confundir a un ateo, si un ateo, al serlo, no diese ya claras muestras de no tener su cerebro organizado para el convencimiento; porque sólo un Dios y un Dios Todopoderoso podía hacer amar una cosa como la vida.

Esto, considerada la vida en general, dondequiera que la tomemos por tipo; en las naciones civilizadas, en los países incultos, en todas partes, en fin. Porque en este punto, me inclino a creer que el hombre variará de necesidades, y se colocará en una escala más alta o más baja; pero en cuanto a su felicidad nada habrá adelantado. Toda la diferencia entre el hombre ilustrado y el salvaje estará en los términos de su conversación. Lord Wellington[248] hablará de los whigs, el indio nómade[249] hablará de las panteras; pero iguales penas le acarreará a aquél el concluir con los primeros, que a éste el dar caza a las segundas. La civilización le hará variar al hombre de ocupaciones y de palabras; de suerte, es imposible. Nació víctima, y su verdugo le persigue enseñándole el dogal, así debajo del dorado artesón, como debajo de la rústica techumbre de ramas. Pero si se considera luego la vida de Madrid,

---

[248] Wellington (1769-1852): general inglés que venció a Napoleón en Waterloo. Larra no alude a Wellington como militar, sino como hombre político que no sólo se opuso a la reforma parlamentaria, sino que también defendió la emancipación de los católicos.

[249] *Nómade:* por «nómada».

es preciso[250] cerrar el entendimiento a toda reflexión para desearla.

El joven que voy a tomar por tipo general, es un muchacho de regular entendimiento, pero que posee, sin embargo, más doblones que ideas, lo cual no parecerá inverosímil si se atiende al modo que tiene la sabia naturaleza de distribuir sus dones. En una palabra, es rico sin ser enteramente tonto. Paseábame días pasados con él, no precisamente porque nos estreche una grande amistad, sino porque no hay más que dos modos de pasear, o solo u acompañado. La conversación de los jóvenes más suele pecar de indiscreta que de reservada: así fue, que a pocas preguntas y respuestas nos hallamos a la altura de lo que se llama en el mundo franqueza, sinónimo casi siempre de imprudencia. Preguntóme qué especie de vida hacía yo, y si estaba contento con ella. Por mi parte pronto hube despachado: a lo primero le contesté: «Soy periodista; paso la mayor parte del tiempo, como todo escritor público, en escribir lo que no pienso y en hacer creer a los demás lo que no creo. ¡Como sólo se puede escribir alabando! Esto es, que mi vida está reducida a querer decir lo que otros no quieren oír!» A lo segundo, de si estaba contento con esta vida, le contesté que estaba por lo menos tan resignado como lo está con irse a la gloria el que se muere.

—¿Y usted? —le dije—. ¿Cuál es su vida en Madrid?

—Yo —me repuso— soy muchacho de muy regular fortuna; por consiguiente, no escribo. Es decir..., escribo...; ayer escribí una esquela a Borrel[251] para que me enviase cuanto antes un pantalón de *patincour* que me tiene hace meses por allá. Siempre escribe uno algo. Por lo demás, le contaré a usted.

«Yo no soy amigo de levantarme tarde; a veces hasta madrugo; días hay que a las diez ya estoy en pie.

---

[250] En la versión inicial, *preciso es.*

[251] *Borrel:* su sastrería era una de las más concurridas por los petimetres.

Tomo té, y alguna vez chocolate; es preciso vivir con el país. Si a esas horas ha parecido ya algún periódico, me lo entra mi criado, después de haberle ojeado él: tiendo la vista por encima; leo los partes, que se me figura siempre haberlos leído ya; todos me suenan a lo mismo, entra otro, lo cojo, y es la segunda edición del primero. Los periódicos son como los jóvenes de Madrid, no se diferencian sino en el nombre. Cansado estoy ya de que me digan todas las mañanas en artículos muy graves todo lo felices que seríamos si fuésemos libres, y lo que es preciso hacer para serlo. Tanto valdría decirle a un ciego que no hay cosa como ver.

»Como a aquellas horas no tengo ganas de volverme a dormir, dejo los periódicos; me rodeo al cuello un echarpe[252], me introduzco en un surtú[253], y a la calle. Doy una vuelta a la carrera de San Jerónimo, a la calle de Carretas, del Príncipe, y de la Montera, encuentro en un palmo de terreno a todos mis amigos que hacen otro tanto, me paro con todos ellos, compro cigarros en un café, saludo a alguna asomada, y me vuelvo a casa a vestir.

»¿Está malo el día? El capote de barragán[254]: a casa de la marquesa hasta las dos; a casa de la condesa hasta las tres; a tal otra casa hasta las cuatro; en todas partes voy dejando la misma conversación; en donde entro oigo hablar mal de la casa de donde vengo, y de la otra adonde voy: ésta es toda la conversación de Madrid.

»¿Está el día regular? A la calle de la Montera. A ver a La Gallarde o a Tomás[255]. Dos horas, tres horas, según. Mina[256], los facciosos, la que pasa, el sufrimiento y las esperanzas.

---

252 *Echarpe:* francés, «manteleta».
253 *Surtu:* galicismo, «abrigo».
254 *Barragán:* del árabe barrakan, «lana impermeable».
255 Actores de la época de Larra.
256 *Mina:* Francisco Espoz y Mina, general en jefe del ejército liberal en el Norte.

»¿Está muy bueno el día? A caballo. De la puerta de Atocha a la de Recoletos, de la de Recoletos a la de Atocha. Andando y desandado este camino muchas veces, una vuelta a pie. A comer a Genieys[257], o al Comercio[258]: alguna vez en mi casa; las más, fuera de ella.

»¿Acabé de comer? A Sólito[259]. Allí dos horas, dos cigarros, y dos amigos. Se hace una segunda edición de la conversación de la calle de la Montera. ¡Oh! Y felizmente esta semana no ha faltado materia. Un poco se ha ponderado, otro poco se ha... Pero en fin, en un país donde no se hace nada, sea lícito al menos hablar.

»¿Qué se da en el teatro? —dice uno.

»Aquí: 1.º Sinfonía; 2.º Pieza del célebre Scribe[260]; 3.º Sinfonía; 4.º Pieza nueva del fecundo Scribe; 5.º Sinfonía; 6.º Baile nacional; 7.º La comedia nueva en dos actos, traducida también del ingenioso Scribe; 8.º Sinfonía; 9.º...

»—Basta, basta; ¡santo Dios!

»—Pero, chico, ¿qué lees ahí? Si ése es el diario de ayer.

»—Hombre, parece el de todos los días.

»—Sí, aquí es *Guillermo* hoy.

»—¿*Guillermo*? ¡Oh, si fuera ayer! ¿Y allá?

»—Allá es el teatro de la Cruz. Cualquier cosa.

»—A mí me toca el turno aquí. ¿Sabe usted lo que es tocar el turno?

—Sí, sí —respondo a mi compañero de paseo—; a mí también me suele tocar el turno.

—Pues bien, subo al palco un rato. Acabado el teatro, si no es noche de sociedad, al café otra vez a disputar un poco de tiempo al dueño. Luego a ninguna parte.

---

[257] *Genieys.* Véase «El castellano viejo», nota 103.

[258] *Comercio.* Véase «La fonda nueva», nota 190.

[259] *Sólito:* café situado en la calle del Prado, frente al Teatro del Príncipe (hoy Español).

[260] *Scribe:* Agustín Eugène Scribe (1791-1861) dramaturgo francés. Existe en esta época un auténtico aluvión de traducciones y adaptaciones de este autor.

Si es noche de sociedad, a vestirme; gran tualeta[261].
A casa de E... Bonita sociedad; muy bonita. Ello sí,
las mismas de la sociedad de la víspera, y del lunes,
y de... y las mismas de las visitas de la mañana, del
Prado, y del teatro, y... pero lo bueno, nunca se cansa
uno de verlo.

—¿Y qué hace usted en la sociedad?

—Nada; entro en la sala; paso al gabinete; vuelvo
a la sala; entro al ecarté; vuelvo a entrar en la sala;
vuelvo a salir del gabinete; vuelvo a entrar en el ecarté...

—¿Y luego?

—Luego a casa, y ¡buenas noches!

Ésta es la vida que de sí me contó mi amigo. Después de leerla y de releerla, figurándome que no he
ofendido a nadie, y que a nadie retrato en ella, e inclinándome casi a creer que por ésta no tendré ningún
desafío, aunque necios conozco yo para todo, trasládola a la consideración de los que tienen apego a la vida.

---

261 *Tualeta:* deformación del galicismo *toilette.*

17

La sociedad [262]

Es cosa generalmente reconocida que el hombre es *animal social,* y yo, que no concibo que las cosas puedan ser sino del modo que son, yo, que no creo que pueda suceder sino lo que sucede, nò trato por consiguiente de negarlo. Puesto que vive en sociedad, social es sin duda. No pienso adherirme a la opinión de los escritores malhumorados que han querido probar que el hombre habla por una aberración, que su verdadera posición es la de los cuatro pies, y que comete un grave error en buscar [263] y fabricarse todo género de comodidades, cuando pudiera pasar pendiente de las bellotas de una encina el mes, por ejemplo, en que vivimos. Hanse apoyado para fundar semejante opinión en que la sociedad le roba parte de su libertad, si no toda; pero tanto valdría decir que el frío no es cosa natural, porque incomoda. Lo más que concederemos a los abogados de la vida salvaje es que la sociedad es de todas las necesidades de la vida la peor: eso sí. Esta es una desgracia, pero en el mundo feliz que habitamos casi todas las desgracias son verdad; razón por la cual nos admiramos siempre que vemos tantas investigaciones para buscar ésta. A nuestro modo de

---

[262] Se publicó, por vez primera, en *La Revista Española* el 16 de enero de 1835.

[263] En la primera edición, *buscarse.*

ver no hay nada más fácil que encontrarla: allí donde
está el mal, allí está la verdad. Lo malo es lo cierto.
Sólo los bienes son ilusión.

Ahora bien: convencidos de que todo lo malo es natural y verdad, no nos costará gran trabajo probar que
la sociedad es natural, y que el hombre nació por consiguiente social; no pudiendo impugnar la sociedad, no
nos queda otro recurso que pintarla[264].

De necesidad parece creer que al verse el hombre
solo en el mundo, blanco inocente de la intemperie
y de toda especie de carencias, trate de unir sus esfuerzos a los de su semejante para luchar contra sus
enemigos, de los cuales el peor es la naturaleza entera; es decir, el que no puede evitar, el que por
todas partes le rodea; que busque a su hermano (que
así se llaman los hombres unos a otros, por burla sin
duda) para pedirle su auxilio; de aquí podría deducirse
que la sociedad es un cambio mutuo de servicios recíprocos. Grave error: es todo lo contrario; nadie concurre a la reunión para prestarle servicios, sino para
recibirlos de ella; es un fondo común donde acuden
todos a sacar, y donde nadie deja, sino cuando sólo
puede tomar en virtud de permuta. La sociedad es,
pues, un cambio mutuo de perjuicios recíprocos. Y el
gran lazo que la sostiene es, por una incomprensible
contradicción, aquello mismo que parecería destinado a
disolverla; es decir, el egoísmo. Descubierto ya el estrecho vínculo que nos reúne unos a otros en sociedad,
excusado es probar dos verdades eternas, y por cierto
consoladoras, que de él se deducen: primera, que la so-

---

[264] *Pintarla:* término muy del gusto romántico para describir las
costumbres de la época. Incluso, tanto las colecciones costumbristas
españolas como las extranjeras, gustaban de utilizarlo. Recuérdese
Les français peint par eux-mêmes y su imitación española, *Los españoles pintados por sí mismo.* De la imitación española se publicaron
colecciones como *Las españolas pintadas por los españoles, Los cuba-
nos pintados por sí mismos, Los mexicanos pintados por sí mismos,
Los valencianos pintados por sí mismos, Los hombres españoles,
americanos y lusitanos pintados por sí mismos,* etc.

ciedad, tal cual es, es imperecedera, puesto que siempre nos necesitaremos unos a otros; segunda, que es franca, sincera y movida por sentimientos generosos, y en esto no cabe duda, puesto que siempre nos hemos de querer a nosotros mismos más que a los otros.

Averiguar ahora si la cosa pudiera haberse arreglado de otro modo, si el gran poder de la creación estaba en que no nos necesitásemos, y si quien ponía por base de todo el egoísmo, podía haberle sustituido el desprendimiento, ni es cuestión para nosotros, ni de estos tiempos, ni de estos países.

Felizmente no se llega al conocimiento de estas tristes verdades sino a cierto tiempo; en un principio todos somos generosos aún, francos, amantes, amigos... en una palabra, no somos hombres todavía; pero a cierta edad nos acabamos de formar, y entonces ya es otra cosa: entonces vemos por la primera vez, y amamos por la última. Entonces no hay nada menos divertido que una diversión; y si pasada cierta edad se ven hombres buenos todavía, esto está sin duda dispuesto así para que ni la ventaja cortísima nos quede de tener una regla fija a que atenernos, y con el fin de que puedan llevarse chasco hasta los más experimentados.

Pero como no basta estar convencidos de las cosas para convencer de ellas a los demás, inútilmente hacía yo las anteriores reflexiones a un primo mío que quería entrar en el mundo hace tiempo, joven, vivaracho, inexperto, y por consiguiente alegre. Criado en el colegio, y versado en los autores clásicos, traía al mundo llena la cabeza de las virtudes que en los poemas y comedias se encuentran. Buscaba un Pílades[265]; toda amante le parecía una Safó[266], y estaba seguro de encontrar una

---

[265] *Pílades:* mitología. Hijo de Anaxibia y Eutropio, rey de Fócida, y primo de Orestes, el cual acogió en la corte de su padre, no abandonándole jamás y corriendo juntos diversas aventuras.

[266] *Safo:* poetisa griega (hacia 580 a. de C.). Con su contemporáneo Alceo se destacó en el grupo eólico de poetas y dirigió una sociedad literaria de mujeres.

Lucrecia[267] el día que la necesitase. Desengañarle era una crueldad. ¿Por qué no había de ser feliz mi primo unos días como lo hemos sido todos? Pero además hubiera sido imposible. Limitéme, pues, a tomar sobre mí el cuidado de introducirle en el mundo, dejando a los demás el de desengañarle de él.

Después de haber presidido al cúmulo de pequeñeces indispensables, al lado de las cuales nada es un corazón recto, una alma noble, ni aun una buena figura, es decir, después de haberse proporcionado unos cuantos fraques y cadenas, pantalones colán[268] y mi-colán[269], reloj, sortijas y media docena de onzas siempre en el bolsillo, primeras virtudes en sociedad, introdújelo por fin en las casas de mejor tono. Un poco de presunción, un personal excelente, suficiente atolondramiento para no quedarse nunca sin conversación, un modo de bailar semejante al de una persona que anda sin gana, un bonito frac, seis apuestas de a onza en el *écarté*[270], y todo el desprecio posible de las mujeres, hablando con los hombres, le granjearon el afecto y la amistad verdadera de todo el mundo. Es inútil decir que quedó contento de su introducción. «Es encantadora, me dijo, la sociedad. ¡Qué alegría! ¡Qué generosidad! ¡Ya tengo amigos, ya soy amante!» A los quince días conocía a todo Madrid; a los veinte no hacía caso ya de su antiguo consejero: alguna vez llegó a mis oídos que afeaba mi filosofía y mis descabelladas ideas, como las llamaba. «Preciso es que sea muy malo mi primo, decía, para pensar tan mal de los demás»; a lo cual solía

---

[267] *Lucrecia:* célebre dama romana, esposa de Colatino. Nació en el año 510 a. de C. Violada por Sexto Tarquino, hijo de Tarquino *el Soberbio,* se suicidó de una puñalada en el corazón para no sobrevivir a su deshonra. El pueblo, sublevado por el hecho, derribó la monarquía de los Tarquinos.

[268] *Colán.* Véase el artículo «Carta a Andrés escrita desde las Batuecas por el Pobrecito Hablador», nota 37.

[269] *Mi-colán:* «semi-ceñido».

[270] *Écarté.* Véase «El mundo todo es máscaras. Todo el año es Carnaval», nota 140.

yo responder para mí: «Preciso es que sean muy malos los demás, para haberme obligado a pensar tan mal de ellos.»

Cuatro años habían pasado desde la introducción de mi primo en la sociedad; habíale perdido ya de vista, porque yo hago con el mundo lo que se hace con las pieles en verano; voy de cuando en cuando, para que no entre el olvido en mis relaciones, como se sacan aquéllas tal cual vez al aire para que no se albergue en sus pelos la polilla. Había, sí, sabido mil aventuras suyas de éstas que, por una contradicción inexplicable, honran mientras sólo las sabe todo el mundo en confianza, y que desacreditan cuando las llega a saber alguien de oficio; pero nada más. Ocurrióme en esto noches pasadas ir a matar a una casa la polilla de mi relación, y a pocos pasos encontréme con mi primo. Parecióme no tener todo el buen humor que en otros tiempos le había visto; no sé si me buscó él a mí, si le busqué yo a él; sólo sé que a pocos minutos paseábamos el salón de bracero y alimentando el siguiente diálogo:

—¿Tú en el mundo? —me dijo.

—Sí, de cuando en cuando vengo: cuando veo que se amortigua mi odio, cuando me siento inclinado a pensar bien, cuando empiezo a echarle menos, me presento una vez, y me curo para otra temporada. Pero ¿tú no bailas?

—Es ridículo: ¿quién va a bailar en un baile?

—Sí, por cierto... ¡Si fuera en otra parte! Pero observo desde que falto a esta casa multitud de caras nuevas... que no conozco...

—Es decir, que faltas a todas las casas de Madrid... porque las caras son las mismas; las casas son las diferentes; y por cierto que no vale la pena de variar de casa para no variar de gente.

—Así es —respondí—, que falto a todas. Quisiera por lo tanto que me instruyeses... ¿Quién es, por ejemplo, esa joven?... linda por cierto... Baila muy bien... parece muy amable...

—Es la baroncita viuda de ***. Es una señora que, a fuerza de ser hermosa y amable, a fuerza de gusto en el vestir, ha llegado a ser aborrecida de todas las demás mujeres. Como su trato es harto fácil, y no abriga más malicia que la que cabe en veintidós años, todos los jóvenes que la ven se creen con derecho a ser correspondidos; y como al llegar a ella se estrellan desgraciadamente los más de sus cálculos en su virtud (porque aunque la ves tan loca al parecer, en el fondo es virtuosa), los unos han dado en llamar coquetería su amabilidad, los otros, por venganza, le dan otro nombre peor. Unos y otros hablan infamias de ella; debe por consiguiente a su mérito y a su virtud el haber perdido la reputación. ¿Qué quieres? ¡Esa es la sociedad!

—¿Y aquella de aquel aspecto grave, que se remilga tanto cuando un hombre se la acerca? Parece que teme que le vean los pies según se baja el vestido a cada momento.

—Ésa ha entendido mejor el mundo. Ésa responde con bufidos a todo galán. Una casualidad rarísima me ha hecho descubrir dos relaciones que ha tenido en menos de un año; nadie las sabe sino yo; es casada, pero como brilla poco su lujo, como no es una hermosura de primer orden, como no se pone en evidencia, nadie habla mal de ella. Pasa por la mujer más virtuosa de Madrid. Entre las dos se pudiera hacer una maldad completa: la primera tiene las apariencias y ésta la realidad. ¿Qué quieres? ¡En la sociedad siempre triunfa la hipocresía! Mira, apartémonos; quiero evitar el encuentro de ese que se dirige hacia nosotros; me encuentra en la calle y nunca me saluda; pero en sociedad es otra cosa; como es tan desairado estar de pie, sin hablar con nadie, aquí me habla siempre. Soy su amigo para estos recursos, para los momentos de fastidio; también en el Prado se me suele agregar cuando no ha encontrado ningún amigo más íntimo. Esa es la sociedad.

—Pero observo que huyendo de él nos hemos venido

al *écarté*. ¿Quién es aquel que juega a la derecha?

—¿Quién ha de ser? Un amigo mío íntimo, cuando yo jugaba. Ya se ve, ¡perdía con tan buena fe! Desde que no juego no me hace caso. ¡Ay! éste viene a hablarnos.

Efectivamente, llegósenos un joven con aire marcial y muy amistoso.

—¿Cómo le tratan a usted?... —le preguntó mi primo.

—Pícaramente; diez onzas he perdido. ¿Y a usted?

—Peor todavía; adiós.

Ni siquiera nos contestó el perdidoso.

—Hombre, si no has jugado —le dije a mi primo—, ¿cómo dices?...

—Amigo, ¿qué quieres? Conocí que me venía a preguntar si tenía suelto. En su vida ha tenido diez onzas; la sociedad es para él una especulación: lo que no gana lo pide...

—Pero ¿y qué inconveniente había en prestarle? Tú que eres tan generoso...

—Sí, hace cuatro años; ahora no presto ya hasta que no me paguen lo que me deben; es decir, que ya no prestará nunca. Esa es la sociedad. Y sobre todo, ese que nos ha hablado...

—¡Ah! es cierto: recuerdo que era antes tu amigo íntimo: no os separabais.

—Es verdad, y yo le quería; me lo encontré a mi entrada en el mundo; teníamos nuestros amores en una misma casa, y yo tuve la torpeza de creer simpatía lo que era comunidad de intereses. Le hice todo el bien que pude, ¡inexperto de mí! Pero de allí a poco puso los ojos en mi bella, me perdió en su opinión y nos hizo reñir; él no logró nada, pero desbarató mi felicidad. Por mejor decir, me hizo feliz; me abrió los ojos.

—¿Es posible?

—Ésa es la sociedad: era mi amigo íntimo. Desde entonces no tengo más que amigos; íntimos, estos pesos duros que traigo en el bolsillo: son los únicos que no venden; al revés, compran.

—¿Y tampoco has tenido más amores?

284

—¡Oh! eso sí; de eso he tardado más en desenga-
ñarme. Quise a una que me quería sin duda por vanidad, porque a poco de quererla me sucedió un fracaso que me puso en ridículo, y me dijo que no podía
arrostrar el ridículo; luego quise frenéticamente a una
casada; esa sí, creí que me quería sólo por mí; pero
hubo hablillas, que promovió precisamente aquella fea
que ves allí, que como no puede tener amores, se complace en desbaratar los ajenos; hubieron de llegar a
oídos de su marido, que empezó a darla mala vida;
entonces mi apasionada me dijo que empezaba el peligro y que debía concluirse el amor; su tranquilidad
era lo primero. Es decir, que amaba más a su comodidad que a mí. Esa es la sociedad.

—¿Y no has pensado nunca en casarte?

—Muchas veces; pero a fuerza de conocer maridos,
también me he desengañado.

—Observo que no llegas a hablar de las mujeres.

—¿Hablar a las mujeres en Madrid? Como en general
no se sabe hablar de nada, sino de intrigas amorosas,
como no se habla de artes, de ciencias, de cosas útiles,
como ni de política se entiende, no se puede uno
dirigir ni sonreír tres veces a una mujer; no se puede
ir dos veces a su casa sin que digan: *Fulano hace el
amor a Mengana*. Esta expresión pasa a sospecha, y
dicen con una frase por cierto bien poco delicada:
¿Si estará metido con Fulana? Al día siguiente esta
sospecha es ya una realidad, un compromiso. Luego
hay mujeres, que porque han tenido una desgracia o
una flaqueza, que se ha hecho pública por este hermoso sistema de sociedad, están siempre acechando la
ocasión de encontrar cómplices o imitadoras que las dis-
culpen, las cuales ahogan la vergüenza en la murmuración. Si hablas a una bonita, la pierdes; si das conversación a una fea, quieres atrapar su dinero. Si gastas
chanzas con la parienta de un ministro, quieres un empleo. En una palabra, en esta sociedad de ociosos y
habladores nunca se concibe la idea de que puedas
hacer nada inocente, ni con buen fin, ni aun sin fin.

Al llegar aquí no pude menos de recordar a mi primo sus expresiones de hacía cuatro años: «Es encantadora la sociedad. ¡Qué alegría! ¡Qué generosidad! ¡Ya tengo amigos, ya tengo amante!»

Un apretón de manos me convenció de que me había entendido.

—¿Qué quieres? —me añadió de allí a un rato—; nadie quiere creer sino en la experiencia; todos entramos buenos en el mundo, y todo andaría bien si nos buscáramos los de una edad; pero nuestro amor propio nos pierde; a los veinte años queremos encontrar amigos y amantes en las personas de treinta, es decir, en las que han llevado el chasco antes que nosotros, y en los que ya no creen; como es natural le llevamos entonces nosotros, y se le pegamos luego a los que vienen detrás. Esa es la sociedad; una reunión de víctimas y de verdugos. ¡Dichoso aquel que no es verdugo y víctima a un tiempo! ¡Pícaros, necios, inocentes! ¡Más dichoso aún, si hay excepciones, el que puede ser excepción!

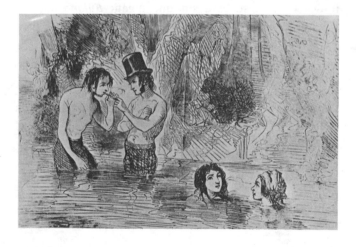

18

Un reo de muerte [271]

Cuando una incomprensible comezón de escribir me puso por primera vez la pluma en la mano para hilvanar en forma de discurso mis ideas, el teatro se ofreció primer blanco a los tiros de ésta que han calificado muchos de mordaz maledicencia. Yo no sé si la humanidad bien considerada tiene derecho a quejarse de ninguna especie de murmuración, ni si se puede decir de ella todo el mal que se merece; pero como hay millares de personas seudofilantrópicas, que al defender la humanidad parece que quieren en cierto modo indemnizarla de la desgracia de tenerlos por individuos, no insistiré en este pensamiento. Del llamado teatro, sin duda por antonomasia, déjeme suavemente deslizar al verdadero teatro; a esa muchedumbre en continuo movimiento, a esa sociedad donde sin ensayo ni previo

---

[271] Se publicó, por vez primera, en el periódico el *Mensajero* el 30 de marzo de 1835. Se editó en las imprentas de los herederos de F. Dávila y en la de J. Sancha.

Empezó a publicarse con este título, *Mensajero de las Cortes,* por el número XVIII, correspondiente al 1 de junio de 1834, como continuación del *Diario del Comercio,* teniendo cuatro páginas de 0^m, 369×0^m, 262. Desde comienzos de julio del mismo año su formato era de 0^m, 392×0^m, 260.

Pastor Díaz afirma, en la *Vida del Duque de Rivas,* publicada en 1854, que esta revista fue fundada por el duque de Rivas, Gabriel J. García y José de Álvaro.

anuncio de carteles, y donde a veces hasta de balde y en balde se representan tantos y tan distintos papeles.

Descendí a ella, y puedo asegurar que al cotejar este teatro con el primero no pudo menos que ocurrirme la idea de que era más consolador éste que aquél; porque al fin, seamos francos, triste cosa es contemplar en la escena la coqueta, el avaro, el ambicioso, la celosa, la virtud caída y vilipendiada, las intrigas incesantes, el crimen entronizado a veces y triunfante; pero al salir de una tragedia para entrar en la sociedad puede uno exclamar al menos: «Aquello es falso; es pura invención; es un cuento forjado para divertirnos»; y en el mundo es todo lo contrario; la imaginación más acalorada no llegará nunca a abarcar la fea realidad. Un rey de la escena depone para irse a acostar el cetro y la corona, y en el mundo el que la tiene duerme con ella, y sueñan con ella infinitos que no la tienen. En las tablas se puede silbar al tirano; en el mundo hay que sufrirle; allí se le va a ver como una cosa rara, como una fiera que se enseña por dinero; en la sociedad cada preocupación es un rey; cada hombre un tirano; y de su cadena no hay librarse; cada individuo se constituye en eslabón de ella; los hombres son la cadena unos de otros.

De estos dos teatros, sin embargo, peor el uno que el otro, vino a desalojarme una farsa que lo ocupó todo: la política. ¿Quién hubiera leído un ligero bosquejo de nuestras costumbres, torpe y débilmente trazado acaso, cuando se estaban dibujando en el gran telón de la política, escenas, si no mejores, de un interés cierta-mente más próximo y positivo? Sonó el primer arcabuz de la facción, y todos volvimos la cara a mirar de dónde partía el tiro; en esta nueva representación, semejante a la fantasmagórica de Mantilla[272], donde empieza por verse una bruja, de la cual nace otra y otras, hasta *multiplicarse al infinito,* un faccioso primero, y luego

---

[272] *Fantasmagórica de Mantilla.* Véase «¿Quién es el público y dónde se encuentra?», nota 16.

vimos *un faccioso más,* y en pos de él poblarse de facciosos el telón. Lanzado en mi nuevo terreno esgrimí la pluma contra las balas, y revolviéndome a una parte y otra, di la cara a dos enemigos: al faccioso de fuera, y al justo medio, a la parsimonia de dentro. ¡Débiles esfuerzos! El monstruo de la política estuvo encinta y dio a luz lo que había mal engendrado; pero tras éste debían venir hermanos menores, y uno de ellos, nuevo Júpiter, debía destronar a su padre. Nació la censura, y heme aquí poco menos que desalojado de mi última posición. Confieso francamente que no estoy en armonía con el reglamento: respétole y le obedezco; he aquí cuanto se puede exigir de un ciudadano: a saber, que no altere el orden; es bueno tener entendido que en política se llama *orden* a lo que existe, y que se llama *desorden* este mismo *orden* cuando le sucede otro *orden* distinto; por consiguiente, es perturbador el que se presenta a luchar contra el orden existente con menos fuerzas que él; el que se presenta con más, pasa a *restaurador,* cuando no se le quiere honrar con el pomposo título de *libertador.* Yo nunca alteraré el orden probablemente, porque nunca tendré la locura de creerme por mí solo más fuerte que él; en este convencimiento, infinidad de artículos tengo solamente rotulados, cuyo desempeño conservo para más adelante; porque la esperanza es precisamente lo único que nunca me abandona. Pero al paso que no los escribiré, porque estoy persuadido de que me los habían de prohibir (lo cual no es decir que me los han prohibido, sino todo lo contrario, puesto que yo no los escribo), tengo placer en hacer de paso esta advertencia al refugiarme, de cuando en cuando, en el único terreno que deja libre a mis correrías el temor de ser rechazado en posiciones más avanzadas. Ahora bien: espero que después de esta previa inteligencia no habrá lector que me pida lo que no puedo darle: digo esto porque estoy convencido de que ese pretendido acierto de un escritor depende más veces de su asunto y de la predisposición feliz de sus lectores que de su propia habilidad. Abandonado a ésta sola, considérome débil, y escribo todavía con más miedo que poco mérito, y no es ponderarlo poco, sin que esto tenga visos de afectada modestia.

Habiendo de parapetarme en las costumbres, la primera idea que me ocurre es que el hábito de vivir en ellas, y la repetición diaria de las escenas de nuestra sociedad, nos impide muchas veces pararnos solamente a considerarlas, y casi siempre nos hace mirar como naturales cosas que en mi sentir no debieran parecérnoslo tanto. Las tres cuartas partes de los hombres viven de tal o cual manera porque de tal o cual manera nacieron y crecieron; no es una gran razón; pero ésta es la dificultad que hay para hacer reformas. He aquí por qué las leyes difícilmente pueden ser otra cosa que el índice reglamentario y obligatorio de las costumbres; he aquí por qué caducan multitud de leyes que no se derogan; he aquí la clave de lo mucho que cuesta hacer libre por las leyes a un pueblo esclavo por sus costumbres.

Pero nos apartamos demasiado de nuestro objeto: volvamos a él; este hábito de la pena de muerte, reglamentada y judicialmente llevada a cabo en los pueblos modernos con un abuso inexplicable, supuesto que la sociedad al aplicarla no hace más que suprimir de su mismo cuerpo uno de sus miembros, es causa de que se oiga con la mayor indiferencia el fatídico grito que desde el amanecer resuena por las calles del gran pueblo, y que uno de nuestros amigos acaba de poner atinadísimamente por estribillo a un trozo de poesía romántica:

> Para hacer bien por el alma
> Del que van a ajusticiar[273].

Ese grito, precedido por la lugúbre campanilla, tan inmediata y constantemente como sigue la llama al humo, y el alma al cuerpo; este grito que implora la piedad religiosa en favor de una parte del ser que va a

---

[273] Versos que corresponden a la poesía de Espronceda titulada «El reo de muerte», publicada en *La Revista Española* y recogida posteriormente en las *Poesías* de la edición de 1840.

morir, se confunde en los aires con las voces de los que venden y revenden por las calles los géneros de alimento y de vida para los que han de vivir aquel día. No sabemos si algún reo de muerte habrá hecho esta singular observación, pero debe ser horrible a sus oídos el último grito que ha de oír de la *coliflorera*[274] que pasa atronando las calles a su lado.

Leída y notificada al reo la sentencia, y la última venganza que toma de él la sociedad entera, en lucha por cierto desigual, el desgraciado es trasladado a la capilla, en donde la religión se apodera de él como de una presa ya segura; la justicia divina espera allí a recibirle de manos de la humana. Horas mortales transcurren allí para él; gran consuelo debe de ser el creer en un Dios, cuando es preciso prescindir de los hombres, o, por mejor decir, cuando ellos prescinden de uno. La vanidad, sin embargo, se abre paso a través del corazón en tan terrible momento, y es raro el reo que, pasada la primera impresión, en que una palidez mortal manifiesta que la sangre quiere huir y refugiarse al centro de la vida, no trata de afectar una serenidad pocas veces posible. Esta tiránica sociedad exige algo del hombre hasta en el momento en que se niega entera a él; injusticia por cierto incomprensible; pero reirá de la debilidad de su víctima. Parece que la sociedad, al exigir valor y serenidad en el reo de muerte, con sus constantes preocupaciones, se hace justicia a sí misma, y extraña que no se desprecie lo poco que ella vale y sus fallos insignificantes.

En tan críticos instantes, sin embargo, rara vez desmiente cada cual su vida entera y su educación; cada cual obedece a sus preocupaciones hasta en el momento de ir a desnudarse de ellas para siempre. El hombre abyecto, sin educación, sin principios, que ha sucumbido

---

[274] *Coliflorera:* «vendedora de coliflores». Era costumbre anunciar las mercancías o los servicios de cualquier tipo a gritos y con un sonido característico. El futuro comprador conocía más por el sonido que por la letra lo que se le ofrecía.

siempre ciegamente a su instinto, a su necesidad, que robó y mató maquinalmente, muere maquinalmente. Oyó un eco sordo de religión en su primeros años y este eco sordo, que no comprende, resuena en la capilla, en sus oídos, y pasa maquinalmente a sus labios. Falto de lo que se llama en el mundo honor, no hace esfuerzo para disimular su temor, y muere muerto. El hombre verdaderamente religioso vuelve sinceramente su corazón hacia Dios, y éste es todo lo menos infeliz que puede el que lo es por última vez. El hombre educado a medias, que ensordeció a la voz del deber y de la religión, pero en quien estos gérmenes existen, vuelve de la continua afectación de despreocupado en que vivió, y duda entonces y tiembla. Los que el mundo llama impíos y ateos, los que se han formado una religión acomodaticia. o las han desechado todas para siempre, no deben ver nada al dejar el mundo. Por último, el entusiasmo político hace veces casi siempre de valor; y en esos reos, en quienes una opinión es la preocupación dominante, se han visto las muertes más serenas.

Llegada la hora fatal entonan todos los presos de la cárcel, compañeros de destino del sentenciado, y sus sucesores acaso, una salve en un compás monótono, y que contrasta singularmente con las jácaras y coplas populares, inmorales e irreligiosas, que momentos antes componían, juntamente con las preces de la religión, el ruido de los patios y calabozos del espantoso edificio. El que hoy canta esa salve se la oirá cantar mañana.

En seguida, la cofradía vulgarmente dicha de la Paz y Caridad[275] recibe al reo, que, vestido de una túnica y un bonete amarillos, es trasladado atado de pies y manos sobre un animal, que sin duda por ser el más útil y paciente, es el más despreciado, y la marcha fúnebre comienza.

---

[275] Cofradía que tenía carácter mixto. Por un lado, se entregaban a la oración y a la penitencia; por otro, practicaban la filantropía, como la de recibir al reo de muerte. Existían otras hermandades idénticas a ésta, como, por ejemplo: la del Refugio, la Esperanza, la del Ave María, la Orden Tercera, etc.

Un pueblo entero obstruye ya las calles del tránsito. Las ventanas y balcones están coronados de espectadores sin fin, que se pisan, se apiñan, y se agrupan para devorar con la vista el último dolor del hombre.

—¿Qué espera esa multitud? —diría un extranjero que desconociese las costumbres—. ¿Es un rey el que va a pasar; ese ser coronado, que es todo un espectáculo para un pueblo? ¿Es un día solemne? ¿Es una pública festividad? ¿Qué hacen ociosos esos artesanos? ¿Qué curiosea esta nación?

Nada de eso. Ese pueblo de hombres va a ver morir a un hombre.

—¿Dónde va?

—¿Quién es?

—¡Pobrecillo!

—Merecido lo tiene.

—¡Ay! si va muerto ya.

—¿Va sereno?

—¡Qué entero va!

He aquí las preguntas y expresiones que se oyen resonar en derredor. Numerosos piquetes de infantería y caballería esperan en torno del patíbulo. He notado que en semejante acto siempre hay alguna corrida; el terror que la situación del momento imprime en los ánimos causa la mitad del desorden; la otra mitad es obra de la tropa que va a poner orden. ¡Siempre bayonetas en todas partes! ¿Cuándo veremos una sociedad sin bayonetas? ¡No se puede vivir sin instrumentos de muerte! Esto no hace por cierto el elogio de la sociedad ni del hombre.

No sé por qué al llegar siempre a la plazuela de la Cebada [276] mis ideas toman una tintura singular de

---

[276] *Plazuela de la Cebada:* una de las más célebres plazas de Madrid. A diferencia de otras, ésta servía de mercado, como las plazuelas de San Miguel y del Carmen. Estaba situada en la calle de Toledo. Plaza célebre por ejecutarse en ella a los condenados a muerte. «En tiempo del corregidor Pontejos se dispuso que en adelante las ejecuciones tuvieran lugar en el rellano o meseta que se forma a la salida de la puerta de Toledo», Mesonero, *op. cit.,* vol. III, pág. 377.

melancolía, de indignación y de desprecio. No quiero entrar en la cuestión tan debatida del derecho que puede tener la sociedad de mutilarse a sí propia; siempre resultaría ser el derecho de la fuerza, y mientras no haya otro mejor en el mundo, ¿qué loco se atrevería a rebatir ése? Pienso sólo en la sangre inocente que ha manchado la plazuela; en la que la manchará todavía. ¡Un ser que como el hombre no puede vivir sin matar, tiene la osadía, la incomprensible vanidad de presumirse perfecto!

Un tablado se levanta en un lado de la plazuela: la tablazón desnuda manifiesta que el reo no es noble. ¿Qué quiere decir un reo noble? ¿Qué quiere decir garrote vil? quiere decir indudablemente que no hay idea positiva ni sublime que el hombre no impregne de ridiculeces.

Mientras estas reflexiones han vagado por mi imaginación, el reo ha llegado al patíbulo; en el día no son ya tres palos de que pende la vida del hombre; es un palo sólo; esta diferencia esencial de la horca al garrote me recordaba la fábula de los Carneros de Casti[277], a quienes su amo proponía, no si debían morir, sino si debían morir cocidos o asados. Sonreíame todavía de este pequeño recuerdo, cuando las cabezas de todos, vueltas al lugar de la escena, me pusieron delante que había llegado el momento de la catástrofe; el que sólo había robado acaso a la sociedad, iba a ser muerto por ella; la sociedad también da ciento por uno: si había hecho mal matando a otro, la sociedad iba a hacer bien matándole a él. Un mal se iba a remediar con dos. El reo se sentó por fin. ¡Horrible asiento! Miré el reloj: las doce y diez minutos; el hombre vivía aún... De allí a un momento una lúgubre campanada de San Millán[278],

---

[277] *Carneros de Casti:* una de las fábulas satíricas de *Los animales parlantes (Gli animali parlanti),* de Giovanni Battista Casti.

[278] *San Millán:* iglesia situada en la calle de Toledo, frente al hospital de La Latina. Se erigió, en 1806, en el solar de una antigua ermita de San Millán, de ahí su nombre.

semejante al estruendo de las puertas de la eternidad que se abrían, resonó por la plazuela; el hombre no existía ya; todavía no eran las doce y once minutos. «La sociedad, exclamé, estará ya satisfecha: ya ha muerto un hombre.»

19

Una primera representación [279]

En los tiempos de Iriarte y de Moratín, de Comella y del abate Cladera[280], cuando divididas las pandillas literarias se asestaban de librería a librería, de corral a corral, las burlas y los epigramas, la primera representación de una comedia (entonces todas eran comedias o tragedias) era el mayor acontecimiento de la España. El buen pueblo madrileño, a cuyos oídos no habían llegado aún, o de cuya memoria se habían borrado ya las encontradas voces de *tiranía* y *libertad,* hacía entonces la vista gorda sobre el Gobierno. Su Majestad cazaba en los bosques del Pardo, o reventaba mulas en la trabajosa cuesta de La Granja; en la Corte se intrigaba, poco más o menos como ahora, si bien con un tanto más de hipocresía; los ministros colocaban a sus

---

[279] Revista *Mensajero,* 3 de abril de 1835.

[280] La cita que Larra hace de estos autores no es fortuita. Cada uno de ellos simboliza lo más representativo del XVIII: fábula, comedia neoclásica, comedia histórica y prensa. Tal vez el menos conocido de todos sea Cladera, fundador del periódico el *Espíritu de los mejores diarios literarios que se publican en Europa.* Este periódico se publicó en las imprentas de J. Herrera y A. Espinosa. Ocho páginas de 0^m, 164×0^m, 103. Empezó el 2 de julio de 1787, saliendo tres veces a la semana. Bover, en su *Memoria biográfica de los mallorquines,* dice que Cladera escribió y dio al público esta obra periódica de 11 tomos, en 4.º, desde 1787 hasta 1793.

parientes y a los de sus amigos[281]; esto ha variado completamente; la clase media iba a la oficina; entonces un empleo era cosa segura, una suerte hecha; y el honrado, el heroico pueblo iba a los toros a llamar *bribón* a boca llena a Pepe-Hillo y Pedro Romero cuando el toro no se quería dejar matar a la primera. Entonces no había más guerra civil que los famosos bandos y parcialidades de *chorizos* y *polacos*[282]. No se sospechaba siquiera que podía haber más derecho[283] que el de tirar varias cáscaras de melón a un *morcillero*[284], y el de acompañar la silla de manos de la Rita Luna[285], de vuelta a su casa desde el teatro, lloviendo dulces sobre ella. En aquellos tiempos de tiranía y de Inquisición había, sin embargo, más libertad; y no se nos tome esto en cuenta de paradojas; porque al fin se sabía por dónde podía venir la tempestad, y el que entonces la pagaba era por poco avisado. En respetando al Rey y a Dios, respeto que consistía más bien en no acordarse de ambas Majestades que en otra cosa, podía usted vivir seguro sin carta de seguridad, y viajar sin pasaporte[286]. Si usted quería escribir, imprimía y vendía cuanto a las mientes se le viniese, y ahí están si no las obras de Saavedra, las del mismo Comella, las de Iriarte, las de Moratín, las poesías de Quintana, que escritas en nuestros días no podrían probablemente ver en muchos años la luz pública[287]. Entonces ni había espías, ni menos policía; no le ahorcaban a usted hoy por liberal y mañana por carlista, ni al día siguiente por ambas cosas; tampoco

---

[281] En la primera versión, *amigas*.

[282] *Chorizos y polacos.* Véase «En este país», notas 177 y 178.

[283] En la primera versión, *derechos*.

[284] *Morcillero:* palabra utilizada entre bastidores. *Morcillero* es el actor que tiene el vicio de añadir palabras o cláusulas de su invención a las del papel que representa.

[285] Famosa actriz de la época a que alude Larra. Era costumbre que las actrices fueran llevadas en sillas de mano desde su casa hasta el teatro entre el clamor del público.

[286] Véase «Entre qué gentes estamos», nota 236.

[287] Suponemos que Larra alude a las composiciones eróticas de Quintana.

había esta comezón que nos consume de ilustración y prosperidad; el que tenía un sueldo se tenía por bastante ilustrado, y el que se divertía alegremente se creía todo lo próspero posible. Y esto, pesado en la balanza de las compensaciones, es algo sin duda.

Había otra ventaja, a saber: que si no quería usted cavar la tierra, ni servir al Rey en las armas, cosas ambas un sí es no es incómodas; si no quería usted quemarse las cejas sobre los libros de leyes o de medicina; si no tenía usted ramo ninguno de rentas donde meter la cabeza, ni hermana bonita, ni mujer amable, ni madre que lo hubiese sido; si no podía usted ser paje de bolsa de algún ministro o consejero, decía usted que tenía una estupenda vocación; vistiendo el tosco sayal tenía usted su vida asegurada, y dejando los estudios, como fray Gerundio[288], se metía usted a predicador. El oficio en el día parece también haber perdido algunas de sus ventajas.

Por nuestros escritos conocerán nuestros lectores que no debimos nosotros alcanzar esos tiempos bienaventurados. Pero ¿quién no es hijo de alguien en el mundo? ¿Quién no ha tenido padres que se lo cuenten?

Entonces en el teatro se escuchaban pocas silbas, y el ilustrado público, menos descontentadizo, era a la par más indulgente. Lo que por aquellos tiempos podía ser una *primera representación,* lo ignoramos completamente; y como no nos proponemos pintar las costumbres de nuestros padres, sino las nuestras, no nos aflige en verdad demasiado esta ignorancia.

En el día una primera representación es una cosa importantísima para el autor de... ¿de qué diremos? Es tal la confusión de los títulos y de las obras, que no sabemos cómo generalizar la proposición. En primer lugar hay lo que se llama *comedia antigua,* bajo cuyo

---

[288] Esta alusión al fray Gerundio de Campazas pudiera tal vez salpicar al autor de dicha obra que, a falta de medios económicos, decidió ingresar en los jesuitas. Renunció, incluso, a un proyectado matrimonio por falta de dichos recursos económicos.

rótulo general se comprenden todas las obras dramáticas anteriores a Comella; de capa y espada, de intriga, de gracioso, de figurón, etc.; hay en segundo el drama, dicho melodrama, que fecha de nuestro interregno literario, traducción de la *Porte Saint-Martin* como *El valle del torrente, El mudo de Arpenas,* etcétera, etcétera; hay el drama sentimental y terrorífico, hermano mayor del anterior, igualmente traducción, como *La huérfana de Bruselas* [289]; hay después la comedia dicha clásica de Molière y Moratín, con su versito asonantado o su prosa casera; hay la tragedia clásica, ora traducción, ora original, con sus versos pomposos y su correspondiente hojarasca de metáforas y pensamientos sublimes de sangre real; hay la piececita de costumbres, sin costumbres, traducción de Scribe [290]; insulsa a veces, graciosita a ratos, ingeniosa por aquí y por allí; hay el drama histórico, crónica puesta en verso, o prosa poética, con sus trajes de la época y sus decoraciones *ad hoc,* y al uso de todos los tiempos; hay, por fin, si no me dejo nada olvidado, el drama romántico, nuevo, original, cosa nunca hecha ni oída, cometa que aparece por primera vez en el sistema literario con su cola y sus colas de sangre y de mortandad, el único verdadero; descubrimiento escondido a todos los siglos y reservado sólo a los Colones del siglo XIX. En una palabra, la naturaleza en las tablas, la luz, la verdad, la libertad en literatura, el derecho del hombre reconocido, la ley sin ley.

He aquí que el autor ha dado la última mano a lo que sea: ya lo ha cercenado la censura decentemente; ya la empresa se ha convencido de que se puede representar, y de que acaso es cosa buena.

Entonces los periodistas, amigos del autor, saben por casualidad la próxima representación, y en todos los

---

[289] *La huérfana de Bruselas:* obra citada en el artículo de Larra «Una comedia moderna: *Treinta años o la vida de un jugador*». El párrafo final es una auténtica rechifla del papanatismo por lo francés.

[290] *Scribe.* Véase «La vida de Madrid», nota 260.

periódicos se lee, entre las noticias de facciosos derrotados completamente, la cláusula que sigue:

«Se nos ha asegurado o sabemos (el *sabemos* no se aventura todos los días) que se va a poner en escena un drama nuevo en el teatro de... (por lo regular del Príncipe). Se nos ha dicho que es de un autor conocido ya *ventajosamente* por obras literarias de un mérito incontestable. Deben desempeñar los principales papeles nuestra célebre señora Rodríguez[291] y el señor Latorre[292]. La empresa no ha perdonado medio alguno para ponerlo en escena con toda aquella brillantez que requiere su argumento; y tenemos *fundados motivos* (la amistad, nadie ha dicho que no sea un motivo, ni menos que no sea fundado) para asegurar que el éxito corresponderá a las esperanzas, y que por fin el teatro español, etc», y así sucesivamente.

Luego que el público ha leído esto, es preciso ir al café del Príncipe[293], allí se dará[294] razón de quién es el autor, de cómo se ha hecho la comedia, de por qué la ha hecho, de que tiene varias alusiones sumamente picantes, lo cual se dice al oído; el café del Príncipe, en fin, es el memorialista, el valenciano del teatro.

—¿Ha visto usted eso del drama que trae *la Revista?*[295].

—¿Qué drama es ése?

—No sé.

—Sí, hombre, si es aquel que estaba componiendo...

—¡Ah! Sí. ¡Hombre, debe ser bueno!

—Preciso.

—¿Cómo se titula?

—¡FULANO!

---

[291] *Señora Rodríguez:* fue discípula y esposa de J. A. Grimaldi, famoso autor dramático y director de escena del Teatro del Príncipe. Actriz elogiada por Larra en más de una ocasión. Véase, por ejemplo, la reseña crítica que *Fígaro* hace en su artículo «Gabriela de Vergi».

[292] *Latorre.* Véase «¿Quién es el público y dónde se encuentra?», nota 28.

[293] *Café del Príncipe:* alusión directa al famoso *Parnasillo.*

[294] En la versión inicial, *da.*

[295] *La Revista:* se refiere a *La Revista Española.*

—¿A secas?

—No sé si tiene otro título.

—Es regular.

—¿Cuántos actos?

—Cinco, creo.

—No son actos —dice otro.

—¿Cómo? ¿No son actos?

—Sí, son actos, pero... yo no sé.

—¡Ah! Sí.

—¿Y muere mucha gente?

—¡Por fuerza! Dicen que es bueno.

—¡Gustará! —dicen en otro corrillo.

—Hombre, eso..., como este público es así..., yo no me atrevería...; pero mi opinión es que o debe alborotar, o le tiran los bancos.

—¡Hola!

—No hay medio. Hay cosas atrevidas; ¡pero qué escenas! Figúrese usted que hay uno que es hijo de otro.

—¡Oiga!

—Pero el hijo está enamorado... Deje usted: yo no me acuerdo si es el hijo o el padre el que está enamorado. Es igual. El caso es que luego se descubre que la madre no es madre; no: el padre es el que no es padre; pero hay un veneno, y luego viene el otro, y el hijo o la madre matan al padre o al hijo.

—¡Hombre! Eso debe ser de mucho efecto.

—¡Yo creo! [296]. Y hay una tempestad y una decoración oscura, tétrica, romántica...; en fin, con decirle a usted que la dama, ayer en el ensayo, no podía seguir hablando.

—¡Uy!!!

Si la cosa es por otro estilo, aunque ahora no hay cosas por otro estilo:

—Es bonita —dicen—, sólo que es pesada; pero a mí me hizo reír mucho cuando la leí; es clásica por supuesto; pero no hay acción; no sucede nada.

El autor entretanto se las promete felices, porque en

---

[296] En la primera versión, *yo lo creo.*

los ensayos han convenido los actores (que son muy inteligentes) que hay una escena que levanta del asiento: sólo se teme que el galán, que ha creído que el papel no es para su carácter, porque no es de bastante bulto, le haga con tibieza; y el segundo gracioso no ha entendido una palabra del suyo; no hay forma de hacérselo entender. Por otra parte, una dama está un poquillo ofendida porque la protagonista, que nació demasiado pronto, tiene más años que los que ella quiere aparentar. Y los segundos papeles están en malas manos, porque como aquí no hay actores...

Esto sin embargo, los ensayos siguen su curso natural; el autor se consume porque los actores principales no dicen su papel en el ensayo, sino que lo rezan entre dientes.

—Un poco más energía —se atreve a decir el autor, en ademán de pedir perdón.

—No tenga usted cuidado —le responden—; a la noche verá usted.

Con esto apenas se atreve a hacer nuevas advertencias; si las hace, suele atraerse alguna risilla escondida; verdad es que a veces el autor suele entender de representar menos todavía que el actor.

—¿Qué saco yo en la cabeza? —le pregunta una joven—. ¿Diadema?

—No es necesario.

—Como soy...

—No importa, se va usted a acostar cuando sucede el lance.

—Es verdad.

—Y yo, ¿qué saco en las piernas?

—La época, el calzón ajustado, pie y brazo acuchillados.

—Es que no tengo.

—Sí tienes —dice un compañero—: el calzón que te sirvió para Dido.

—Ya; pero eso debe de ser otra época.

—No importa; le pones cuatro lazos, y es eso.

—Yo saco peluca rubia —dice el gracioso.

—¿Por qué rubia?

—No tengo más que rubias; todas las hacen rubias.

—Bien; así como así la escena es en Francia.

—¡Ah! ¡Entonces!... Los franceses son rubios. ¿Y calva, por supuesto?

—No, hombre, no; si no tiene usted más que cincuenta años.

—Es que todas mis pelucas tienen calva.

—Entonces saque usted lo que usted quiera.

—Yo necesito un retrato, que saco —dice otro.

—No un medallón; cualquier cosa; desde fuera no se ve.

Arreglado ya lo que cada uno saca, se conviene en que las decoraciones harán efecto, porque se han anunciado como nuevas; las del pabellón de *La Expiación,* en poniéndole cuatro retratos, es romántica enteramente, y si se añaden unas armas, no digo nada: un gabinete de la Edad Media; la de tal otra comedia, en abriéndole dos puertas laterales, y en cerrándole la ventana, es el cuarto de la dama.

Si hay comparsas se arma una disputa sobre si se deben afeitar o no; si tienen que afeitarse es preciso que se les den dos reales más; ¿se han de poner limpios de balde? Para conciliar el efecto con la economía, se conviene en que los cuatro que han de salir delante se afeiten; los que están en segundo término, o confundidos en el grupo, pueden ahorrarse las navajas. Si deben salir músicos, es obra de romanos encontrarlos; porque es cosa degradante soplar en un serpentón, o dar porrazos a un pergamino a la vista del público; cuando van por la calle o de casa en casa, entonces nadie los ve.

Por fin, ha llegado la noche; merced a los anuncios de los periódicos y de los carteles, en los cuales se previene al público que si se tarda en los entreactos es porque hay que hacer, y que como la función es larga, no admite intermedio ni sainete[297]; merced a estas inocentes

---

[297] En la época de Larra ya no se intercala el sainete con la misma profusión que en el XVIII, dejando de actuar como reclamo que asegurara

estratagemas, se acaban los billetes al momento, y a la tarde están a dos, tres duros las lunetas[298]. El autor ha tomado los suyos, y los amigos, que han comido con él, le tranquilizan, asegurándole que si el drama fuera malo se lo hubieran dicho francamente en las repetidas lecturas que se han hecho previamente en casa de éste o de aquél. Todo lo contrario: se han extasiado; y no es decir que no lo entiendan. El buen ingenio anda aquel día distraído; no responde con concierto a cosa alguna; reparte algunos apretones de manos, lo más expresivos posible, a cuenta de aplausos, y está muy modesto; se cura en salud; refuerza[299] alguna sonrisa para contestar a los muchos que llegan y le dicen embromándole, sin temor de Dios:

—Con que hoy es la silba; voy a comprar un pito.

¡Las seis! Es preciso asistir al vestuario.

—¿Qué tal estoy?

—Bien: parece usted un verdadero abate; dése usted más negro en esa mejilla; otra raya; es usted más viejo. Usted sí que está perfectamente, señora, y cierto que daría los mejores trozos de mi comedia por ser el galán de ella, y hacer el papel con usted. Se me figura que está frío el segundo galán.

—¡Ah! No: ya lo verá usted; ahora está bebiendo un poco de ponche para calentarse.

—Sí, ¿eh? ¡Magnífico! No se le olvide a usted aquel grito en aquel verso.

—No se me olvida, descuide usted; aturdiré el teatro.

—Sí, un chillido sentido: como que ve usted al otro muerto. Con que salga como en el penúltimo ensayo me contento. Alborota usted con ese grito. ¡A mí me estremeció usted, y soy el autor!...

---

la permanencia de un nutrido público. Aún así, Ramón de la Cruz gozaba del beneplácito general, actitud que Larra no compartió, pues estaba en contra de los sainetes.

[298] *Lunetas:* «Asientos con respaldo y brazos, colocados en filas frente al escenario en la planta inferior.»

[299] En la versión inicial, *esfuerza.*

—¡La orden! ¡La orden! —gritan a esta sazón.

—¿Cómo la orden? —exclama el autor asustado—. ¿La han prohibido?

—No, señor, es la orden para empezar; habrá venido Su Alteza.

Suena una campanilla. ¡Fuera, fuera! y salen precipitadamente de la escena aquella multitud de pies que se ven debajo del telón.

—¡Cuidado con los arrojes, señor autor! —dice un segundo apunte cogiéndole de un brazo.

—¿Qué es eso?

—Nada; los arrojes son cuatro mozos de cordel que hacen subir el telón, bajando ellos colgados de una cuerda. Se oye un estruendo espantoso: se ha descorrido la cortina, y el ingenio se refugia a un rincón de un palco segundo, detrás de su familia, o de sus amigos, a quienes mortifica durante la representación con repetidas interrupciones. Tiene toda la sangre en la cabeza, suda como un cavador, cierra las manos, hace gestos de desesperación cuando se pierde un actor.

—Si lo dije, si no sabe el papel. ¿Silban? ¿Qué murmullo es ése? Bien, bien; este aplauso ha venido muy bien ahí: esto va bien; ese trozo tenía que hacer efecto por fuerza. ¡Bárbaros! ¿Por qué silban? Si no se puede escribir en este país; luego la están haciendo de una manera... Yo también la silbaría.

En el auditorio son otras las expresiones fugitivas.

—¡Vaya! Ya tenemos el telón bajando y subiendo.

—¡Bravo! Se han dejado una silla.

—Mire usted aquel comparsa. ¿Qué es aquello blanco que se le ve?

—¡Hombre! ¡En esa sala han nacido árboles!

—¿Lo mató? ¡Ah!, ¡ah! ¡ah! Si morirá el apuntador.

—Pues, señor, hasta ahora no es gran cosa.

—Lo que tiene es buenos versos.

Entretanto la condesita de*** entra al segundo acto dando portazos para que la vean; una vez sentada no se luce el vestido; los *fashionables* suben y bajan a los palcos; no se oye; el teatro es un infierno; luego parece que el público se ha constipado adrede aquel día. ¡Qué toser, señor, qué toser!

Llegó el quinto acto, y la mareta sorda empieza a manifestarse cada vez más pronunciada; a la última puñalada el público no puede más, y prorrumpe por todas partes en ruidosas carcajadas; los amigos defienden el terreno; pero una llave[300] decide la cuestión; sin duda no es la llave con que encerraba Lope de Vega los preceptos; y cae el telón entre la majestuosa algazara y con toda la pompa de la ignominia.

No sé qué propensión tiene la humanidad a alegrarse del mal ajeno; pero he observado que el público sale más alegre y decidor, más risueño y locuaz de una representación silbada; el autor entretanto sale confuso y renegando de un público tan atrasado; no están todavía los españoles, dice, para esta clase de comedias; se agarra otro poco a las intrigas, otro poco a la mala representación, y de esta suerte ya puede presentarse al día siguiente en cualquier parte con la conciencia limpia.

Sus amigos convienen con él, y en su ausencia se les oye decir:

—Yo lo dije; esa comedia no podía gustar; pero ¿quién se lo dice al autor? ¿Quién pone el cascabel al gato?

—Yo le dije que cortara lo del padre en el segundo acto; aquello es demasiado largo; pero se empeñó en dejarlo.

He observado, sin embargo, que los amigos literatos suelen portarse con gran generosidad; si la comedia gusta, ellos son los que como inteligentes hacen notar los defectillos de la composición, y entonces pasan por imparciales y rectos; si la comedia es silbada, ellos son los que la disculpan y la elogian; saben que sus elogios

---

[300] *Pero una llave:* se utilizaban, a manera de silbato, cuando la pieza representada era un auténtico fracaso. El estruendo que se formaba con el pataleo, chillido y pitas constituye uno de los elementos más pintorescos de nuestro teatro romántico.

no la han de levantar, y entonces pasan por buenos amigos. En el primer caso dicen:

—Es cosa buena, ¿cómo se había de negar? No tiene más sino aquello, y lo otro, y lo de más allá..., ya se ve; las cosas no pueden ser perfectas.

En el segundo dicen:

—Señor, no es mala; pero no es para todo el mundo; hay cosas demasiado profundas; tiene bellezas; sobre todo hay versos muy lindos.

Pero la parte indudablemente más divertida es la de oír, acercándose a los corrillos, los votos particulares de cada cual; éste la juzga mala porque dura tres horas; aquél porque mueren muchos; el otro porque hay gente de iglesia en ella; el de más allá porque se muda de decoraciones; esotro porque infringe las reglas; los contrarios dicen que sólo por esas circunstancias es buena. ¡Qué Babilonia, santo Dios! ¡Qué confusión!

Al día siguiente los periódicos... pero ¿quién es el autor? ¿Es un principiante, un desconocido? ¡Qué nube! ¿Es algo más? ¡Qué reticencias! ¡Qué medias palabras! ¡Qué exacto justo medio!

¡Después de todo eso, haga usted comedias!

20

La diligencia [301]

Cuando nos quejamos de que *esto no marcha,* y de que la España no progresa, no hacemos más que enunciar una idea relativa; generalizada la proposición de esa suerte, es evidentemente falsa; reducida a sus límites verdaderos, hay un gran fondo de verdad en ella.

Así como no notamos el movimiento de la tierra, porque todos vamos envueltos en él, así no echamos de ver tampoco nuestros progresos. Sin embargo, ciñéndonos al objeto de este artículo, recordaremos a nuestros lectores que no hace tantos años carecíamos de multitud de ventajas, que han ido naciendo por sí solas y colocándose en su respectivo lugar; hijas de la época, secuelas indispensables del adelanto general del mundo. Entre ellas, es acaso la más importante la facilitación de las comunicaciones entre los pueblos apartados; los tiranos, generalmente cortos de vista, no han considerado en las diligencias más que un medio de transportar paquetes y personas de un pueblo a otro; seguros de alcanzar con su brazo de hierro a todas partes, se han sonreído imbécilmente al ver mudar de sitio a sus esclavos; no han considerado que las ideas se agarran como el polvo a los paquetes y viajan también en diligencia. Sin diligencias,

---

[301] Apareció, por vez primera, en la revista el *Mensajero* el 16 de abril de 1835.

sin navíos, la libertad estaría todavía probablemente encerrada en los Estados Unidos. La navegación la trajo a Europa; las diligencias han coronado la obra; la rapidez de las comunicaciones ha sido el vínculo que ha reunido a los hombres de todos los países; verdad es que ese lazo de los liberales lo es también de sus contrarios; pero ¿qué importa? La lucha es así general y simultánea; sólo así puede ser decisiva.

Hace pocos años, si le ocurría a usted hacer un viaje, empresa que se acometía entonces sólo por motivos muy poderosos, era forzoso recorrer todo Madrid, preguntando de posada en posada por medios de transporte. Éstos se dividían entonces en coches de colleras[302], en galeras[303], en carromatos[304], tal cual tartana[305] y acémilas[306]. En la celeridad no había diferencia ninguna; no se concebía cómo podía un hombre apartarse de un punto en un solo día más de seis o siete leguas; aun así era preciso contar con el tiempo y con la colocación de las ventas; esto, más que viajar, era irse asomando al país, como quien teme que se le acabe el mundo al dar un paso más de lo absolutamente indispensable. En los coches viajaban sólo los poderosos; las galeras eran el carruaje de la clase acomodada; viajaban en ellas los empleados que iban a tomar posesión de su destino, los corregidores que mudaban de vara[307]; los carromatos y las acémilas estaban reservadas a las mujeres de militares, a los estudiantes, a los predicadores cuyo convento no les proporcionaba mula propia. Las demás gentes no

---

[302] *Coches de colleras:* coche tirado por mulas. Los arreos iban sujetos a las colleras, especie de collar de cuero relleno de paja o borra.

[303] *Galeras,* del lat. *galea:* «Carro para transportar personas, grande, con cuatro ruedas, al que se pone ordinariamente una cubierta o toldo de lienzo fuerte» *(DRAE).*

[304] *Carromatos:* «Carro grande de dos ruedas, con dos varas para enganchar una caballería o más en reata, y que suele tener bolsas de cuerda para recibir la carga, y un toldo de lienzo y caña» *(DRAE).*

[305] *Tartana:* «carruaje con cubierta abovedada y asientos laterales, por lo común de dos ruedas y con limonera» *(DRAE).*

[306] *Acémilas:* mulos o mulas de carga.

[307] *Mudaban de vara:* de puesto o jurisdicción.

viajaban; y semejantes los hombres a los troncos, allí
donde nacían, allí morían. Cada cual sabía que había
otros pueblos que el suyo en el mundo, a fuerza de fe;
pero viajar por instrucción y por curiosidad, ir a París
sobre todo, eso ya suponía un hombre superior, extraordinario, osado, capaz de todo; la marcha era una
hazaña, la vuelta una solemnidad; y el viajero, al divisar
la venta del Espíritu Santo[308], exclamaba estupefacto:
«¡Qué grande es el mundo!» Al llegar a París después de
dos meses de medir la tierra con los pies, hubiera podido
exclamar con más razón: «¡Qué corto es el año!»

A su vuelta, ¡qué de gentes le esperaban, y se apiñaban a su alrededor para cerciorarse de si había efectivamente París, de si se iba y se venía, de si era, en fin,
aquel mismo el que había ido, y no su ánima que volvía
sola! Se miraba con admiración el sombrero, los anteojos, el baúl, los guantes, la cosa más diminuta que
venía de París. Se tocaba, se manoseaba, y todavía
parecía imposible. ¡Ha ido a París! ¡¡Ha vuelto de París!!
¡¡¡Jesús!!!

Los tiempos han cambiado extraordinariamente; dos
emigraciones numerosas[309] han enseñado a todo el
mundo el camino de París y Londres. Como quien hace
lo más hace lo menos, ya el viajar por el interior es una
pura bagatela, y hemos dado en el extremo opuesto; en
el día se mira con asombro al que no ha estado en París;
es un punto menos que ridículo. ¿Quién será él, se dice,
cuando no ha estado en ninguna parte? Y efectivamente,
por poco liberal que uno sea, o está uno en la emigración, o de vuelta de ella, o disponiéndose para otra[310]; el
liberal es el símbolo del movimiento perpetuo, es el mar

---

308 *Venta del Espíritu Santo:* venta próxima a Madrid y que hoy día
da el nombre al actual barrio de Ventas. Mesonero Romanos la consi-
deraba, junto con el Puente de Toledo, el límite del Madrid urbano.
309 *Dos emigraciones numerosas:* alude a las que tuvieron lugar en
los años 1820 y 1823.
310 Larra nos habla de la inestabilidad política de su época, sujeta a
las alternativas absolutistas de Fernando VII y a las reacciones liberales.

con su eterno flujo y reflujo. Yo no sé cómo se lo componen los absolutistas; pero para ellos no se han establecido las diligencias; ellos esperan siempre a pie firme la vuelta de su Mesías; en una palabra, siempre son de casa; este partido no tiene más movimiento que el del caracol; toda la diferencia está en tener la cabeza fuera o dentro de la concha. A propósito, ¿la tiene ahora dentro o fuera?

Volviendo empero a nuestras diligencias, no entraré en la explicación minuciosa[311] y poco importante para el público de las causas que me hicieron estar no hace muchos días en el patio de la casa de postas[312], donde se efectúa la salida de las diligencias llamadas *reales,* sin duda por lo que tienen de efectivas. No sé qué tienen las diligencias de común con Su Majestad; una empresa particular las dirige, el público las llena y las sostiene. La misma duda tengo con respecto a los *billares;* pero como si hubiera yo de extender ahora en el papel todas mis dudas no haría gran diligencia en el artículo de hoy, prescindiré de digresiones, y diré en último resultado, que ora fuese a despedir a un amigo, ora fuese a recibirle, ora, en fin, con cualquier otro objeto, yo me hallaba en el patio de las diligencias.

No es fácil imaginar qué multitud de ideas sugiere el patio de las diligencias; yo por mi parte me he convencido que es uno de los teatros más vastos que puede

---

[311] *Fígaro* nunca entra en la descripción detallada del tipo o escena en cuestión; le interesa el comportamiento, la actitud de las gentes, sus reacciones. Su análisis va más allá de lo meramente descriptivo, como hicieran los colaboradores de *Los españoles pintados por sí mismo.* Recuérdense los artículos «El cochero» o «El calesero», de Cipriano Arias y Martínez Villergas, respectivamente. El mismo Mesonero Romanos, en las *Escenas Matritenses,* escribirá el artículo «El coche *simón»* con una actitud diferente a la de Larra, abordando a sus gentes desde una perspectiva externa más que interna.

[312] «Para correr la posta hay que acudir a la Dirección de Correos, solicitando la licencia, quien la expide en vista del pasaporte del interesado, teniendo éste que pagar por ella 40 reales de vellón y otros 40 por persona, si fuesen más en su carruaje», Mesonero Romanos, *op. cit.,* volumen III, pág. 33.

presentar la sociedad moderna al escritor de costumbres.

Todo es allí materiales, pero hechos ya y elaborados; no hay sino ver y coger. A la entrada le llama a usted ya la atención un pequeño aviso que advierte, pegado en un poste, que nadie puede entrar en el establecimiento público sino los viajeros, los mozos que traen sus fardos, los dependientes y las personas que vienen a despedir o recibir a los viajeros»; es decir, que allí sólo puede entrar todo el mundo. Al lado numerosas y largas tarifas indican las líneas, los itinerarios, los precios; aconsejaremos sin embargo a cualquiera, que reproduzca, al ver las listas impresas, la pregunta de aquel palurdo que iba a entrar años pasados en el Botánico[313] con chaqueta y palo, y a quien un dependiente decía:

—No se puede pasar en ese traje; ¿no ve el cartel puesto de ayer?

—Sí, señor —contestó el palurdo—, pero... ¿eso rige todavía?

Lea, pues, el curioso las tarifas y pregunte luego: verá cómo no hay carruajes para muchas líneas indicadas; pero no se desconsuele, le dirán la razón.

—¡Como los facciosos están por ahí, y por allí, y por más allá!

Esto siempre satisface; verá además cómo los precios no son los mismos que cita el aviso; en una palabra, si el curioso quiere proceder por orden, pregunte y lea después, y si quiere atajar, pregunte y no lea. La mejor tarifa es un dependiente; podrá suceder que no haya quien dé razón; pero en ese caso puede volver a otra hora, o no volver si no quiere.

El patio comienza a llenarse de viajeros y de sus familias y amigos; los unos se distinguen fácilmente de los otros. Los viajeros entran despacio; como muy enterados de la hora, están ya como en su casa; los que vienen a despedirles, si no han venido con ellos, entran de prisa y preguntando:

---

[313] *Botánico:* jardín Botánico de Madrid, fundado en el siglo XVIII.

—¿Ha marchado ya la diligencia? ¡Ah, no; aquí está todavía!

Los primeros tienen capa o capote, aunque haga calor; echarpe al cuello y gorro griego o gorra si son hombres; si son mujeres, gorro o papalina[314], y un enorme ridículo[315]; allí va el pañuelo, el abanico, el dinero, el pasaporte, el vaso de camino, las llaves, ¡qué más sé yo!

Los acompañantes, portadores de menos aparato, se presentan vestidos de ciudad, a la ligera.

A la derecha del patio se divisa una pequeña habitación; agrupados allí los viajeros al lado de sus equipajes, piensan el último momento de su estancia en la población; media hora falta sólo; una niña —¡qué joven, qué interesante!—, apoyada la mejilla en la mano, parece exhalar la vida por los ojos cuajados en lágrimas; a su lado el objeto de sus miradas procura consolarla, oprimiendo acaso por última vez su lindo pie, su trémula mano...

—Vamos, niña —dice la madre, robusta e impávida matrona, a quien nadie oprime nada, y cuya despedida no es la primera ni la última—, ¿a qué vienen esos llantos? No parece sino que nos vamos del mundo.

Un militar que va solo examina curiosamente las compañeras de viaje; en su aire determinado se conoce que ha viajado y conoce a fondo todas las ventajas de la presión de una diligencia. Sabe que en diligencia el amor sobre todo hace mucho camino en pocas horas. La naturaleza, en los viajes, desnuda de las consideraciones de la sociedad, y muchas veces del pudor, hijo del conocimiento de las personas, queda sola y triunfa por lo regular. ¿Cómo no adherirse a la persona a quien nunca se ha visto, a quien nunca se volverá acaso a ver, que no le conoce a uno, que no vive en su círculo, que no puede hablar ni desacreditar, y con quien se va en-

---

[314] *Papalina:* «Cofia de mujer, generalmente de tela ligera y con adornos» *(DRAE).*

[315] *Ridículo:* «bolsa de mano».

cerrado dentro de un cajón dos, tres días con sus noches? Luego parece que la sociedad no está allí; una diligencia viene a ser para los dos sexos una isla desierta; y en las islas desiertas no sería precisamente donde tendríamos que sufrir más desaires de la belleza. Por otra parte, ¡qué franqueza tan natural no tiene que establecerse entre los viajeros! ¡Qué multitud de ocasiones de prestarse mutuos servicios! ¡Cuántas veces al día se pierde un guante, se cae un pañuelo, se deja olvidado algo en el coche o en la posada! ¡Cuántas veces hay que dar la mano para bajar o subir! Hasta el rápido movimiento de la diligencia parece un aviso secreto de lo rápida que pasa la vida, de lo precioso que es el tiempo; todo debe ir de prisa en diligencia. Una salida de un pueblo deja siempre cierta tristeza que no es natural al hombre; sabido es que nunca está el corazón más dispuesto a recibir impresiones que cuando está triste: los amigos los parientes que quedan atrás dejan un vacío inmenso. ¡Ah! ¡La naturaleza es enemiga del vacío!

Nuestro militar sabe todo esto; pero sabe también que toda regla tiene excepciones, y que la edad de quince años es la edad de las excepciones; pasa, pues, rápidamente al lado de la niña con una sonrisa, mitad burlesca, mitad compasiva.

—¡Pobre niña! —dice entre dientes—; ¡lo que es la poca edad! ¡Si pensará que no se aprecian las caras bonitas más que en Madrid! El tiempo le enseñará que es moneda corriente en todos los países.

Una bella parece despedirse de un hombre de unos cuarenta años; el militar fija el lente; ella es la que parte; hay lágrimas, sí; pero ¿cuándo no lloran las mujeres? Las lágrimas por sí solas no quieren decir nada; luego hay cierta diferencia entre éstas y las de la niña; una sonrisa de satisfacción se dibuja en los labios del militar. Entre las ternezas de despedida se deslizan algunas frases, que no son reñir enteramente, pero poco menos: hay cierta frialdad, cierto dominio en el hombre. ¡Ah, es su marido!

—Se puede querer mucho a su marido —dice el militar para sí— y hacer un viaje divertido.

—¡Voto va!, ya ha marchado —entra gritando un original[316] cuyos bolsillos vienen llenos de salchichón para el camino, de frasquetes ensogados, de petacas, de gorros de dormir, de pañuelos, de chismes de encender... ¡Ah!, ¡ah! éste es un verdadero viajero; su mujer le acosa a preguntas:

—¿Se ha olvidado el pastel?

—No, aquí le traigo.

—¿Tabaco?

—No, aquí está.

—¿El gorro?

—En este bolsillo.

—¿El pasaporte?

—En este otro.

Su exclamación al entrar no carece de fundamento; faltan sólo minutos, y no se divisa disposición alguna de viaje. La calma de los mayorales y zagales contrasta singularmente con la prisa y la impaciencia que se nota en las menores acciones de los viajeros; pero es de advertir que éstos, al ponerse en camino, alteran el orden de su vida para hacer una cosa extraordinaria; el mayoral y el zagal por el contrario hacen lo de todos los días.

Por fin, se adelanta la diligencia, se aplica la escalera a sus costados, y la baca recibe en su seno los paquetes; en menos de un minuto está dispuesta la carga, y salen los caballos lentamente a colocarse en su puesto. Es de ver la impasibilidad del conductor a las repetidas solicitudes de los viajeros.

—A ver, esa maleta; que vaya donde se pueda sacar.

—Que no se moje ese baúl.

—Encima ese saco de noche.

—Cuidado con la sombrerera.

—Ese paquete, que es cosa delicada.

---

[316] *Original:* tipo característico y poco frecuente.

Todo lo oye, lo toma, lo encajona, a nadie responde; es un tirano en sus dominios.

—La hoja, señores, ¿tienen ustedes todos sus pasaportes? ¿Están todos? Al coche, al coche.

El patio de las diligencias es a un cementerio lo que el sueño a la muerte, no hay más diferencia que la ausencia y el sueño pueden no ser para siempre; no les comprende el terrible *voi ch'intrate lasciate ogni speranza,* de Dante[317].

Se suceden los últimos abrazos, se renuevan los últimos apretones de manos; los hombres tienen vergüenza de llorar y se reprimen, y las mujeres lloran sin vergüenza.

—Vamos, señores —repite el conductor; y todo el mundo se coloca.

La niña, anegada en lágrimas, cae entre su madre y un viejo achacoso que va a tomar las aguas; la bella casada entre una actriz que va a las provincias, y que lleva sobre las rodillas una gran caja de cartón con sus preciosidades de reina y princesa, y una vieja monstruosa que lleva encima un perro faldero, que ladra y muerde por el pronto como si viese al aguador, y que hará probablemente algunas otras gracias por el camino. El militar se arroja de mal humor en el cabriolé[318], entre un francés que le pregunta: «¿Tendremos ladrones?» y un fraile corpulento, que con arreglo a su voto de humildad y de penitencia, va a viajar en estos carruajes tan incómodos. La rotonda va ocupada por el hombre de las provisiones; una robusta señora que lleva un niño de pecho y un bambino de cuatro años, que salta sobre sus piernas para asomarse de continuo a la ventanilla; una vieja verde, llena de años y de lazos, que arregla entre las piernas del suculento viajero una caja de un loro, e hinca el codo, para colocarse, en el costado de un abogado, el cual hace un gesto, y vista la mala

---

[317] *Voi ch'intrate lasciate ogni speranza:* «¡Aquí vuestra esperanza acabe!» Dante, Canto III del Infierno, v. 84.

[318] *Cabriolé.* Véase «¿Entre qué gente estamos?», nota 224.

compañía en que va, trata de acomodarse para dormir, como si fuera ya juez. Empaquetado todo el mundo se confunden en el aire los ladridos del perrito, la tos del fraile, el llanto de la criatura; las preguntas del francés, los chillidos del bambino, que arrea los caballos desde la ventanilla, los sollozos de la niña, los juramentos del militar, las palabras enseñadas del loro, y multitud de frases de despedida.

—Adiós.

—Hasta la vuelta.

—Tantas cosas a Pepe.

—Envíame el papel que se ha olvidado.

—Que escribas en llegando.

—Buen viaje.

Por fin suena el agudo rechinido del látigo, la mole inmensa se conmueve, y estremeciendo el empedrado, se emprende el viaje, semejante en la calle a una casa que se desprendiese de las demás con todos sus trastos e inquilinos a buscar otra ciudad en donde empotrarse de nuevo.

21

El duelo [319]

Muy incrédulo sería preciso ser para negar que estamos en el siglo de las luces y de la más extremada
civilización: el hombre ha dado ya con la verdad, y la
razón más severa preside a todas las acciones y costumbres de la generación del año 1835.

Dejaremos a un lado, por no ser hoy de nuestro asunto,
la perfección a que se ha llegado en punto a religión y a
política, dos cosas esencialísimas en nuestra manera
actual de existir, y a que los pueblos dan toda la importancia que indudablemente se merecen. En el primero
no tenemos preocupación ninguna, no abrigamos el más
mínimo error; y cuando decimos con orgullo que el
hombre es el ser más perfecto, la hechura más acabada
de la creación, sólo añadimos a las verdades reconocidas
otra verdad más innegable todavía. Hacemos muy bien
en tener vanidad. Si hemos adelantado en política,
dígalo la estabilidad que alcanzamos, la fijación de
nuestras ideas y principios; no sólo sabemos ya cuál es
el buen gobierno, el único bueno, el verdadero secreto
para constituir y conservar una sociedad bien organizada, sino que lo sabemos establecer y lo gozamos, con
toda paz y tranquilidad. Acerca de sus bases estamos

---

[319] Se publicó, por primera vez, en la *Revista Mensajero* el 27 de
abril de 1835.

todos acordes, y es tal nuestra ilustración, que una vez reconocida la verdad y el interés político de la sociedad, toda guerra civil, toda discordia viene a ser imposible entre nosotros; así es que no las hay. Que hubiese guerras en los tiempos bárbaros y de atraso, en los cuales era preciso valerse hasta de la fuerza para hacer conocer al hombre cuál era el Dios a quien había de adorar, o el rey a quien había de servir... nada más natural. Ignorantes entonces los más, y poco ilustrados, no fijadas sus ideas sobre ninguna cosa, forzoso era que fuese presa de multitud de ambiciosos, cuyos intereses estaban encontrados. Empero ahora, en el siglo de la ilustración, es cosa bien difícil que haya una guerra en el mundo; así es que no las hay. Y si las hubiera sería en defensa de derechos positivos, de intereses materiales, no de un apellido, no del nombre de un ídolo. La prueba de esto mismo es bien fácil de encontrar. Esa poca de guerra, *que empieza ahora,* en nuestras provincias, es indudablemente por derechos claros y bien entendidos; sobre todo, si alguno de los partidos contendientes pudiese ir a ciegas en la lid, e ignorar lo que defiende, no sería ciertamente el partido más ilustrado, es decir, el liberal. Éste bien sabe por lo que pelea; pelea por lo que tiene, por lo que le han concedido, por lo que él ha conquistado.

En un siglo en que ya se ven las cosas tan claras, y en que ya no es fácil abusar de nadie, en el siglo de las luces, una de las cosas sobre que está más fijada la pública opinión es el honor, quisicosa que, *en el sentido que en el día le damos,* no se encuentra nombrada en ninguna lengua antigua. Hijo este *honor* de la Edad Media y de la confluencia de los godos y los árabes, se ha ido comprendiendo y perfeccionando a tal grado, a la par de la civilización, que en el día no hay una sola persona que no tenga su honor a su manera: todo el mundo tiene honor.

En los tiempos antiguos, tiempos de confusión y de barbarie, el que faltando a otro abusaba de cualquier superioridad que le daban las circunstancias o su atrevimiento, se infamaba a sí mismo, y sin hablar tanto de honor quedaba deshonrado. Ahora es enteramente al revés. Si una persona baja o mal intencionada le falta a usted, usted es el infamado. ¿Le dan a usted un bofetón? Todo el mundo le desprecia a usted, no al que le dio. ¿Le faltan a usted su mujer, su hija, su querida? Ya no tiene usted honor. ¿Le roban a usted? Usted robado queda pobre, y por consiguiente deshonrado. El que le robó, que quedó rico, es un hombre de honor. Va en el coche de usted y es hombre decente, caballero. Usted se quedó a pie, es usted gente ordinaria, canalla [320]. ¡Milagros todos de la ilustración!

En la historia antigua no se ve un solo ejemplo de un duelo. Agamenón injuria a Aquiles, y Aquiles se encierra en su tienda, pero no le pide satisfacción. Alcibíades [321] alza el palo sobre Temístocles [322], según una expresión de nuestra moderna civilización, queda como un cobarde.

El duelo, en medio de la duración del mundo, es una invención de ayer: cerca de seis mil años se ha tardado en comprender que cuando uno se porta mal con otro, le queda siempre un medio de enmendar el daño que le ha hecho, y este medio es matarle. El hombre es lento en todos sus adelantos, y si bien camina indudablemente hacia la verdad, suele tardar en encontrarla.

Pero una vez hallado el desafío, se apresuraron los reyes y los pueblos, visto que era cosa buena, a erigirlo en ley, y por espacio de muchos siglos no hubo entre caballeros otra forma de enjuiciar y sentenciar que el combate. El muerto, el caído era el culpable siempre en aquellos tiempos: la cosa no ha cambiado por cierto. Siguiendo, empero, el curso de nuestros adelantos, se fueron haciendo cabida los jueces en la sociedad, se

---

[320] *Canalla:* «gente baja y ruin».

[321] *Alcibíades:* de quien Larra decía, en su artículo «Los calaveras», que era el calavera más famoso de Atenas por haber arrojado sus tesoros al mar.

[322] *Temístocles:* general y político ateniense (525-460 a. de C.). Convirtió a Atenas en la primera potencia marítima y rechazó la invasión de los bárbaros, obteniendo la victoria de Salamina.

levantó el edificio de los tribunales con su séquito de escribanos, notarios, autos, fiscales y abogados, que dura todavía y parece tener larga vida, y se convino en que los *juicios de Dios* (así se había llamado a los desafíos jurídicos, merced al empeño de mezclar constantemente a Dios en nuestras pequeñeces) eran cosa mala. Los reyes entonces alzaron la voz en nombre del Altísimo, y dijeron a los pueblos: «No más juicios de Dios; en lo sucesivo nosotros juzgaremos.»

Prohibidos los juicios de Dios, no tardaron en prohibirse los duelos; pero si las leyes dijeron: «No os batiréis», los hombres dijeron: «No os obedeceremos»; y un autor de muy buen criterio asegura que las épocas de rigorosa prohibición han sido las más señaladas por el abuso del desafío. Cuando los delitos llegan a ser de cierto bulto no hay pena que los reprima. Efectivamente, decir a un hombre: «No te harás matar, pena de muerte», es provocarle a que se ría del legislador cara a cara; es casi tan ridículo como la pena de muerte establecida en algunos países contra el suicidio; sabia ley que determina que se quita la vida a todo el que se mate, sin duda para su escarmiento.

Se podría hacer a propósito de esto la observación general de que sólo se han obedecido en todos los tiempos las leyes que han mandado hacer a los hombres su gusto; las demás se han infringido y han acabado por caducar. El lector podrá sacar de esto alguna consecuencia importante.

Efectivamente, al prohibirse los duelos en distintas épocas, no se ha hecho más que lo que haría un jardinero que tirase la fruta queriendo acabarla; el árbol en pie todos los años volvería a darle nueva tarea.

Mientras el *honor* siga entronizado donde se le ha puesto; mientras la opinión pública valga algo, y mientras la ley no esté de acuerdo con la opinión pública, el duelo será una consecuencia forzosa de esta contradicción social. Mientras todo el mundo se ría del que se deje injuriar impunemente, o del que acuda a un tribunal para decir: «Me han injuriado», será forzoso que todo agraviado elija entre la muerte y una posición ridícula en sociedad. Para todo corazón bien puesto la duda no puede ser de larga duración, y el mismo juez que con la ley en la mano sentencia a pena capital al desafiado indistintamente o al agresor, deja acaso la pluma para tener la espada en desagravio de una ofensa personal.

Por otra parte, si se prescinde de la parte de preocupación más o menos visible o sublime del pundonor, y si se considera en el duelo el mero hecho de satisfacer una cuenta personal, diré francamente que comprendo que el asesino no tenga derecho a quitar la vida a otro, por dos razones: primera, porque se la quita contra su gusto siendo suya; segunda, porque él no da nada en cambio.

Los duelos han tenido sus épocas y sus fases enteramente distintas; en un principio se batían los duelistas a muerte, a todas armas, y tras ellos sus segundos; cada injuria producía entonces una escaramuza. Posteriormente se introdujo el duelo a primera sangre; el primero le comprendo sin disculparle; el segundo ni le comprendo ni le disculpo; es de todas las ridiculeces la mayor; los padrinos o testigos han sucedido a los segundos, y su incumbencia en el día se reduce a impedir que su mala fe abuse del valor o del miedo. Al arma blanca se sustituye muchas veces la pistola, arma del cobarde, con que nada le queda que hacer al valor sino morir; en que la destreza es infame si hay superioridad, e inútil si hay igualdad.

La libertad, empero, si no es la licencia de mi imaginación, me ha llevado más lejos de lo que yo pretendía ir: al comenzar este artículo no era mi objeto explorar si las sociedades modernas entienden bien el honor, ni si esta palabra es algo; individuo de ellas y amamantado con sus preocupaciones, no seré yo quien me ponga de parte de unas leyes que la opinión pública repugna, ni menos de parte de una costumbre que la razón reprueba. Confieso que pensaré siempre en este particular como

Rousseau[323] y los más rígidos moralistas y legisladores, y obraré como el primer calavera de Madrid. ¡Triste lote del hombre el de la inconsecuencia!

Mi objeto era referir simplemente un hecho de que no ha muchos meses fui testigo ocular; pero como yo no presencié, digámoslo así, más que el desenlace, mis lectores me perdonarán si tomo mi relación *ab ovo*[324].

Mi amigo Carlos, hijo del marqués de***, era heredero de bienes cuantiosos, que eran en él, al revés que en el mundo, la menos apreciable de sus circunstancias. Adorado de sus padres, que habían empleado en su educación cuanto esmero es imaginable, Carlos se presentó en el mundo con talento, con instrucción, con todas esas superfluidades de primera necesidad, con una herencia capaz de asegurar la fortuna de varias familias, con una figura de propósito para hacer la de muchas mujeres, y con un carácter destinado a construir la de todo el que de él dependiese.

Pero desgraciadamente la diferencia que existe entre los necios y los hombres de talento suele ser sólo que los primeros dicen necedades y los segundos las hacen; mi amigo entró en sociedad, y a poco tiempo hubo de enamorarse; los hombres de imaginación necesitan mujeres muy picantes o muy sensibles, y esta especie de mujeres deben de ser mejores para ajenas que para propias. La joven Adela era, sin duda alguna, de las picantes; hermosa a sabiendas suyas y con una conciencia de su belleza acaso harto pronunciada, sus padres habían tratado de adornarla de todas las buenas cualidades de sociedad; la sociedad llama buenas cualidades en una mujer lo que se llama alcance en una escopeta y tino en un cazador, es decir, que se había formado a Adela como una arma ofensiva con todas las reglas de la destrucción; en punto a la coquetería era una obra acabada, y capaz de acabar con cualquiera; muy poco

---

[323] *Rousseau,* escritor ginebrino (1712-1778). Entre sus obras figuran *Confesiones, Emilio, El contrato social* y *La nueva Eloísa.*
[324] *Ab ovo:* «desde el principio».

sensible, en realidad, podía fingir admirablemente todo ese sentimentalismo, sin el cual no se alcanza en el día una sola victoria; cantaba con una languidez mortal; le miraba a usted con ojos de víctima expirante, siendo ella el verdugo; bailaba como una sílfide desmayada; hablaba con el acento del candor y de la conmoción, y de cuando en cuando un destello de talento o de gracia venía a iluminar su tétrica conversación, como un relámpago derrama una ráfaga de luz sobre una noche oscura[325].

¿Cómo no adorar a Adela? Era la verdad entre la mentira, el candor entre la malicia, decía mi amigo al verla en el gran mundo; era el cielo en la tierra.

Los padres no deseaban otra cosa; era un partido brillante, la boda era para entrambos una especulación; de suerte que lo que sin razón de estado no hubiera pasado de ser un amor, una calamidad, pasó a ser un matrimonio. Pero cuando el mundo exige sacrificios los exige completos, y el de Carlos lo fue; la víctima debía ir adornada al altar. Negocio hecho: de allí a poco Carlos y Adela eran uno.

He oído decir muchas veces que suele salir de una coqueta una buena madre de familias; también suele salir de una tormenta una cosecha; yo soy de opinión que la mujer que empieza mal, acaba peor. Adela fue un ejemplo de esta verdad: medio año hacía que se había unido con santos vínculos a Carlos; la moda exigía cierta separación, cierto abandono. ¿Cuánto no se hubiera reído el mundo de un marido atento a su mujer? Adela, por otra parte, estaba demasiado bien educada para hacer caso de su marido. ¡La sociedad es tan divertida y los jóvenes tan amables! ¿Qué hace usted en un rigodón[326] si le oprimen la mano? ¿Qué contesta usted

---

[325] Fémina arquetípica del romanticismo y tan acertadamente descrita por Mesonero Romanos en *El Romanticismo y los románticos*. El mismo patronímico eufónico —Adela— lo elige Larra de forma intencionada y no casuística, pues gran parte de las heroínas románticas se llamaban Elisa, Adela, Beatriz...

[326] *Rigodón,* del fr. *rigaudon:* «baile».

si le repiten cien veces que es interesante? Si tiene usted visita todos los días, ¿cómo cierra usted sus puertas? Es forzoso abrirlas, y por lo regular de par en par.

Un joven del mejor tono fue más asiduo y mañoso, y Adela abrazó por fin las reglas del gran mundo; el joven era orgulloso, y entre el cúmulo de adoradores de camino trillado parecía despreciar a Adela; con mujeres coquetas y costumbradas a vencer, rara vez se deja de llegar a la meta por ese camino. ¡Adela no quería faltar a su virtud... pero Eduardo era tan orgulloso!!! Era preciso humillarlo; esto no era malo; era un juego; siempre se empieza jugando. Cómo se acaba no lo diré; pero así acabó Adela como se acaba siempre.

La mala suerte de mi amigo quiso que entre tanto marido como llega a una edad avanzada diariamente con la venda de himeneo sobre los ojos, él sólo entreviese primero su destino y lo supiese después positivamente. La cosa desgraciadamente fue escandalosa, y el mundo exigía una satisfacción. Carlos hubo de dársela. Eduardo fue retado, y llamado yo como padrino no pude menos de asistir a la satisfacción. A las cinco de la mañana estábamos los contendientes y los padrinos en la puerta de..., de donde nos dirigimos al teatro frecuente de esta especie de luchas. Ésta no era de aquellas que debían acabar con un almuerzo. Una mujer había faltado, y el *honor* exigía en reparación la muerte de dos hombres. Es incomprensible, pero es cierto.

Se eligió el terreno, se dio la señal, y los dos tiros salieron a un tiempo; de allí a poco había expirado un hombre útil a la sociedad. Carlos había caído, pero habían quedado en pie su *mujer* y su *honor*.

Un año hizo ayer de la muerte de Carlos; su familia, sus amigos le lloran todavía.

¡He aquí el mundo! ¡He aquí el honor! ¡He aquí el duelo!

22

El *album* [327]

El escritor de costumbres no escribe exclusivamente
para esta o aquella clase de la sociedad, y si le puede
suceder el trabajo de no ser de ninguna de ellas leído,
debe de figurarse al menos, mientras que su modestia o
su desgracia no sean suficientes a hacerle dejar la pluma,
que escribe imparcialmente para todos. Ni los colores
que han de dar vida al cuadro de las costumbres de un
pueblo o de una época pudieran por otra parte tomarse
en un cálculo determinado y reducido; la mezcla atinada
de todas las gradaciones diversas es la que puede únicamente formar el todo, y es forzoso ir a buscar en distintos
puntos las tintas fuertes y las medias tintas, el claro y
oscuro, sin los cuales no habría cuadro.

La cuna, la riqueza, el talento, la educación, a veces
obrando separadamente, obrando otras de consuno,
han subdividido siempre a los hombres hasta lo infinito,
y lo que se llama en general la sociedad es un amal-
gama de mil sociedades colocadas en escalón, que sólo
se rozan en sus fronteras respectivas unas con otras, y
las cuales no reúne en un todo compacto en cada país
sino el vínculo de una lengua común, y de lo que se
llama entre los hombres patriotismo o nacionalismo.
Hay más puntos de contacto entre una reunión de *buen*

---

[327] Se publicó en la *Revista Mensajero* el 3 de mayo de 1835.

tono de Madrid y otra de Londres o de París, que entre un habitante de un cuarto principal de la calle del Príncipe y otro de un cuarto bajo de Avapiés [328], sin embargo de ser éstos dos españoles y madrileños.

Sabiendo esto el escritor de costumbres no desdeña muchas veces salir de un brillante *rout* [329], o del más elegante sarao [330], y previa la conveniente transformación de traje, pasar en seguida a contemplar una escena animada de un mercado público o entrar en una simple horchatería a ser testigo del modesto refresco de la capa inferior del pueblo, cuyo carácter trata de escudriñar y bosquejar.

¡Qué de costumbres diversas establecidas en una atmósfera, que en otra inferior, ni aun sabiéndolas se comprenderían! El título de este artículo, sin ir más lejos, es verdadero griego para la inmensa mayoría que compone este pueblo. No harán, pues, un gesto de desagrado nuestras elegantes lectoras cuando nos vean explicar la significación de nuestro título; esta explicación no es ciertamente para ellas; pero nosotros no tenemos la culpa si su extraordinaria delicadeza y si su civilización llevada al extremo que forma de ellas un pueblo aparte, y pueblo escogido, nos pone en el caso de empezar por traducir hasta las palabras de su elegante vocabulario cuando queremos dar cuenta al público entero de los usos de su impagable sociedad.

El que la voz *album* no sea castellana es para nosotros [331], que ni somos ni queremos ser *puristas,* objeción

---

[328] Antagonismo representado por la condición social de sus moradores. El Avapiés y El Barquillo eran los barrios más populares del Madrid de la época. Su porte y voces achulapadas eran los principales ingredientes de estos tipos.

[329] *Rout:* tal vez «fiesta popular», puesto que la traducción de esta palabra es de «rota, huida, chusma, tumulto, poner en fuga, derrotar», acepciones que no encajan en el texto.

[330] *Sarao,* del latín *seranum:* «reunión nocturna de personas distinguidas para divertirse con baile o música».

[331] Larra trueca la procedencia de la palabra álbum con la de la costumbre de recoger autógrafos. *Album* es un cultismo (del latín *album)* y la costumbre procede de Londres y París.

de poquísima importancia; en ninguna parte hemos encontrado todavía el pacto que ha hecho el hombre con la divinidad ni con la naturaleza de usar de tal o cual combinación de sílabas para explicarse; desde el momento en que por mutuo acuerdo una palabra se entiende, ya es buena; desde el momento que una lengua es buena para hacerse entender en ella, cumple con su objeto, y mejor será indudablemente aquella cuya elasticidad le permita dar entrada a mayor número de palabras exóticas, porque estará segura de no carecer jamás de las voces que necesite: cuando no las tenga por sí, las traerá de fuera. En esta parte diremos de buena fe lo que ponía Iriarte irónicamente en boca de uno que *estropeaba* la lengua de Garcilaso:

> Que si él hablaba lengua castellana,
> Yo hablo la lengua que me da la gana.

Pasando por alto este inconveniente, el *album* es un enorme libro, en cuya forma es esencial condición que se observe la del papel de música. Debe de estar, como la mayor parte de los hombres, por de fuera encuadernado con un lujo asiático, y por dentro en blanco; su carpeta, que será más elegante si puede cerrarse a guisa de cartera, debe ser de la materia más rica que se encuentre, adornada con relieves del mayor gusto, y la cifra [332] o las armas del dueño; lo más caro, lo más inglés, eso es lo mejor; razón por la cual sería muy difícil lograr en España uno capaz de competir con los extranjeros. Sólo el conocido y el hábil *Alegría* [333] podría hacer una cosa que se aproximase a un *album* decente. Pero en cambio es bueno advertir que una de las circunstancias que debe tener es que se pueda decir de él: «Ya me han traído el *album* que encargué a Londres.» También se puede decir en lugar de Londres, París; pero es más vulgar, más trivial. Por lo tanto, nosotros aconsejamos a

---

[332] *Cifra:* iniciales del nombre.
[333] *Alegría:* encuadernador y dibujante de la época.

nuestras lectoras que digan *Londres:* lo mismo cuesta una palabra que otra; y por supuesto, que digan de todas suertes que se lo han enviado de fuera, o que lo han traído ellas mismas cuando estuvieron allá la primera, la segunda o cualquiera vez, y aunque sea obra de *Alegría.*

¿Y para qué sirve, me dirá otra especie de lectores, ese gran librote, esa especie de misal, tan rico y tan enorme, tan extranjero y tan raro? ¿De qué trata?

Vamos allá. Ese librote es, como el abanico, como la sombrilla, como la tarjetera, un mueble enteramente de uso de señora, y una elegante sin *album* sería ya en el día un cuerpo sin alma, un río sin agua, en una palabra, una especie de Manzanares. El *album,* claro está, no se lleva en la mano, pero se transporta en el coche; el *album* y el *coche* se necesitan mutuamente: lo uno no puede ir sin lo otro; es el agua con el chocolate; el *album* se envía además con el lacayo de una parte a otra. Y como siempre está yendo y viniendo, hay un lacayo destinado a sacarlo[334]; el lacayo y el *album* es el ayo y el niño.

¿De qué trata? No trata de nada; es un libro en blanco. Como una bella conoce de rigor a los hombres de talento en todos ramos, es un libro el *album* que la bella envía al hombre distinguido para que éste estampe en una de sus inmensas hojas, si es poeta, unos versos, si es un pintor, un dibujo, si es músico, una composición, etc. En su verdadero objeto es un repertorio de la vanidad; cuando una hermosa, por otra parte, le ha dispensado a usted la lisonjera distinción de suplicarle que incluya algo en su *album,* es muy natural pagarle en la misma moneda; de aquí el que la mayor parte de los versos contenidos en él suelen ser variaciones de distintos autores sobre el mismo tema de la hermosura y de la amabilidad de su dueño. Son distintas fuentes donde se mira y se refleja un solo Narciso. El *album* tiene una virtud singular, por la cual deben apresurarse

---

[334] En la primera edición, *sacarle.*

a hacerse con él todas las elegantes que no lo tengan, si hay alguna a la sazón en Madrid; hemos reparado que todas las dueñas de *album* son hermosas, graciosas, de gran virtud y talento y amabilísimas; así consta a lo menos de todos estos libros en blanco, conforme van tomando color.

Como el caso es tener un recuerdo, propio, intrínsecamente de la persona misma, es indispensable que lo que se estampe vaya de puño y letra del autor; un *album,* pues, viene a ser un *panteón* donde vienen a enterrarse en calidad de préstamos adelantados hechos a la posteridad una porción de notabilidades; a pesar de que no todos los hombres de mérito de un *album* lo son igualmente en las edades futuras. Y como por una distinción de exquisito precio, la amistad participa del privilegio del mérito, de poner algo en el *album,* y como se puede ser muy buen amigo y no tener ninguna especie de mérito, un *album* viene a ser frecuentemente más bien que un panteón, un cementerio, donde están enterrados, tabique por medio, los tontos al lado de los discretos, con la única diferencia de que los segundos honran al *album,* y éste honra a los primeros.

Sabido el objeto del *album,* cualquiera puede conocer la causa a que debe su origen: el orgullo del hombre se empeña en dejar huellas de su paso por todas partes; en rigor, las pirámides famosas ¿qué son sino la firma de los Faraones en el gran *album* de Egipto? Todo monumento es el *facsímile* del pueblo que le erigió, estampado en el grande *album* del triunfo. ¿Qué es la historia sino el *album* donde cada pueblo viene a depositar sus obras?

La Alhambra está llena de los nombres de viajeros ilustres que no han querido pasar adelante sin enlazar con aquellos grandes recuerdos sus grandes nombres; esto, que es lícito en un hombre de mérito, confesado por todos, es risible en un desconocido, y conocemos un sujeto que se ha puesto en ridículo en sociedad por haber estampado en las paredes de la venerable antigüedad de que acabamos de hablar, debajo del letrero puesto por Chateaubriand: «Aquí estuvo también Pedro Fernández el día tantos de tal año.» Sin embargo, la acción es la misma, por parte del que la hace.

He aquí cómo motiva el origen de la moda del *album* un autor francés, que escribía como nosotros un artículo de costumbres acerca de él el año 11, época en que comenzó a hacer furor esta moda en París:

«El origen del *album* es noble, santo, majestuoso. San Bruno había fundado en el corazón de los Alpes la cuna de su orden; dábase allí hospitalidad por espacio de tres días a todo viajero. En el momento de su partida se le presentaba un registro, invitándole a escribir en él su nombre, el cual iba acompañado por lo regular de algunas frases de agradecimiento, frases verdaderamente inspiradas. El aspecto de las montañas el ruido de los torrentes, el silencio del monasterio, la religión grande y majestuosa, los religiosos humildes y penitentes, el tiempo despreciado y la eternidad siempre presente, debían de hacer nacer bajo la pluma de los huéspedes que se sucedían en la augusta morada altos pensamientos y delicadas expresiones. Hombres de gran mérito depositaron en este repertorio cantidad de versos y pensamientos justamente célebres. El *album* de la Gran Cartuja es incontestablemente el padre y modelo de los *albums*» [335].

Esta afición, recién nacida, cundió extraordinariamente; los ingleses asieron de ella; los franceses no la despreciaron, y todo hombre de alguna celebridad fue puesto a contribución; el valor, por consiguiente, de un *album* puede ser considerable; una pincelada de Goya, un capricho de David, o de Vernet, un trozo de Chateaubriand, o de lord Byron, la firma de Napoleón, todo esto puede llegar a hacer de un *album* un mayorazgo para una familia.

Nuestras señoras han sido las últimas en esta moda

---

[335] Costumbre que aparece destacada por costumbristas posteriores. Véase el caso de A. Flores que, en su *Ayer, hoy y mañana,* recoge la mencionada costumbre.

como en otras, pero no las que han sabido apreciar menos el valor de un *album,* ni es de extrañar: el libro en blanco es un templo colgado todo de sus trofeos; es su *lista civil,* su presupuesto, o por lo menos el de su amor propio. Y en rigor, ¿qué es una bella sino un *album,* a cuyos pies todo el que pasa deposita su tributo de admiración? ¿Qué es su corazón muchas veces sino *album?* Perdónennos la atrevida comparación, pero ¡dichoso el que encuentra en esta especie de *album* todas las hojas en blanco! ¡Dichoso el que no pudiendo ser el primero (no pende siempre de uno el madrugar) puede ser siquiera el último!

El *album* no se llama nunca *el album,* sino *mi album;* esto es esencial. En rigor las señoras no han tomado de él más que la parte agradable: todos los inconvenientes están de parte de los que han de quitarle hoja a hoja la calidad de *blanco.* ¡Qué admirable fecundidad no se necesita para grabar un cumplimiento, por lo regular el mismo, y siempre de distinto modo, en todos los *albums* que vienen a parar a manos de uno! Luego, ¡hay tantas mujeres a quienes es más fácil profesar amor que decírselo! ¡Cuánta habilidad no es menester para que comparados después estos diversos depósitos no pueda picarse ningún amor propio! ¡Qué delicadeza para decir galanterías, que no sean más que galanterías, a una hermosa de la cual sólo se conoce el *album!*

Si éste es el mueble indispensable de una mujer de moda, también es la desesperación del poeta, del hombre de mérito, del amigo. Siempre se espera mucho del talento, y nunca es más difícil lucirle que en semejantes ocasiones.

Nosotros, para tales casos, si en ellos nos encontrásemos, reclamaríamos siempre toda indulgencia, y no concluiremos este artículo sin recordar a las hermosas que cada una de ellas no tiene más que un *album* que dar a llenar, y que cada poeta suele tener a la vez varios a que contribuir.

23

Los calaveras [336]

Es cosa que daría que hacer a los etimologistas y a los anatómicos de lenguas el averiguar el origen de la voz *calavera* en su acepción figurada, puesto que la propia no puede tener otro sentido que la designación del cráneo de un muerto, ya vacío y descarnado. Yo no recuerdo haber visto empleada esta voz, como sustantivo masculino, en ninguno de nuestros autores antiguos, y esto prueba que esta acepción picaresca es de uso moderno. La especie, sin embargo, de seres a que se aplica ha sido de todos los tiempos. El famoso Alcibíades [337] era el *calavera* más perfecto de Atenas; el célebre filósofo que arrojó sus tesoros al mar, no hizo en eso más que una *calaverada,* a mi entender, de muy mal gusto; César, marido de todas las mujeres de Roma, hubiera pasado en el día por un excelente *calavera;* Marco Antonio echando a Cleopatra por contrapeso en la balanza del destino del Imperio, no podía ser más que un *calavera;* en una palabra, la suerte de más de un pueblo se ha decidido a veces por una simple *calaverada.* Si la historia, en vez de escribirse como un índice de los

---

[336] Apareció, por primera vez, en la *Revista Mensajero* el 2 de junio de 1835.

[337] Véase el artículo «El duelo», nota 321.

crímenes de los reyes y una crónica de unas cuantas familias, se escribiera con esta especie de filosofía, como un cuadro de costumbres privadas, se vería probada aquella verdad; y muchos de los importantes trastornos que han cambiado la faz del mundo, a los cuales han solido achacar grandes causas los políticos, encontrarían una clave de muy verosímil y sencilla explicación en las *calaveradas*.

Dejando aparte la antigüedad (por más mérito que les añada, puesto que hay muchas gentes que no tienen otro), y volviendo a la etimología de la voz, confieso que no encuentro qué relación puede existir entre un *calavera* y una *calavera*. ¡Cuánto exceso de vida no supone el primero! ¡Cuánta ausencia de ella no supone la segunda! Si se quiere decir que hay un punto de similitud entre el vacío del uno y de la otra, no tardaremos en demostrar que es un error. Aun concediendo que las cabezas se dividan en vacías y en llenas, y que la ausencia del talento y del juicio se refiera a la primera clase, espero que por mi artículo se convencerá cualquiera de que para pocas cosas se necesita más talento y buen juicio que para ser *calavera*.

Por tanto, el haber querido dar un aire de apodo y de vilipendio a los *calaveras* es una injusticia de la lengua y de los hombres que acertaron a darle los primeros ese giro malicioso; yo por mí rehúso esa voz; confieso que quisiera darle una nobleza, un sentido favorable, un carácter de dignidad que desgraciadamente no tiene, y así sólo la usaré porque no teniendo otra a mano, y encontrando ésa establecida, aquellos mismos cuya causa defiendo se harán cargo de lo difícil que me sería darme a entender valiéndome para designarlos de una palabra nueva; ellos mismos no se reconocerían, y no reconociéndolos seguramente el público tampoco, vendría a ser inútil la descripción que de ellos voy a hacer.

Todos tenemos algo de *calaveras* más o menos. ¿Quién no hace locuras y disparates alguna vez en su vida? ¿Quién no ha hecho versos, quién no ha creído en alguna mujer, quién no se ha dado malos ratos algún día por ella, quién no ha prestado dinero, quién no lo ha debido, quién no ha abandonado alguna cosa que le importase por otra que le gustase? ¿Quién no se casa, en fin?... Todos lo somos; pero así como no se llama locos sino a aquellos cuya locura no está en armonía con la de los más, así sólo se llama *calaveras* a aquellos cuya serie de acciones continuadas son diferentes de las que los otros tuvieran en iguales casos.

El *calavera* se divide y subdivide hasta lo infinito, y es difícil encontrar en la naturaleza una especie que presente al observador mayor número de castas distintas; tienen todas, empero, un tipo común de donde parten, y en rigor sólo dos son las calidades esenciales que determinan su ser, y que las reúnen en una sola especie; en ellas se reconoce al *calavera,* de cualquier casta que sea.

1.º El *calavera* debe tener por base de su ser lo que se llama *talento natural* por unos; *despejo* por otros; *viveza* por los más; entiéndase esto bien: *talento natural,* es decir, no cultivado. Esto se explica: toda clase de estudio profundo, o de extensa instrucción, sería lastre demasiado pesado que se opondría a esa ligereza, que es una de sus más amables cualidades.

2.º El *calavera* debe tener lo que se llama en el mundo *poca aprensión.* No se interprete esto tampoco en mal sentido. Todo lo contrario. Esta *poca aprensión* es aquella indiferencia filosófica con que considera *el que dirán* el que no hace más que cosas naturales, el que no hace cosas vergonzosas. Se reduce a arrostrar en todas nuestras acciones la publicidad, a vivir ante los otros, más para ellos que para uno mismo. El *calavera* es un hombre público cuyos actos todos pasan por el tamiz de la opinión, saliendo de él más depurados. Es un espectáculo cuyo telón está siempre descorrido; quítensele los espectadores, y adiós teatro. Sabido es que con mucha aprensión no hay teatro.

El *talento natural,* pues, y la *poca aprensión* son las dos cualidades distintivas de la especie: sin ellas no se da *calavera.* Un tonto, un timorato del *qué dirán,* no lo serán jamás. Sería tiempo perdido.

El *calavera* se divide en *silvestre* y *doméstico*.

El *calavera silvestre* es hombre de la plebe, sin educación ninguna y sin modales; es el capataz del barrio, tiene honores de jaque, habla andaluz; su conversación va salpicada de chistes; enciende un cigarro en otro, escupe por el colmillo; convida siempre y nadie paga donde está él; es chulo nato; dos cosas son indispensables a su existencia: la querida, que es manola, condición *sine qua non* [338], y la navaja, que es grande; por un quítame allá esas pajas le da honrosa sepultura en un cuerpo humano. Sus manos siempre están ocupadas: o empaqueta el cigarro, o saca la navaja, o tercia la capa, o se cala el chapeo, o se aprieta la faja, o vibra el garrote: siempre está haciendo algo. Se le conoce a larga distancia, y es bueno dejarle pasar como al jabalí. ¡Ay del que mire a su Dulcinea! ¡Ay del que la tropiece! Si es hombre de levita, sobre todo, si es señorito delicado, más le valiera no haber nacido. Con esa especie está a matar, y la mayor parte de sus calaveradas recaen sobre ella; se perece por asustar a uno, por desplumar a otro. El *calavera silvestre* es el gato del *lechuguino* [339], así es que éste le ve con terror; de quimera en quimera, de *qué se me da a mí* en *qué se me da a mí,* para en la cárcel; a veces en presidio; pero esto último es raro; se diferencia esencialmente del ladrón en su condición generosa: da y no recibe; puede ser homicida, nunca asesino. Este *calavera* es esencialmente español [340].

El *calavera doméstico* admite diferentes grados de civilización, y su cuna, su edad, su profesión, su dinero le subdividen después en diversas castas. Las principales son las siguientes:

El *calavera-lampiño* tiene catorce o quince años, lo más dieciocho. Sus padres no pudieron nunca hacer

---

[338] Condición «imprescindible».

[339] *Lechuguino.* Véase «El café», nota 3.

[340] Alusión directa al tipo achulapado de los castizos barrios del Avapiés y del Barquillo. Personajes célebres, tanto en los sainetes —recuérdense, por ejemplo, el *Manolo,* de Ramón de la Cruz— como en los cuadros costumbristas.

carrera con él: le metieron en el colegio para quitársele de encima y hubieron de sacarle porque no dejaba allí cosa con cosa. Mientras que sus compañeros más laboriosos devoraban los libros para entenderlos, él los despedazaba para hacer bolitas de papel, las cuales arrojaba disimuladamente y con singular tino a las narices del maestro. A pesar de eso, el día de examen, el talento profundo y tímido se cortaba, y nuestro audaz muchacho repetía con osadía las cuatro voces tercas que había recogido aquí y allí y se llevaba el premio. Su carácter resuelto ejercía predominio sobre la multitud, y capitaneaba por lo regular las pandillas y los partidos. Despreciador de los bienes mundanos, su sombrero, que le servía de blanco o de pelota, se distinguía de los demás sombreros como él de los demás jóvenes.

En carnaval era el que ponía las mazas[341] a todo el mundo, y aun las manos encima si tenían la torpeza de enfadarse; si era descubierto hacía pasar a otro por el culpable, o sufría en el último caso la pena con valor y riéndose todavía del feliz éxito de su travesura. Es decir, que el *calavera,* como todo el mundo, comienza a descubrir desde su más tierna edad el germen que encierra. El número de sus hazañas era infinito. Un maestro había perdido unos anteojos, que se habían encontrado en su faltriquera; el rapé de otro había pasado al chocolate de sus compañeros, o a las narices de los gatos, que recorrían bufando los corredores con gran risa de los más juiciosos; la peluca del maestro de matemáticas había quedado un día enganchada en un sillón, al levantarse el pobre Euclides, con notable perturbación de un problema que estaba por resolver. Aquel día no se despejó más incógnita que la calva del buen señor.

Fuera ya del colegio, se trató de sujetarle en casa y se le puso bajo llave, pero a la mañana siguiente se encontraron colgadas las sábanas de la ventana; el pájaro había volado, y como sus padres se conven-

---

[341] *Mazas:* «Trapos o papeles, que se cuelgan en los vestidos para burlarse de los que los llevan.»

cieron de que no había forma de contenerle, convinieron en que era preciso dejarle. De aquí fecha la libertad del *lampiño*. Es el más pesado, el más incómodo; careciendo todavía de barba y de reputación, necesita hacer dobles esfuerzos para llamar la pública atención; privado él de los medios, le es forzoso afectarlos. Es risa oírle hablar de las mujeres como un hombre ya maduro; sacar el reloj como si tuviera que hacer; contar todas sus acciones del día como si pudieran importarle a alguien, pero con despejo, con soltura, con aire cansado y corrido.

Por la mañana madrugó porque tenía una cita; a las diez se vino a encargar el billete para la ópera, porque hoy daría cien onzas por un billete; no puede faltar. ¡Estas mujeres le hacen a uno hacer tantos disparates! A media mañana se fue al billar; aunque hijo de familia no come nunca en casa; entra en el café metiendo mucho ruido, su duro es el que más suena; sus bienes se reducen a algunas monedas que debe de vez en cuando a la generosidad de su mamá o de su hermana, pero las luce sobremanera. El billar es su elemento; los intervalos que le deja libres el juego suéleselos ocupar cierta clase de mujeres, únicas que pueden hacerle cara todavía, y en cuyo trato toma sus peregrinos conocimientos acerca del corazón femenino. A veces el *calavera-lampiño* se finge malo para darse importancia; y si puede estarlo de veras, mejor; entonces está de enhorabuena. Empieza asimismo a fumar, es más cigarro que hombre, jura y perjura y habla detestablemente; su boca es una sentina[342], si bien tal vez con chiste. Va por la calle deseando que alguien le tropiece, y cuando no lo hace nadie, tropieza él a alguno; su honor entonces está comprometido, y hay de fijo un desafío; si éste acaba mal, y si mete ruido, en aquel mismo punto empieza a tomar importancia, y entrando en otra casta, como la oruga que se torna mariposa, deja de ser *calavera-lampiño*. Sus padres, que ven por fin decidida-

---

[342] *Sentina,* del latín *sentina:* lugar lleno de inmundicias y mal olor».

mente que no hay forma de hacerle abogado, le hacen meritorio[343]; pero como no asiste a la oficina, como bosqueja en ella las caricaturas de los jefes, porque tiene el instinto del dibujo, se muda de bisiesto y se trata de hacerlo militar; en cuanto está declarado irremisiblemente mala cabeza se le busca una charretera[344], y si se encuentra, ya es un hombre hecho.

Aquí empieza el *calavera-temerón,* que es el *gran calavera.* Pero nuestro artículo ha crecido debajo de la pluma más de lo que hubiéramos querido, y de aquello que para un periódico convendría, ¡tan fecunda es la materia! Por tanto nuestros lectores nos concederán algún ligero descanso, y remitirán al número siguiente su curiosidad, si alguna tienen.

---

[343] *Meritorio:* «empleado que trabaja sin sueldo y sólo por hacer méritos para entrar en plaza remunerada».

[344] *Se le busca una charretera:* Larra designa con este término al *calavera militar.*

24

Los calaveras [345]

ARTÍCULO SEGUNDO Y CONCLUSIÓN

Quedábamos al fin de nuestro artículo anterior en el *calavera-temerón*. Éste se divide en paisano y militar; si el influjo no fue bastante para lograr su charretera (porque alguna vez ocurre que las charreteras se dan por influjo), entonces es paisano, pero no existe entre uno y otro más que la diferencia del uniforme. Verdad es que es muy esencial, y más importante de lo que parece. Es decir, que el paisano necesita hacer dobles esfuerzos para darse a conocer; es una casa pública sin muestra; es preciso saber que existe para entrar en ella. Pero por un contraste singular el *calavera-temerón*, una vez militar, afecta no llevar el uniforme, viste de paisano, salvo el bigote; sin embargo, si se examina el modo suelto que tiene de llevar el frac o la levita, se puede decir que hasta este traje es uniforme en él. Falta la plata y el oro, pero queda el despejo y la marcialidad, y eso se trasluce siempre; no hay paño bastante negro ni tupido que le ahogue.

El *calavera-temerón* tiene indispensablemente, o ha tenido alguna temporada, una cerbatana [346], en la cual

---

[345] Se publicó, por primera vez, en la *Revista Mensajero* el 5 de junio de 1835.

[346] *Cerbatana:* del árabe *Zarbatāna,* era un trozo de caña o canuto que se emplea para disparar bolitas o flechas, colocándolas en su interior y soplando fuertemente por un extremo.

adquiere singular tino. Colocado en alguna tienda de la calle de la Montera, se parapeta detrás de dos o tres amigos, que fingen discurrir seriamente.

—Aquel viejo que viene allí. ¡Mírale qué serio viene!

—Sí; al de la casaca verde, ¡va bueno!

—Dejad, dejad. ¡Pum! en el sombrero. Seguid hablando y no miréis.

Efectivamente, el sombrero del buen hombre produjo un sonido seco; el acometido se para, se quita el sombrero, lo examina.

—¡Ahora! —dice la turba.

—¡Pum! otra en la calva.

El viejo da un salto y echa una mano a la calva; mira a todas partes... nada.

—¡Está bueno! —dice por fin, poniéndose el sombrero—. Algún pillastre... bien podía irse a divertir...

—¡Pobre señor! —dice entonces el *calavera,* acercándosele—. ¿Le han dado a usted? Es una vergüenza... pero ¿le han hecho a usted mal?...

—No, señor, felizmente.

—¿Quiere usted algo?

—Tantas gracias.

Después de haber dado gracias, el hombre se va alejando, volviendo poco a poco la cabeza a ver si descubría... pero entonces el *calavera* le asesta un último tiro, que acierta a darle en medio de las narices, y el hombre derrotado aprieta el paso, sin tratar ya de averiguar de dónde procede el fuego; ya no piensa más que en alejarse. Suéltase entonces la carcajada en el corrillo, y empiezan los comentarios sobre el viejo, sobre el sombrero, sobre la calva, sobre el frac verde. Nada causa más risa que la extrañeza y el enfado del pobre; sin embargo, nada más natural.

El *calavera-temerón* escoge a veces para su centro de operaciones la parte interior de una persiana; este medio permite más abandono en la risa de los amigos, y es el más oculto; el *calavera* fino le desdeña por poco expuesto.

A veces se dispara la cerbatana en guerrilla; entonces

se escoge por blanco el farolillo de un escarolero, el fanal[347] de un confitero, las botellas de una tienda; objetos todos en que produce el barro cocido un sonido sonoro y argentino. ¡Pim!, las ansias mortales, las agonías y los votos del gallego[348] y del fabricante de merengues son el alimento del *calavera.*

Otras veces el *calavera* se coloca en el confín de la acera y fingiendo buscar el número de una casa, ve venir a uno, y andando con la cabeza alta, arriba, abajo, a un lado, a otro, sortea todos los movimientos del transeúnte, cerrándole por todas partes el paso a su camino. Cuando quiere poner un término a la escena, finge tropezar con él y le da un pisotón; el otro entonces le dice: *perdone usted;* y el *calavera* se incorpora con su gente.

A los pocos pasos se va con los brazos abiertos a un hombre muy formal, y ahogándole entre ellos:

—Pepe —exclama—, ¿cuándo has vuelto? ¡Sí, tú eres! Y lo mira.

El hombre, todo aturdido, duda si es un conocimiento antiguo... y tartamudea... Fingiendo entonces la mayor sorpresa:

—¡Ah!, usted perdone —dice retirándose el *calavera*—, creí que era usted amigo mío...

—No hay de qué.

—Usted perdone. ¡Qué diante! No he visto cosa más parecida.

---

[347] *Fanal:* «farol».

[348] *Votos del gallego:* guarda relación cuando alude al *farolillo de un escarolero.* El *escarolero* es un tipo muy de gusto costumbrista y por lo común solía ser gallego o asturiano. Del mismo modo que servían de aguadores, criados, serenos o taberneros. Véase, por ejemplo, los artículos publicados en *Los españoles pintados por sí mismos,* titulados «El aguador», «El gaitero gallego», «El sereno», «El celador de barrio»..., de Santos López Pelegrín, Neira de Mosquera, José María Albuerne y Pedro Madrazo, respectivamente. Otro tipo muy característico era el maragato —véase el artículo de Gil y Carrasco, «El Maragato»—, que procedía de León (al oeste y sur de Astorga) y se ocupaba principalmente en el oficio de arriero.

Para los oficios del gallego y asturiano en Madrid, véase también Mesonero Romanos, *op. cit.,* vol. III, pág. 28.

Si se retira a la una o las dos de su tertulia, y pasa por una botica, llama; el mancebo, medio dormido, se asoma a la ventanilla.

—¿Quién es?

—Dígame usted —pregunta el *calavera*—, ¿tendría usted espolines? [349]

Cualquiera puede figurarse la respuesta; feliz el mancebo, si en vez de hacerle esa sencilla pregunta, no le ocurre al *calavera* asirle de las narices al través de la rejilla, diciéndole:

—Retírese usted; la noche está muy fresca y puede usted atrapar un constipado.

Otra noche llama a deshoras a una puerta.

—¿Quién? —pregunta de allí a un rato un hombre que sale al balcón medio desnudo.

—Nada —contesta—; soy yo, a quien no conoce; no quería irme a mi casa sin darle a usted las buenas noches.

—¡Bribón! ¡Insolente! Si bajo...

—A ver cómo baja usted; baje usted: usted perdería más; figúrese usted dónde estaré yo cuando usted llegue a la calle. Conque buenas noches; sosiéguese usted, y que usted descanse.

Claro está que el *calavera* necesita espectadores para todas estas escenas; los placeres sólo lo son en cuanto pueden comunicarse; por tanto el *calavera* cría a su alrededor constantemente una pequeña corte de aprendices, o de meros curiosos, que no teniendo valor o gracia bastante para serlo ellos mismos, se contentan con el papel de cómplices; éstos le miran con envidia, y son las trompetas de su fama.

El *calavera-langosta* se forma del anterior, y tiene el aire más decidido, el sombrero más ladeado, la corbata más *negligé* [350], sus hazañas son más serias; éste es aquél que se reúne en pandillas; semejante a la *langosta,* de que toma nombre, tala el campo donde cae;

---

[349] *Espolines:* «espuelas sujetas en el tacón de la bota».

[350] *Negligé:* «desarreglada».

pero, como ella, no es de todos los años, tiene temporadas, y como en el día no es de lo más en boga, pasaremos muy rápidamente sobre él. Concurre a los bailes llamados de *candil* [351], donde entra sin que nadie le presente, y donde su sola presencia difunde el terror; arma camorra, apaga las luces, y se escurre antes de la llegada de la policía, y después de haber dado unos cuantos palos a derecha e izquierda; en las máscaras suele mover también su zipizape; en viendo una figura antipática, dice: *aquel hombre me carga;* se va para él, y le aplica un bofetón; de diez hombres que reciban bofetón, los nueve se quedan tranquilamente con él, pero si alguno quiere devolverle, hay desafío; la suerte decide entonces, porque el *calavera* es valiente; éste es el difícil de mirar; tiene un duelo hoy con uno que le miró de frente, mañana con uno que le miró de soslayo, y al día siguiente lo tendrá con otro que no le mire, éste es el que suele ir a las casas públicas con ánimo de no pagar; éste es el que talla y apunta con furor; es jugador, griego nato, y gran billarista además. En una palabra, éste es el venenoso, el *calavera-plaga;* los demás divierten; éste mata.

Dos líneas más allá de éste está otra casta, que nosotros rehusaremos desde luego; el *calavera-tramposo,* o trapalón, el que hace deudas, el parásito, el que comete a veces picardías, el que empresta para no devolver, el que vive a costa de todo el mundo, etc.; pero éstos no son verdaderamente calaveras; son indignos de este nombre; ésos son los que desacreditan el oficio, y por ellos pierden los demás. No los reconocemos.

Sólo tres clases hemos conocido más detestables que ésta; la primera es común en el día, y como al describirla habríamos de rozarnos con materias muy delicadas, y para nosotros respetables, no haremos más que indicarla. Queremos hablar del *calavera-cura.* Vuelvo a

---

[351] *Baile de candil.* Véase A. Flores, *Ayer, hoy y mañana,* artículo «El siglo de los faroles». «Fiesta de gente ordinaria.»

pedir perdón[352]; pero ¿quién no conoce en el día algún sacerdote de esos que queriendo pasar por hombres despreocupados, y limpiarse de la fama de carlistas, dan en el extremo opuesto; de esos que para exagerar su liberalismo y su ilustración empiezan por llorar su ministerio; a quienes se ve siempre alrededor del tapete y de las bellas en bailes y teatros, y en todo paraje profano, vestidos siempre y hablando mundanamente; que hacen alarde de?... Pero nuestros lectores nos comprenden. Este *calavera* es detestable, porque el cura liberal y despreocupado debe ser el más timorato de Dios, y el mejor morigerado. No creer en Dios y decirse su ministro, o creer en él y faltarle descaradamente, son la hipocresía o el crimen más hediondos. Vale más ser cura carlista de buena fe.

La segunda de esas aborrecibles castas es el *viejo calavera*, planta como la caña, hueca y árida con hojas verdes. No necesitamos describirla, ni dar las razones de nuestro fallo. Recuerde el lector esos viejos que conocerá, un decrépito que persigue a las bellas, y se roza entre ellas como se arrastra un caracol entre las flores, llenándolas de baba; un viejo sin orden, sin casa, sin método... el joven, al fin, tiene delante de sí tiempo para la enmienda y disculpa en la sangre ardiente que corre por sus venas; el *viejo calavera* es la torre antigua y cuarteada que amenaza sepultar en su ruina la planta inocente que nace a sus pies; sin embargo, éste es el único a quien cuadraría el nombre de *calavera*.

La tercera, en fin, es la *mujer-calavera*. La mujer con

---

[352] *Vuelvo a pedir perdón:* actitud en cierto modo parecida a la de Espronceda cuando, en *El Diablo mundo,* introduce a un sacerdote pendenciero. Larra pide perdón y Espronceda, a pie de página, nos dice: «Si modelo y dechado de todas las virtudes son el mayor número de nuestros sacerdotes, en todos tiempos, y especialmente en los malaventurados que corren, ha habido y se encuentran algunos miserables, hez y escoria de tan respetable clase. El lector se acordará también como nosotros, de haber hallado en su vida alguno que, haciendo gala de su desvergüenza, se parecía quizá al mezquino ente que aquí tratamos de describir», canto V, cuadro I.

poca aprensión, y que prescinde del primer mérito de su sexo, de ese miedo a todo, que tanto la hermosea, cesa de ser mujer para ser hombre; es la confusión de los sexos, el único hermafrodita de la naturaleza; ¿qué deja para nosotros? La mujer, reprimiendo sus pasiones, puede ser desgraciada, pero no le es lícito ser *calavera.* Cuando es interesante la primera, tanto es despreciable la segunda.

Después del *calavera-temerón* hablaremos del *seudo calavera.* Éste es aquél que sin gracia, sin ingenio, sin viveza y sin valor verdadero, se esfuerza para pasar por *calavera;* es género bastardo, y pudiérasele llamar por lo pesado y lo enfadoso el *calavera mosca. Rien n'est beau que le vrai*[353], ha dicho Boileau, y en esta sentencia se encierra toda la crítica de esa apócrifa casta.

Dejando por fin a un lado otras varias, cuyas diferencias estriban principalmente en matices y en medias tintas, pero que en realidad se refieren a las castas madres de que hemos hablado, concluiremos nuestro cuadro en un ligero bosquejo de la más delicada y exquisita, es decir, del *calavera de buen tono.*

El *calavera de buen tono* es el tipo de la civilización, el emblema del siglo XIX. Perteneciendo a la primera clase de la sociedad, o debiendo a su mérito y a su carácter la introducción en ella, ha recibido una educación esmerada; dibuja con primor y toca un instrumento; filarmónico nato, dirige el aplauso en la ópera, y le dirige siempre a la más graciosa o a la más sentimental; más de una mala cantatriz le es deudora de su boga; se ríe de los actores españoles y acaudilla las silbas contra el verso; sus carcajadas se oyen en el teatro a larga distancia; por el sonido se le encuentra; reside en la luneta[354] al principio del espectáculo, donde entra tarde en el paso más crítico y del cual se va temprano; reconoce los palcos, donde habla

---

[353] *Rien n'est beau que le vrai:* «Solo es bello lo verdadero». Texto que corresponde a l'Epitre IX de Boileau. En esta carta en verso trata el autor de «volver» sobre el principio de *l'Art Poétique.*

[354] *Luneta.* Véase. «Una primera representación», nota 298.

muy alto, y rara noche se olvida de aparecer un momento por la *tertulia*[355] a asestar su doble anteojo a la banda opuesta. Maneja bien las armas y se bate a menudo, semejante en eso al *temerón*, pero siempre con fortuna y a primera sangre; sus duelos rematan en almuerzo, y son siempre por poca cosa. Monta a caballo y atropella con gracia a la gente de a pie; habla el francés, el inglés y el italiano; saluda en una lengua, contesta en otra, cita en las tres; sabe casi de memoria a Paul de Kock[356], ha leído a Walter Scott, a D'Arlincourt[357], a Cooper[358], no ignora a Voltaire, cita a Pigault-Lebrun[359], mienta a Ariosto y habla con desenfado de los poetas y del teatro. Baila bien y baila siempre. Cuenta anécdotas picantes, le suceden cosas raras, habla de prisa y tiene *salidas*. Todo el mundo sabe lo que es tener *salidas*. Las suyas se cuentan por todas partes; siempre son originales; en los casos en que él se ha visto, sólo él hubiera hecho, hubiera respondido aquello. Cuando ha dicho una gracia tiene el singular tino de marcharse inmediatamente; esto prueba gran conocimiento; la última impresión es la mejor de esta

---

[355] *Tertulia:* «Palcos situados encima de la cazuela, en el tercer piso.»

[356] *Paul de Kock:* escritor francés de la época, célebre por su sátira de las costumbres burguesas en sus novelas y comedias.

[357] D'Arlincourt, al igual que W. Scott, fue uno de los más famosos escritores de novelas históricas.
Las novelas del vizconde d'Arlincourt reunían los suficientes ingredientes —lances melodramáticos y sentimentales, amoríos y peripecias imposibles, etc.— como para deleitar a un buen nutrido público de la época. Sus novelas se tradujeron con gran profusión. Véase, a este respecto, José F. Montesinos, *Introducción a una historia de la novela en España, en el siglo XIX. Seguida del esbozo de una bibliografía española de traducciones de Novelas (1800-1850),* Madrid, 1963; Antonio Iniesta, «Sobre algunas traducciones españolas de novelas», *Revista de Literatura,* XXVIII, 1965, págs. 79-85.

[358] *Cooper.* Véase «Carta a Andrés escrita desde las Batuecas por el Pobrecito Hablador», nota 36.

[359] Pigault-Lebrun: escritor y autor dramático francés (1753-1835). Gran observador de tipos y costumbres francesas, yace hoy en el olvido. Sus obras más conocidas son *Mi tío Tomás* y *El niño de Carnaval.*

suerte, y todos pueden quedar riendo y diciendo además de él: *¡Qué cabeza! ¡Es mucho Fulano!*

No tiene formalidad, ni vuelve visitas, ni cumple palabras; pero de él es de quien se dice: *¡Cosas de Fulano!* y el hombre que llega a tener *cosas* es libre, es independiente. Niéguesenos, pues, ahora que se necesita talento y buen juicio para ser *calavera*. Cuando otro falta a una mujer, cuando otro es insolente, él es sólo atrevido, amable; las bellas que se enfadarían con otro, se contentan con decirle a él: *¡No sea usted loco! ¡Qué calavera! ¿Cuándo ha de sentar usted la cabeza?*

Cuando se concede que un hombre está loco, ¿cómo es posible enfadarse con él? Sería preciso ser más loco todavía.

Dichoso aquel a quien llaman las mujeres *calavera,* porque el bello sexo[360] gusta sobremanera de toda especie de fama; es preciso conocerle, fijarle, probar a sentarle, es una obra de caridad. El *calavera de buen tono* es, pues, el adorno primero del siglo, el que anima un círculo, el cupido de las damas, *l'enfant gâté*[361] de la sociedad y de las hermosas.

Es el único que ve el mundo y sus cosas en su verdadero punto de vista; desprecia el dinero, le juega, le pierde, le debe, pero siempre noblemente y en gran cantidad; trata, frecuenta, quiere a alguna bailarina o a alguna operista; pero amores volanderos. Mariposa ligera, vuela de flor en flor. Tiene algún amor sentimental y no está nunca sin intrigas, pero intrigas de peligro y consecuencias; es el terror de los padres y de los maridos. Sabe que, semejante a la moneda, sólo toma su valor de su curso y circulación y por consiguiente, no se adhiere a una mujer sino el tiempo necesario para que se sepa. Una vez satisfecha la vanidad,

---

[360] *Bello sexo:* era usual en la época dirigirse en estos términos cuando se hablaba de mujeres; incluso existe un raro ejemplar costumbrista titulado *El álbum del bello sexo o las mujeres pintadas por sí mismas,* Madrid, Imprenta del Panorama Español, 1843.

[361] *L'enfant gâté:* francés, «niño mimado».

¿qué podría hacer de ella? El estancarse sería perecer; se creería falta de recursos o de mérito su constancia. Cuando su boga decae, la reanima con algún escándalo ligero; un escándalo es para la fama y la fortuna del *calavera* un leño seco en la lumbre; una hermosa ligeramente comprometida, un marido batido en duelo son sus despachos y su pasaporte; todas le obsequian, le pretenden, se le disputan. Una mujer arruinada por él es un mérito contraído para con las demás. El hombre no *calavera*, el hombre de *talento* y *juicio* se enamora y, por consiguiente, es víctima de las mujeres; por el contrario las mujeres son las víctimas del *calavera*. Dígasenos ahora si el hombre de *talento* y *juicio* no es un necio a su lado.

El fin de éste es la edad misma; una posición social nueva, un empleo distinguido, una boda ventajosa, ponen término honroso a sus inocentes travesuras. Semejante entonces al sol en su ocaso, se retira majestuosamente, dejando, si se casa, su puesto a otros, que vengan en él a la sociedad ofendida, y cobran en el nuevo marido, a veces con crecidos intereses, las letras que él contra sus antecedentes girara.

Sólo una observación general haremos antes de concluir nuestro artículo acerca de lo que se llama en el mundo vulgarmente *calaveradas*. Nos parece que éstas se juzgan siempre por los resultados; por consiguiente, a veces una línea imperceptible divide únicamente al *calavera* del *genio*, y la suerte caprichosa los separa o los confunde en una para siempre. Supóngase que Cristóbal Colón perece víctima del furor de su gente antes de encontrar el nuevo mundo, y que Napoleón es fusilado de vuelta de Egipto, como acaso merecía; la intentona de aquél y la insurbodinación de éste hubieran pasados por dos *calaveradas,* y ellos no hubieran sido más que dos *calaveras. Por el contrario, en el día están sentados en el gran libro como dos grandes hombres, dos genios.*

Tal es el modo de juzgar de los hombres; sin embargo, eso se aprecia, eso sirve muchas veces de regla. ¿Y por qué?... Porque tal es la *opinión pública.*

25

Modos de vivir que no dan de vivir [362]

OFICIOS MENUDOS

Considerando detenidamente la construcción moral de un gran pueblo se puede observar que lo que se llama *profesiones conocidas* o *carreras*, no es lo que sostiene la gran muchedumbre; descártense los abogados y los médicos, cuyo oficio es vivir de los disparates y excesos de los demás; los curas, que fundan su vida temporal sobre la espiritual de los fieles; los militares, que venden la suya con la expresa condición de matar a los otros; los comerciantes, que reducen hasta los sentimientos y pasiones a valores de bolsa; los nacidos propietarios, que viven de heredar; los artistas, únicos que dan trabajo por dinero, etc. etc.; y todavía quedará una multitud inmensa que no existirá de ninguna de esas cosas, y que sin embargo existirá; su número en los pueblos grandes es crecido, y esta clase de gentes no pudieran sentar sus reales en ninguna otra parte; necesitan el ruido y el movimiento, y viven, como el pobre del Evangelio, de las migajas que caen de la mesa del rico. Para ellos hay una rara superabundancia de pequeños oficios, los cuales, no pudiendo sufragar por sus cortas ganancias a la manutención de una familia,

---

[362] Se publicó en la *Revista Mensajero* el 29 de junio de 1835.

son más bien *pretextos de existencia* que verdaderos oficios; en una palabra, *modos de vivir que no dan de vivir;* los que los profesan son, no obstante, como las últimas ruedas de una máquina, que sin tener a primera vista grande importancia, rotas o separadas del conjunto paralizan el movimiento.

Estos seres marchan siempre a la cola de las pequeñas necesidades de una gran población, y suelen desempeñar diferentes cargos, según el año, la estación, la hora del día. Esos mismos que en noviembre venden ruedos[363] o zapatillas de orillo[364], en julio venden horchata, en verano son bañeros del Manzanares, en invierno cafeteros ambulantes; los que venden agua en agosto, vendían en carnaval cartas y garbanzos de pega y en navidades motes[365] nuevos para damas y galanes.

Uno de estos *menudos oficios* ha recibido últimamente un golpe mortal con la sabia y filantrópica institución de San Bernardino[366], y es gran dolor por cierto,

---

[363] *Venden ruedos:* «esterillas redondas».

[364] *Zapatillas de orillo:* «zapatillas hechas con recortes de lana basta».

[365] *Motes:* «sentencias en forma de aleluya que predecían el destino del futuro comprador».

[366] *Asilo de mendicidad de San Bernardino:* «Por Real Orden fecha 2 de agosto de 1834, en aquellos críticos momentos en que atribulada la capital del reino con el funesto azote del *cólera-morbo,* se hallaba más que nunca dispuesta a ejercer la beneficencia y a parar la atención sobre la mejora de las costumbres públicas, se expidió la Real Orden mandando establecer en el antiguo convento de San Bernardino, extramuros de Madrid, un asilo capaz para recoger en él a todos los mendigos que vagaban por sus calles y paseos.» Véase Mesonero Romanos, *op. cit.,* vol. III, pág. 425.
Esta institución benéfica fue fundada, por el regidor de Madrid, marqués viudo de Pontejo. Los pobres estaban divididos en brigadas y escuadras, destinados unos a la labranza, talleres, cocina, etc. La ración que se les daba es la siguiente: almuerzo, un cuarterón de pan en sopa; comida, un potaje de menestras bien condimentado y media libra de pan; cena, potaje de patatas y otro cuarterón de pan.
Existe también una descripción detallada de este asilo en el artículo de Mesonero Romanos, «Una visita a San Bernardino», *Escenas matritenses, op. cit.,* vol. II, págs. 38-43. Bécquer también recuerda este hospicio en «El pordiosero», artículo de *Tipos y Costumbres.*

pues que era la introducción a los demás, es decir, el oficio de examen, y el más fácil; quiero hablar de la candela. Una numerosa turba de muchachos, que podía en todo tiempo tranquilizar a cualquiera sobre el fin del mundo (cuyos padres es de suponer existiesen, en atención a lo difícil que es obtener hijos sin previos padres, pero no porque hubiese datos más positivos) se esparcían por las calles y paseos. Todas las primeras materias, todo el capital necesario para empezar su oficio se reducían a una mecha de trapos, de que llevaban siempre sobre sí mismos abundante provisión; a la luz de la filosofía, debían tener cierto valor; cuando el mundo es todo vanidad, cuando todos los hombres dan dinero por humo, ellos solos daban humo por dinero. Desgraciadamente, un nuevo Prometeo les ha robado el fuego para comunicársele a sus hechuras, y este menudo oficio ha salido del gremio para entrar en el número de las profesiones conocidas, de las instituciones sentadas y reglamentadas.

Pero con respecto a los demás, dígasenos francamente si pueden subsistir con sus ganacias: aquel hombre negro y mal encarado, que con la balanza rota y la alforja vieja parece, según lo maltratado, la imagen de la justicia, y cuya profesión es dar *higos* y *pasas* por *hierro viejo;* el otro que, siempre detrás de su acémila, y tan inseparable de ella como alma y cuerpo, no vende nada, antes compra... *palomina;* capitalista verdadero, coloca sus fondos y tiene que revender después y ganar en su preciosa mercancía; ha de mantenerse él y su caballería, que al fin son dos, aunque parecen uno, y eso suponiendo que no tenga más familia; el que vende *alpiste* para *canarios,* la que pregona *pajuelas,* etcétera.

Pero entre todos los modos de vivir ¿qué me dice el lector de la trapera que con un cesto en el brazo y un instrumento en la mano recorre a la madrugada, y aun más comúnmente de noche, las calles de la capital? Es preciso observarla atentamente. La trapera marcha sola y silenciosa; su paso es incierto como el vuelo de la mariposa; semejante también a la abeja, vuela de flor en flor (permítaseme llamar así a los portales de Madrid, siquiera por figura retórica y en atención a que otros hacen peores figuras que las debieran hacer mejores). Vuela de flor en flor, como decía, sacando de cada parte sólo el jugo que necesita; repásesela de noche: indudablemente ve como las aves nocturnas; registra los más recónditos rincones, y donde pone el ojo pone el gancho, parecida en esto a muchas personas de más decente categoría que ella; su gancho es parte integrante de su persona; es, en realidad, su sexto dedo, y le sirve como la trompa al elefante; dotado de una sensibilidad y de un tacto exquisitos, palpa, desenvuelve, encuentra, y entonces, por un sentimiento simultáneo, por una relación simpática que existe entre la voluntad de la trapera y su gancho, el objeto útil, no bien es encontrado, ya está en el cesto. La trapera, por tanto, con otra educación sería un excelente periodista y un buen traductor de Scribe[367]; su clase de talento es la misma: buscar, husmear, hacer propio lo hallado; solamente mal aplicado: he ahí la diferencia.

En una noche de luna el aspecto de la trapera es imponente; alargar el gancho, hacerlo guadaña, y al verla entrar y salir en los portales alternativamente, parece que viene a llamar a todas las puertas, precursora de la parca. Bajo este aspecto hace en las calles de Madrid los oficios mismos que la calavera en la celda del religioso: invita a la meditación, a la contemplación de la muerte, de que es viva imagen.

Bajo otros puntos de vista se puede comparar a la trapera con la muerte; en ella vienen a nivelarse todas las jerarquías; en su cesto vienen a ser iguales, como en el sepulcro, Cervantes y Avellaneda; allí, como en un cementerio, vienen a colocarse al lado los unos de los otros: los decretos de los reyes, las quejas del desdichado, los engaños del amor, los caprichos de la moda; allí se

---

[367] *Scribe.* Véase «La vida de Madrid», nota 260.

reúnen por única vez las poesías, releídas, de Quintana, y las ilegibles de A[368]***; allí se codean Calderón y S[369]***; allá van juntos Moratín y B[370]***. La trapera, como la muerte, *equo pulsat pede pauperum tabernas, regumque turres*[371]. Ambas echan tierra sobre el hombre oscuro, y nada pueden contra el ilustre; ¡de cuántos bandos ha hecho justicia la primera! ¡De cuántos banderos[372] la segunda!

El cesto de la trapera, en fin, es la realización única posible, de la fusión, que tales nos ha puesto. El *Boletín de Comercio*[373] y *La Estrella*[374], *La Revista*[375] y *La Abeja*[376], las metáforas de Martínez de la Rosa[377] y las interpelaciones del conde de las Navas[378], todo se funde en uno dentro del cesto de la trapera.

---

[368] *A.* Inicial que tal vez pudiera encubrir a Juan Bautista Alonso.

[369] *S.* Dionisio Solís, autor de la conocida tragedia *Camila,* que conoció once representaciones entre 1831-1833.

[370] *B:* inicial que corresponde a Manuel Bretón de los Herreros.

[371] *Equo pulsat pede pauperum tabernas, regumque turres:* «Pulsa con igual pie las chozas de los pobres y los palacios de los reyes», Horacio, *Odas,* libro I, oda 4.ª, vs. 13 y 14. Larra manifiesta en estas líneas el sentido igualatorio de la muerte que, al igual que las «danzas de la muerte», tejen su funesto poder en todos los estamentos sociales.

[372] *Banderos:* «partidarios».

[373] *Boletín de Comercio:* Madrid, imprentas de T. Jordán. Comenzó a publicarse el 16 de noviembre de 1832, con cuatro páginas de 0^m, 309×0^m, 191; el 22 de enero de 1833 creció a 0^m, 388×0^m, 288. Al principio salió los martes y viernes; desde el 1 de diciembre de 1833, domingo, martes y viernes. Cesó el 28 de marzo de 1834.

[374] *La Estrella:* Madrid, imprenta de T. Jordán. Cuatro páginas de 0^m, 339×0^m, 237. Este diario comenzó a publicarse el 22 de octubre de 1833 y cesó el 26 de febrero de 1834. Defendía a doña María Cristina de Borbón, reina gobernadora entonces.

[375] *La Revista.* Véase «Yo quiero ser cómico», nota 154.

[376] *La Abeja:* Madrid, imprenta de T. Jordán. Periódico moderado, dirigido por J. F. Pacheco. Diario de cuato páginas. En un principio, su formato era de 0^m, 332×0^m, 270; luego creció a 0^m, 340×0^m, 281. Años 1834-1836.

[377] Martínez de la Rosa, conocido político y escritor a quien sus enemigos le llamaban «Rosita la pastelera». Larra publica una reseña crítica, en términos elogiosos, sobre sus poesías. Véase *La Revista Española,* 3 de septiembre de 1833.

[378] José Pizarro y Ramírez, tercer conde de las Navas: conocido político de la época y amigo de tertulias literarias.

Así como el portador de la candela era siempre muchacho y nunca envejecía, así la trapera no es nunca joven: nace vieja; éstos son los dos oficios extremos de la vida, y como la Providencia, justa, destinó a la mortificación de todo bicho otro bicho en la naturaleza, como crió el sacre para daño de la paloma, la araña para tormento de la mosca, la mosca para el caballo, la mujer para el hombre y el escribano para todo el mundo, así crió en sus altos juicios a la trapera para el perro. Estas dos especies se aborrecen, se persiguen, se ladran, se enganchan y se venden.

Ese ser, con todo, ha de vivir, y tiene grandes necesidades, si se considera la carrera ordinaria de su existencia anterior; la trapera, por lo regular (antes por supuesto se serlo) ha sido joven, y aun bonita; muchacha, freía buñuelos, y su hermosura la perdió. Fea, hubiera recorrido una carrera oscura, pero acaso holgada; hubiera recurrido al trabajo, y éste la hubiera sostenido. Por desdicha era bien parecida, y un chulo de la calle de Toledo se encargó en sus verdores de hacérselo creer; perdido el tino con la lisonja, abandonó la casa paterna (taberna muy bien acomodada), y pasó a naranjera. El chulo no era eterno, pero una naranjera siempre es vista; un caballerete fue de parecer de que no eran naranjas lo que debía vender, y le compró una vez por todas todo el cesto; de allí a algún tiempo, queriendo desasirse de ella, la aconsejó que se ayudase, y reformada ya de trajes y costumbres, la recomendó eficazmente a una modista; nuestra heroína tuvo diez años felices de modistilla; el pañuelo de labor en la mano, el *fichú*[379] en la cabeza, y el galán detrás, recorrió las calles y un tercio de su vida; pero cansada del trabajo, pasó a ser prima de un procurador (de la curia)[380], que como pariente la alhajó un cuarto; poco después el procurador

---

[379] *Fichú,* francés: «pañolito ligero de tres picos que usaban las mujeres en torno al cuello».

[380] *Un procurador (de la curia),* funcionario del Ministerio de Justicia.

se cansó del parentesco, y le procuró una plaza de corista en el teatro; ésta fue la época de su apogeo y de su gloria; de señorito en señorito, de marqués en marqués, no se hablaba sino de la hermosa corista. Pero la voz pasa, y la hermosura con ella, y con la hermosura los galanes ricos; entonces empezó a bajar de nuevo la escalera hasta el último piso, hasta el piso bajo; luego mudó de barrios hasta el hospital; la vejez por fin vino a sorprenderla entre las privaciones y las enfermedades; el hambre le puso el gancho en la mano, y el cesto fue la barquilla de su naufragio. Bien dice Quintana:

¡Ay! ¡Infeliz de la que nace hermosa![381]

Llena, por consiguiente, de recuerdos de grandeza, la trapera necesita ahogarlos en algo, y por lo regular los ahoga en aguardiente. Esto complica extraordinariamente sus gastos. Desgraciadamente, aunque el mundo da tanto valor a los trapos, no es a los de la trapera. Sin embargo, ¡qué de veces lleva tesoros en su cesto! ¡Pero tesoros impagables!

Ved aquel amante, que cuenta diez veces al día y otras tantas a la noche las piedras de la calle de su querida. Amelia es cruel con él: ni un favor, ni una distinción, alguna mirada de cuando en cuando... algún... nada. Pero ni una contestación de su letra a sus repetidas cartas, ni un rizo de su cabello que besar, ni un blanco cendal de batista que humedecer con sus lágrimas. El desdichado daría la vida por un harapo de su señora.

¡Ah!, ¡mundo de dolor y [de] trastrueques! La trapera es más feliz. ¡Mírala entrar en el portal, mírala mover el polvo! El amante la maldice; durante su estancia no puede subir la escalera; por fin sale, y el imbécil entra, despreciándola al pasar. ¡Insensato! Esa que desprecia

---

[381] El verso que cita Larra pertenece a *El Panteón del Escorial*, verso puesto en boca de Isabel de Valois.

lleva en su banasta, cogidos a su misma vista, el pelo que le sobró a Amelia del peinado aquella mañana, una apuntación antigua de la ropa dada a la lavandera, toda de su letra (la cosa más tierna del mundo), y una gola de linón[382] hecha pedazos... ¡Una gola!!! Y acaso el borrador de algún billete escrito a otro amante.

Alcánzala, busca; el corazón te dirá cuáles son los afectos de tu amada. Nada. El amante sigue pidiendo a suspiros y gemidos las tiernas prendas, y la trapera sigue pobre su camino. Todo por no entenderse. ¡Cuántas veces pasa así la felicidad a nuestro lado sin que nosotros la veamos!

Me he detenido, distinguiendo en mi descripción a la trapera entre todos los demás menudos oficios, porque realmente tiene una importancia que nadie le negará. Enlazada con el lujo y las apariencias mundanas por la parte del trapo, e íntimamente unida con las letras y la imprenta por la del papel, era difícil no destinarle algunos párrafos más.

El oficio que rivaliza en importancia con el de la trapera es indudablemente el del *zapatero de viejo*.

El zapatero de viejo hace su nido en los rincones de los portales; allí tiene una especie de gruta, una socavación subterránea, las más veces sin luz ni pavimento. Al rayar del alba fabrica en un abrir y cerrar de ojos su taller en un ángulo (si no es lunes[383]); dos tablas unidas componen su recinto; una mala banqueta, una vasija de barro para la lumbre, indispensablemente rota, y otra más pequeña para el agua en que ablanda la suela con todo su *menaje*[384]; el cajón de las lesnas[385] a un lado, su delantal de cuero, un calzón de pana y medias azules son los signos distintivos. Antes de extender la tienda de

---

[382] *Gola de linón:* «cuello almidonado».

[383] Los lunes, como ya indicáramos antes, cerraban prácticamente todos los comercios para asistir a las corridas de toros.

[384] *Menaje,* del francés *ménage:* «muebles».

[385] *Lesnas:* «Instrumento que se compone de un hierrecillo con punta muy sutil y un mango de madera, y del cual usan los zapateros y otros artesanos para agujerear, coser y pespuntar» *(DRAE).*

campaña bebe un trago de aguardiente y cuelga con cuidado a la parte de afuera una tabla, y de ella pendiente una bota inutilizada; cualquiera al verla creería que quiere decir: *Aquí se estropean botas.*

No puede establecerse en un portal sin previo permiso de los inquilinos, pero como regularmente es un infeliz cuya existencia depende de las gentes que conoce ya en el barrio, ¿quién ha de tener el corazón tan duro para negarse a sus importunidades? La señora del cuarto principal, compadecida, lo consiente; la del segundo, en vista de esa primera protección, no quiere chocar con la señora condesa; los demás inquilinos no son siquiera consultados. Así es que empiezan por aborrecer al zapatero, y desahogan su amor propio resentido en quejas contra las aristocráticas vecinas. Pero al cabo el encono pasa, sobre todo considerando que desde que se ha establecido allí el zapatero, a lo menos está el portal limpio.

Una vez admitido, se agarra a la casa como un alga a las rocas; es tan inherente a ella como un balcón a una puerta, pero se parece a la hiedra y a la mujer: abraza para destruir. Es la víbora abrigada en el pecho; es el ratón dentro del queso. Por ejemplo, canta y martillea y parece ño hacer otra cosa. ¡Error! Observa la hora a que sale el amo, qué gente viene en su ausencia, si la señora sale periódicamente, si va sola o acompañada, si la niña balconea, si se abre casualmente alguna ventanilla o alguna puerta con tiento cuando sube tal o cual caballero; ve quién ronda la calle, y desde su puesto conoce al primer golpe de vista, por la inclinación del cuello y la distancia del *cuyo*[386], el piso en que está la intriga. Aunque viejo, dice chicoleos[387] a toda criada que sale y entra, y se granjea por tanto su buena voluntad; la criada es al zapatero lo que el anteojo al corto de vista: por ella ve lo que no puede ver por sí, y reunido lo interior y lo exterior, suma y lo sabe todo. ¿Se quiere

---

[386] *Cuyo:* término familiar para designar al novio.
[387] *Chicoleos:* «piropos, requiebros».

saber la causa de la tardanza de todo criado o criada que va a un recado? ¿Hay zapatero de viejo? No hay que preguntarla. ¿Tarda? Es que le está contando sus rarezas de usted, tirano de la casa, y lo que con usted sufre la señora, que es una malva la infeliz.

El zapatero sabe lo que se come en cada cuarto, y a qué hora. Ve salir al empleado en Rentas por la mañana, disfrazado con la capa vieja, que va a la plaza en persona, no porque no tenga criada, sino porque el sueldo da para estar servido, pero no para estar sisado[388]. En fin, no se mueve una mosca en la manzana sin que el buen hombre la vea; es una red la que tiende sobre todo el vecindario, de la cual nadie escapa. Para darle más extensión, es siempre casado, y la mujer se encarga de otro menudo oficio; como casada no puede servir, es decir, de criada, pero sirve de lo que se llama *asistenta;* es conocida por tal en el barrio. ¿Se despidió una criada demasiado bruscamente y sin dar lugar al reemplazo? Se llama a la mujer del zapatero. ¿Hay un convite que necesita aumento de brazos en otra parte? ¿Hay que dar de prisa y corriendo ropa a lavar, a coser, a plachar, mil recados, en fin extraordinariarios? La mujer del zapatero, el zapatero.

Por la noche el marido y la mujer se reúnen y hacen fondo común de hablillas; ella da cuenta de lo que ha recogido su policía, y él sobre cualquier friolera le pega una paliza, y hasta el día siguiente. Esto necesita explicación: los artesanos en general no se embriagan más que el domingo y el lunes, algún día entre semana, las Pascuas, los días de santificar y por este estilo; el zapatero de viejo es el único que se embriaga todos los días; ésta es la clave de la paliza diaria; el vino que en otros se sube a la cabeza, en el zapatero de viejo se sube a las espaldas de la mujer; es decir, que se trasiega.

Este hermoso matrimonio tiene numerosos hijos que enredan en el portal, o sirven de pequeños nudos a la gran red pescadora.

---

[388] *Sisado:* «hurtado».

Si tiene usted hija, mujer, hermana o acreedores, no viva usted en casa de zapatero de viejo. Usted al salir le dirá: *Observe usted quién entra y quién sale de mi casa.* A la vuelta ya sabe [389] quién debe sólo decir que ha estado, *o habrá salido un momento fuera, y como no haya sido en aquel momento...* Usted le da un par de reales por la fidelidad. Par de reales que sumados con la peseta que le ha dado el que no quiere que se diga que entró, forma la cantidad de seis reales. El zapatero es hombre de revolución, despreocupado, superior a las preocupaciones vulgares, y come tranquilamente a dos carrillos.

En otro cuarto es la niña la que produce: el galán no puede entrar en la casa y es preciso que alguien entregue las cartas; el zapatero es hombre de bien, y por tanto no hay inconveniente; el zapatero puede además franquear su cuarto, puede..., ¡qué se yo qué puede el zapatero!

Por otra parte, los acreedores y los que persiguen a su mujer de usted, saben por su conducto si usted ha salido, si ha vuelto, si se niega o si está realmente en casa. ¡Qué multitud de atenciones no tiene sobre sí el zapatero! ¡Qué tino no es necesario en sus diálogos y respuestas! ¡Qué corazón tan firme para no aficionarse sino a los que más pagan!

Sin embargo, siempre que usted llega al puesto del zapatero, está ausente; pero de allí a poco sale de la taberna de enfrente, adonde ha ido un momento a echar un trago; semejante a la araña, tiende la tela en el portal y se retira a observar la presa al agujero.

Hay otro zapatero de viejo, ambulante, que hace su oficio de comprar desechos... pero éste regularmente es un ladrón encubierto que se informa de ese modo de las entradas y salidas de las casas, de... en una palabra, no tiene comparación con nuestro zapatero.

Otra multitud de oficios menudos merecen aún una historia particular, que les haríamos si no temiésemos fastidiar a nuestros lectores. Ese enjambre de mozos y

---

[389] En la versión inicial, *sabrá*.

sirvientes que viven de las propinas, y en quienes consiste que ninguna cosa cueste realmente lo que cuesta, sino mucho más; la abaniquera de *abanicos de novia* en el verano, a cuarto[390] la pieza; la mercadera de *torrados* de la Ronda; el de los *tirantes y navajas;* el cartelero que vive de estampar mi nombre y el de mis amigos en la esquina; los comparsas del teatro, condenados eternamente a representar por dos reales, barbas, un pueblo numeroso entre seis o siete; el infinito *corbatines*[391] *y almohadillas*[392], que está en todos los cafés a un mismo tiempo; siempre en aquel en que usted está, y vaya usted al que quiera; el barbero de la plazuela de la Cebada, que abre su asiento de tijera y del aire libre hace tienda; esa multitud de *corredores de usura* que viven de llevar a empeñar y desempeñar; esos músicos del anochecer, que, el calendario en una mano y los reales nombramientos en otra, se van dando días y enhorabuenas a gentes que no conocen; esa muchedumbre de maestros de lenguas a 30 reales y retratistas a 70 reales; todos los habitantes y revendedores del rastro, las prenderas, los... ¿no son todos menudos oficios? Esas *casamenteras de voluntades,* como las llama Quevedo... pero no todo es el dominio del escritor, y desgraciadamente en punto a costumbres y menudos oficios acaso son los más picantes los que es forzoso callar; los hay odiosos, los hay despreciables, los hay asquerosos, los hay que ni adivinar se quisieran; pero en España ningún *oficio* reconozco *más menudo,* y sirva esto de conclusión, ningún *modo de vivir que dé menos de vivir* que el de escribir para el público y hacer versos para la gloria; más menudo todavía el público que el oficio, es todo lo más si para leerlo a usted le componen cien personas, y con respecto a la gloria, bueno es no contar con ella, por si ella no contase con nosotros.

---

[390] *A cuarto:* moneda de cobre. Su valor aproximado tres céntimos.
[391] *Corbatines:* «corbata corta que sólo da una vuelta al cuello y se ajusta por detrás con un broche, o por delante con un lazo sin caídas».
[392] *Almohadillas:* «vendedores o alquiladores de almohadillas».

26

El trovador

Drama caballeresco, en cinco jornadas,
en prosa y verso. Su autor,
don Antonio García Gutiérrez [393]

Con placer cogemos la pluma para analizar esta
producción dramática, que tanto promete para lo sucesivo en quien con ella empieza su carrera literaria, y que
tan brillante acogida ha merecido al público de la
capital[394]. Síganle muchas como ella, y los que presumen que abrigamos una pasión dominante de criticar
a toda costa y de morder a diestro y siniestro, verán
cuán presto cae de nuestras manos el látigo que para
enderezar tuertos ajenos tenemos hace tanto tiempo
empuñado.

El autor del *Trovador* se ha presentado en la arena,
nuevo lidiador, sin títulos literarios, sin antecedentes
políticos; solo y desconocido, la ha recorrido bizarra-

---

[393] Este artículo se publicó, en los días 4 y 5 de marzo de 1836, en el
periódico *El Español.* Sin embargo, en la edición *princeps* no existe tal
amputación, publicando en el tomo IV, págs. 112-119, la totalidad del
mismo.

[394] García Gutiérrez apenas frisaba los treinta años (nació el 5 de julio de 1813) cuando estrenó, con clamoroso éxito, su drama *El trovador.*

mente al son de las preguntas multiplicadas: *¿Quién es el nuevo, quién es el atrevido?;* y la ha recorrido para salir de ella victorioso; entonces ha alzado la visera, y ha podido alzarla con noble orgullo, respondiendo a las diversas interrogaciones de los curiosos espectadores: Soy *hijo del genio, y pertenezco a la aristocracia del talento.* ¡Origen por cierto bien ilustre, aristocracia que ha de arrollar al fin todas las demás! [395]

El poeta ha imaginado un asunto fantástico e ideal y ha escogido por vivienda a su invención el siglo XV; halo colocado en Aragón, y lo ha enlazado con los disturbios promovidos por el conde de Urgel.

Con respecto al plan no titubearemos en decir que es rico, valientemente concebido y atinadamente desenvuelto. La acción encierra mucho interés, y éste crece por grados hasta el desenlace.

Sin embargo, no es la pasión dominante del drama el amor; otra pasión, si menos tierna, no menos terrible y poderosa, oscurece aquélla: la venganza. No hace mucho tiempo tuvimos ocasión de repetir que es perjudicial al efecto teatral la acumulación de tantos medios de mover; en *El Trovador* constituyen verdaderamente dos acciones principales, que en todas las partes del drama se revelan a nuestra vista rivalizando una con otra. Así es que hay dos exposiciones: una enterándonos del lance concerniente a la gitana, que constituye ella por sí sola una acción dramática; y otra poniéndonos al corriente del amor de Manrique, contrarrestado por el del conde, que constituye otra. Y dos desenlaces: uno que termina con la muerte de Leonor la parte en que domina el amor; otro que da fin con la muerte de Manrique a la venganza de la gitana.

Estas dos acciones dramáticas, no menos interesantes,

---

[395] Palabras que más tarde utilizará Larra en su crítica teatral al drama de Alejandro Dumas, *Antony,* para corroborar que la sociedad sólo se fija en el ingenio y arte del individuo y no en su ascendencia genealógica. Como es sabido, García Gutiérrez fue hijo de un modesto artesano.

no menos terribles una que otra, se hallan, a pesar de la duplicidad, tan perfectamente enclavijadas, tan dependientes entre sí, que fuera difícil separarlas sin recíproco perjuicio; y en el teatro sólo así daremos siempre carta blanca a los defectos.

De aquí resultan necesariamente tres caracteres igualmente principales, y en resumen ningún verdadero protagonista, por más que refundiéndose todos esos intereses encontrados en el solo Manrique, pueda éste abrogarse el título de la obra exclusivamente. Pero si nos preguntan cuál de los tres caracteres elegimos como más importante, nos veremos embarazados para responder: el amor hace emprender a Leonor cuanto la pasión más frenética puede inspirar a una mujer: el olvido de los suyos, el sacrificio de su amor a Dios, el perjurio y el sacrilegio, la muerte misma. Hasta aquí parece difícil que otro carácter pueda ser el principal; sin embargo, la gitana, movida de la venganza, empieza por quemar su propio hijo, y reserva el del conde de Luna para el más espantoso desquite que de su enemigo puede tomar. Don Manrique mismo, en fin, movido por su pasión, por el amor filial y por el interés de su causa política, no puede ser más colosal, ni necesitaba el auxilio de otros resortes tan fuertes como el que le mueve a él para llevarse la atención del público.

¿Diremos al llegar aquí lo que francamente nos parece? Todos los defectos de que la crítica puede hacer cargo al *Trovador* nacen de la poca experiencia dramática del autor; esto no es hacerle una reconvención, porque pedirle en la primera obra lo que sólo el tiempo y el uso pueden dar, sería una injusticia. Ha imaginado un plan vasto, un plan más bien de novela que de drama, y ha inventado una magnífica novela; pero al reducir a los límites estrechos del teatro una concepción demasiado amplia, ha tenido que luchar con la pequeñez del molde.

De aquí el que muchas entradas y salidas estén poco justificadas: entre otras la del proscrito Manrique en Zaragoza y en palacio, en la primera jornada; la del mismo en el convento en la segunda; su introducción en la celda de Leonor en la tercera, cosa harto difícil en todos tiempos, para que no mereciera una explicación. Tampoco es natural que el conde don Nuño, que debe desconfiar mucho de las proposiciones tardías de una mujer que ha preferido el convento a su mano, la deje ir al calabozo del Trovador, y más cuando no es siquiera portadora de ninguna orden suya para ponerle en libertad, sin la cual seguramente no puede bastar ni servir de nada la concesión lograda. No somos esclavos de las reglas, creemos que muchas de las que han creído necesarias hasta el día son ridículas en el teatro, donde ningún efecto puede haber sin que se establezca un cambio de concesiones entre el poeta y el público; pero no consideremos tales justificaciones como reglas, sino como medios seguros de mayor efecto; evitemos por su medio, siempre que la verosimilitud lo exija, que el espectador tenga que invertir en pedirse razón de los sucesos el tiempo que debería atender a las bellezas del desempeño; y todos convendrán conmigo en que es indispensable preparar y justificar cuanto pueda dar lugar a la menor duda.

La exposición es poco ingeniosa, es una escena desatada del drama; es más bien un prólogo; citaremos, por último, en apoyo de la opinión que hemos emitido acerca de la inexperiencia dramática, los diálogos mismos; por más bien escritos que estén, los en prosa semejan diálogos de novela, que hubieran necesitado más campo, y los en verso tienen un sabor en general más lírico que dramático: el diálogo es poco cortado e interrumpido, como convendría a la rapidez, al delirio de la pasión, a la viveza de la escena.

Pero ¿qué son estos ligeros defectos, y que acaso no lo serán sólo porque a nosotros nos lo parezcan, comparados con las muchas bellezas que encierra *El Trovador?* Las costumbres del tiempo se hallan bien observadas, aunque no quisiéramos ver el *don* prodigado en el siglo XV. Los caracteres sostenidos y, en general, maestramente acabadas las jornadas; en algunos efectos teatrales se halla desmentida la inexperiencia que hemos reprochado al autor: citaremos la linda escena que tan bien remata la primera jornada, la cual reúne al mérito que le acabamos de atribuir una valentía y una concisión, un sabor caballeresco y calderoniano difícil de igualar.

De mucho más efecto es el fin de la segunda jornada, terminada cn la aparición del Trovador a la vuelta de las religiosas; su estancia en la escena durante la ceremonia, la ignorancia en que está de la suerte de su amada y el cántico lejano, acompañado del órgano, son de un efecto maravilloso; y no es menos de alabar la economía con que está escrito el final, donde una sola palabra inútil no se entromete a retardar o debilitar las sensaciones.

Igual mérito tiene el desenlace del drama, que tenemos citado más arriba, y en todos estos pasajes reconocemos un instinto dramático seguro, y que nos es fiador de que no será éste el último triunfo del autor.

Como modelos de ternuras y de dulcísima y fácil versificación, citaremos la escena cuarta de la primera jornada entre Leonor y Manrique.

¿Quiérese otro ejemplo de la difícil facilidad de que habla Moratín? Léase el monólogo con que principia la escena cuarta de la jornada tercera, en que el poeta además pinta con maestría la lucha que divide el pecho de Leonor entre su amor y el sacrificio que a Dios acaba de hacer; y el trozo del sueño, contado por Manrique en la escena sexta de la cuarta, si bien tiene más de lírico que de dramático.

Diremos en conclusión que el autor, al decidirse a escribir en prosa y en verso su drama, adoptaba voluntariamente una nueva dificultad; es más difícil a un poeta escribir bien en prosa que en verso, porque la armonía del verso está encontrada en el ritmo y la rima, y en la prosa ha de crearla el escritor, pues la prosa tiene también su armonía peculiar; las escenas en prosa tenían el inconveniente de luchar con el sonsonete de las versificadas, de que no deja de prendarse algún tanto el público; y luego necesitaba el poeta desplegar aun tino en la determinación de las que había de escribir en prosa y las que había de versificar, pues que se entiende que no había de hacerlo a diestro y siniestro.

Tanto esta libertad como la frecuente mudanza de escena no las disputaremos a ningún poeta, siempre que sean, como en *El Trovador,* indispensables, naturales y en obsequio del efecto. Sólo quisiéramos que no pasase un año entero entre la primera y la segunda jornada, pues mucho tiempo bastaría.

En cuanto a la repartición, hala trastocado toda en nuestro entender una antigua preocupación de bastidores; se cree que el primer galán debe de hacer siempre el primer enamorado, preocupación que fecha desde los tiempos de Naharro[396], y a la cual debemos en las comedias de nuestro teatro antiguo las indispensables relaciones de dama y galán, sin las cuales no se hubiera representado tiempos atrás comedia ninguna. Sin otro motivo se ha dado el papel del Trovador al señor Latorre, a quien de ninguna manera convenía, como casi ningún papel tierno y amoroso. Su físico, y la índole de su talento, se prestan mejor a los caracteres duros y enérgicos; por tanto, le hubiera convenido más bien el papel del conde don Nuño. Todo lo contrario sucede con el señor Romea, que debiera haber hecho el Trovador.

Por la misma razón el papel de la gitana ha estado mal dado. Esta era la creación más original, más nueva del drama, el carácter más difícil también y, por consiguiente, el de mayor lucimiento; si la señora Rodríguez es la primera actriz de estos teatros, ella debiera haberlo hecho, y aunque hubiese estado fea y hubiese parecido vieja, si es que la señora Rodríguez puede parecer nunca fea ni vieja. El carácter de Leonor es de aquellos cuyo éxito está en el papel mismo; no haya más que decirlo: una actriz como la señora Rodríguez debiera despreciar triunfos tan fáciles.

---

[396] *Bartolomé Torres Naharro:* escritor perteneciente al teatro renacentista y conocido sobre todo como el autor de las comedias *Tinellaria* y *Soldadesca.*

Felicitamos, en fin, de nuevo al autor, y sólo nos resta hacer mención de una novedad introducida por el público en nuestros teatros: los espectadores pidieron a voces que saliese el autor; levantóse el telón y el modesto ingenio apareció para recoger numerosos *bravos* y nuevas señales de aprobación[397].

En un país donde la literatura apenas tiene más premio que la gloria, sea ése siquiera lo más alto posible; acostumbrémonos a honrar públicamente el talento, que ésa es la primera protección que puede dispensarle un pueblo, y ésa la única también que no pueden los Gobiernos arrebatarle.

---

[397] El éxito fue tan clamoroso que el público quiso ver al autor de la obra representada. Desde entonces es costumbre que el autor teatral salga al escenario con los actores para corresponder al aplauso de los espectadores.

27

Los barateros o El desafío y la pena de muerte [398]

.Debiendo sufrir en este día... la pena de muerte en garrote vil... Ignacio Argumañes, por la muerte violenta dada el 7 de marzo último a Gregorio Cané...

(Diario de Madrid, del 15 de abril de 1836.)

La sociedad se ve forzada a defenderse, ni más ni menos que el individuo, cuando se ve acometida; en esta verdad se funda la definición del delito y del crimen; en ella también el derecho que se adjudica la sociedad de declararlos tales y de aplicarles una pena. Pero la sociedad, al reconocer en una acción el delito o el crimen, y al sentirse por ella ofendida, no trata de vengarse, sino de prevenirse; no es tanto su objeto castigar simplemente como escarmentar; no se propone por fin destruir al criminal, sino el crimen; hacer desaparecer al agresor, sino hacer desaparecer la posibilidad de nuevas agresiones; su objeto no es diezmar la sociedad, sino mejorarla. Y al ejecutar su defensa ¿qué

[398] Apareció, por primera vez, en *El Español* el 19 de abril de 1836. Este periódico se publicó desde el 1 de noviembre de 1835 hasta el 31 de diciembre de 1837. Su formato fue de 0^m , 423×0^m, 274. Dirigieron este periódico Andrés Borrego, Juan Esteban Izaga, Francisco Pacheco y José García Villalta.

derecho usa? El derecho del más fuerte. Apoderada del sospechado agresor, le es fuerza, antes de aplicarle la pena, verificar su agresión, convencerse a sí misma y convencerle a él. Para esto comienza por atentar a la libertad del sospechado, mal grave, pero inevitable; la detención previa es una contribución corporal que todo ciudadano debe pagar, cuando por su desgracia le toque; la sociedad, en cambio, tiene la obligación de aligerarla, de reducirla a los términos de indispensabilidad, porque pasados éstos comienza la detención a ser un castigo y, lo que es peor, un castigo injusto y arbitrario, supuesto que no es resultado de un juicio y de una condenación; en el intervalo que transcurre desde la acusación o sospecha hasta la aseveración del delito, la sociedad tiene, no derecho, pero necesidad de detener al acusado; y supuesto que impone esta contribución corporal por su bien, ella es la que está obligada a hacer de modo que la cárcel no sea una pena ya para el acusado, inocente o culpable; la cárcel no debe acarrear sufrimiento alguno, ni privación que no sea indispensable, ni mucho menos influir moralmente en la opinión del detenido.

De aquí la sagrada obligación que tiene la sociedad de mantener buenas casas de detención, bien montadas y bien cuidadas, y la más sagrada todavía de no estancar en ellas al acusado[399].

Cualquiera de nuestros lectores que haya estado en la cárcel, cosa que le habrá sucedido por poco liberal que haya sido, se habrá convencido de que en este punto la sociedad a que pertenecemos conoce estas verdades y su importancia, y en nada las contradice. Nuestras cárceles son un modelo.

Era uno de los días del mes de marzo; multitud de acusados llenaban los calabozos; los patios de la cárcel se devolvían las estrepitosas carcajadas, desquite de la

---

[399] La actitud de Larra frente a una sociedad que ajusticia a sus componentes era clara en su artículo «Un reo de muerte»; de igual forma que se opone a la pena de muerte, censura el sistema penitenciario español y a sus representantes más inmediatos.

desgracia, o máscara violenta de la conciencia; las soeces maldiciones y blasfemias, desahogo de la impotencia, y los sarcásticos estribillos de torpes cantares, regocijo del crimen y del impudor. El juego, alimento de corazones ociosos y ávidos de acción, devoraba la existencia de los corrillos; el juego, nutrición terrible de las pasiones vehementes, cuyo desenlace fatídico y misterioso se presenta halagüeño, más que en ninguna parte, en la cárcel, donde tanta influencia tiene lo que se llama vulgarmente *destino* en la suerte de los detenidos; el juego, símbolo de la solución misteriosa y de la verdad incierta que el hombre busca incesantemente desde que ve la luz hasta que es devuelto a la nada.

En aquellos días existían en esa cárcel dos hombres: Ignacio Argumañes y Gregorio Cané. Los hombres no pueden vivir sino en sociedad, y desde el momento en que aquella a que pertenecían parece segregarlos de sí, ellos se forman otra fácilmente, con sus leyes, no escritas, pero frecuentemente notificadas por la mano del más fuerte sobre la frente del más débil. He aquí lo que sucede en la cárcel. Y tienen derecho a hacerlo. Desde el momento en que la sociedad retira sus beneficios a sus asociados; desde el momento en que, olvidando la protección que les debe, lo deja al arbitrio de un cómitre despótico; desde el momento en que el preso, al sentar el pie en el patio de la cárcel, se ve insultado, acometido, robado por los seres que van a ser sus compañeros, sin que sus quejas puedan salir de aquel recinto [400], el detenido exclama: «Estoy fuera de la sociedad; desde hoy [y para mientras esté aquí], *mi ley es mi fuerza o la que yo me forje aquí.*» He aquí el resultado del desorden de las cárceles. ¿Con qué derecho la sociedad exige nada de los encarcelados, a quienes retira su protección? ¿Con qué derecho se sigue erigiendo en juez suyo, siendo los delitos cometidos dentro de aquel Argel efecto de su mismo abandono?

---

[400] *Recinto:* en la primera edición, *del recinto.*

Pero dos hombres existían allí: dos barateros[401]; dos seres que se creían con derechos a imponer leyes a los demás y a retirar del juego de sus compañeros un fondo[402] piratesco; dos hombres que cobraban el barato. Cruzáronse estos dos hombres de palabras, y uno de ellos fue metido en un calabozo por el alcaide, dey[403] de aquella colonia. A su salida, el castigado encuentra injusto que su compañero haya cobrado él solo el barato durante su ausencia, y reclama una parte en el tráfico. El baratero advenedizo quiere quitar del puesto al baratero en posesión; éste defiende su derecho y sacando de la faltriquera dos navajas: *¿Quieres parte?* le dice, *pues gánala.* He aquí al hombre fuera de la sociedad, al hombre primitivo que confía su derecho a su brazo.

El día va a expirar, y los detenidos acaban de pasar al patio inmediato, donde entonan diariamente una Salve[404] a la Madre del Redentor, Salve sublime desde fuera, impudente y burlesca sobre el labio del que la entona, y que por bajo la parodia. Al son del religioso cántico los dos hombres defienden su derecho, y en leal pelea se acometen y se estrechan. Uno de ellos no debía oír acabar la Salve: un segundo transcurre apenas, y con el último acento del cántico, llega a los pies del Altísimo el alma de un baratero.

La sociedad entonces acude, y dice al baratero vivo: Yo te lancé de mi seno, baratero vivo:

—Yo te lancé de mi seno, yo te retiré mi amparo, yo te castigo antes de juzgarte con esa cárcel inmunda que te doy; ahí tolero tu juego y tu barato, porque tu juego y tu barato no molestan mi sueño; pero de resultas de ese juego y ese barato, tienes una disputa que yo no puedo

---

[401] *Barateros:* «Personas que cobraban dinero o especies de los reclusos. Tipos que su sola presencia imponían miedo.» Véase, a este respecto, el artículo de Antonio Auset, «El baratero», publicado en *Los españoles pintados por sí mismos.*

[402] En la primera versión, *feudo.*

[403] *Dey,* del árabe *dāy:* «jefe o príncipe musulmán que gobernaba la regencia de Argel».

[404] En la primera versión, *una Salve diariamente.*

ni quiero dirimir, y me vienen a despertar con el ruido de un cuerpo que has derribado al suelo; me avisan de que ese cuerpo, de que en vida yo no hice más caso que de ti, puede contagiarme con su putrefacción; y por ende mando que el cuerpo se entierre, y el tuyo con él, porque infrigiste mis leyes, matando a otro hombre, aun entonces que mis leyes no te protegían. Porque mis leyes, baratero, alcanzan con la pena hasta a aquellos a quienes no alcanzan con la protección. Ellas renuncian a amparar, pero no a vengar; lo bueno de ellas, baratero es para mí, lo malo para ti; porque yo tengo jueces para ti, y tú no los tienes para mí; yo tengo alguaciles para ti, y tú no los tienes para mí; yo tengo, en fin, cárceles, y tengo un verdugo para ti, y tú no los tienes para mí. Por eso yo castigo tu homicidio, y tú no puedes castigar mi negligencia y mi falta de amparo, que solos fueron de él ocasión.

Y el baratero:

—¿Hasta qué punto, sociedad, tienes derecho sobre mí? Ignoro si mi vida es mía; han dicho hombres entendidos que mi vida no es mía, y por la religión no puedo disponer de ella; pero si no es mía siquiera, ¿cómo será tuya? Y si es más mía que tuya, ¿en qué pude ofender a la sociedad disponiendo de ella, como otro hombre de la suya, de común acuerdo los dos, sin perjuicio de tercero, y sin llamar a nadie en nuestra común cuestión?

Y la sociedad:

—Algún día, baratero, tendrás razón; pero por el pronto te ahorcaré, porque no es llegado ese día en que tendrás razón y en que queden el suicidio y el duelo fuera de mi jurisdicción; en el día de la sociedad a que perteneces no puede regirse sino por la ley vigente; ¿por qué no has aguardado para batirte en duelo a que la ley estuviese derogada? Por ahora, muere, baratero, porque tengo establecida una pragmática que así lo dispone. Una luna no ha transcurrido todavía que ha visto sofocado por mi mano a otro hombre por haber vengado un honor que la ley no alcanzaba a vengar...

Y el baratero:

—¿Y cuántas lunas transcurren, sociedad, que ven paseando en el Prado a otros hombres que incurrieron en igual error que ese que me citas, y yo?...

Y la sociedad:

—Esto te enseñará que ya que no pudieses aguardar para batirte a que yo derogase mi ley, cesando de intervenir en las disidencias individuales que no atacan a la corporación, debiste aguardar a lo menos a ser opulento o siquiera caballero... o aprender en tanto a eludir mi ley.

Y el baratero:

—¿Y la igualdad ante la ley, sociedad?...

Y la sociedad:

—Hombre del pueblo, la igualdad ante la ley existirá cuando tú y tus semejantes la conquistéis; cuando yo sea la verdadera sociedad y entre en mi composición el elemento popular; llámanme ahora sociedad y cuerpo, pero soy un cuerpo truncado: [¿y no ves que no tengo sino cabeza, que es la nobleza, y brazos, que es la curia, y una espada ceñida, que es mi fuerza militar? Pero] ¿no ves que me falta [la base del cuerpo, que es] el pueblo? ¿No ves que ando sobre él, en vez de andar con él? ¿No ves que me falta el alma[405], que es la inteligencia del ser, y que sólo puede resultar del completo y armonía de lo que tengo, y de lo que me falta, cuando lo llegue a reunir todo? ¿No ves que no soy la sociedad, sino un monstruo de sociedad? ¿Y de qué te quejas, pueblo? ¿No renuncias a tus derechos en el acto de no reclamarlos? ¿No lo autorizas todo sufriéndolo todo? [Si tú eres mis pies, ¿por qué no te colocas debajo de mí y me haces andar a tu placer, y no que das lugar a que ande malamente, con muletas?]

Y el baratero:

—Porque no sé todavía que hago parte de ti, oh sociedad; [porque no sé que mis atribuciones son andar y hacerte andar]; porque no comprendo...

Y la sociedad:

---
[405] *Alma:* en la primera versión, *corazón.*

—Pues date prisa a comprender, y a saber quién eres y lo que puedes, y entretanto date prisa a dejarte ahogar, y en el garrote vil, porque eres pueblo y porque no comprendes.

Y el baratero:

—Mi día llegará, oh falsa sociedad, oh sociedad incompleta y usurpadora, y llegará más pronto por tu culpa; porque mi cadáver será un libro, y un libro ese garrote vil, donde los míos, que ahora le miran estúpidamente sin comprenderle, aprenderán a leer. ¡Hágase, en el ínterin, la voluntad de la fuerza: ahorca a los plebeyos que se baten en duelo, colma de honores a los señores que se baten en duelo, y, en tanto que el pueblo cobra su barato, cobra tú el tuyo, y date prisa!!!

Y el baratero debía morir, porque la ley es terminante, y con el baratero cuantos barateros se baten en duelo, porque la ley es vigente, y quien infringe la ley, merece la pena; ¡y quien tal hizo que tal pague!

Y el baratero murió, y en cuanto a él satisfizo la vindicta[406] pública. Pero el pueblo no ve, el pueblo no sabe ver; el pueblo no comprende, el pueblo no sabe comprender, y como su día no es llegado, el silencio del pueblo acató con respeto a la justicia de la que se llama su sociedad, y la sociedad siguió, y siguieron con ella los duelos, y siguió vigente la ley, y barateros la burlarán, porque no serán barateros de la cárcel, ni barateros del pueblo, aunque cobren el barato del pueblo.

---

[406] *Vindicta,* del latín *vindicta:* «venganza».

28

Antony

Drama nuevo en cinco actos, de Alejandro Dumas [407].

ARTÍCULO PRIMERO

Consideraciones acerca de la moderna escuela francesa.— Estado de la España. Inoportunidad de estos dramas entre nosotros

Por hoy y hasta mañana seremos graves: la primera impresión de este drama, más importante de lo que a primera vista parece, no nos deja disposición alguna para la risa con que suele *Fígaro* anatematizar los dislates que se agolpan en nuestra escena; no renunciamos sin embargo a ese derecho; no hacemos sino suspenderlo. *Antony* merece ser combatido con todas las armas: ojalá no sean todas de poco efecto contra tan formidable enemigo.

Hace años que, secuaces mezquinos de la antigua rutina, mirábamos con horror en España toda innovación: encarrilados en los aristotélicos preceptos, apenas nos quedaba esperanza de restituir al genio su antigua e indispensable libertad[408], diose empero en política el

---

[407] Se publicó, por primera vez, en *El Español* el 23 de junio de 1836.

[408] Alusión a la *Poética,* de Aristóteles, y en general a la más inme-

376

gran paso de atentar al pacto antiguo, y la literatura no tardó en aceptar el nuevo impulso; nosotros, ansiosos de sacudir las cadenas políticas y literarias, nos pusimos prestamente a la cabeza de todo lo que se presentó marchando bajo la enseña del movimiento. Sin aceptar la ridícula responsabilidad de un mote de partido, sin declararnos clásicos ni románticos, abrimos la puerta a las reformas, y por lo mismo que de nadie queremos ser parciales, ni mucho menos idólatras, nos decidimos a amparar el nuevo género con la esperanza de que la literatura, adquiriendo la independencia, sin la cual no puede existir completa, tomaría de cada escuela lo que más en armonía estuviese en todas con la Naturaleza, tipo de donde únicamente puede partir lo bueno y lo bello.

Pero mil veces lo hemos dicho: hace mucho tiempo que la España no es una nación compacta, impulsada de un mismo movimiento; hay en ella tres pueblos distintos: 1.º Una multitud indiferente a todo, embrutecida y muerta por mucho tiempo para la patria, porque no teniendo necesidades, carece de estímulos, porque acostumbrada a sucumbir siglos enteros a influencias superiores, no se mueve por sí, sino que en todo caso se deja mover. Ésta es cero, cuando no es perjudicial, porque las únicas influencias capaces de animarla no están siempre en nuestro sentido; 2.º Una clase media que se ilustra lentamente, que empieza a tener necesidades, que desde este momento comienza a conocer que ha estado y que está mal, y que quiere reformas, porque cambiando sólo puede ganar. Clase que ve la luz, que

diata normativa de nuestra literatura, la *Poética,* de Luzán. Por otro lado, Larra apunta a la «esperanza de restituir al genio», cualidad intrínseca de nuestra dramaturgia del Siglo de Oro y que parecía incompatible con las preceptivas neoclásicas. La tópica comparación entre nuestro Siglo de Oro y el XVIII no era, en verdad, favorable para este último siglo, que en líneas generales solamente había dado un autor —Moratín— y una tragedia —*La Raquel*—, que estuvo escasos días en escena. La creatividad del Siglo de Oro, con claras connotaciones de genio, se imponía a la rigidez de las reglas del XVIII, no así en lo que concierne en ordenación, catalogación, investigación, etc.

gusta ya de ella, pero que como un niño no calcula la distancia a que la ve; cree más cerca los objetos porque los desea; alarga la mano para cogerla; pero que ni sabe los medios de hacerse dueño de la luz, ni en qué consiste el fenómeno de luz, ni que la luz quema cogida a puñados; 3.° Y una clase, en fin, privilegiada, poco numerosa, criada o deslumbrada en el extranjero, víctima o hija de las emigraciones, que se cree ella sola en España, y que se asombra a cada paso de verse sola cien varas delante de las demás; hermoso caballo normando, que cree tirar de un tílburi, y que, encontrándose con un carromato pesado que arrastar, se alza, rompe los tiros y parte solo.

Ahora bien: pretender gustar escribiendo a un público de tal manera compuesto, es empresa en que quisiéramos ver enredados por algunos años a esos fanales del saber extranjero, así como quisiéramos ver a los más célebres estadistas ensayar sus fuerzas en este escollo de reputaciones de todos géneros. Darnos una literatura hermana del antiguo régimen y fuera ya del círculo de la revolución social en que empezamos a interesarnos es tiempo perdido, pues sólo podría satisfacer ya a la última clase, y ésa no es la que se alimenta de la literatura.

Darnos la literatura de una sociedad caduca que ha corrido los escalones todos de la civilización humana, que en cada estación ha ido dejando una creencia, una ilusión, un engaño feliz, de una sociedad que, perdida la fe antigua, necesita crearse una fe nueva; y darnos la literatura expresión de esa situación a nosotros, que no somos aún una sociedad siquiera sino un campo de batalla donde se chocan los elementos opuestos que han de constituir una sociedad, es escribir para cien jóvenes ingleses y franceses que han llegado a figurarse que son españoles porque han nacido en España; no es escribir para el público.

La vida es un viaje: el que lo hace no sabe adónde va, pero cree ir a la felicidad. Otro que ha llegado antes y viene de vuelta , se aboca con el que está todavía caminando, y dícele: «¿Adónde vas? ¿Por qué andas? Yo he llegado adonde se puede llegar; nos han engañado; nos han dicho que este viaje tenía un término de descanso. ¿Sabes lo que hay al fin? Nada.»

El hombre entonces que viajaba, ¿qué responderá? «Pues si no hay nada, no vale la pena seguir andando.» Y sin embargo es fuerza andar, porque si la felicidad no está en ninguna parte, si al fin no hay nada, también es indudable que el mayor bienestar que para la humanidad se da está todo lo más allá posible. En tal caso, el que vino y dijo al que viajaba: «Al fin no hay nada», ¿no merece su execración?

Rara lógica: ¡enseñarle a un hombre un cadáver para animarle a vivir!

He aquí lo que hacen con nosotros los que quieren darnos la literatura caducada de la Francia, la última literatura posible, la horrible realidad; y hácennos más daño aún, porque ellos al menos, para llegar allá, disfrutaron del camino y gozaron de la esperanza; déjennos al menos la diversión del viaje y no nos desengañen antes: si al fin no hay nada, hay que buscarlo todo en el tránsito; si no hay un vergel al fin, gocemos siquiera de las rosas, malas o buenas, que adornan la orilla.

¡Desorden sacrílego! ¡Inversión de las leyes de la Naturaleza! En política, don Carlos [409] fuerte en el tercio de España, y el Estatuto [410] en lo demás; y en literatura, Alejandro Dumas, Víctor Hugo, Eugenio Sue y Balzac [411].

---

[409] *Don Carlos:* hermano de Fernando VII.

[410] *Estatuto.* Véase «El día de los Difuntos de 1836», nota 422.

[411] Todos ellos célebres escritores franceses. Victor Hugo, con su *Hernani,* representa el comienzo de la hegemonía del teatro romántico francés; E. Sué, con *Los misterios de París,* provoca una auténtica plaga de misterios en Europa —véase, por ejemplo, el caso de *Los misterios de Madrid*— e influye en no pocas novelas de folletín y por entregas. En cuanto a A. Dumas, sus obras fueron traducidas y adaptadas por una legión de autores españoles. Balzac, popularizó el término *fisiología* con su obra *Physiologie du mariage* (1830), aunque realmente fuera Brillat-Savarin al escribir en este género con su obra *Physiologie du goût.* Buena prueba del éxito ejercido por Balzac fueron las fisiologías que aparecieron en la época: *Fisiología del enamorado,*

Con indignación lo decimos; sepamos primeramente adónde vamos; busquemos luego el camino, y vamos juntos, no cada uno por su lado; no quieran haber llegado los unos, cuando están los otros todavía en la posada; porque si hay algún obstáculo en el tránsito, unidos lo venceremos, al paso que en fracciones el obstáculo irá concluyendo con los que fueren llegando desbandados.

Lamennais[412] lo ha dicho antes y mejor que nosotros: «Una roca obstruye la vía pública que recorremos: ningún hombre solo puede remover la roca; pero Dios ha calculado su peso de suerte que no pueda detener jamás a los que transitan juntos.»

Antony, como la mayor parte de las obras de la literatura moderna francesa, es el grito que lanza la humanidad que nos lleva delantera, grito de desesperación, al encontrar el caos y la nada al fin del viaje. La escuela francesa tiene un plan. Ella dice: «Destruyamos todo y veamos lo que sale; ya sabemos lo pasado, hasta el presente es pasado ya para nosotros: lancémonos en el porvenir a ojos cerrados; si todo es viejo aquí, abajo todo, y reorganicémoslo.»

Pero ¿y nosotros hemos tenido pasado? ¿Tenemos presente? ¿Qué nos importa el porvenir? ¿Qué nos importa mañana, si tratamos de existir hoy? Libertad en política, sí, libertad en literatura, libertad por todas partes; si el destino de la humanidad es llegar a la nada por entre ríos de sangre, si está escrito que ha de caminar con la antorcha en la mano quemándolo todo para verlo todo, no seamos nosotros los únicos privados del triste privilegio de la humanidad; libertad para

---

Fisiología de la modista, Fisiología del hombre casado, Fisiología del médico, Fisiología del miliciano nacional. etc.

[412] *Lamennais:* filósofo francés (1782-1854). Su ensayo *La indiferencia en materia de religión* (1818) fue una vigorosa defensa de la autoridad contra el librepensamiento. En 1830 fundó el periódico *L'Avenir,* que Roma condenó en 1832. Lamennais rompió entonces con la Iglesia y en adelante estuvo aliado con el partido democrático en la Asamblea Constituyente.

recorrer ese camino que no conduce a ninguna parte; pero consista esa libertad en tener los pies destrabados y en poder andar cuanto nuestras fuerzas nos permitan. Porque asirnos de los cabellos y arrojarnos violentamente en el término del viaje es quitarnos también la libertad, y así es esclavo el que pasear no puede, como aquel a quien fuerzan a caminar cien leguas en un día.

Habíamos pensado dar desde luego un análisis del *Antony* y entregarlo palpitante todavía a la risa y al escenario de nuestros lectores, pero la disposición de nuestro ánimo, que no sabemos dominar, nos ha sugerido estas tristes reflexiones, que como preliminares queremos echarle por delante. En el siguiente artículo examinaremos la *desorganización social,* personificada en *Antony,* literaria y filosóficamente.

29

Antony [413]

Drama nuevo en cinco actos, de Alejandro Dumas

ARTÍCULO SEGUNDO

En nuestro primer artículo hemos probado que no siendo la literatura sino la expresión de la sociedad, no puede ser toda literatura igualmente admisible en todo país indistintamente; reconocido ese principio, la francesa, que no es intérprete de nuestras creencias ni de nuestras costumbres, sólo nos puede ser perjudicial, dado caso que con violencia incomprensible nos haya de ser impuesta por una fracción poco nacional y menos pensadora. Pasemos a examinar a *Antony,* ser moral, falsa alegoría que no ha tenido nunca existencia sino en una imaginación exasperada, cuanto fogosa y entusiasta.

El autor empieza por presentarnos una mujer joven y casada. En la literatura antigua era principio admitido que todo padre era un tirano de su hija, que ésta y aquél nunca tenían en punto a amores el mismo gusto[414]. De

---

[413] *El Español,* 25 de junio de 1836. En el anterior artículo Larra hace una larga digresión sobre la situación del teatro sin analizar los pormenores del «drama» de Dumas. Es en este segundo artículo cuando Larra examina con detalle el drama *Antony.*

[414] La tiranía que ejercieron los padres o tutores aparece bien reflejada en las comedias moratinianas. Si exceptuamos *La comedia nueva,*

aquí pasaba el poeta a pintar la tiranía de la familia, imagen y origen de la del Gobierno: cada hijo puesto en escena desde Menandro acá, en las comedias clásicas, es una viva alusión al pueblo. En la literatura moderna ya no se dan padres ni hijos: apenas hay en la sociedad de ahora opresor y oprimido. Hay iguales que se incomodan mutuamente debiendo amarse. Por consiguiente, la cuestión en el teatro moderno gira entre iguales, entre matrimonios; es principio irrecusable, según parece, que una mujer casada debe estar mal casada, y que no se da mujer que quiera a su marido. El marido es en el día el coco, el objeto espantoso, el monstruo opresor a quien hay que engañar, como lo era antes el padre. Los amigos, los criados, todos están de parte de la triste esposa. ¡Infelice! ¿Hay suerte más desgraciada que la de una mujer casada? ¡Vea usted, estar casada! ¡Es como estar emigrada, o cesante, o tener lepra! La mujer casada en la literatura moderna es la víctima inocente aunque se case a gusto. El marido es un tirano. Claro está: se ha casado con ella, ¡habrá bribón! ¡La mantiene, la identifica con su suerte! ¡Pícaro! ¡Luego, el marido pretende que su mujer sea fiel! Es preciso tener muy malas entrañas para eso. El poeta se pone de parte de la mujer, porque el poeta tiene la alta misión de reformar la sociedad. La institución del matrimonio es absurda[415] según la literatura moderna, porque el

de Moratín, el resto de sus comedias trata de inculcar al espectador la consabida lección moral, es decir, aconsejar a los padres que no determinen por sí solos la elección del marido, sino todo lo contrario, que las jóvenes actúen con entera libertad, sin presiones de ningún tipo. Tarea difícil si tenemos en cuenta que Carlos III, en la pragmática de 23 de marzo de 1776, obligaba a los hijos a solicitar el consentimiento del cabeza de familia para los esponsales y el matrimonio.

[415] Precisamente, una de las posiciones más rotundas de los escritores costumbristas era la de señalar la inmoralidad de los dramas franceses, que según ellos corrompían nuestra moral y nuestras tradiciones. Era frecuente en estas traducciones de obras francesas el contemplar en el escenario dos jóvenes amándose tiernamente y haciendo las delicias del espectador. Cuando el momento idílico llega a su culminación, irrumpen en la escena el esposo y la esposa de estos amantes, acompañados de gran caterva de hijos. Sin embargo, el público, lejos

383

corazón, dice ella, no puede amar siempre, y no debe ligarse con juramentos eternos; la perfección a que camina el género humano consiste en que una vez llegado el hombre a la edad de multiplicarse, se una a la mujer que más le guste, dé nuevos individuos a la sociedad; y separado después de su pasajera consorte, uno y otra dejen los frutos de su amor en medio del arroyo y procedan a formar, según las leyes de más reciente capricho, nuevos seres que tornar a dejar en la calle, abandonados a sus propias fuerzas y de los cuales cuide la sociedad misma, es decir, nadie. Porque si la literatura moderna no quiere cuidar de sus hijos, ¿por dónde pretende que quieran tomarse ese cuidado los demás? *¡He aquí,* dicen, *la Naturaleza!* Mentira. En el aire, en la tierra, en el agua, todo ser viviente necesita padres hasta su completa emancipación; y los animales todos se reúnen en matrimonios hasta la crianza de sus hijos.

Adela, sin embargo, individuo del nuevo orden de cosas, no puede amar a su marido; confianza que hace desde luego a su hermana, en cuya compañía vive. ¿Por qué? No sabemos. Pero motivos tendrá; asuntos son esos de familia en que nadie debe meterse.

Pero no se da corazón que no ame, y en el día con violencia inaudita; las pasiones se han avivado con el transcurso de los tiempos, y en el siglo de las luces una pasión amorosa es siempre un volcán que se consume a sí propio abrasando a los demás.

¿Y quién es el hombre que hubiera hecho la felicidad de Adela, se entiende, no casándose con ella? Antony; ¿quién podría ser sino Antony? ¿Y quién es Antony? Antony es un ejemplo de lo que debían ser todos los hombres. Es el ser más perfecto que puede darse. Empiece usted por considerar que Antony no tiene padre ni madre. ¡Facilillo es llegar a ese grado de per-

---

de enfadarse con los jóvenes amantes —de ahí la inmoralidad—, increpa la desafortunada aparición de los esposos e hijos. Esta actitud no gustó a los costumbristas románticos en general, ni siquiera a Larra, como se desprende de su artículo.

fección! Hijo de sus obras, vulgo inclusero[416], es la personificación del hombre de la sociedad como la hemos de arreglar algún día. Los que hemos tenido la desgracia de conocer padre y madre no servimos ya para el paso; somos elementos viejos, de quienes nada se puede esperar para el porvenir. El que quiera, pues, corresponder a la era nueva vea cómo se compone para no nacer de nadie. Lo demás es anularse, es en grande para la sociedad lo que es en pequeño entre nosotros haber admitido empleo de Calomarde.

Antony ha recibido, sin embargo, de los padres que no tiene, una figura privilegiada; ha entrado en el mundo con gran talento, porque todo hombre en la nueva escuela nace hombre grande. Ha recibido una educación esmerada: ¿quién se la ha dado? El autor del drama, sin duda. Todo lo ha estudiado, todo lo ha aprendido, todo lo sabe, y ama mucho, como hombre que sabe mucho; pero este ser, tipo de perfecciones, está en lucha con la sociedad vieja que encuentra establecida a su advenimiento al mundo. Quiere ser abogado, quiere ser médico, quiere ser militar y no puede. ¿Por qué?, preguntarán ustedes. ¿Quién se lo impide? Las preocupaciones de esta sociedad injusta y opresora que halla establecida, sin que se haya contado con él: para que estuviese el mundo bien organizado era preciso que nada antes de Antony se hubiese arreglado de ninguna manera, y que el mundo hubiese esperado para organizarse a que las generaciones futuras viniesen a dar su voto sobre el modo más justo de disponer de los bienes de la sociedad. Antony encuentra todos los puestos ocupados por hombres que han tenido padres, y, según el autor, está todo tan mal arreglado, que un

---

[416] El tema de la orfandad es clásico en la literatura romántica. Abunda sobre todo en las novelas de folletín y por entregas. En nuestro teatro romántico también se juega con la ascendencia del protagonista; si en un principio no se sabe quiénes son los progenitores, el lector, a medida que avanza la peripecia argumental, conoce su ascendencia con todo tipo de detalles, es el caso de *La conjuración de Venecia, Don Álvaro o la fuerza del sino, El trovador,* etc.

inclusero no puede ser nada. Mentira, pero mentira de mala fe. Desde que hay mundo, en toda sociedad, el camino del predominio ha estado siempre abierto al talento; en la antigüedad, de la plebe han salido hombres a mandar a los demás; en los tiempos feudales, en los del despotismo más injusto, un soldado oscuro, un intrigante plebeyo han salido, siempre que han sabido, de la turba popular para empuñar el cetro del mando. Han alcanzado la corona con el sable y títulos de nobleza con la inteligencia. En los siglos de más desigualdad, un porquero ha cogido las llaves de San Pedro y ha dominado a la sociedad. La teocracia, aristocracia la más injusta, ha sacado siempre sus prohombres del lodo. ¿Quién eran, al nacer, Richelieu, Mazarino, el cardenal Cisneros? Y si la cuna ha bastado a familias enteras de reyes, el talento ha sobrepuesto a la cuna millares de plebeyos. La inteligencia ha sido en todos tiempos la reina del mundo, y ha vencido las preocupaciones. Pero si acudimos a la sociedad moderna, de quien se queja todavía Dumas, ¿dónde cabrán los ejemplos? ¡Dumas se atreve a sentar que el hombre de nada no puede ser nada, a causa de las preocupaciones sociales! Hable Napoleón, Bernadotte[417], Iturbide[418], los mariscales de Francia, la revolución del 91, la revolución de julio, el Ministerio francés, el Ministerio español, la Europa en fin entera, donde los periódicos y la pluma

---

[417] *Bernadotte:* rey de Suecia (1764-1844). Antiguo general francés recompensado por Napoleón, por su valor en Austerlitz, con el título de príncipe de Ponte Corvo. Adoptado por el rey Carlos XIII, trasladóse a Suecia y volvió sus armas contra Napoleón, formando parte de la coalición europea. Sucedió a su muerte al rey de Suecia con el nombre de Carlos XIV, y fundó la dinastía de su nombre que actualmente rige los destinos de Suecia.

[418] *Iturbide:* emperador de México. Siendo jefe de la Comandancia Militar del Sur durante la guerra de la Independencia, marzo de 1821, proclamó el Plan de Iguala, con el cual se consumó la independencia. En mayo de 1822 se le declaró emperador por el ejército y el Congreso, y en marzo de 1823 se le obligó a abdicar y fue desterrado a Italia. Regresó a México, ignorando que había sido declarado traidor, y fue fusilado. Su memoria ha sido rehabilitada.

llevan al poder; hablen por ella Talleyrand, Chateaubriand, Lamartine, Thiers[419]; hable el Asia, donde no hay jerarquías; hable la América entera. Hable, en fin, el autor mismo del drama, el mulato Dumas, que ocupa uno de los primeros puestos en la consideración pública. ¿Quién le ha colocado a esa altura? ¿Qué preocupación le ha impedido usufructuar su industria y sobreponerse a los demás? ¿La literatura, la sociedad le han desechado de su seno por mulato? ¿Quién le ha preguntado su color? ¿Pretendía por ventura que sólo por ser mulato, y antes de saber si era útil o no, le festejase la sociedad? Esa sociedad, sin embargo, de quien se queja, recompensa sus injustas invectivas con aplausos e hincha de oro sus gavetas. ¿Y por qué? Porque tiene talento, porque acata en él la inteligencia. ¡Y esa inteligencia se queja y quiere invertir el orden establecido! Decirnos que un inclusero no puede ser nada en la sociedad moderna, la cual no le pregunta a nadie *quién es su padre,* sino *cuáles son sus obras;* que no pregunta: *¿Tienes apellido?,* sino *¿tienes frac? ¿Cuál es tu alcurnia?,* sino *¿cuál es tu educación?* es el colmo de la mala fe.

Una vez expuesta la posición de Antony y de Adela, sigamos el análisis de este diálogo amoroso en cinco actos. Antony se hace anunciar a Adela, quien luchando con su deber le cierra la puerta; pero al salir de su casa sus caballos se desbocan, Antony se arroja a contenerlos, y la lanza del coche, encontrándose con su pecho, le arroja sin sentido en el suelo. Si Adela acierta a no ser persona de coche, o si los coches no tienen lanza, se queda el drama en exposición. En el teatro los acontecimientos deben ser deducción forzosa de algo, la acción ha de ser precisa; lo demás no es convencer, pintando lo que sucede, sino hacer suceder para pintar lo que se

---

[419] Escritores célebres que Larra pone como ejemplo para defender su tesis. La misma prensa romántica cita con gran asiduidad a todos estos autores, en especial *El Semanario Pintoresco Universal, El museo de las familias y El Laberinto.*

quiere convencer. Adela da asilo en su casa al herido, y una escena amorosa pone de manifiesto los sentimientos de estos dos héroes. Pero Adela, siguiendo los caprichos de esta injusta sociedad, dice a Antony, ya vendado, que un hombre enamorado de una mujer casada no puede vivir en su casa a mesa y mantel. Preocupación: ¡cuánto mejor y más natural es vivir en casa de su querida que con una patrona o en una casa de huéspedes! Antony se desespera; pero para vencer a esa sociedad injusta, cuyas leyes despóticas no nos dejan vivir con nuestra Adela aunque sea mujer de otro, se arranca el vendaje exclamando: «¿Con que estando bueno me tengo que marchar a mi casa? Pues bien, ¿y ahora me quedaré?»

Ya tenemos aquí un medio ingenioso de permanecer en donde nos vaya bien. Efectivamente, ¡ingeniosa alegoría en que no ha pensado el autor! En quitándonos la venda social, en rompiendo la máscara del honor, podemos hacer nuestro gusto.

Antony permanece en la casa del hombre que quiere deshonrar; huésped de su enemigo, le hace la guerra en su terreno; la Naturaleza lo manda así, porque la delicadeza es otra preocupación social. Pero Adela, sin duda para manifestarnos lo interesante y lo digna de lástima que es una mujer que resiste a una pasión, trata de salvarse del peligro corriendo a reunirse con su esposo, plan que lleva a cabo con resolución.

Pero la Naturaleza, dios protector de Antony, lo tiene todo previsto, y el camino de Estrasburgo felizmente no se hizo sólo para las mujeres que huyen de sus amantes. También los amantes pueden ir a Estrasburgo. Antony toma caballos de posta, llega antes a una posada, la toma entera: para una pasión todo es poco; y cuando llega Adela, ni hay caballos para ella ni cuarto; el viajero que ha madrugado más le cede uno, y cuando Adela va a recogerse, éntrasele el amante por la ventana, y el telón, más delicado que el autor, tiene la buena crianza de correrse a ocultar un cuadro que representaría si no, probablemente, *una vista interior de una pasión tomada desde la alcoba,* cuadro tanto más inútil cuanto que será el espectador que necesite de semejantes indirectas para formar de los transportes de Adela y de Antony una idea bastante aproximada. Pero ¿qué importa? ¿No sucede eso en el mundo? ¿No es natural? ¿Pues por qué se ha de andar el autor con escrúpulos de monja en punto tan esencial? Ya sabemos lo que son viajes, lo que son posadas y lo que es trajinar en este mundo. Siempre deduciremos que estas pasiones fuertes no son plato de pobre. Si esa sociedad tan mal organizada no hubiera procurado a Antony dinero suficiente para tomar la posada y la posta, y todo lo que toma en este acto, se hubiera tenido que quedar en París haciendo endechas clásicas. El romanticismo y las pasiones sublimes son bocado de gente rica y ociosa, y así es que bien podemos exclamar al llegar aquí: ¡pobres clásicos!

En el cuarto acto, Adela ha sucumbido, y de vuelta a París asiste a una sociedad, donde las injustas preocupaciones del mundo le preparan amargas críticas; y a este acto, en realidad, sin meternos a escudriñar la intención del autor al escribirlo, le concederemos la cualidad de ser tan moral en su resultado como es en los medios inmoral el anterior. Las que el autor llama preocupaciones son más fuertes que él en este acto, y las humillaciones que sufre Adela responden victoriosamente al drama entero.

En el quinto, el marido, avisado sin duda de la pasión de su mujer, debe llegar de un momento a otro; Antony, sin embargo, en vez de hacer lo que a todo amante delicado inspira en tal circunstancia el amor mismo, en vez de ocultar su desgraciada pasión con una prudencia suficiente, se encierra con Adela, de suerte que pueda el marido venir a llamar él mismo a la puerta de su deshonra; y asiendo de un puñal que lleva siempre consigo, sin duda porque el andar desarmado es otra preocupación de esta sociedad tan mal organizada, clávasele en el pecho a su amada, exclamando a la vista del marido: *¡La amé, me resistía y la he asesinado!*

Ridícula, inverosímil exageración de un honor mal entendido. ¿Qué ha pretendido el autor? Probar que mientras la preocupación social llame virtud la resistencia de una mujer y haga depender de la conducta de ésta el honor de un hombre, ¿una catástrofe se seguirá a un amor indispensable y natural? Pues ha probado lo contrario. Ha probado que cuando un hombre y una mujer se ponen en lucha con las leyes recibidas en la sociedad, perece el más débil, es decir, el hombre y la mujer, no la sociedad.

Pero la sociedad no se pone en ridículo; la sociedad existe, porque no puede dejar de existir; no siendo sus leyes caprichos, sino necesidades motivadas, hasta sus preocupaciones son justas, y examinadas filosóficamente tienen una plausible explicación: son consecuencia de su organización y de su modo de ser; es preciso que haya pasado y pase aún por las que realmente lo son para llegar a ideas más fijas y justas; porque toda cosa precisa y que no puede menos de existir, es una especie de fuerza, y la fuerza es la única cosa que no da campo al ridículo. Y si preocupaciones existen y han existido, si está escrito que usos en el día adoptados y respetados han de transformarse o caer, ha de ser el tiempo sólo quien los destruya gastándolos, pero no está reservado a un drama el extirparlos violentamente.

Nosotros reconocemos los primeros el influjo de las pasiones; desgraciadamente no nos es lícito ignorarlo; concebimos perfectamente la existencia de la virtud en el pecho de una mujer, aun faltando a su deber; convenimos con el autor en que ese mundo que murmura de una pasión que no comprende, suele no ser capaz del mérito que granjea una mujer aun sucumbiendo después de una resistencia no menos honrosa por inútil; establecemos toda la diferencia que él quiera entre el caso excepcional de una mujer que se halla realmente bajo el influjo de una pasión cuyas circunstancias sean tales que la dejen disculpa, que la puedan hacer aparecer sublime hasta en el crimen mismo, y el caso de multitud de mujeres que no siguen al atropellar sus deberes más inspiración que la del vicio, y cuyos amores no son pasiones, sino devaneos: ¿quiere más concesiones el autor? Pero semejantes casos son para juzgados en el foro interior de cada uno: queden sepultados en el secreto del amor o de la familia. Porque desde el momento en que erija usted ese caso posible, solamente posible, pero siempre raro, en dogma, desde el momento en que generalizándolo presente usted en el teatro una mujer faltando plausiblemente a su deber, y apoyándose en la Naturaleza, se expone usted a que toda mujer, sin estar realmente apasionada, sin tener disculpa, se crea Adela, y crea Antony su amante; desde ese momento la mujer más despreciable se creerá autorizada a romper los vínculos sociales, a desatar los nudos de familia, y entonces adiós últimas ilusiones que nos quedan, adiós amor, adiós resistencia, adiós lucha entre el placer y el deber, adiós diferencia entre mujeres virtuosas, criminales y mujeres despreciables. Y, lo que es peor, adiós sociedad, porque si toda mujer se creerá Adela, todo hombre se creerá Antony, achacará a injusticia de la sociedad cuanto se oponga a sus apetitos brutales, que encontrará naturales; en gustando de una mujer, dirá: *Yo tengo una pasión irresistible que es más fuerte que yo;* y convencido de antemano de que no puede vencerla, no la vencerá, porque no pondrá siquiera los medios; creído de que la sociedad es injusta, y de que cierra la puerta a la industria y al talento que no nace ya algo, no será nunca nada, porque desistirá de poner los medios para serlo.

He aquí la grande inmoralidad de un drama escrito, por desgracia, con verdad en muchos detalles y con fuego, pero por fortuna no con bastante maldad para convencer, si bien con demasiados atractivos para persuadir. Y no sólo es execrable este drama en España, sino que hasta en Francia, hasta en esa sociedad con que tiene más puntos de contacto, *Antony* ha sido rechazado por clásicos y románticos como un contrasentido, como un insultante sofisma.

30

El día de Difuntos de 1836 [420]

Fígaro en el cementerio

Beati qui moriuntur in Domino

En atención a que no tengo gran memoria, circunstancia que no deja de contribuir a esta especie de felicidad que dentro de mí mismo me he formado, no tengo muy presente en qué artículo escribí (en los tiempos en yo escribía) que vivía en un perpetuo asombro de cuantas cosas a mi vista se presentaban. Pudiera suceder también que no hubiera escrito tal cosa en ninguna parte, cuestión en verdad que dejaremos a un lado por harto poco importante en época en que nadie parece acordarse de lo que ha dicho ni de lo que otros han hecho. Pero suponiendo que así fuese, hoy, día de difuntos de 1836, declaro que si tal dije, es como si nada hubiera dicho, porque en la actualidad maldito si me asombro de cosa alguna. He visto tanto, tanto, tanto... como dice alguien en *El Califa* [421]. Lo que sí me sucede es no comprender claramente todo lo que veo, y así es que al amanecer un día de difuntos no me asombra

---

[420] Se publicó en *El Español* el 2 de noviembre de 1836.

[421] *El Califa:* Larra se refiere a la obra *El califa de Bagdad,* representada en Madrid el 28 de mayo de 1833. La crítica que hace *Fígaro* desde las páginas de *La Revista Española* es negativa, censurando tanto la desigualdad de los coros como la actuación desafortunada de la cantante Serrano.

precisamente que haya tantas gentes que vivan; sucédeme, sí, que no lo comprendo.

En esta duda estaba deliciosamente entretenido el día de los Santos, y fundado en el antiguo refrán que dice: *Fíate en la Virgen y no corras* (refrán cuyo origen no se concibe en un país tan eminentemente cristiano como el nuestro), encomendábame a todos ellos con tanta esperanza, que no tardó en cubrir mi frente una nube de melancolía; pero de aquellas melancolías de que sólo un liberal español en estas circunstancias puede formar una idea aproximada. Quiero dar una idea de esta melancolía; un hombre que cree en la amistad y llega a verla por dentro, un inexperto que se ha enamorado de una mujer, un heredero cuyo tío indiano muere de repente sin testar, un tenedor de bonos de Cortes, una viuda que tiene asignada pensión sobre el tesoro español, un diputado elegido en las penúltimas elecciones, un militar que ha perdido una pierna por el Estatuto[422], y se ha quedado sin pierna y sin Estatuto, un grande que fue liberal por ser prócer, y que se ha quedado sólo liberal, un general constitucional que persigue a Gómez[423], imagen fiel del hombre corriendo siempre tras la felicidad sin encontrarla en ninguna parte, un redactor del *Mundo*[424] en la cárcel en virtud de la libertad de im-

---

[422] El Estatuto fue un intento híbrido creado por el entonces ministro Martínez de la Rosa, conjugando las nuevas corrientes democráticas con las leyes antiguas de la Monarquía. El Real Estatuto preveía la formación de dos estamentos: el de próceres y el de procuradores.

[423] *Miguel Gómez:* jefe carlista que al mando de unos tres mil hombres salió de las provincias vascongadas el 26 de junio de 1836. Después de recorrer media España y de apoderarse de poblaciones tan importantes como Oviedo, Santiago, León, Córdoba, Cáceres, etcétera, regresó a Vizcaya. En su persecución salieron fuertes contingentes de hombres mandados por los generales Espartero, Narváez, Rodil y Alaix. El general Gómez llegó a sembrar el pánico en Madrid.

[424] *El Mundo, diario del pueblo:* Madrid, imprenta de T. Jordán y en la de *El Mundo.* Su fundador fue Santos López Pelegrín.

Empezó a publicarse, con cuatro páginas de 0^m, 270 $\times$ 0^m, 189, el 1 de junio de 1836; desde el 2 de abril de 1838 creció a 0^m, 481 $\times 0^m$, 272; desde el 16 de marzo de 1839 disminuyó a 0^m, 317 $\times$ 0^m, 211. Suspendió su edición el 2 de octubre de 1839, reapareciendo más adelante para dejarse de publicar en febrero de 1840.

prenta, un ministro de España y un Rey, en fin, constitucional, son todos seres alegres y bulliciosos, comparada su melancolía con aquélla que a mí me acosaba, me oprimía y me abrumaba en el momento de que voy hablando.

Volvíame y me revolvía en un sillón de éstos que parecen camas, sepulcro de todas mis meditaciones, y ora me daba palmadas en la frente, como si fuese mi mal mal de casado, ora sepultaba las manos en mis faltriqueras, a guisa de buscar mi dinero, como si mis faltriqueras fueran el pueblo español y mis dedos otros tantos Gobiernos, ora alzaba la vista al cielo como si en calidad de liberal no me quedase más esperanza que en él, ora la bajaba avergonzado como quien ve un faccioso más, cuando un sonido lúgubre y monótono, semejante al ruido de los partes, vino a sacudir mi entorpecida existencia.

—¡Día de Difuntos! —exclamé.

Y el bronce herido que anunciaba con lamentable clamor la ausencia eterna de los que han sido, parecía vibrar más lúgubre que ningún año, como si presagiase su propia muerte. Ellas también, las campanas, han alcanzado su última hora, y sus tristes acentos son el estertor del moribundo; ellas también van a morir a manos de la libertad, que todo lo vivifica, y ellas serán las únicas en España ¡santo Dios!, que morirán colgadas. ¡Y hay justicia divina!

La melancolía llegó entonces a su término; por una reacción natural cuando se ha agotado una situación, ocurrióme de pronto que la melancolía es la cosa más alegre del mundo para los que la ven, y la idea de servir yo entero de diversión…

—¡Fuera, exclamé, fuera! —como si estuviera viendo representar a un actor español—: ¡fuera!—, como si oyese hablar a un orador en las Cortes. Y arrojéme a la calle; pero en realidad con la misma calma y despacio como si se tratase de cortar la retirada a Gómez.

Dirígianse las gentes por las calles en gran número y larga procesión, serpenteando de unas en otras como largas culebras de infinitos colores: ¡al cementerio, al cementerio! ¡Y para eso salían de las puertas de Madrid!

Vamos claros, dije yo para mí, ¿dónde está el cementerio? ¿Fuera o dentro? Un vértigo espantoso se apoderó de mí, y comencé a ver claro. El cementerio está dentro de Madrid. Madrid es el cementerio. Pero vasto cementerio donde cada casa es el nicho de una familia, cada calle el sepulcro de un acontecimiento, cada corazón la urna cineraria de una esperanza o de un deseo.

Entonces, y en tanto que los que creen vivir acudían a la mansión que presumen de los muertos, yo comencé a pasear con toda la devoción y recogimiento de que soy capaz las calles del grande osario.

—¡Necios! —decía a los transeúntes—. ¿Os movéis para ver muertos? ¿No tenéis espejos por ventura? ¿Ha acabado también Gómez con el azogue de Madrid? ¡Miraos, insensatos, a vosotros mismos, y en vuestra frente veréis vuestro propio epitafio! ¿Vais a ver a vuestros padres y a vuestros abuelos, cuando vosotros sois los muertos? Ellos viven, porque ellos tienen paz; ellos tienen libertad, la única posible sobre la tierra, la que da la muerte; ellos no pagan contribuciones que no tienen; ellos no serán alistados ni movilizados; ellos no son presos ni denunciados; ellos, en fin, no gimen bajo la jurisdicción del celador del cuartel; ellos son los únicos que gozan de la libertad de imprenta, porque ellos hablan al mundo. Hablan en voz bien alta y que ningún jurado se atrevería a encausar y a condenar. Ellos, en fin, no reconocen más que una ley, la imperiosa ley de la Naturaleza que allí los puso, y ésa la obedecen.

—¿Qué monumento es éste? —exclamé al comenzar mi paseo por el vasto cementerio—. ¿Es él mismo un esqueleto inmenso de los siglos pasados o la tumba de otros esqueletos? ¡*Palacio!* Por un lado mira a Madrid, es decir, a las demás tumbas; por otro mira a Extremadura, esa provincia virgen... como se ha llamado hasta ahora. Al llegar aquí me acordé del verso de Quevedo:

Y ni los v... ni los diablos veo[425].

_____

[425] Verso que corresponde a la obra de Quevedo *Riesgos del matrimonio en los ruines casados.* Existe una alteración, por parte de Larra,

En el frontispicio decía: «*Aquí yace el trono;* nació en el reinado de Isabel la Católica, murió en La Granja de un aire colado.» En el basamento se veían cetro y corona y demás ornamentos de la dignidad real. La *Legitimidad,* figura colosal de mármol negro, lloraba encima. Los muchachos se habían divertido en tirarle piedras, y la figura maltratada llevaba sobre sí las muestras de la ingratitud.

¿Y este mausoleo a la izquierda? *La armería.* Leamos: *Aquí yace el valor castellano, con todos sus pertrechos R. I. P.*

Los Ministerios: Aquí yace media España; murió de la otra media[426].

Doña María de Aragón[427]: *Aquí yacen los tres años*[428].

Y podía haberse añadido: aquí callan los tres años. Pero el cuerpo no estaba en el sarcófago; una nota al pie decía:

El cuerpo del santo[429] *se trasladó a Cádiz en el año 23, y allí por descuido cayó al mar.*

Y otra añadía, más moderna sin duda: *Y resucitó al tercero día.*

Más allá: ¡santo Dios! *Aquí yace la Inquisición, hija de la fe y del fanatismo: murió de vejez*[430]. Con todo, anduve buscando alguna nota de resurrección: o todavía no la habían puesto, o no se debía poner nunca.

---

que tal vez obedezca a la premura periodística; el verso de Quevedo dice así: «Y ni los diablos, ni los virgos veo.»

[426] Alusión a las luchas fratricidas de la época. Con gran dolor ve esas dos Españas que tan amargamente describirá más tarde Machado en sus conocidos versos: «Españolito que vienes / al mundo, te guarde Dios. / Una de las dos Españas / ha de helarte el corazón.»

[427] *Doña María de Aragón:* convento agustino dedicado a las sesiones de Cortes y posteriormente al Estamento de Próceres.

[428] Alusión a los tres años del conocido «trienio liberal» (1820-1823).

[429] *El cuerpo del santo:* se refiere a la Constitución de Cádiz y a la emigración.

[430] *Murió de vejez:* término para expresar el largo período de duración de la Inquisición. La bula se expidió el día 1 de noviembre de 1478 en la corona de Castilla. El 4 de diciembre de 1808 falleció a manos de Napoleón. Reapareció durante el Sexenio y el decenio, desapareciendo definitivamente en 1834.

Alguno de los que se entretienen en poner letreros en las paredes había escrito, sin embargo, con yeso en una esquina, que no parecía sino que se estaba saliendo, aun antes de borrarse: *Gobernación*. ¡Qué insolentes son los que ponen letreros en las paredes! Ni los sepulcros respetan.

¿Qué es esto? *¡La cárcel! Aquí reposa la libertad del pensamiento.* ¡Dios mío, en España, en el país ya educado para instituciones libres! Con todo, me acordé de aquel célebre epitafio y añadí, involutariamente:

> Aquí el pensamiento reposa,
> En su vida hizo otra cosa.

Dos redactores del *Mundo* eran las figuras lacrimatorias de esta grande urna. Se veían en el relieve una cadena, una mordaza y una pluma. Esta pluma, dije para mí, ¿es la de los escritores o la de los escribanos? En la cárcel todo puede ser.

La calle de Postas, la calle de la Montera [431]. Éstos no son sepulcros. Son osarios, donde, mezclados y revueltos, duermen el comercio, la industria, la buena fe, el negocio.

Sombras venerables, ¡hasta el valle de Josafat!

Correos [432]. *¡Aquí yace la subordinación militar!*

Una figura de yeso, sobre el vasto sepulcro, ponía el dedo en la boca; en la otra mano una especie de jeroglífico hablaba por ella: una disciplina rota.

Puerta del Sol [433]. La Puerta del Sol: ésta no es sepulcro sino de mentiras.

La bolsa [434]. *Aquí yace el crédito español.* Semejante a

---

[431] Calles muy transitadas y célebres por sus tiendas de lienzos y vestidos, respectivamente.

[432] La Casa de Correos, Ministerio de la Gobernación actualmente. Fue escenario —a esto alude Larra— de una grave insurrección militar que, en enero de 1834, costó la vida del general José de Cantera, quedando finalmente impune.

[433] *Puerta del Sol.* Véase «¿Quién es el público y donde se encuentra?», nota 13.

[434] *La Bolsa:* su nombre se debe a que los comerciantes de la ciudad

las pirámides de Egipto, me pregunté, ¡es posible que se haya erigido este edificio sólo para enterrar en él una cosa tan pequeña!

La Imprenta Nacional[435]. Al revés que la Puerta del Sol, éste es el sepulcro de la verdad. Única tumba de nuestro país donde a uso de Francia vienen los concurrentes a echar flores.

La Victoria[436]. *Esa yace para nosotros en toda España.* Allí no había epitafio, no había monumento. Un pequeño letrero que el más ciego podía leer decía sólo: *¡Este terreno le ha comprado a perpetuidad, para su sepultura, la junta de enajenación de conventos!*

¡Mis carnes se estremecieron! ¡Lo que va de ayer a hoy! ¿Irá otro tanto de hoy a mañana?

Los teatros. Aquí reposan los ingenieros españoles. Ni una flor, ni un recuerdo, ni una inscripción.

El Salón de Cortes. Fue casa del Espíritu Santo[437]; pero ya el Espíritu Santo no baja al mundo en lenguas de fuego.

> Aquí yace el Estatuto.
> Vivió y murió en un minuto.

---

de Bruges (Países Bajos) se reunían en una gran plaza donde estaba la casa de la familia *della Borsa,* ésta comunicó su nombre a la plaza que se llamó *Plaza de la Bolsa;* cuando más tarde se trasladó el comercio a Amberes, los comerciantes, acostumbrados a reunirse en la *Bolsa,* llevaron este nombre, a par que sus negocios, a dicha ciudad, y desde allí se comunicó al lugar donde se reúnen en Amsterdam, Londres, París, Hamburgo, etc.

Por ley del 10 de septiembre de 1831, se creó en Madrid la Bolsa de Comercio.

[435] *Imprenta Nacional:* situada en la calle Carretas y construida a finales del XVIII. Véase, para mayor ampliación, Mesonero Romanos, *op. cit.,* vol. III, págs. 402-403.

[436] *La Victoria:* la junta encargada de la expropiación de los bienes eclesiásticos tenía su sede en el convento de la Victoria.

[437] *Fue casa del Espíritu Santo:* la iglesia de clérigos menores del Espíritu Santo fue habilitada para salón de sesiones del Estamento de procuradores en 1834. Sobre el solar que ocupó dicho edificio se construyó el actual Congreso de los Diputados, inaugurado el 3 de noviembre de 1850.

Sea por muchos años, añadí, que sí será: éste debió de ser raquítico, según lo poco que vivió.

El Estamento de Próceres. Allá en el Retiro. Cosa singular. ¡Y no hay un Ministerio que dirija las cosas del mundo, no hay una inteligencia provisora, inexplicable! Los próceres y su sepulcro en el Retiro.

El sabio en su retiro y villano en su rincón[438].

Pero ya anochecía, y también era hora de retiro para mí. Tendí una última ojeada sobre el vasto cementerio. Olía a muerte próxima. Los perros ladraban con aquel aullido prolongado, intérprete de su instinto agorero; el gran coloso, la inmensa capital, toda ella se removía como un moribundo que tantea la ropa; entonces no vi más que un gran sepulcro: una inmensa lápida se disponía a cubrirle como una ancha tumba.

No había *aquí yace* todavía; el escultor no quería mentir; pero los nombres del difunto saltaban a la vista ya distintamente delineados.

¡Fuera, exclamé, la horrible pesadilla, fuera! ¡Libertad! ¡Constitución! ¡Tres veces[439]! ¡Opinión nacional! ¡Emigración! ¡Vergüenza! ¡Discordia! Todas estas palabras parecían repetirme a un tiempo los últimos ecos del clamor general de las campanas del día de Difuntos de 1836.

Una nube sombría lo envolvió todo. Era la noche. El frío de la noche helaba mis venas. Quise salir violentamente del horrible cementerio. Quise refugiarme en mi propio corazón, lleno no ha mucho de vida, de ilusiones, de deseos.

¡Santo cielo! También otro cementerio. Mi corazón no es más que otro sepulcro. ¿Qué dice? Leamos. ¿Quién ha muerto en él? ¡Espantoso letrero! *¡Aquí yace la esperanza!!*

¡Silencio, silencio!!!

---

438 Proverbio atribuido a Juan Salvador y utilizado por Lope en su obra *El villano en su rincón.*

439 *¡Tres veces!:* alude a las tres ocasiones del efímero triunfo de la causa liberal.

31

La Nochebuena de 1836

Yo y mi criado[440] Delirio filosófico[441].

El número 24 me es fatal: si tuviera que probarlo
diría que en día 24 nací. Doce veces al año amanece,
sin embargo, día 24; soy supersticioso, porque el corazón
del hombre necesita creer algo, y cree mentiras cuando
no encuentra verdades que creer; sin duda por esa razón
creen los amantes, los casados y los pueblos a sus ídolos,
a sus consortes y a sus Gobiernos, y una de mis supers-
ticiones consiste en creer que no puede haber para mí
un día 24 bueno. El día 23 es siempre en mi calendario
víspera de desgracia, y a imitación de aquel jefe de
policía ruso que mandaba tener prontas las bombas las
vísperas de incendios, así yo desde el 23 me prevengo
para el siguiente día de sufrimiento y resignación, y, en
dando las doce, ni tomo vaso en mi mano por no rom-
perle, ni apunto carta por no perderla, ni enamoro

---

[440] *Mi criado:* Larra, a pie de página, dice: «Por esta vez sacrifico la
urbanidad a la verdad. Francamente, creo que valgo más que mi
criado; si así no fuese, le serviría yo a él. En esto voy al revés del divino
orador que dice: *Cuadra y yo.*»
[441] Se publicó, por primera vez, en el periódico *El Redactor General.* El 26 de diciembre de 1836, periódico que empezó a publicarse
el 15 de noviembre de 1836, con el mismo formato que la *Gaceta* de entonces.

mujer porque no me diga que sí, pues en punto a amores tengo otra superstición: imagino que la mayor desgracia que a un hombre le puede suceder es que una mujer le diga que le quiere. Si no la cree es un tormento, y si la cree... ¡Bienaventurado aquél a quien la mujer dice *no quiero,* porque ése a lo menos oye la verdad!

El último día 23 del año 1836 acababa de expirar en la muestra de mi péndola, y consecuente en mis principios supersticiosos, ya estaba yo agachado esperando el aguacero y sin poder conciliar el sueño. Así pasé las horas de la noche, más largas para el triste desvelado que una guerra civil; hasta que por fin la mañana vino con paso de intervención[442], es decir, lentísimamente, a teñir de púrpura y rosa las cortinas de mi estancia.

El día anterior había sido hermoso, y no sé por qué me daba el corazón que el día 24 había de ser *día de agua.* Fue peor todavía: amaneció nevando. Miré el termómetro y marcaba muchos grados bajo cero; como el crédito del Estado.

Resuelto a no moverme porque tuviera que hacerlo todo la suerte este mes, incliné la frente, cargada como el cielo de nubes frías, apoyé los codos en mi mesa y paré tal que cualquiera me hubiera reconocido por escritor público en tiempo de libertad de imprenta, o me hubiera tenido por miliciano nacional citado para un ejercicio. Ora vagaba mi vista sobre la multitud de artículos y folletos que yacen empezados y no acabados ha más de seis meses sobre mi mesa, y de que sólo existen los títulos, como esos nichos preparados en los cementerios que no aguardan más que el cadáver; comparación exacta, porque en cada artículo entierro una esperanza o una ilusión. Ora volvía los ojos a los cristales de mi balcón; veíalos empañados y como llorosos por dentro; los vapores condensados se deslizaban a manera de lágrimas a lo largo del diáfano cristal; así se empaña la vida, pensaba; así el frío exterior del mundo condensa

---

[442] *Intervención:* alusión a las intervenciones extranjeras para poner fin a la guerra civil.

las penas en el interior del hombre, así caen gota a gota las lágrimas sobre el corazón. Los que ven de fuera los cristales los ven tersos y brillantes; los que ven sólo los rostros los ven alegres y serenos...

Haré merced a mis lectores de las más de mis meditaciones; no hay periódicos bastantes en Madrid, acaso no hay lectores bastantes tampoco. ¡Dichoso el que tiene oficina! ¡Dichoso el empleado aun sin sueldo o sin cobrarlo, que es lo mismo! Al menos no está obligado a pensar, puede fumar, puede leer la *Gaceta* [443].

—¡Las cuatro! ¡La comida!—, me dijo una voz de criado, una voz de entonación servil y sumisa; en el hombre que sirve, hasta la voz parece pedir permiso para sonar.

Esta palabra me sacó de mi estupor, e involuntariamente iba a exclamar como don Quijote: «Come, Sancho hijo, come, tú que no eres caballero andante y que naciste para comer»; porque al fin los filósofos, es decir, los desgraciados, podemos no comer, pero ¡los criados de los filósofos! Una idea más luminosa me ocurrió: era día de Navidad. Me acordé de que en sus famosas saturnales los romanos trocaban los papeles y los esclavos podían decir la verdad a sus amos. Costumbre humilde, digna del cristianismo. Miré a mi criado y dije para mí: «Esta noche me dirás la verdad.» Saqué de mi gaveta unas monedas; tenían el busto de los monarcas de España: cualquiera diría que son retratos; sin embargo, eran artículos de periódico. Las miré con orgullo:

—Come y bebe de mis artículos —añadí con desprecio—; sólo en esa forma, sólo por medio de esa estratagema se pueden meter los artículos en el cuerpo de ciertas gentes.

---

[443] *Gaceta:* se refiere a la *Gaceta de Madrid,* fundada en 1661 y con tan copioso historial periodístico. Las noticias que ofrecemos de esta publicación tan sólo corresponden a la época en que Larra escribió su artículo. En el año 1834, núm. XL (1 de abril), se publicó por Real Orden diariamente, y en 1835, núm. CCXLVIII (3 de septiembre), en la Imprenta Real hasta el núm. DCVIII (16 de agosto), editándose en la citada imprenta hasta el año 1867.

Una risa estúpida se dibujó en la fisonomía de aquel ser que los naturalistas han tenido la bondad de llamar racional sólo porque lo han visto hombre. Mi criado se rió. Era aquella risa el demonio de la gula que reconocía su campo.

Tercié la capa, calé el sombrero y en la calle.

¿Qué es un aniversario? Acaso un error de fecha. Si no se hubiera compartido el año en trescientos sesenta y cinco días, ¿qué sería de nuestro aniversario? Pero al pueblo le han dicho: «Hoy es un aniversario» y el pueblo ha respondido: «Pues si es un aniversario, comamos, y comamos doble.» ¿Por qué come hoy más que ayer? O ayer pasó hambre u hoy pasará indigestión. Miserable humanidad, destinada siempre a quedarse más acá o ir más allá.

Hace mil ochocientos treinta y seis años nació el Redentor del mundo; nació el que no reconoce principio y el que no reconoce el fin; nació para morir. ¡Sublime misterio!

¿Hay misterio que celebrar? «Pues comamos», dice el hombre; no dice: «Reflexionemos.» El vientre es el encargado de cumplir con las grandes solemnidades. El hombre tiene que recurrir a la materia para pagar las deudas del espíritu. ¡Argumento terrible en favor del alma!

Para ir desde mi casa al teatro es preciso pasar por la plaza, tan indispensablemente como es preciso pasar por el dolor para ir desde la cuna al sepulcro. Montones de comestibles acumulados, risa y algazara, compra y venta, sobras por todas partes y alegría. No pudo menos de ocurrirme la idea de Bilbao: figuróseme ver de pronto que se alzaba por entre las montañas de víveres una frente altísima y extenuada; una mano seca y roída llevaba a una boca cárdena, y negra de morder cartuchos, un manojo de laurel sangriento. Y aquella boca no hablaba. Pero el rostro entero se dirigía a los bulliciosos liberales de Madrid, que traficaban. Era horrible el contraste de la fisonomía escuálida y de los rostros alegres. Era la reconvención y la culpa, aquélla agria y severa, ésta indiferente y descarada.

Todos aquellos víveres han sido aquí traídos de distintas provincias para la colación cristiana de una capital. En una cena de ayuno se come una ciudad a las demás.

¡Las cinco! Hora del teatro; el telón se levanta a la vista de un pueblo palpitante y bullicioso. Dos comedias de circunstancias, o yo estoy loco. Una representación en que los hombres son mujeres y las mujeres hombres. He aquí nuestra época y nuestras costumbres. Los hombres ya no saben sino hablar como las mujeres, en congresos y en corrillos. Y las mujeres son hombres, ellas son las únicas que conquistan. Segunda comedia: un novio que no ve el logro de su esperanza; ese novio es el pueblo español; no se casa con un solo Gobierno con quien no tenga que reñir al día siguiente. Es el matrimonio repetido al infinito[444].

Pero las orgías llaman a los ciudadanos. Ciérranse las puertas, ábrense las cocinas. Dos horas, tres horas, y yo rondo de calle en calle a merced de mi pensamiento. La luz que ilumina los banquetes viene a herir mis ojos por las rendijas de los balcones; el ruido de los panderos y de la bacanal que estremece los pisos y las vidrieras se abre paso hasta mis sentidos y entra en ellos como cuña a mano, rompiendo y desbaratando.

Las doce van a dar: las campanas que ha dejado la junta de enajenación en el aire, y que en estar en el aire se parecen a todas nuestras cosas, citan a los cristianos al oficio divino. ¿Qué es esto? ¿Va a expirar el 24 y no me ha ocurrido en él más contratiempo que mi mal humor de todos los días? Pero mi criado me espera en mi casa como espera la cuba al catador, llena de vino; mis artículos hechos moneda, mi moneda hecha mosto se ha apoderado del imbécil como imaginé, y el asturiano[445] ya no es hombre; es todo verdad.

---

444 Larra alude a las obras que se representaban por aquellos días en el Teatro de la Cruz: *Las colegialas son colegiales;* y, tal vez, *Los primeros amores,* que al igual que la primera estaban traducidas del francés. La traducción de esta última fue realizada por M. Bretón de los Herreros.

445 *Asturiano.* Véase «Los calaveras», II, nota 348.

Mi criado tiene de mesa lo cuadrado y el estar en talla al alcance de la mano. Por tanto es un mueble cómodo; su color es el que indica la ausencia completa de aquello con que se piensa, es decir, que es bueno; las manos se confundirían con los pies, si no fuera por los zapatos y porque anda casualmente sobre los últimos; a imitación de la mayor parte de los hombres, tiene orejas que están a uno y otro lado de la cabeza como los floreros en una *consola,* de adorno, o como los balcones figurados, por donde no entra ni sale nada; también tiene dos ojos en la cara; él cree ver con ellos, ¡qué chasco se lleva! A pesar de esta pintura, todavía sería difícil reconocerle entre la multitud, porque al fin no es sino un ejemplar de la grande edición hecha por la Providencia de la humanidad, y que yo comparo de buena gana con las que suelen hacer los autores: algunos ejemplares de regalo finos y bien empastados; el surtido todo igual, ordinario y a la rústica.

Mi criado pertenece al surtido. Pero la Providencia, que se vale para humillar a los soberbios de los instrumentos más humildes, me reservaba en él mi mal rato del día 24. La verdad me esperaba en él y era preciso oírla de sus labios impuros. La verdad es como el agua filtrada, que no llega a los labios sino al través del cieno. Me abrió mi criado, y no tardé en reconocer su estado.

—Aparta, imbécil —exclamé empujando suavemente aquel cuerpo sin alma que en uno de sus columpios se venía sobre mí—. ¡Oiga! Está ebrio. ¡Pobre muchacho! ¡Da lástima!

Me entré de rondón a mi estancia; pero el cuerpo me siguió con un rumor sordo e interrumpido; una vez dentro los dos, su aliento desigual y sus movimientos violentos apagaron la luz; una bocanada de aire colada por la puerta al abrirme cerró la de mi habitación y quedamos dentro casi a oscuras yo y mi criado, es decir, la verdad y Fígaro, aquélla en figura de hombre beodo arrimado a los pies de mi cama para no vacilar y yo a su cabecera, buscando inútilmente un fósforo que nos iluminase.

Dos ojos brillaban como dos llamas fatídicas enfrente de mí; no sé por qué misterio mi criado encontró entonces, y de repente, voz y palabras, y habló y raciocinó; misterios más raros se han visto acreditados; los fabulistas hacen hablar a los animales, ¿por qué no he de hacer yo hablar a mi criado? Oradores conozco yo de quienes hace algún tiempo no hubiera hecho una pintura más favorable que de mi astur y que han roto sin embargo a hablar, y los oye el mundo y los escucha, y nadie se admira.

En fin, yo cuento un hecho; tal me ha pasado; yo no escribo para los que dudan de mi veracidad; el que no quiera creerme puede doblar la hoja, eso se ahorrará tal vez de fastidio; pero una voz salió de mi criado, y entre ella y la mía se estableció el siguiente diálogo:

—Lástima —dijo la voz, repitiendo mi piadosa exclamación—. ¿Y por qué me has de tener lástima, escritor? Yo a ti, ya lo entiendo.

—¿Tú a mí? —pregunté sobrecogido ya por un terror supersticioso; y es que la voz empezaba a decir verdad.

—Escucha: tú vienes triste como de costumbre; yo estoy más alegre que suelo. ¿Por qué ese color pálido, ese rostro deshecho, esas hondas y verdes ojeras que ilumino con mi luz al abrirte todas las noches? ¿Por qué esa distracción constante y esas palabras vagas e interrumpidas de que sorprendo todos los días fragmentos errantes sobre tus labios? ¿Por qué te vuelves y te revuelves en tu mullido lecho como un criminal, acostado con su remordimiento, en tanto que yo ronco sobre mi tosca tarima? ¿Quién debe tener lástima a quién? No pareces criminal; la justicia no te prende al menos; verdad es que la justicia no prende sino a los pequeños criminales, a los que roban con ganzúas o a los que matan con puñal; pero a los que arrebatan el sosiego de una familia seduciendo a la mujer casada o a la hija honesta, a los que roban con los naipes en la mano, a los que matan una existencia con una palabra dicha al oído, con una carta cerrada, a esos ni los llama la sociedad criminales, ni la justicia los prende, porque la víctima no arroja sangre, ni manifiesta herida, sino agoniza lentamente consumida por el veneno de la pasión que su verdugo le ha propinado. ¡Qué de tísicos han muerto asesinados por una infiel, por un ingrato, por un calumniador! Los entierran; dicen que la cura no ha alcanzado y que los médicos no la entendieron. Pero la puñalada hipócrita alcanzó e hirió el corazón. Tú acaso eres de esos criminales y hay un acusador dentro de ti, y ese frac elegante y esa media de seda, y ese chaleco de tisú de oro que yo te he visto son tus armas maldecidas.

—Silencio, hombre borracho.

—No; has de oír al vino una vez que habla. Acaso ese oro que a fuer de elegante has ganado en tu sarao y que vuelcas con indiferencia sobre tu tocador es el precio del honor de una familia. Acaso ese billete que desdoblas es un anónimo embustero que va a separar de ti para siempre la mujer que adorabas; acaso es una prueba de la ingratitud de ella o de su perfidia. Más de uno te he visto morder y despedazar con tus uñas y tus dientes en los momentos en que el buen tono cede el paso a la pasión y a la sociedad.

«Tú buscas la felicidad en el corazón humano, y para eso le destrozas, hozando en él, como quien remueve la tierra en busca de un tesoro. Yo nada busco, y el desengaño no me espera a la vuelta de la esperanza. Tú eres literato y escritor, y ¡qué tormentos no te hace pasar tu amor propio, ajado diariamente por la indiferencia de unos, por la envidia de otros, por el rencor de muchos! Preciado de gracioso, harías reír a costa de un amigo, si amigos hubiera, y no quieres tener remordimiento. Hombre de partido, haces la guerra a otro partido; o cada vencimiento es una humillación, o compras la victoria demasiado cara para gozar de ella. Ofendes y no quieres tener enemigos. ¿A mí quién me calumnia? ¿Quién me conoce? Tú me pagas un salario bastante a cubrir mis necesidades; a ti te paga el mundo como paga a los demás que le sirven. Te llamas liberal y despreocupado, y el día que te apoderes del látigo

azotarás como te han azotado. Los hombres de mundo
os llamáis hombres de honor y de carácter, y a cada
suceso nuevo cambiáis de opinión, apostatáis de vuestros
principios. Despedazado siempre por la sed de gloria,
inconsecuencia rara, despreciarás acaso a aquellos para
quienes escribes y reclamas con el incensario en la mano
su adulación; adulas a tus lectores para ser de ellos
adulado, y eres también despedazado por el temor, y no
sabes si mañana irás a coger tus laureles a las Baleares o
a un calabozo.

—¡Basta, basta!

—Concluyo; yo en fin no tengo necesidades; tú, a
pesar de tus riquezas, acaso tendrás que someterte
mañana a un usurero para un capricho innecesario,
porque vosotros tragáis oro, o para un banquete de
vanidad en que cada bocado es un tósigo[446]. Tú lees día
y noche buscando la verdad en los libros hoja por hoja,
y sufres de no encontrarla ni escrita. Ente ridículo,
bailas sin alegría; tu movimiento turbulento es el movimiento de la llama, que, sin gozar ella, quema. Cuando
yo necesito de mujeres echo mano de mi salario y las
encuentro, fieles por más de un cuarto de hora; tú echas
mano de tu corazón, y vas y lo arrojas a los pies de la
primera que pasa, y no quieres que lo pise y lo lastime,
y le entregas ese depósito sin conocerla. Confías tu
tesoro a cualquiera por su linda cara, y crees porque
quieres; y si mañana tu tesoro desaparece, llamas ladrón
al depositario, debiendo llamarte imprudente y necio a
ti mismo.

—Por piedad, déjame, voz del infierno.

—Concluyo; inventas palabras y haces de ellas sentimientos, ciencias, artes, objetos de existencia. ¡Política,
gloria, saber, poder, riqueza, amistad, amor! Y cuando
descubres que son palabras, blasfemas y maldices. En
tanto el pobre asturiano come, bebe y duerme, y nadie
le engaña, y, si no es feliz, no es desgraciado, no es al
menos hombre de mundo, ni ambicioso ni elegante, ni

---

[446] *Tósigo,* del latín *toxicum:* «veneno».

literato ni enamorado. Ten lástima ahora del pobre asturiano. Tú me mandas, pero no te mandas a ti mismo. Tenme lástima, literato. Yo estoy ebrio de vino, es verdad; pero tú lo estás de deseos y de impotencia!...

Un ronco sonido terminó el diálogo; el cuerpo, cansado del esfuerzo, había caído al suelo; el órgano de la Providencia había callado, y el asturiano roncaba. «¡Ahora te conozco —exclamé— día 24!»

Una lágrima preñada de horror y de desesperación surcaba mi mejilla, ajada ya por el dolor. A la mañana, amo y criado yacían, aquél en el lecho, éste en el suelo. El primero tenía todavía abiertos los ojos y los clavaba con delirio y con delicia en una caja amarilla donde se leía *mañana*. ¿Llegará ese *mañana* fatídico? ¿Qué encerraba la caja? En tanto, la *noche buena* era pasada, y el mundo todo, a mis barbas, cuando hablaba de ella, la seguía llamando *nochè buena*.

32

Necrología

Exequias del Conde de Campo-Alange [447]

Domingo 15 de enero

> Vive el malvado atormentado, y vive,
> Y un siglo entero de maldad completa;
> Y el honrado mortal...
> Nace y deja de ser...
>
> CIENFUEGOS.

Ya hace días que se consumó el infausto acontecimiento que nos pone la pluma en la mano; pero por una parte el sentimiento ha apagado nuestra voz, y por otra no temíamos que el tiempo, pasando, amortiguase nuestro dolor.

Hoy se han celebrado en Santo Tomás de esa Corte las exequias del conde de Campo-Alange [448], hoy sus deudos y sus amigos, y la patria en ellos, han tributado al amigo y al valiente el último homenaje que la vanidad humana rinde después de muerto al mérito, que en vida suele para oprobio suyo desconocer.

---

[447] Se publicó en *El Español* el 16 de enero de 1837.

[448] *Campo-Alange:* José Negrete (1812-1836) fue amigo personal de *Fígaro*. De sus artículos políticos y literarios destacan los publicados en *El Artista* y en *La Revista Española*.

En buen hora el ánimo que se aturde en las alegrías del mundo, en buen hora no crea en Dios y en otra vida el que en los hombres cree, y en esta vida que le forjan; empero mil veces desdichado sobre toda desdicha quien no viendo nada aquí abajo sino caos y mentira, agotó en su corazón la fuente de la esperanza, porque para ése no hay cielo en ninguna parte y hay infierno en cuanto le rodea[449]. No es lícito dudar al desdichado, y es preciso no serlo para ser impío.

El rumor compasado y misterioso del cántico que la religión eleva al Criador en preces por el que fue, el melancólico son del instrumento de cien voces que atruena el templo llenándole de santo terror, el angustioso y sublime *De profundis,* agonizante clamor del ser que se refugió al seno de la creación, alma particular que se refunde en el alma universal, el último perdón pedido, la deprecación de la misericordia alzada al Dios de justicia, son algo al oído del desgraciado, cuando devueltos los sublimes ecos por las paredes de la casa del Señor, vienen a retumbar en el corazón, como suena el remordimiento en la conciencia, como retumba en el pecho del miedoso la señal del próximo peligro.

Desde la tumba no es ya a los hombres a quien pide el hombre misericordia; los hombres no tienen misericordia para el caído y no dan su piedad sino al que no la necesita. En tan sublime momento no es a los hombres a quien pide el hombre justicia. Los hombres no prestan su justicia sino al fuerte contra el débil. A los pies del Altísimo no es ya a la opinión de los hombres a quien recurre el alma en juicio. La opinión de los hombres premia al mérito con calumnias. El odio le sigue y la persecución, como sigue la chispa eléctrica la cadena de hierro que la conduce.

¿Y no ha de haber un Dios y un refugio para aquellos

---

[449] Patéticas palabras que reflejan el estado anímico del autor. Artículo escrito en los umbrales de la muerte y que parece predecir la fatal resolución de Larra.

pocos que el mundo arroja de sí como arroja los cadáveres el mar?

El conde de Campo-Alange ha muerto: una corta vida, pero de virtudes y de sacrificios, le ha sido más fecunda de gloria y de merecimiento que los cien años pasados por otros en la apatía o en la prevaricación. Su biografía es bien corta, las páginas de su historia pueden llenarse en breve; ¡pero ni una mancha en ellas! En la actual confusión que como a nuestras cosas y a nuestras ideas ha alcanzado a nuestra lengua, en la prodigalidad de epítetos que tan fácilmente aplicamos, parecerá nuestro elogio tibio; pero la verdad presidirá a él y el sentimiento de lo justo; tributo el más noble para la memoria del que nos le merece, que acaso a ese único premio aspiraba y a unas cuantas lágrimas sobre su tumba.

Donde son tan pocos los hombres que hacen siquiera su deber, ¿qué mucho será que el dictado de héroe se aplique diariamente a quien se distingue del vulgo haciendo el suyo? Llamamos patriota al que habla, y héroe al que se defiende. ¿Qué llamaremos un día al que nos salve, si alguien nos salva?

El conde de Campo-Alenge no era un héroe como en menguados elogios lo hemos visto impreso. Nosotros creeríamos ofenderle o escarnecerle más que encomiarle con tan ridículos elogios. Ni había menester serlo para dejar muy atrás al vulgo de los hombres entre quienes vivió. Era un joven que hizo por principios y por afición, por virtud y por nobleza de carácter, algo más que su deber; dio su vida y su hacienda por aquello por que otros se contentan con dar escándalo y voces. Amaba la libertad, porque él, noble y generoso, creyó que todos eran como él nobles y generosos; y amaba la igualdad, porque igual él al mejor, creía de buena fe que eran todos iguales a él. Inclinado desde su más tierna edad al estudio, pasó sobre los libros los años que otros pasan en cursar la intriga y en avezarse a las perfidias de la sociedad en que ha de vivir. Español por carácter y por afición, estudió y conoció su lengua y sus clásicos, y supo conciliar las aficiones patrias con ese barniz de buena educación y de tolerancia que sólo se adquiere en los países adelantados, donde la civilización ha venido a convencer a la sociedad de que para ella sólo las cosas, sólo los hechos son algo, las personas nada. Conocedor de la literatura española, su afición a la carrera militar le llevó a asistir al famoso sitio de Amberes, donde comenzó al lado de experimentados generales a ejercitarse en las artes de la guerra. De vuelta a su país, sus afectos personales, su posición independiente, su mucha hacienda le convidaban al ocio y a la gloria literaria que tan a poca costa hubiera podido adquirir. Pero su patria gemía despedazada por dos bandos contrarios que algún día acaso se harán mutuamente justicia. El corazón generoso del joven no pudo permanecer indiferente y dormido espectador de la contienda. Alistado voluntariamente en las filas de los defensores de la causa de la libertad y del Mediodía de Europa, desenvainó la espada, y desgraciadamente para no volverla a envainar. Casa, comodidades, lujo, porvenir, todo lo arrojó en la sima de la guerra civil, monstruo que adoptó el noble sacrificio, y que devoró por fin aquella existencia, bien como ha devorado y devora diariamente la sangre de los pueblos y la felicidad, acaso ya imposible, de la patria.

Distinguido por su pericia y su valor, no se contentó con exponer su vida en los campos de batalla; la muerte le dio más de un aviso, que desoyó noblemente. Herido en jornadas gloriosas, fue ascendido al grado de coronel sobre el campo de batalla, y entre los cadáveres mismos que no hacían más que precederle algunos meses. Hizo más: cuando una revolución no esperada, y de muchos no aceptada, desarmó centenares de brazos y entibió muchos pechos que creyeron deber distinguir el interés de la patria del interés de un Gobierno que le había sido impuesto accidentalmente, Campo-Alenge llevó al extremo su generosidad, y creyó que no era su misión defender el Estatuto o la Constitución; en una o en otra forma de gobierno la libertad seguía siendo nuestra causa; Campo-Alange, demasiado noble para ser de partido, se vio español y nada más y no envainó la espada. No queremos ofender a nadie; pero sí los demás que como él pensaban habían ofrecido hasta entonces su vida a la patria, él ofrecio más, ofreció su opinión. Noble y tierno sacrificio que de nadie se puede exigir, pero que es fuerza agradecer. Y el que esto hacía no buscaba sueldos que no necesitaba, que cedía al erario, no buscaba honores, que en su propia cuna había encontrado sin solicitarlos al nacer.

No ofenderemos, ni aun después de su muerte, la modestia de nuestro amigo. Esa sencilla relación es el mayor elogio, es el epíteto más glorioso que podemos encontrar para su nombre.

¿Y cuándo cortó el plomo cobarde, disparado acaso por un brazo aún más cobarde esa vida llena de desinterés y de esperanzas? Era preciso que la injusticia de la suerte fuese completa. Era preciso que la ilustre víctima no columbrase siquiera el premio del sacrificio; hubiera sido para él una especie de compensación el haber expirado en Bilbao, y el haber oído el primer grito siquiera de aquella victoria, por la cual daba su sangre. Era preciso que quien tan noblemente se portaba llevase consigo al sepulcro la amargura de pensar que había sido inútil tanto sacrificio.

El conde de Campo-Alange expiró dejando sumas cuantiosas a los heridos como él y desconfiando del propio triunfo a que con su muerte contribuía.

Pero era justo; Campo-Alange debía morir. ¿Qué le esperaba en esta sociedad? Militar, no era insubordinado; a haberlo sido, las balas le hubieran respetado. Hombre de talento, no era intrigante. Liberal, no era vocinglero; literato, no era pedante; escritor, la razón y la imparcialidad presidían a sus escritos. ¿Qué papel podía haber hecho en tal caos y degradación?

Ha muerto el joven noble y generoso, y ha muerto creyendo; la suerte ha sido injusta con nosotros, los que le hemos perdido, con nosotros cruel; ¡con él misericordiosa!

En la vida le esperaba el desengaño; ¡la fortuna le ha ofrecido antes la muerte! Eso es morir viviendo todavía; pero ¡ay de los que le lloran, que entre ellos hay muchos a quienes no es dado elegir, y que entre la muerte y el desengaño tienen antes que pasar por éste que por aquélla, que ésos viven muertos y le envidian!

Séale la tierra ligera. Si la memoria de los que en el mundo dejó puede ser de consuelo para el que cesó de ser, ¡nadie la llevó consigo más tierna, más justa, más gloriosa!